ESTHER COPIA

Der Pate von Darmstadt

KRIMINALROMAN

GMEINER

Personen und Handlung sind frei erfunden.
Ähnlichkeiten mit lebenden oder toten Personen
sind rein zufällig und nicht beabsichtigt.

Immer informiert

Spannung pur – mit unserem Newsletter informieren wir Sie
regelmäßig über Wissenswertes aus unserer Bücherwelt.

Gefällt mir!

Facebook: @Gmeiner.Verlag
Instagram: @gmeinerverlag
Twitter: @GmeinerVerlag

MIX
Papier | Fördert gute Waldnutzung
FSC® C083411

Besuchen Sie uns im Internet:
www.gmeiner-verlag.de

Im Ehnried 5, 88605 Meßkirch
Telefon 07575/2095-0
info@gmeiner-verlag.de

1. Auflage 2023

Lektorat: Claudia Senghaas, Kirchardt
Herstellung: Mirjam Hecht
Umschlaggestaltung: U.O.R.G. Lutz Eberle, Stuttgart
unter Verwendung eines Fotos von: © Volker Rauch / shutterstock.com
Druck: CPI books GmbH, Leck
Printed in Germany
ISBN 978-3-8392-0337-8

Für Astrid Lutze,
meine wunderbare Freundin.

15. JULI 1998

1

Der gellende Schrei durchschnitt die Nacht. Er veränderte das Leben aller Anwesenden in einem Augenblick. Aus banger Angst und Ungewissheit, die eine Nacht und einen ganzen Tag wie ein Damoklesschwert über allen geschwebt hatte, wurde grausame Gewissheit. In den darauffolgenden Sekunden der Stille hörte sie die leise Stimme ihrer Tante Rosanna:

»Nein, das ist nicht wahr. Nein, sagt, dass das nicht wahr ist.« Dann kam der Satz, der Marias Herz einen Moment stillstehen ließ: »Anna ist tot.« Rosanna Savone verlor das Bewusstsein, und die beiden Carabinieri, welche die grausame Nachricht überbracht hatten, trugen sie in das Wohnzimmer und legten sie vorsichtig auf dem Sofa ab. In die allgemeine Bestürzung, in das Weinen und Bedauern sprach einer der Anwesenden den Satz aus, der ab diesem Tag Maria brandmarkte: »Maria, du bist schuld. Warum hast du Anna gestern alleine im Park gelassen.« Wer diesen Satz ausgesprochen hatte, daran konnte sie sich nicht erinnern. Nur, dass alle Anwesenden auf der Stelle verstummten. Es war so still, dass sie in diesem Moment das Sirren des Kühlschranks vernahm. Niemand widersprach, und dadurch wurde dieser Satz zur Wahrheit. Sie war schuld am Tod von Anna, ihrer Cousine und besten Freundin. Schon am Abend zuvor, als die Erwachsenen ausgeschwärmt waren, das junge Mädchen zu suchen, hatte sich Maria Vorwürfe gemacht. Sie wollte doch nur einmal kurz mit Pino auf dem Roller eine kleine Runde drehen. Anna hatte sie noch bestärkt und gesagt, sie würde im Park auf sie warten. Als Pino dann mit Maria weiter wegfuhr und sie mitten in Neapel stehen ließ, weil sie ihm nicht das gab, was er wollte, brauchte sie fast zwei Stunden, um wieder zu dem Park zu gelangen. Da war Anna bereits verschwunden.

Nachdem auch Gennaro Savone, Annas Vater, zu Hause eingetroffen war, fuhren alle gemeinsam zum Hafen von Torre del Greco. Zum Fundort der Leiche. Maria konnte die grausame Tatsache nicht begreifen und saß bleich auf dem Rücksitz eines Autos, welches ihr Onkel Domenico fuhr. Er und ein weiterer Verwandter sagten kein einziges Wort. Sie weinten nicht, sie klagten nicht, sie fuhren mit ihr zu der Stelle, an der die Carabinieri Anna aus dem Wasser gezogen hatten.

Es war, obwohl schon nach Mitternacht, unvorstellbar heiß und drückend. Das ganze Hafengebiet war schmutzig, einige weiße Plastiktüten wehten auf den Straßen umher. Im Vorbeifahren sah sie Bauruinen aus Beton, illegale Müllabladeplätze, ausgebrannte Autos, und in einer kleinen Gasse standen Prostituierte in Netzstrümpfen und hochhackigen Schuhen. Das Fahrzeug bog ab in Richtung Hafen, und von weitem schon sah sie die blauen zuckenden Lichter der Alfa Romeos den Nachthimmel erleuchten. Die Zufahrt zum Hafenbecken war nur notdürftig abgesperrt, und einige Schaulustige hatten sich so nah wie möglich an die Stelle, an der Anna tot auf dem Beton lag, herangepirscht. Eine dünne weiße Plastikplane bedeckte den Leichnam, die Plane hob sich bei jeder kleinen Windbö an und gab ihren nackten toten Körper zur Ansicht aller frei.

DIENSTAG, DER 14. MAI 2019

1

Die wenigen Passanten hörten exakt zwei Schüsse. Sekunden später brachen die jungen Männer auf einem kleinen Platz in Darmstadt in der Mauerstraße zusammen. Ein Motor heulte auf, und ein schwarzer Mercedes jagte in Richtung Dieburger Straße davon. Elisabeth Vollmer fühlte sich augenblicklich in die Kriegsjahre, als sie ein kleines Kind war, zurückversetzt. Sie ließ ihren Rollator mitsamt ihrer Handtasche stehen und schleppte sich schneller, als sie es selbst für möglich gehalten hätte, in den nächstliegenden Hauseingang. Dort drückte sie sich in die hinterste Ecke. Zwei Jungen im Alter von etwa zwölf bis dreizehn Jahren blieben zunächst auf dem Bürgersteig wie angewurzelt stehen und starrten auf den Platz. Der kleinere von beiden kam mit einem beherzten Sprung ebenfalls in den Hauseingang und stellte sich neben Elisabeth. Der andere Junge zog sein Smartphone hervor und wollte Fotos machen. Die alte Frau, kurz starr vor Angst, wagte sich einige Schritte nach vorne und zog den Jungen an seiner Jacke nach hinten.

»Bist du verrückt, wenn das einer mitbekommt, werden sie dich auch umbringen«, zischte sie. Augenblicklich kreidebleich, sah er sie erschrocken an und ließ das Smartphone schnell in seiner Hosentasche verschwinden. Dann drückte auch er sich in den Hausflur. Auf einige Sekunden gespenstischer Stille folgte kurz darauf das Heulen der Sirenen. Minuten später war die gesamte Mauerstraße mit Fahrzeugen von Polizei und Rettungsdienst übersät. Das Blaulicht der vielen Fahrzeuge wurde von den Wänden der Mehrfamilienhäuser zurückgeworfen, sodass die gesamte Straße blau ausgeleuchtet war. Elisabeth Vollmer blieb wie angewurzelt in dem Hauseingang stehen. Sie konnte sich einfach nicht bewegen. Ein Polizist mittleren Alters entdeckte sie, ging zu ihr und half ihr, sich auf ihren Rollator zu setzen.

»Kommen Sie, setzen Sie sich mal. Sie sind ja kreidebleich«, sagte er einfühlsam. »Haben Sie den oder die Täter gesehen?«

Elisabeth konnte nicht antworten, sie war wie versteinert, und erst als ihr ein Sanitäter den Blutdruck maß, sagte sie leise:

»Nein, gesehen habe ich wirklich nichts. Ich habe nur gehört, wie ein Auto schnell davonfuhr.«

Die beiden Jungen versuchten, Fotos von den Männern aufzunehmen, die, auf dem Rücken liegend, jede Menge Blut verloren, doch ein Polizist schob beide sanft nach hinten. Das Blut der beiden Opfer breitete sich auf dem Sandboden aus, wo es langsam versickerte.

2

Die beiden Fahrer standen schon eine ganze Weile in der Ausfahrt des *Alice*-Hospitals, jedoch konnten sie durch den nicht abreißen wollenden Verkehr nicht in die Dieburger Straße einbiegen.

»Ob wir hier heute noch mal wegkommen?« Sven Bieber sah immer wieder die Straße hinauf und hinunter, aber es war zu gefährlich, einfach rauszufahren. Wie oft hatten sie schon erlebt, dass die Autofahrer mit überhöhter Geschwindigkeit durch die Straße fuhren.

»Was soll's, wir werden auch jetzt bezahlt«, sagte sein Kollege Michael tiefenentspannt. In diesem Moment hörten sie einen Knall und sahen, wie eine schwarze Mercedeslimousine aus der Mauerstraße in die Dieburger Straße einbog und dabei ein am rechten Rand geparktes Fahrzeug streifte. Der Fahrer blieb nicht stehen, obwohl er den Schlag sicherlich mitbekommen hatte. Nein, er raste mit überhöhter Geschwindigkeit in Richtung Dieburg davon. Michael notierte sich schnell das Kennzeichen, dann gab er die Info über Funk an seine Zentrale. Einfach ein Auto zu beschädigen und dann davonzufahren, das war wirklich das Allerletzte.

3

»Trägst du die Post von allen Gefangenen der JVA Dieburg auf dem Arm?« Jan sah Maria verwundert an, als sie die Stufen zu ihrer Gefangenenstation im fünften Stock nach oben lief. Sie hatte im wahrsten Sinne des Wortes alle Hände voll zu tun und balancierte den großen Stapel Briefe wie ein Tablett auf ihrer linken Hand, während sie versuchte, mit der rechten die Gittertüren auf- und wieder zuzuschließen.

»Ich weiß auch nicht, warum ich heute so viel Briefe für meine Station habe.« Maria runzelte die Stirn und behielt die Umschläge im Auge. »Jedenfalls bin ich jetzt eine ganze Zeit lang beschäftigt.«

»Bis du die alle geöffnet und kontrolliert hast, vergeht eine Weile.« Jan grinste schadenfroh, was Maria mit einem Seufzen kommentierte. Dann nahm sie die letzten Stufen nach oben. Beim Öffnen des verglasten Stationsbüros schlug ihr abgestandene Luft entgegen, sie ließ den Stapel Briefe auf ihren Schreibtisch fallen, öffnete weit das vergitterte Fenster und sah auf ihre Armbanduhr. Es war bereits 11.15 Uhr, Zeit, mit dem Hausarbeiter in der Küche das Mittagessen für die Gefangenen der Station zu holen. Pawel Nowak stand schon im Stationsflur und wartete auf sie.

»Frau Saletti, wir sind spät«, sagte er mit tiefer Stimme und blickte dabei demonstrativ auf die große Stationsuhr, die im Flur angebracht war.

»Ja, sind wir, aber keiner wird verhungern, Herr Nowak«, erwiderte Maria lächelnd.

»Sie kennen ruhig Pawel zu mir sagen«, flüsterte Nowak und setzte sein schönstes Lächeln auf. Der große Mann mit Händen wie Schaufeln näherte sich Maria und legte eine Pranke auf ihre Schulter. »Sie sind so scheene Frau.« Maria schüttelte die Hand blitzschnell von der Schulter und fuhr ihn an:

»Nie wieder anfassen, Nowak. Ist das klar? Nie wieder!« Ihr Gesichtsausdruck und die schnelle Reaktion ließen Nowak zurückschrecken. Marias Blick und ihre angespannte Körperhaltung waren eindeutig, sie würde einer Auseinandersetzung nicht aus dem Wege gehen.

»Entschuldigung«, stotterte Nowak, blickte nach unten und trottete schuldbewusst neben Maria her, die die hintere Gittertür der Station aufschloss, um mit ihm gemeinsam die fünf Stockwerke nach unten zu laufen.

Je näher sie der Küche kamen, umso deutlicher vernahmen sie das Schimpfen einiger Hausarbeiter.

»Was für ein Drecksfraß ist denn das heute.«

»So etwas gibt man nur den Schweinen.«

»Das Essen ist hier drin die größte Strafe«, hörte sie, als sie mit Nowak den Küchenvorraum, in dem die Essenswagen bereitstanden, betrat. Einer der Hausarbeiter hielt den Deckel eines Kübels in der Hand. Beim Blick in den Kübel konnte Maria den Unmut der Gefangenen nachvollziehen. Auch die anderen Beamten, die mit ihren Hausarbeitern die Wagen abholen wollten, waren sprachlos. Im Kübel sah man eine Wassersuppe mit wenigen Fettaugen, und ab und zu schwamm ein wenig Gemüse an die Oberfläche. Maria blickte in Richtung Küche, aber der Küchenleiter hatte sich wohlweislich in sein Büro verzogen.

»Und Sie haben gesagt, keiner wird verhungern«, bemerkte Nowak leise. »Ich bin mir nix sicher.« Kopfschüttelnd zog er den Essenswagen der Station II/5 hinter sich her und rumpelte damit über den Hof. Maria folgte ihm und wusste bereits, dass es bei dieser Essensausgabe jede Menge Diskussionen geben würde.

4

»Hast du die Post verteilt?« Jan kam mit einem breiten Grinsen in Marias Büro und setzte sich auf einen der alten Holzstühle, die an einem kleinen Tisch vor dem Fenster standen.

»Ja, habe ich, und du wirst nicht glauben, wer so viel Post erhalten hat.«

»Bestimmt ein Betrüger«, sagte Jan schnell.

»Bingo, Karl-Heinz Burger. In seinem Wahrnehmungsbogen steht Strafmaß zwei Jahre wegen Betrug.«

»Was steht denn in den Briefen?«

»Er hatte scheinbar eine Anzeige im *Darmstädter Echo* aufgegeben, dass er sich zurzeit in Haft befindet und einsam ist. Den genauen Wortlaut weiß ich leider nicht, aber das konnte ich aus den Antworten der Damen entnehmen. Ich bin fassungslos, was diese Frauen so alles bei einem ersten Brief von sich preisgeben, und natürlich würden sie ihn fast alle gerne besuchen.«

»Ja, einige Frauen finden es sehr spannend, Kontakt mit einem Straftäter aufzunehmen. Noch größer ist allerdings die Aufmerksamkeit bei einem durch die Presse bekannten Mörder. Da brauchst du dann einen Wäschekorb, um die Post zu holen.« Jan lachte, zwinkerte Maria zu und sagte: »Verstehe einer die Frauen.«

»Da hast du wohl recht. Das kann ich auch kein bisschen begreifen.« Jan stand auf und sah aus dem Fenster, die ersten Schwalben waren wieder da und zogen an den Wänden der Hafthäuser ihre Kreise. Das leise »Fiep, Fiep, Fiep« war etwas Vertrautes, das immer im Mai begann.

»Bevor ich es vergesse, Jan, heute wurde mir der Hausarbeiter Nowak ein wenig zu vertraulich. Er legte mir schon ganz freundschaftlich die Hand auf die Schulter. Und flüsterte mir ins Ohr, ich sei eine ›scheeeene Frau‹.« Maria wiederholte sein polnisches Deutsch. Jan drehte sich um.

»Ich nehme an, du hast ihn auf deine direkte Art sofort zurechtgewiesen?«

»Da kannst du sicher sein, und ich glaube, das hat er auch begriffen, aber ich habe Bedenken, ob er seine Finger von den anderen weiblichen Bediensteten lässt. Seit Anfang des Monats sind zwei junge Anwärterinnen hier bei uns. Noch laufen sie nicht alleine über die Stationen, aber in ein paar Wochen …«, sie sprach nicht weiter.

»Ja, das ist richtig. Haben wir einen anderen, der ein guter Hausarbeiter wäre?«

»Ich habe so weit noch nicht darüber nachgedacht. Ich würde ihn auch ungern ablösen. Endlich ist der Flur sauber, und mein Büro erstrahlt in neuem Glanz. Vielleicht war es ja nur ein Ausrutscher.«

»Wollen wir es mal hoffen. Denn so manch einer der Herren dreht bei weiblichen Bediensteten etwas durch.«

»Ja, wenn man als Frau hier drin nicht sofort die richtigen Signale sendet und vielleicht ein wenig unsicher ist, ist man für den einen oder anderen ein gefundenes Fressen.« Sie sah Jan nachdenklich an, dann sagte sie: »Fressen, das war genau das Stichwort. Fast hätte ich es vergessen. Das Mittagessen heute war echt unterirdisch. Kann man denn diesen furchtbaren Küchenleiter nicht woanders einsetzen? In anderen Anstalten, in denen ich schon war, war das Essen weitaus besser. Also heute taten die Gefangenen mir leid.«

»Ich habe es schon mitbekommen, die Beschwerdeanliegen an die Küche stapeln sich im Postfach. Ich muss mit dem Anstaltsleiter sprechen, das muss sich ändern.«

»Durch halbwegs ordentliches Essen haben wir hier in der Anstalt mehr Ruhe, so habe ich jeden Mittag bei der Essensausgabe Diskussionen. Und ich muss den Knackis recht geben. Das kann man echt nicht essen. Wenn weiter bei jeder Essensausgabe so ein Kram verteilt wird, warte ich nur darauf, bis der Erste den Essenkübel auf die Station schüttet.«

5

Die Luft war auch in den Abendstunden bereits angenehm warm. Maria hatte ihre Balkontür weit geöffnet und den kleinen Esstisch in ihrem Wohnzimmer hübsch gedeckt. In etwa einer Stunde würde die Sonne langsam am Horizont verschwinden und alles in ein warmes Licht tauchen. Sie war voller Vorfreude. Alex würde zum Abendessen kommen und sicherlich auch die ganze Nacht bleiben. Noch immer hatte sie Schmetterlinge im Bauch, wenn sie an ihn dachte. Sie waren jetzt fast neun Monate zusammen. Durch die furchtbaren Ereignisse in der JVA vergangenen September hatten sie sich kennen und schnell lieben gelernt. Alexander Neubert war als ermittelnder LKA-Beamter zu einer Befragung in die JVA Dieburg gekommen, und beide waren vom ersten Moment an voneinander fasziniert gewesen. Nach kurzer Zeit stand für sie fest, sie waren füreinander bestimmt. Solang sie jedoch keine gemeinsame Wohnung gefunden hatten, in Dieburg und Umgebung war es ein fast aussichtsloses Unterfangen, etwas Passendes zu finden, blieb er tageweise in Wiesbaden. Das hübsche Apartment in der Thomas-Edison-Straße war für beide auf Dauer zu klein. Maria träumte von einem gemeinsamen Leben. Bei diesem Mann hatte sie endlich das Gefühl, angekommen zu sein. Er liebte sie so, wie sie war, wollte sie nicht ändern und nahm ihre Marotten, wie ständig an ihr Kruzifix zu fassen und im Stillen mit ihrer Großmutter zu sprechen, lächelnd hin. Noch nie hatte sie sich mit einem Menschen auf Anhieb so gut verstanden. Auch wenn sie hin und wieder anderer Meinung waren, kam es nie zum Streit. Alex hatte die Gabe, Meinungsverschiedenheiten diplomatisch zu lösen. Etwas, was, wie Maria vor sich selbst zugeben musste, nicht gerade ihre Stärke war. Ihr italienisches Temperament ging manchmal mit ihr durch. In Gedanken bei Alex und seiner charmanten Art, hörte sie, wie ihre Wohnungstür aufgeschlossen wurde, und Sekunden später stand ein strahlender Alexander Neubert im Türrahmen der kleinen Wohnung. Marias Herz machte einen Sprung, als er sie anlächelte und dann liebevoll in seine muskulösen Arme nahm. Bei ihm konnte sie loslassen, bei ihm musste sie nicht stark sein. Hier konnte sie die Maria sein, die kaum jemand kannte. In ihrem Job oder in Gesellschaft war sie immer sehr diszipliniert und kontrolliert. Alex jedoch kannte sie auch schwach und verletzlich. Sie küssten sich leidenschaftlich, dann sagte er:

»Na, mein Liebling. Du hast ja bereits den Tisch gedeckt. Dann gibt es für mich wieder nichts zu tun.«

»Doch, Amore, du musst die Teller aus der Küche holen und darfst den Wein einschenken. Ich mache den Rest.« Er nahm sein Handy, schaltete es aus und legte es auf den Wohnzimmertisch. Er wollte auf keinen Fall gestört werden. Die Flasche *Brunello* stand entkorkt mit zwei großen Rotweingläsern auf dem Tisch, und Maria hatte einige leckere Vorspeisen vorbereitet, die sie nun aus der Küche holte. Ein romantisches Windlicht zauberte eine schöne Atmosphäre. Maria setzte sich an den Tisch, und auch Alex kam mit dem Brotkorb in der Hand dazu. Wenn sie ihn so ansah, konnte sie ihr Glück kaum fassen.

»Wie war dein Tag?« Maria legte dabei einige Vorspeisen auf seinen Teller.

»Spannend wie so oft«, bei diesen Worten lächelte er und nahm sich eine Scheibe Brot. »Am Vormittag wurden in Darmstadt auf offener Straße zwei junge Männer erschossen. Das LKA hat die Ermittlungen aufgenommen, da vermutet wird, dass es sich um eine Auseinandersetzung unter Clans der Organisierten Kriminalität handelt.« Er machte eine kurze Pause und sah sie verschwörerisch an. »Sehr wahrscheinlich haben die Morde etwas mit der italienischen Mafia zu tun.« Maria, die gerade einen Schluck Wein getrunken hatte, stellte ihr Glas beiseite und sah ihn an.

»Welche Mafia? Die *Cosa Nostra*, die *'Ndrangheta* oder die *Camorra*?«

»Es handelte sich bei den Getöteten um zwei junge Männer aus Neapel. Seit längerem wissen wir, dass die *Camorra* in Hessen und anderen südlichen Bundesländern weit verbreitet ist. Wenn du dich an die Morde in Duisburg im Jahr 2007 erinnerst, da wurde durch die Ermittlungen erstmals bekannt, wie stark die *'Ndrangheta* aus Kalabrien Deutschland bereits unterwandert hatte. Die Kollegen von der Organisierten Kriminalität haben Informationen vorliegen, dass auch die *Camorra* sich hier in Deutschland gut organisiert hat. Anders als in Italien selbst, da gibt es wohl nicht wirklich organisierte Strukturen.« Maria aß ein Stück Weißbrot und sah Alex an.

»In Neapel gibt es einen *Camorra*-Boss, den kennen alle und nennen ihn ›Professor‹. Er zieht wohl nach wie vor aus dem Knast heraus die Strippen. Hat es vielleicht mit ihm zu tun?«

»Nein, ich glaube nicht. Wir wissen durch die Aussagen von Geschädigten, wie ein *Camorra*-Clan, in diesem Fall der Volpe-Clan, der hier im Rhein-Main-Gebiet aktiv ist, vorgeht. Zunächst kommen einige Herren in ein Lokal und fragen höflich nach, ob der Besitzer gute Tomaten, Nudeln und Wein von seinem bisherigen Lebensmittelhändler erhält. Sollte der Inhaber des Restaurants das bejahen, wird ihm eine Probe von Erzeugnissen aus Kampanien dagelassen, mit der Bitte, doch einmal diese Erzeugnisse zu probieren. Nach einigen Tagen kommen die Herren wieder und machen ein Angebot, das der Inhaber nicht ablehnen kann.«

»Sie sagen, du kaufst unsere Tomaten, oder dein Laden geht in Flammen auf. So in etwa?« Maria sah Alex fragend an.

»Genau so. Die Lebensmittel, die ab sofort gekauft werden müssen, sind total überteuert, in etwa 30 - 40 Prozent teurer als normal. Aber die Inhaber der Lokale haben natürlich Angst und fügen sich.«

»Das ist mal clever, so haben sie gleich sauberes Geld, weil sie es in Deutschland versteuern. Die Herren haben dazugelernt. Früher haben sie wöchentlich irgendwie Bargeld abgeholt. Habt ihr schon eine Ahnung, um wie viele Lokale es sich handelt?«

»Nein, leider nicht. Wir haben Kontakt zu den Carabinieri in Neapel und Rom aufgenommen. Sehr wahrscheinlich hat der Volpe-Clan hier noch andere Geschäfte, in denen sie ihr Geld waschen können. Noch sind wir am Beobachten und Infos sammeln.«

Alex nahm einen großen Schluck *Primitivo* und lehnte sich zurück. »Kurz nach den Schüssen auf die zwei jungen Männer konnten die Kollegen der Darmstädter Polizei ein Fahrzeug stoppen, das direkt danach mit hoher Geschwindigkeit vom Tatort wegfuhr und dabei ein parkendes Fahrzeug streifte. Zwei aufmerksame Sanitäter haben die Karambolage beobachtet und das Kennzeichen der Polizei durchgegeben. Der Fahrer ist in Richtung Dieburg geflüchtet, konnte aber durch einen Streifenwagen, von Messel kommend, und anderen, die die Verfolgung von Darmstadt aus aufgenommen hatten, an der Kreuzung nach Messel gestoppt werden. Sehr wahrscheinlich wollte er zur Autobahn 661. Aber das ist nur eine Vermutung von mir.«

»Oh, eine Verfolgungsjagd wie in Chicago.« Maria sah ihn mit großen Augen an. Alex nickte und fuhr fort:

»Über Funk wurde den verfolgenden Kollegen mitgeteilt, dass das Fahrzeug von dem Tatort in Darmstadt in der Mauerstraße geflüchtet und der Fahrer bewaffnet ist. Du kannst dir vorstellen, wie der Zugriff an der Kreuzung im Wald erfolgt ist. Die Kollegen sind mit gezogenen Pistolen auf das stehende Fahrzeug zugelaufen. Das war dann wohl wirklich wie in den USA.«

»Woher weißt du das?«

»Ein Fahrradfahrer, der von Dieburg kommend nach Darmstadt fuhr, kam genau in diesem Moment vorbei. Er hatte nichts Besseres zu tun, als sein Handy zu zücken und alles aufzunehmen. Das Video kursiert bereits im Netz. Es hatte in den ersten Stunden mehr als 100.000 Klicks. Rate mal, welche Kommentare man darunter findet?«

»Polizeigewalt, unverhältnismäßig, so was in der Art?«

»Ja, leider. Als der Fahrer dann aus dem Auto stieg und die Kollegen das Fahrzeug durchsuchten, fanden sie eine Waffe im Handschuhfach.«

»Die Tatwaffe?«

»Nein, aus der Waffe ist lange nicht geschossen worden.«

»Wo hat er die Tatwaffe gelassen?«

»Das haben wir uns zunächst auch gefragt und bereits eine Hundertschaft angefordert, um das Waldstück zwischen Kreuzung Messel und Darmstadt abzusuchen. Aus dem fahrenden Auto heraus hätte er die Waffe in den Wald werfen können.«

»Und dann?«

»Die KTU hat kurz darauf festgestellt, dass der Fahrer keinerlei Schmauchspuren an seinen Händen hatte.«

»Okay, also er hat die beiden jungen Männer nicht

erschossen. Warum ist er dann geflüchtet? Ich nehme an, er hatte Angst, auch erschossen zu werden?«

»Ja, und er hat uns signalisiert, dass er umfänglich aussagen wird, wenn er in das Zeugenschutzprogramm aufgenommen wird und wir dafür sorgen, dass seine Frau und seine beiden Kinder in Sicherheit sind.«

»Und gibt es da eine Möglichkeit?«

»Unsere Kollegen von der Organisierten Kriminalität sind skeptisch. Sie wissen nicht, ob sie ihm trauen können. Denn es gab für ihn einen Haftbefehl. Er hätte im März eine Haftstrafe antreten sollen. Er wurde im Januar zu einer Haftstrafe von zwei Jahren und sechs Monaten verurteilt. Bei einer Razzia in seinem Lager – er ist der Geschäftsführer eines Lebensmittelgroßhandels – wurden zwei Kilogramm Kokain gefunden. Er hat die Haftstrafe nicht angetreten und hat sich jetzt als Kronzeuge angeboten.«

»Irgendwas ist seltsam. Er ist der Geschäftsführer eines Großhandels, und man findet dort ein paar Kilo Koks. Welcher Capo ist so blöd?« Alex sah Maria fragend an.

»Capo?«

»Chef, Capo nennt man den Boss.«

»Ja, komisch. Wir werden sehen, was er uns die nächsten Tage erzählt. So, mein Liebling, jetzt genießen wir beide den Abend, und kein Wort mehr über Knast, Verbrecher und die Mafia, okay?« Er lehnte sich über den Tisch und gab Maria einen Kuss.

»Ich hatte heute Morgen, bevor wir nach Darmstadt gerufen wurden, im Netz eine Wohnung gefunden. Wie ich aus der Anzeige entnehmen konnte, wunderschön und genau das Richtige für uns.« Er lächelte verschmitzt.

»Wirklich? Wahrscheinlich ist sie schon weg«, sagte Maria und machte einen Schmollmund. In den vergangenen Monaten hatten sie beide kein Glück bei der Wohnungssuche gehabt.

»Nein, mein Schatz, wir haben morgen Nachmittag einen Besichtigungstermin. Du hast doch Frühdienst morgen?« Maria war total verblüfft.

»Ja, habe ich. Das ist ja toll, können wir uns die Anzeige gleich nach dem Essen einmal ansehen?«

»Ja, ich bin mir sicher, du wirst begeistert sein.«

MITTWOCH, DER 15. MAI

1

»Frau Saletti, bitte können Sie bei mir nicht ein wenig die Zelle offen lassen?« Marc Bauer, ein Kleinkrimineller, der von Taschendiebstahl und Verkauf von kleineren Mengen Drogen jahrelang sein Dasein bestritten hatte, schaute Maria an wie ein waidwundes Reh. Seine Körpersprache drückte absolute Unterwürfigkeit aus.

»Nein, Herr Bauer, wenn Ihnen die Zelle zu eng ist, empfehle ich Ihnen, sich hier für einen Arbeitsplatz zu bewerben, da geht der Tag schneller vorbei«, sagte Maria und verschloss die Zellentür. Die restlichen Gefangenen bis auf Hausarbeiter Nowak, der im Flur die Wäsche sortierte, waren an ihrem Arbeitsplatz in den Werkbetrieben der JVA. Spannende Arbeiten wie Kugelschreiber zusammenstecken oder sonstige einfache Tätigkeiten konnten von den Insassen erledigt werden. So verdienten sie sich ein wenig Geld für den monatlichen Einkauf innerhalb der JVA. Maria schritt über den Flur, Nowak war in seine Arbeit vertieft, da sah Maria eine junge Kollegin die Treppe nach oben kommen.

»Maria, hast du einen Moment Zeit für mich?« Sabine Herzmann stand vor Marias Büro und sah sie fragend an.

»Klar, geh nur rein, ich komme sofort.« Maria wandte sich an Hausarbeiter Nowak.

»Bitte zählen Sie alles genau, damit es nachher, wenn wir in die Kleiderkammer zum Wäschetausch gehen, keine Diskussionen gibt.«

»Sie kennen sich auf mich verlassen«, sagte Nowak in seinem polnischen Dialekt und zählte konzentriert weiter. Maria rümpfte die Nase, als sie auf die Schmutzwäsche sah, die vor ihr auf dem Boden lag. Ein unbeschreiblicher Gestank hatte sich binnen kurzer Zeit im Stationsflur ausgebreitet. Stinkende Socken, Unterhemden und Unterhosen mit Spuren, bei denen Maria annahm, dass der Träger den Gebrauch von Toilettenpapier nicht kannte. Den Würgereiz unterdrückend, drehte sie sich um und begab sich zu ihrem Stationsbüro.

»Na, Sabine, wo drückt der Schuh?«, sagte Maria, ging zum Waschbecken und wusch sich akribisch die Hände. Dann nahm sie die Kaffeekanne aus der Maschine und goss sich eine Tasse ein. »Möchtest du auch einen Kaffee?« Sabine nickte, nahm Maria die Tasse ab und setzte sich auf einen der alten Holzstühle.

»Ich weiß nicht, wie ich anfangen soll, es ist ein wenig delikat. Auf keinen Fall will ich hier jemanden in Verruf bringen.«

»Was wir hier besprechen, bleibt erst einmal unter uns. Du kannst sicher sein, dass ich nicht durch die Anstalt laufe und irgendwas, was du mir erzählst, weiterplaudere.«

»Genau deshalb bin ich hier, weil ich weiß, du bist verschwiegen und man kann sich auf dich verlassen.« Sabine atmete kurz durch, dann begann sie:

»Ich habe auf meiner Station einen Gefangenen, der eigentlich sehr verträglich ist. Er sitzt ein wegen Verstoß gegen das Betäubungsmittelgesetz und war über ein

Jahr lang vollkommen unauffällig. In letzter Zeit wollte er für meinen Geschmack etwas zu oft zum Krankenrevier. Bestimmt zweimal pro Woche, das fand ich schon sehr merkwürdig.« Maria hatte ebenfalls Platz genommen und sah Sabine erwartungsvoll an.

»Zu den häufigen Besuchen des Reviers kommt eine Veränderung des Gefangenen, die ich mir nur mit Drogenkonsum erklären kann. Immer, wenn er von dort zurückkommt, sind seine Pupillen stark geweitet und er ist tiefenentspannt. Vor den Revierbesuchen ist er von Mal zu Mal nervöser.«

»Das hört sich nicht gut an. Hast du ihn mal gefragt, warum er ständig zum Revier muss?«

»Darauf erhalte ich nur ausweichende Antworten. Mal hat er Magenschmerzen, das nächste Mal Rückenschmerzen und so weiter.« Maria sah aus dem vergitterten Bürofenster in den tristen Anstaltshof. Die drei kleinen Ahornbäume am Rande des roten Sportplatzes waren das einzig Natürliche inmitten von Asphalt und Gummimatten. Rechts und links vom Sportplatz befanden sich die Hafthäuser in Sägezahnbauweise.

»Weißt du, welche Krankenschwester oder welcher Pfleger an diesen Tagen Dienst hatte?« Maria sah ihre Kollegin fragend an.

»Darauf habe ich, ehrlich gesagt, am Anfang nicht geachtet. Die beiden letzten Male Pfleger Seibert.« Maria überlegte eine Weile, dann wandte sie sich an Sabine:

»Nun gut, wir beide alleine kommen da nicht dahinter. Es sei denn, der Gefangene vertraut sich dir an. Was meinst du, wenn er in Not ist, würde er sich an dich wenden?«

»Ich bin mir nicht sicher, möglich wäre es. Was willst du machen?«

»Ich möchte das Ganze erst einmal mit Jan Gerber besprechen.« Sabine riss die Augen ängstlich auf.

»Muss das sein? Am Ende heißt es im Flurfunk, ich hätte den Seibert angeschwärzt«, sagte Sabine leise.

»Nein, keine Angst. Gerber ist zum einen hier der Sicherheitsdienstleiter, und zum anderen ist er hier drin hinter den Drogen her wie der Teufel hinter der armen Seele. Was er am allermeisten hasst, ist, wenn Bedienstete hier auch noch Geschäfte mit Drogen machen. Wir beide können die Sache nicht aufdecken, außerdem ist es wichtig, dass ein Vorgesetzter von dir davon Kenntnis erhält, ansonsten drehen sie dir noch einen Strick draus, wenn der Knacki vielleicht mal zu viel von dem Zeug nimmt und das Zeitliche segnet.« Maria sah Sabine durchdringend an, und sie nickte zustimmend.

»Davor habe ich auch Angst, deshalb bin ich hier. Ich wollte drüben im Haus meinem Bereichsleiter nichts sagen. Mit dem kann ich nicht gut.« Maria nickte.

»Wenn du in dieser Angelegenheit mit dem Falschen sprichst, macht dieser Verdacht hier schnell die Runde, und der oder die Täter sind gewarnt. Ich werde Gerber informieren, und er entscheidet, wie man am besten weiter vorgeht. Demjenigen, der die Medikamente verkauft, muss schnellstmöglich das Handwerk gelegt werden.«

2

Etwa 80 Gefangene bewegten sich wie eine blaue Masse langsam die fünf Stockwerke nach oben. Einige wenige hatten ihre blaue Arbeitsjacke über die Schulter geworfen und schlenderten im weißen Feinrippunterhemd an ihr vorbei. Es war bereits sehr warm, und der fünfte Stock des Hafthauses heizte sich erstaunlich schnell auf. Karl-Heinz Burger hatte offensichtlich noch mehr Elan als seine Mithäftlinge und lief grinsend auf Maria zu.

»Frau Saletti, ist Post für mich gekommen?« Maria, die diesen Typen vom ersten Tag an nicht besonders mochte, schaute ihn erstaunt an und sagte lächelnd:

»Post für Sie? Ich glaube nicht.« Der Gesichtsausdruck von Burger sprach Bände. Er glaubte ihr nicht. Maria spürte, dass er über ein Selbstbewusstsein verfügte, das seinesgleichen suchte. Sie verabscheute Betrüger. Menschen um ihr Erspartes zu bringen und ihre Gutgläubigkeit auszunutzen, Firmen in den Ruin zu stürzen oder, noch schlimmer, Frauen Liebe vorzuheucheln und sie dann auszunehmen, machte sie wütend. In Gesprächen mit dem einen oder anderen im Laufe der Jahre merkte Maria, dass diese Männer über keinerlei Unrechtsbewusstsein verfügten. Im Gegenteil, oftmals fanden sie ihre Strafe ungerecht und haderten mit ihrem Schicksal. Um die Spannung ein wenig zu erhöhen, sagte sie:

»Ich habe die Post aber noch nicht kontrolliert. Ich bin noch zwei Stunden im Dienst, vielleicht schaffe ich es ja noch.« Burger lächelte siegessicher, straffte seine Schultern und schritt in seine Zelle, die Maria hinter ihm verriegelte. Nachdem alle Gefangenen in ihren Hafträumen waren, wurde das Mittagessen ausgeteilt. Auch an diesem Tag verspürte Maria wirklich Mitleid. Kleine Stücke weißes Fleisch ohne jegliche Deko schwammen im Wasser auf einer Aluminiumplatte. Schon dieser traurige Anblick in Verbindung mit einem Kartoffelsalat, der anscheinend nur aus Kartoffeln und Öl zu bestehen schien, verdarb einigen Häftlingen den Appetit. Die entsetzten Gesichter der Insassen sprachen für sich. Hier und da vernahm sie ein mürrisches Brummen, und einer der Gefangenen sagte zu Maria:

»Das ist schlimmer als alles, was ich in meinem Leben je zu essen bekommen habe.«

Als Maria eine halbe Stunde später wieder in ihrem Büro saß, nahm sie den Stapel Post zur Hand und fand abermals einen dicken DIN-A4-Umschlag mit dem Absender vom *Darmstädter Echo*. Viele Frauen hatten Karl-Heinz Burger auf seine Kontaktanzeige geantwortet. Maria schüttelte den Kopf und öffnete jeden der Briefe, um etwaige verbotene Einlagen herauszunehmen. Und wie vermutet, sie hatte das schon öfter erlebt, befand sich in einem DIN-A4-Umschlag mehr als nur ein Brief. Maria zog sich sicherheitshalber ein paar Einweghandschuhe an. Sie öffnete den Briefumschlag und zog eine Briefseite, welche mit einem billigen Parfüm besprüht war, heraus. Der Geruch erinnerte Maria stark an Toilettenseife. Sie griff erneut hinein und hatte einen Damenslip, eindeutig getragen, in der Hand. Kopfschüttelnd nahm sie aus ihrer Schublade eine kleine Plastiktüte, schrieb den Namen Karl-Heinz Burger darauf und steckte dann angewidert den Damenslip hinein. Sie legte ihren Fund beiseite und überflog die Zeilen jedes Briefes. Arme Seelen, die von der großen Liebe träumten und ein gefundenes Fressen für solche Aasgeier waren. Maria verspürte Mitleid, als sie Worte wie »Treue« und »wahre Liebe« las. Lebten diese Frauen in einer Traumwelt? Als sie den letzten Brief geöffnet hatte, stand Jan vor ihr.

»Na, wieder Fanpost?«, sagte er lächelnd und setzte sich auf einen der Stühle am Fenster. Maria hob, ohne sich umzudrehen, die Plastiktüte in die Luft und sagte süffisant:

»Ich glaube, ich werde Männer nie verstehen.« Dann lachte sie laut und drehte sich um.

»Du kannst die Männer nicht verstehen?«, fragte Jan lachend. »Aber den Slip hat doch eine Frau geschickt.«

»Da hast du allerdings recht, ich glaube, die Dame hat Erfahrung mit Männern hinter Gittern.«

»Das mag sein. Gab es hier irgendwas Wichtiges?«, fragte Jan, hoffend, er könne sich ohne weitere Vorkommnisse in den wohlverdienten Feierabend verabschieden.

»Gut, dass du fragst«, sagte Maria, stand auf und schloss die Bürotür, die sie wegen der Hitze offen gelassen hatte.

»Kollegin Herzmann war heute Vormittag bei mir. Sie hat den Verdacht geäußert, dass jemand vom Krankenrevier Drogen oder Medikamente an die Knackis verkauft. Wahrscheinlich Pfleger Seibert«, flüsterte Maria. Auf keinen Fall wollte sie, dass ihr Gespräch von jemandem gehört wurde. Jan rieb sich den Bart und sah aus dem Fenster. Dann drehte er sich zu Maria um und sagte:

»Wenn der Gefangene bereit ist, gegen die Person vom Krankenrevier auszusagen, werden wir sie schnappen. Wenn nicht, wird es schwer, das nachzuweisen.«

»Ja, aber so kann es doch nicht weitergehen.«

»Sicher nicht. Ich werde mit dem Arzt sprechen, dass er einmal eine Inventur der Medikamente macht. Der Diebstahl von *Diazepam*, *Valium*, *Tavor* oder weiß der Teufel was für Zeug müsste ja auffallen.«

3

Alex lief die Treppe zu dem Besprechungsraum im Hessischen Landeskriminalamt, immer zwei Stufen auf einmal nehmend, in den zweiten Stock hoch. Es herrschte reges Treiben. Schüsse auf offener Straße bedeuteten unter Umständen einen Bandenkrieg, den man auf alle Fälle verhindern musste. Man ging zum jetzigen Zeitpunkt davon aus, dass es sich um einen Racheakt im Milieu oder zwischen zwei rivalisierenden Banden handelte. So viel hatte er im Flurfunk bereits erfahren. Er betrat als Letzter den großen, lichtdurchfluteten Raum. Alle anderen Kollegen und Kolleginnen waren bereits anwesend. In der Ecke befand sich ein großes Flipchart, und Heike Bender, Kriminalrätin und Leiterin der Abteilung 4 – Schwere und Organisierte Kriminalität – stand davor und wartete, bis er die Tür hinter sich geschlossen hatte.

»Gut, dass ihr schon da seid, dann können wir gleich beginnen«, sagte sie und nahm ihre Aufzeichnungen zur Hand. »Gestern gegen 10 Uhr wurden zwei junge Männer, Alberto, 28 Jahre, und Tomaso Vasile, 27 Jahre alt, in der Nähe ihrer Unterkunft in Darmstadt in der Mauerstraße erschossen. Zunächst wurde vermutet, dass der Schütze der Fahrer des Mercedes sei, der sich Sekunden später mit hoher Geschwindigkeit vom Tatort entfernte. Man konnte ihn, nachdem er festgenommen worden war, als Täter definitiv ausschließen. Er hatte zwar eine Waffe im Fahrzeug, jedoch wurde diese Waffe, eine *Beretta* neun Millimeter, schon längere Zeit nicht mehr benutzt. Weiters konnte man an seinen Händen und der Kleidung keinerlei Schmauchspuren sicherstellen.« Heike machte eine kurze Pause und sah in die fragenden Gesichter der Anwesenden. »Seit gestern Abend wissen wir nach den ersten Auswertungen der Gerichtsmedizin, dass die beiden jungen Männer aus einer größeren Entfernung erschossen wurden. Der Eintrittswinkel der Kugeln deutet darauf hin, dass der Schütze im Haus gegenüber aus einem Fenster im zweiten Stock die tödlichen Schüsse abgegeben haben musste. Die dafür infrage kommende Wohnung ist bewohnt. Der Bewohner ist ein alter Mann, Jakob Rosenstein, 93 Jahre alt. Er ist dement und scheidet als Schütze definitiv aus. Hier muss sofort ermittelt werden, wer Zutritt zu dieser Wohnung hat. Oder wer und wie sich jemand Zutritt verschafft hat.« Heike sah in die Runde. »Heimann und die Kriminaltechnik, ihr schaut, was ihr an Spuren sichern könnt.« Alex hob daraufhin die Hand, und Heike notierte seinen Namen auf dem Flipchart hinter dem Stichwort »Zutritt Wohnung Schütze«. Dann fuhr sie fort: »Außerdem ist es rätselhaft, warum zwei junge Italiener, die hier in Deutschland nicht gemeldet sind, auf offener Straße erschossen wurden. Wir wissen nur, dass beide aus Neapel kommen. Der Rest ist völlig im Dunkeln.« Heike Bender ging zum Flipchart und schrieb die Namen der beiden Opfer mit einem Fragezeichen dahinter, dann sah sie in die Runde, wartete auf ein Handzeichen und notierte, welcher der Anwesenden diese Info recherchieren sollte, dann sprach sie weiter:

»Es gibt drei Zeugen, die sich auf dem Bürgersteig schräg gegenüber der Stelle befanden, an der die beiden Jungen erschossen wurden. Wer möchte die drei befragen?« Sie notierte das Wort »Zeugen«, und eine Kollegin hob die Hand. »Weiterhin müssen wir alles über den Aufenthalt der beiden Italiener in Deutschland in Erfahrung bringen.« Wieder hob sich eine Hand, und Heike Bender notierte den

Namen des Beamten auf dem Flipchart. »Bitte, Alex, versuche, auch den Fluchtweg des oder der Täter zu ermitteln. Bis jetzt wissen wir nicht genau, wie der oder die Täter sich vom Tatort entfernt haben. Da hat vielleicht jemand der Anwohner etwas beobachtet.« Heike schaute fragend in die Runde. »Ist etwas unklar? Ihr könnt mich auf jeden Fall bis 22 Uhr heute hier im LKA erreichen. Dann wieder morgen früh ab 6 Uhr. Viel Erfolg. In Ausnahmefällen bitte auch nachts anrufen. Danke.«

4

Maria war sehr nervös. Nachts hatte sie kaum geschlafen. Würden sie wirklich zusammenziehen? Ein wenig Angst vor diesem Schritt hatte sie schon. Was, wenn sie beide sich das Zusammenleben zu rosig ausgemalt hätten und es nicht funktionierte? Beide würden ihre schönen Wohnungen aufgeben. Dann wieder eine passende Wohnung in Dieburg zu finden, wäre ein beinahe aussichtsloses Unterfangen. Sie grübelte die halbe Nacht und fiel in den frühen Morgenstunden, kurz bevor sie aufstehen musste, in einen traumlosen Schlaf. Als der Wecker klingelte, dachte sie, ein Bus hätte sie überrollt, so kaputt war sie. Die Wohnung, die sie sich am Abend zuvor im Internet angesehen hatten, entsprach genau ihren Vorstellungen. Sie war zwar nicht in Dieburg, was Maria ein wenig bedauerte, da sie so jeden Tag zur Arbeit pendeln musste. Jedoch waren 15 Kilometer überschaubar, und die Wohnung befand sich in Darmstadt im Herdweg. Sie konnte von dort schnell auf die B26 in Richtung Dieburg fahren, zum Joggen war sie in wenigen Minuten im Grünen. Entweder an der Lichtwiese oder auch am Böllenfalltor. Das ganze Paulusviertel mit alten Villen galt als angenehm und ruhig. Der Frühdienst verging wie im Flug, so viel hatte sie zu erledigen, und als sie sich gerade zu Hause umzog, erreichte sie ein Anruf von Alex:

»Schatz, es kann sein, dass ich ein wenig später komme. Der Verkehr hier ist wieder einmal eine Katastrophe. Irgendwas muss passiert sein. Nichts geht mehr.«

»Kein Problem. Ich hoffe, ich werde nicht in zwei Minuten abgefertigt. Vielleicht schaffst du es ja noch.«

»Gut, bis gleich.« Alex hatte aufgelegt.

Maria hatte fünfzehn Minuten später den Herdweg in Darmstadt erreicht und fuhr langsam die Straße entlang. Die Gehwege waren hier nicht gepflastert, Zäune mit gepflegten Vorgärten gaben den großen alten Villen einen schönen Rahmen. Maria fuhr im Schritttempo und suchte am Straßenrand einen Parkplatz. Sie musste die Straße einmal komplett durchfahren, bis sie einen gefunden hatte, und kam nach einem kleinen Fußmarsch genau zur vereinbarten Zeit am Objekt an. Die Parkplatzsuche wäre für sie täglich schon einmal nicht so gut. An der derzeitigen Wohnung hatte sie einen eigenen Parkplatz. Sie besah sich das Haus noch einmal genau von außen. Es hatte wohl vor kurzem erst eine Renovierung erfahren und erstrahlte in neuem Glanz. Es gab genau zwei Klingelschilder. Eines davon war nicht beschriftet, auf dem anderen stand der Name des Vermieters ›SCHNEIDER‹. Maria klingelte und wartete einen Moment, bis sie an der Gegensprechanlage eine nette Frauenstimme vernahm.

»Ja bitte.«

»Guten Tag, mein Name ist Saletti. Ich habe jetzt einen Termin zur Wohnungsbesichtigung.«

»Ich habe einen Termin mit einem Herrn, warten Sie mal«, Maria hörte ein Knacken und kurz darauf, »Herrn Neubert.«

»Das ist richtig, das ist mein Lebensgefährte. Er verspätet sich ein klein wenig.«

»Ach so, warten Sie, ich mache Ihnen auf.« Im gleichen Moment hörte sie das sonore Schnarren am Türschloss und konnte die Gartentür nach innen öffnen. Der Vorgarten war sehr gepflegt, mehrere große Rhododendron-Büsche erstrahlten in den schönsten Farben. Maria ging die alte Steintreppe am Haus hinauf. Oben angekommen, öffnete ihr eine Frau Anfang 40, die sie freundlich anlächelte.

»Entschuldigen Sie, ich habe gerade gesehen. Herr Neubert hat Sie ja mit angekündigt. Frau Maria Saletti, richtig?«

»Ja, das ist richtig.«

»Kommen Sie. Ich hatte mir nur den Namen Neubert gemerkt.

Sie möchten hier zusammen einziehen?«

»Ja, im Moment wohne ich in Dieburg und Herr Neubert in Wiesbaden.« Frau Schneider nickte und nahm die gewendelte Holztreppe in den ersten Stock. Die Treppe wie auch das gesamte Treppenhaus hatte vor kurzem erst neue Farbe bekommen. Alles in allem machte das Haus auf Maria einen sehr gepflegten Eindruck. Nachdem Frau Schneider die Wohnung aufgeschlossen hatte, ließ sie Maria den Vortritt. Sie gingen durch einen Flur, von dem rechts und links Zimmer abgingen. Die Decken in diesem Haus waren bestimmt drei Meter hoch und die Fenster mit Rundbögen riesig, was die Räume noch heller strahlen ließ. Maria war auf den ersten Blick in die Wohnung verliebt. Das Bad war nagelneu. Es hatte sogar eine große Duschkabine mit Regendusche. Das Wohnzimmer war so geräumig, dass man einen Teil als Esszimmer nutzen konnte. Die Küche hatte eine Durchreiche. Marias Herz machte einen Sprung.

»Gefällt Ihnen die Wohnung?«, ergriff Frau Schneider nach einigen Minuten das Wort.

»Ja, sie ist sehr schön«, antwortete Maria. In dem Moment klingelte ihr Smartphone. »Entschuldigung. Ich sehe, das ist Herr Neubert, da muss ich drangehen«, entschuldigte sie sich und nahm das Gespräch an.

»Schatz, ich habe gerade einen Parkplatz gefunden. Bist du schon fertig?«

»Nein, du kommst gerade richtig.« Frau Schneider war bereits auf den Balkon getreten und gab ihm ein Zeichen. Maria legte auf.

Als sie eine Viertelstunde später mit Frau Schneider bei einer Tasse Kaffee saßen, konnten sie beide ihr Glück kaum fassen.

»Also, Sie sind beide Beamte. Das ist gut. Und Sie machen auf mich einen sehr netten Eindruck. Wenn sie Ihnen gefällt, können Sie die Wohnung haben. Ich bin eine Frau der schnellen Entscheidungen. Schlafen Sie eine Nacht darüber und schicken Sie mir per Mail Ihre Gehaltsnachweise.« Alex und Maria sahen sich an. So schnell hatte sie nicht mit einer Antwort gerechnet.

»Gut, wir schlafen eine Nacht darüber. Bis spätestens morgen Abend geben wir Ihnen eine Antwort«, sagte Alex und erhob sich.

»Das ist gut. Ich habe noch einige Interessenten, da vergebe ich aber erst neue Termine, wenn das mit uns nichts wird«, sagte Frau Schneider fröhlich. Sie verabschiedeten sich voneinander, und Alex und Maria traten vor das Haus. Alex zeigte in Richtung seines parkenden Autos. Was Maria sofort zum Anlass nahm, diesen Wermutstropfen anzusprechen.

»Die Wohnung und auch die Vermieterin sind echt super, aber keine Parkplätze hier. Das wird eine Umstellung.«

»Das stimmt, mein Schatz, lass uns eine Nacht darüber schlafen.«

DONNERSTAG, DER 16. MAI

1

Jan war in seine Arbeit vertieft, als sein Telefon klingelte. In Gedanken versunken, nahm er den Hörer ab und nannte abwesend seinen Namen.

»Gerber.«

»Herr Gerber, gut, dass ich Sie so schnell erreiche. Werner Schmidt vom Landeskriminalamt Wiesbaden.« Schlagartig war Jan bei der Sache.

»Herr Schmidt, was kann ich für Sie tun.«

»Sicherlich haben Sie von den Schüssen in Darmstadt auf zwei junge Männer gehört. Kurz darauf konnten wir einen Mann festnehmen, gegen den eine Ladung zum Strafantritt in der JVA Dieburg besteht. Sein Name ist Luigi Esposito, und er sollte sich bei Ihnen bereits im März zur Verbüßung einer Freiheitsstrafe von zwei Jahren und sechs Monaten einfinden.«

»Die wird er jetzt antreten«, sagte Jan süffisant.

»Davon ist auszugehen. Herr Esposito hat uns gegenüber geäußert, dass er umfänglich aussagen könnte über Tätigkeiten der *Camorra* im Rhein-Main-Gebiet. Noch hat er keine wirklich relevanten Informationen geliefert. Ich bin jedoch zuversichtlich, dass er das noch tun wird.«

»Wie kann ich Ihnen da helfen?«

»Es wäre gut, wenn Sie dafür sorgen könnten, dass wir jederzeit mit ihm Kontakt aufnehmen können und dass er uns über einen Verbindungsbeamten kontaktieren kann.«

»Das wird kein Problem sein.«

»Gut, es kommt nur darauf an, dass diese Kontaktaufnahme in der Anstalt nicht weiter auffällt.«

»Keine Sorge, das bekomme ich hin.«

»Wichtig wäre für uns, dass Sie einen Kollegen aussuchen, der als Verbindungsbeamter dem Gefangenen vorgestellt wird. Dieser Kollege von Ihnen muss absolut zuverlässig und integer sein, da das Leben dieses Esposito davon abhängt. Niemand, ich wiederhole, niemand außer Ihnen und diesem Beamten dürfen den wahren Hintergrund dieses Mannes erfahren.«

»Ich habe eine sehr zuverlässige Kollegin. Sie ist selbst Italienerin, somit von Vorteil, wenn der Mann etwas erzählen will, oder ist er hier aufgewachsen?«

»Nein, er ist erst vor einigen Jahren nach Deutschland gekommen. Ist diese Beamtin zuverlässig?«

»Ja, absolut.«

»Gut, Herr Gerber, dann verlasse ich mich darauf. Wir hören voneinander, wenn Herr Esposito bei Ihnen in der Anstalt eingetroffen ist.« Jan wollte noch etwas sagen, aber Schmidt hatte bereits aufgelegt.

2

Die junge Frau in Krankenschwesternkleidung mit dem Aufdruck ›Pflegedienst Kern‹ sah ihn argwöhnisch an.

»Guten Tag, mein Name ist Alexander Neubert, ich komme vom Landeskriminalamt.« Sein Gegenüber nahm ihm den Ausweis ab und besah ihn sich genau.

»Und was kann ich für Sie tun?«, fragte sie, während sie ihm das Dokument zurückgab.

»Sagen Sie mir doch bitte Ihren Namen, und dann würde ich mir gerne die Wohnung ansehen und den Raum, aus dem mutmaßlich geschossen wurde.«

»Ich bin Melanie Schumann.« Dabei lächelte sie ihn freundlich an. »Kommen Sie rein, Ihre Kollegen haben sich hier in den Räumen bereits ausgetobt.« Frau Schumann trat einen Schritt zurück, dann zeigte eine Handbewegung von ihr auf eine Zimmertür, an der er die Siegelmarke entdeckte. Alex ging zu dieser Tür, riss die Marke ab und betrat den Raum. Die Spurensicherung hatte ganze Arbeit geleistet, nahezu im gesamten Zimmer waren Spuren des Fingerabdruckpulvers zu sehen. Der weiße Fensterrahmen, von dem aus mit sehr großer Wahrscheinlichkeit geschossen worden war, war mehr schwarzgrau als weiß. Aber auch Kommoden, Stühle, ja selbst der Heizkörper waren mit dem Pulver verschmiert. Die Pflegerin blieb im Türrahmen stehen und sah verärgert auf die Möbel.

»Ich frage mich, wer diese Schweinerei wegmacht.«

»Hat denn Herr Rosenstein keine Putzfrau?«

»Nein, Herr Rosenstein hat weder eine Putzfrau noch sonst jemanden. Er ist der einsamste Mensch, den ich kenne.«

»Und wer organisiert die Pflege und alles andere?«, fragte Alex und trat an das Fenster.

»Wir als Pflegedienst kommen, wenn er zu Hause ist, dreimal am Tag. Wir kaufen auch für ihn ein. Was die Pflegekasse nicht bezahlt, wird von einem gesetzlichen Betreuer, einem Anwalt, bezahlt, der das Vermögen von Herrn Rosenstein verwaltet.«

»Herr Rosenstein ist vermögend?«, fragte Alex und sah sich in dem schäbigen Raum um. Ein paar alte Möbel, ein durchgelaufener Linoleumboden, am Fenster nicht einmal Gardinen. Die Tapeten stammten mit Sicherheit aus dem letzten Jahrhundert.

»Ich nehme an. Ich weiß nur so viel, dass ihm dieses Haus und noch andere Mietshäuser in Darmstadt gehören. Das hat er mir einmal im Vertrauen erzählt, als er noch halbwegs bei Verstand war.« Melanie Schumann sah Alex traurig an und fügte dann hinzu:

»Es ist nicht schön, den Verfall eines Menschen so mitzuerleben. Zumal wenn jemand so lieb ist wie Herr Rosenstein.«

»Ja, das kann ich mir vorstellen«, sagte Alex mitfühlend. »Haben Sie eine Idee, wie sich jemand Zutritt zur Wohnung verschaffen konnte? Konnte Herr Rosenstein die Tür öffnen?« Melanie Schumann nickte.

»Er hätte sie öffnen können, jedoch war er an diesem Tag in der Tagespflege, also nicht zu Hause.«

»Hatte irgendjemand in der Vergangenheit die Möglichkeit, an den Wohnungsschlüssel zu kommen?« Melanie Schumann zögerte kurz, überlegte und sagte dann:

»Nein, wie denn. Nach dem Dienst gebe ich die Schlüssel immer bei unserer Chefin ab. Die Schlüssel sind bei uns Pflegekräften oder im Büro. Herr Rosenstein schließt seine Wohnung ab, wenn er von der Tagespflege abgeholt wird.

Glaube ich zumindest.« Alex beobachtete sein Gegenüber genau.

»Er wird von der Tagespflege abgeholt und wieder zurückgebracht?«

»Ja, genau. Er geht jetzt bestimmt schon ein Jahr in die Tagespflege. Wobei ich denke, besser wäre es, wenn er in eine Seniorenresidenz ziehen würde. Der geistige Zustand hat sich sehr verschlechtert in der letzten Zeit.« Alex nickte.

»Hatten Sie an diesem Tag Dienst?«

»Ja, ich war gegen 7.30 Uhr hier und bin gegen 8.20 Uhr wieder weggefahren. Der Bus von der Tagespflege kommt so gegen 9.30 Uhr und holt Herrn Rosenstein ab.«

»Haben diese Leute einen Schlüssel?«

»Nein, Herr Rosenstein öffnet die Tür selbstständig. Da fällt mir ein, die *Johanniter* haben auch noch einen Schlüssel. Denn er trägt einen Notrufknopf am Handgelenk, so kann er, falls er fällt oder ihm nicht gut ist, direkt die *Johanniter* zu Hilfe rufen.«

Alex notierte die Angaben in einem kleinen Heft.

»Die Schüsse wurden um 14 Uhr abgegeben, da war er also in der Tagespflege. Ist er da täglich?«

»Bis auf freitags und am Wochenende, da ist er den ganzen Tag zu Hause.«

»Wie oft kommen Sie eigentlich zu Herrn Rosenstein?«

»An den Tagen, an denen er abgeholt wird, morgens gegen 7.30 Uhr, die Spätschicht dann gegen 18 Uhr. Genaue Zeiten kann Ihnen unsere Chefin geben. In der Zentrale sind die Daten genau festgehalten.«

»Wie das?«

»Wir haben GPS in den Autos. Sie wissen ja, Vertrauen ist gut, Kontrolle ist besser.« Sie lächelte säuerlich.

»Ich würde gerne Herrn Rosenstein befragen.«

»Das haben Ihre Kollegen schon versucht. Sie können gerne zu ihm gehen, aber sprechen …«, sie machte eine Pause, »… er wird Ihnen viel erzählen, aber …«, Melanie Schumann ging vor Alex her durch den Flur und öffnete eine große zweiflügelige Tür. Auch diese Tür wie alle anderen in der großen Wohnung war mit Fingerabdruckpulver verschmiert. Direkt gegenüber saß ein kleiner alter Mann in einem großen grünen Ohrensessel. Sein mageres Gesicht war von Altersflecken übersät, er trug einen hellblauen Jogginganzug, der ihm eindeutig zu groß war. Dadurch wirkte er noch zierlicher, zerbrechlicher. Der Bezug des Ohrensessels war durchgewetzt, überhaupt sah der ganze Raum armselig und schäbig aus. Sein magerer Kopf drehte sich langsam, als Alex den Raum betrat.

»Herr Rosenstein, hören Sie, Sie haben Besuch«, sagte Frau Schumann etwas lauter, als es normal gewesen wäre. Der alte Mann schaute Alexander einen Moment lang genau an, dann erhellte sich sein Gesicht.

»David, wie schön, dass du mich einmal besuchen kommst.« Er strahlte Alex an und versuchte aufzustehen. Melanie Schumann eilte ihm zu Hilfe und schob ihm sogleich den Rollator hin, damit er sich darauf stützen konnte.

»Das ist nicht Ihr Neffe, Herr Rosenstein. Es ist ein LKA-Beamter. Wie war noch mal Ihr Name?«

»Neubert, Alexander Neubert«, erwiderte Alex lauter als beabsichtigt. Erneut sprach sie Herrn Rosenstein an, dieses Mal mit lauter Stimme:

»Herr Neubert möchte mit Ihnen sprechen.« Sie lächelte ihn gütig an und trat dann einen Schritt zurück. Alex schaute in die verwirrten Augen eines Mannes, der komplett die Orientierung in seinem Leben verloren hatte. Auf eine merkwürdige Art und Weise schien dieser Mann jedoch zufrieden zu sein. Hände und Arme wirkten, als wären sie nur noch mit Haut überzogen, die Knochen stachen heraus, über der rechten Schläfe verlief eine blaue Ader. Alex versuchte, den Blick des alten Mannes zu treffen. Herr Rosenstein dachte nach und das auf eine Weise, die einem fast leidtat. Vorsichtig trat Alex noch einen Schritt näher und stieß dabei mit seinem rechten Fuß an den Rollator. Erschrocken trat er sofort zurück und sah hilfesuchend Melanie Schumann an.

»Ist nix passiert«, sagte sie milde, dann erhob sie ihre Stimme:

»Herr Rosenstein, hatten Sie am Dienstag Besuch? War jemand vergangenen Dienstag bei Ihnen?« Jakob Rosenstein überlegte angestrengt, sagte dann traurig:

»Meine Frau ist schon lange tot, und dienstags habe ich immer meinen Skatabend. Aber der ist letztes Mal ausgefallen, weil der Artur nicht konnte.« Er sah Alex noch kurz an, dann schob er im Schneckentempo seinen Rollator zu einem alten Esstisch, auf dem ein Teller mit Haferbrei stand. Melanie Schumann schüttelte den Kopf:

»Sein Freund Artur ist vor zwei Jahren in einem Pflegeheim verstorben. Und die Skatabende sind schon lange her. Sie sehen ja, ihn zu befragen …« Sie sprach nicht weiter. Alex nickte, versuchte es dennoch. Etwas unbeholfen sprach er den alten Mann erneut laut an:

»Guten Tag, Herr Rosenstein, ich bin vom LKA. Wissen Sie, ob fremde Leute in Ihrer Wohnung waren?« Der Senior zeigte keine Reaktion und schlürfte seinen Haferbrei. Alex wandte sich ab.

»Ja, das ist sicherlich zwecklos. Sie wissen nicht, ob sonst noch Schlüssel von der Wohnung im Umlauf sind?«

»Nein, tut mir leid, wie gesagt: wir, die *Johanniter* und der Anwalt. Keine Ahnung, wie der heißt. Ich habe ihn bisher kein einziges Mal hier gesehen. Sie können das aber bei uns im Büro erfahren. Die haben dort alle Angaben.« Alex bedankte sich und verließ die Wohnung. Im Treppenhaus ging er zunächst nach oben. Das Haus, ein typischer Bau aus der Gründerzeit, die alten Holztreppen waren ausgetreten, der Handlauf abgegriffen. Ein zweiflügeliges morsches Holzfenster auf halber Treppe, dessen Farbe an vielen Stellen abgeblättert war und dessen Kitt sich bereits von der Scheibe löste, schien nicht verriegelt zu sein. Alex sah, dass die Kollegen auch hier das Pulver großzügig angebracht hatten. Er zog schnell ein Paar Handschuhe an und zog am Fenstergriff, das Fenster ließ sich nicht öffnen. Er blickte durch die trüben Scheiben, die seit Jahren keine Reinigung erfahren hatten, in den Hinterhof. Vor dem Fenster stand ein Kastanienbaum, der Hof darunter alter Asphaltboden mit Löchern übersät, dem Wildwuchs überlassen. Alex ging einige Stufen nach oben und stand vor der Treppe, die zum Dachboden führte. Auch hier hatten seine Kollegen bereits Fingerabdrücke genommen. Er war gespannt auf die Auswertung. Er stieg nach oben und öffnete die Tür. Durch den plötzlichen Luftzug aufgewirbelt flog ihm der Staub des letzten Jahrtausends entgegen, und Alex musste augenblicklich niesen. Der Dachboden war riesengroß, aber außer einigen alten Matratzen und Hinterlassenschaften von Tauben war er leer. Alex trat an das Dachausstiegsfenster und öffnete es. Sein Blick fiel sofort auf zwei beschädigte Ziegel, die Kanten vermittelten ihm den Eindruck, als wären sie erst vor kurzem zerbrochen. Sie wiesen weder Moos noch andere Verwitterungsspuren auf. Hier waren sicherlich der oder die Täter entkommen. Ein Blick über die angrenzenden Dächer gab ihm Gewissheit. Ein Haus weiter befand sich eine Feuertreppe, die nach unten führte.

3

Er betrat den Empfang des Pflegedienstes und wartete einen Moment. In einem der angrenzenden Zimmer telefonierte eine Dame und erteilte offensichtlich einer Mitarbeiterin klare Anweisungen.

»Nein, das machen Sie nicht, das bezahlt die Kasse nicht. Sie fahren jetzt zum nächsten Patienten. Danke.«

Alex machte sich bemerkbar:

»Hallo«, rief er freundlich, und die Stimme, die gerade noch in barschem Ton mit jemandem telefoniert hatte, ertönte glockenhell und zuckersüß.

»Ich komme gleich.« Sekunden später erschien eine ältere Frau etwa Mitte 50 hinter dem Empfangspult. Ihr strenges Gesicht und die großen blauen Augen erinnerten Alex an die Lehrerin in den *Harry-Potter*-Filmen, Minerva sowieso.

»Guten Tag, wie kann ich Ihnen helfen?«, fragte die Frau und setzte dabei ihr professionelles Lächeln auf.

»Guten Tag, mein Name ist Alexander Neubert vom Landeskriminalamt.« Dabei hielt Alex ihr den Ausweis hin. »Wie Sie sicher wissen, sind die tödlichen Schüsse auf zwei junge Männer in der Mauerstraße aus der Wohnung von Herrn Rosenstein abgegeben worden.« Ihr aufgesetztes Lächeln verschwand mit einem Schlag. Die Frau zog leicht die rechte Augenbraue nach oben, sagte jedoch kein Wort.

»Wir müssen nun wissen, wer alles einen Schlüssel zu dieser Wohnung hat. Und ich brauche den Namen des gerichtlich bestellten Betreuers von Herrn Rosenstein.« Die Frau nestelte ein wenig verlegen an ihrem obersten Blusenknopf, dann sagte sie:

»Also soweit ich weiß, haben wir hier zwei Schlüssel, und der Rechtsanwalt hat einen und natürlich die *Johanniter*. Möglicherweise auch die Tagespflege, da sie ihn ja abholen. Da müssten Sie einmal nachfragen. Aber darf ich denn so einfach seine Adresse rausgeben? Sie wissen schon – Datenschutz.« Bei den letzten Worten lächelte sie säuerlich. Alex spürte eine große Abneigung gegen diese Frau und versuchte, sie so gut es ging zu kaschieren.

»Da es sich hier um ein Attentat handelt und ich vom Landeskriminalamt in Wiesbaden komme, versichere ich Ihnen, ist es rechtens, wenn Sie mir nun Namen und Adresse des Betreuers geben. Und wenn wir schon dabei sind, wie ist bitte Ihr Name?« Sein Ton war schärfer als beabsichtigt und zeigte Wirkung.

»Mein Name ist Elisabeth Kern, ich bin Pflegedienstleitung und Inhaberin in einer Person«, sagte sie und reckte dabei das Kinn ein wenig nach vorne. Alex nickte und wartete auf den Namen des Anwaltes. Widerwillig sagte sie kurz darauf:

»Rechtsanwalt Frank Wilk, Elisabethenstraße, Darmstadt.«

»Wie lange ist Herr Wilk bereits Betreuer von Herrn Rosenstein?«

»Schon einige Jahre, so genau kann ich Ihnen das nicht sagen. Er war es bereits, als wir die Pflege übernommen haben.«

»Wie viele Schlüssel gibt es von dieser Wohnung?«, fragte Alex ruhig.

»Ein Schlüssel ist im Umlauf, den nehmen die Pflegekräfte mit, und einen Schlüssel habe ich hier in Verwahrung, falls der erste Schlüssel verloren geht. Wie Sie vielleicht wissen, ist Herr Rosenstein ganz alleine und auf unsere Hilfe angewiesen.« Sie reckte stolz ihr Kinn nach vorne.

»Könnten Sie bitte nachsehen, ob der zweite Schlüssel da ist?« Elisabeth Kern drehte sich ohne ein Wort um und ging in das dahinterliegende Zimmer. Wenige Augenblicke später hörte Alex ihre Stimme in hoher Tonlage:

»Alles an seinem Platz, wie es sich gehört.« Mit siegessicherer Miene trat sie wieder hinter den Empfang und sagte spitz:

»Kann ich sonst noch etwas für Sie tun?«

»Ja, das können Sie. Ich brauche die Dienstpläne der letzten Wochen, in denen vermerkt ist, wer alles bei Herrn Rosenstein ein und aus ging.«

»Es wird ja wohl reichen, wenn ich Ihnen mitteile, wer bei Herrn Rosenstein eingesetzt war.«

»Nein, das reicht nicht.« Alex machte eine kurze Pause, sah Frau Kern in die Augen und fügte dann hinzu: »Ich möchte die Dienstpläne der letzten drei Monate.« Dann nahm er eine Visitenkarte aus seiner Jackentasche und legte sie auf den Tisch. »Sie können mir gerne die Pläne an diese E-Mail-Adresse senden. Danke schön.«

Elisabeth Kerns Miene gefror zu Eis. Sie antwortete nicht, nickte und blickte ihn stoisch an. Alex sah sich noch kurz um, kein Bild an der Wand, keine Pflanzen oder Blumen unterbrachen das Grau der Wände. Der Raum war kalt und unpersönlich. Ein Ebenbild der Inhaberin.

4

Karl-Heinz Burger hatte das Fenster weit geöffnet und sah in den tristen Himmel. Den ganzen Tag regnete es Bindfäden, und die Außentemperatur war merklich abgekühlt. In der Zelle jedoch stand die Luft, es war stickig. Er hatte seine Post, nicht ohne einen gewissen Stolz zu verspüren, gezählt. Mehr als 30 Briefe waren von Frauen eingegangen, die offensichtlich einsam und unglücklich waren. Oder warum sonst sollte ihm jemand schreiben. Menschen mit Familie und Angehörigen hatten dafür keine Zeit und würden von ihrem Umfeld genügend Warnungen hören, sollten sie auf die Idee kommen, mit einem Mann im Gefängnis Kontakt aufzunehmen. Er wusste, mit welchen Worten er ihre Herzen höherschlagen ließ, wie er sie für sich einnehmen konnte. Im Laufe seines Lebens hatte er eines begriffen: Man musste den Menschen nur das erzählen, was sie sich schon immer gewünscht hatten zu hören, und schon würden sie alles für einen tun. Selbstzufrieden zog er einen beliebigen Brief aus dem Stapel und überflog die Zeilen:

Lieber Unbekannter,
auch ich fühle mich einsam und freue mich, dir diese Zeilen schreiben zu können. Ich hoffe, die Haft ist nicht allzu schlimm für dich und ich kann dir die schwere Zeit ein wenig versüßen. Mein Name ist Susanne und bin seit einem Jahr geschieden, Kinder habe ich keine.

Burger legte den Brief beiseite, seine innere Stimme sagte ihm, dass dies ein Goldtäubchen sein könnte. Eine Frau, die für ein paar gute Worte alles tun würde. Er besah das Foto, das sie beigelegt hatte. Eine unscheinbare Frau, Typ Mutter Beimer, lächelte in die Kamera, scheu und etwas verlegen. Bingo, kein Selbstbewusstsein. Er musste ihr nur erzählen, dass sie eine liebevolle Ausstrahlung hätte und so weiter, und schon würde sie ihm aus der Hand fressen. Die zwei Jahre, die er verbüßen musste, könnte er möglicherweise sogar abkürzen, wenn er dem Sozialdienst stabile soziale Bindungen in Freiheit nachweisen würde. Er wäre nicht der erste Gefangene, der auf Halbstrafe oder nach zwei Drittel der verbüßten Strafe in Freiheit entlassen würde, vorausgesetzt, dort würde eine treue Freundin auf ihn warten. Er lachte in sich hinein, griff zum Briefbogen und begann:

Liebe Susanne,
vielen Dank für deine lieben Zeilen, sie geben mir Hoffnung in diesem traurigen Umfeld. Ich habe mir dein Foto neben meine Pritsche an die graue Wand geklebt, so sehe ich dich noch einmal, kurz bevor ich einschlafe und gleich, wenn ich aufwache …

Er sah kurz aus dem Fenster, schmunzelte und besah den Stapel Briefe vor sich, er hatte heute noch viel zu tun.

5

Die beiden Männer standen sich gegenüber und sahen einander aggressiv in die Augen, keiner wollte dem Blick des anderen weichen. Maria, die gerade alle Insassen für die Freizeit aufgeschlossen hatte, erfasste die Situation sofort und ging auf den körperlich Überlegeneren zu und sprach ihn forsch an:

»Was ist los? Warum baust du dich so auf?« Der Gefangene Jovanovic, ein Mann mit großen Muskeln, aber wenig Hirn, presste die Worte mühsam zwischen seinen mahlenden Kieferknochen hervor:

»Saletti, geh besser weg. Ich kann für nix garantieren.«

Maria, die solche Situationen oft genug erlebt hatte, lächelte, nahm ihr Funkgerät zur Hand und sagte:

»Ich kann dir garantieren, dass, wenn du nicht augenblicklich Luft ablässt, du in den Bunker fliegst. Ein Druck auf den Alarmknopf, und du weißt, was passiert.« Es dauerte einen Moment, bis die Worte die Hirnwindungen des Kraftprotzes erreicht hatten, dann sah sie, wie sich sein Körper etwas entspannte. Kurz darauf hörte sie ihn auf Serbisch fluchen, dann drehte er sich um und verzog sich in seinen Haftraum. Die Zellentür flog krachend hinter ihm ins Schloss. Maria schüttelte den Kopf und ging zu seinem Kontrahenten. Auch dieser hatte sich in seine Zelle verzogen. Maria blieb im Türrahmen stehen.

»Was war los?«, sagte sie und sah sich in der sehr sauberen und aufgeräumten Zelle um.

Andy Bergholz blickte sie entspannt an:

»Ich habe ihm gesagt, dass er meine Milchpackung nicht

bekommt. Er nimmt hier jedem Knacki Sachen vom Einkauf und die Milch ab. Bis auf die Russen gibt ihm hier jeder seine Milch.«

»Gut, dass ich das mal erfahre. Haben die anderen solche Angst vor ihm?«

»Ja, schauen Sie sich diesen Ochsen doch mal an. Der wiegt doch vorneweg 120 Kilo. Wer geht denn da schon dagegen?«

»Sie hatten doch auch gerade den Mut«, sagte Maria und bremste sich zu sagen, dass ihr Gegenüber nicht gerade aussah wie Arnold Schwarzenegger.

»Aber ich bin gut im Kickboxen. Bis der Dicke seine Keulen gehoben hat, liegt er auf den Fliesen.« Maria musste lachen. Vor ihr stand eindeutig ein Mann der Straße. Er hatte wache Augen, markante Gesichtszüge, und sein sehniger Körper unterstrich seine Aussage über das Kickboxen.

»Gut, dass ich das jetzt weiß mit der Milch. Ich werde auch meine Kollegen informieren. Aber die anderen Gefangenen müssen sich auch wehren. Wenn sie ihm immer die Milch ohne Gegenwehr geben, können wir nichts machen.« Maria nickte dem Gefangenen zu, drehte sich um und ging über die Station zu ihrem Büro. Als sie durch die Glasscheibe in den Raum sah, entdeckte sie Jan, der am Fenster saß und eine Tasse Kaffee vor sich hatte.

»Ich dachte, du bist schon in Richtung Feierabend verschwunden. Es ist bereits nach 17 Uhr, was machst du noch hier?« Jan rieb sich den Bart, dann sagte er:

»Mach mal bitte die Tür zu.« Maria zog hinter sich die Tür ins Schloss, erst danach sprach Jan weiter. »Das LKA hat mich angerufen, wir bekommen einen Verräter der neapolitanischen *Camorra* hier ins Haus. Er heißt Luigi Esposito.« Maria sagte nicht, dass Alex bereits mit ihr über den Fall gesprochen hatte.

»Und wie soll das mit ihm hier ablaufen? Darf er normal mit auf die Station?«

»Ja, ich denke, das können wir machen. Das ist am unauffälligsten.«

»Wo willst du ihn unterbringen?«

»Am liebsten hier bei dir auf der II/5, du sollst auch seine Verbindungsbeamtin sein. Das heißt, dass er dir sagen soll, wenn er mit dem LKA sprechen möchte. Ansonsten kommen die Herren auch öfter und holen ihn ab.«

»Darf er normal telefonieren?«

»Er darf die Personen anrufen, die das LKA freigegeben hat. Natürlich hörst du jedes Telefonat mit. Wenn dir irgendetwas seltsam vorkommt, unterrichte mich sofort. Ein Verräter der neapolitanischen *Camorra* ist nirgendwo auf der Welt noch sicher.«

6

Alex war der Verzweiflung nahe, seit mehr als 15 Minuten suchte er nun schon einen Parkplatz. Rechts und links der Straße standen die Autos dermaßen dicht geparkt, dass ein Fußgänger Mühe hatte, die Straßenseite zu wechseln, ohne über eine Motorhaube zu klettern. Endlich fuhr ein

Fahrzeug weg, und Alex manövrierte sich in die Parklücke. Wenige Augenblicke später stand er vor einer Eingangstür und drückte auf das unterste Klingelschild. Diese Tür hatte seit langem keine Reinigung mehr erfahren. Der Rahmen wie auch die Briefkastenanlage waren klebrig und abgegriffen. Die Briefkästen übersät von immer wieder überklebten Namensschildern. Auf sein erstes Klingeln hin passierte nichts. Nach und nach betätigte er alle Klingelknöpfe, und nach einer gefühlten Ewigkeit ertönte der Summer. Beim Eintreten in den Hausflur schlug ihm eklige Luft entgegen. Eine Mischung aus Küchengerüchen und Verwesung. Irgendwas oder irgendwer moderte gerade vor sich hin. Wahrscheinlich hatte jemand zu lange den Müll im Flur stehen lassen. Er nahm die ersten Stufen zum Hochparterre und klingelte an der linken Tür. Nichts geschah, sodass er weiter nach oben ging und an mehreren Türen erfolglos klingelte, bis endlich im dritten Stock eine Frau mittleren Alters ihm die Tür öffnete. Auch aus dieser Wohnung schlug ihm eine Luft entgegen, die ihm den Atem nahm.

»Guten Tag, Frau …«, Alex sah noch einmal schnell auf das Namensschild an der Wohnung, »Frau Müller, mein Name ist Neubert. Ich komme vom LKA. Sie haben sicher von den Schüssen in der Straße gehört. Ich wollte Sie fragen, ob Sie etwas gesehen haben, das uns weiterhelfen könnte.« Die Frau sah ihn mit großen Augen an und reagierte nicht. Sekunden verstrichen, in denen Alex sich fragte, ob sie vielleicht eine andere Sprache sprach.

»Do you speak English?« Wieder keinerlei Reaktion. Dann endlich verzog sich das Gesicht der Frau, die Alex bei näherem Hinsehen auf Ende 40 schätzte, zu einem schiefen Grinsen.

»Ich häb nix mitbekomme«, lallte sie langsam. »Ich häb nix gehert. Unn wann, dann det isch es Ihne net sache. Isch bin ja net lebensmied. Wann Sie verstehe, was isch mein.« Alex verstand.

»Ihre Aussage wird natürlich mit Diskretion behandelt, da müssen Sie sich keine Sorgen machen.«

»Isch mach mer kei Soije. Ich saach nix. Wann Sie was wisse wolle, dann gehn Se ins Erdgeschoss. Die alt Hex da unne, die Henzel, die waas immer was. Die waas aach, dass isch saufe. Verstehn Se?«

Alex verstand, Frau Müller hatte offensichtlich ein Alkoholproblem, und die Nachbarin Henzel im Erdgeschoss war wohl redseliger. Alex holte eine Visitenkarte aus seinem Portemonnaie und hielt sie ihr hin.

»Falls Sie doch noch eine Aussage machen möchten, gebe ich Ihnen hier meine Telefonnummer.« Die Frau grinste abermals, dann streckte sie ihre Hand nach vorne und verlor fast das Gleichgewicht.

»Hoppala«, sagte sie beschwingt. Schnappte sich die Visitenkarte, drehte auf dem Absatz um und verschwand in der Wohnung, ohne die Tür hinter sich zu schließen. Alex schüttelte den Kopf und zog die Wohnungstür zu. Das Klingeln an den letzten beiden verbliebenen Wohnungstüren im vierten Stock blieb erfolglos, sodass er den Weg nach unten antrat. Frau Henzel war offensichtlich nicht zu Hause, und Alex beschloss, am nächsten Tag noch einmal wiederzukommen. Es war besser, in den Abendstunden die Häuser abzuklappern. Mittags waren die meisten Bewohner wohl bei der Arbeit.

7

Maria kam gerade aus der Dusche, als sie die Stimme von Alex vernahm.

»Hallo, mein Schatz!«, rief er und stand wenige Augenblicke später vor ihr.

»Hallo, mein Schatz!«, wiederholte Maria, stellte sich auf Zehenspitzen, schlang ihre Arme um seinen Nacken und küsste ihn leidenschaftlich.

»Hast du Hunger?«

»Nein, danke. Wir haben vorhin im LKA Pizza bestellt. Die Mittagspause musste heute ausfallen.«

»Ich nehme an, die Ermittlungen sind sehr umfangreich. Da du jetzt erst kommst.« Sie sah ihn fragend an. Alex wirkte müde.

»Ja, alle arbeiten auf Hochtouren. Aber bisher wissen wir so gut wie nichts. Es ist zum Verrücktwerden. Die beiden Jungen sind hier noch nie in Erscheinung getreten, haben keinen offiziellen Wohnsitz in Deutschland. Also, wir stehen ganz schön auf dem Schlauch. Aber jetzt anderes Thema«, dabei sah er ihr tief in die Augen, umarmte sie und drückte sie fest an sich, »ich bin so froh, dass wir uns gefunden haben.« Maria schossen vor Glück die Tränen in die Augen.

»Du bist meine große Liebe, Amore«, hauchte sie in sein Ohr. Dann löste sie sich aus seiner Umarmung und ging in die Küche, wo sie etwas Parmesan und Brot auf einem Tablett angerichtet hatte.

»Ich muss aber jetzt was essen. Ich sterbe vor Hunger.« Maria kuschelte sich auf die Couch und aß kleine Stücke

Parmesan und etwas Walnussbrot. Als Alex aus der Dusche kam, setzte er sich im Bademantel zu ihr. Maria sah ihn verschwörerisch an:

»Der Pentito der *Camorra* kommt zu uns in die JVA Dieburg. Heute hat ein Kollege von dir mit Jan gesprochen. Ich soll die Verbindungsbeamtin vor Ort für ihn sein.«

»Du hast doch hoffentlich nicht gesagt, dass ich dir schon davon erzählt habe?«

»Wo denkst du hin. Was wir hier besprechen, bleibt hier. Ich bin nicht blöd. Ich weiß, dass du mir nichts von deiner Arbeit erzählen darfst«, sagte sie lächelnd und fügte hinzu, »also was gab es heute Neues?« Beide mussten lachen. Alex lehnte sich zurück und begann:

»Die jungen Männer wurden aus einer Wohnung heraus erschossen, in der ein alter dementer Mann wohnt. Er kann es definitiv nicht gewesen sein, er ist dazu nicht in der Lage. Außerdem war er zum Tatzeitpunkt in der Tagespflege.«

»Aus einer Wohnung heraus erschossen, sieht nicht nach einer Tat im Affekt aus. Eher nach Auftragsmord. Ich nehme an, die *Camorra* hat ihre Finger im Spiel.«

»Ich glaube, da könntest du recht haben. Übrigens, ich habe heute die Gehaltsnachweise an unsere neue Vermieterin geschickt.« Maria sah ihn mit großen Augen an.

»Du hast doch am Samstag keinen Dienst, oder?«

»Nein, ich habe frei. Soll das heißen, dass wir den Mietvertrag unterschreiben sollen?«

»Ja, mein Schatz. Wir können am 1. Juni dort einziehen.«

»Was, am 1. Juni schon? Das ist zu schnell, wir müssen hier noch einen Nachmieter finden. Schreibe sie doch bitte an, ob der Mietvertrag auch ab 1. Juli beginnen kann.«

FREITAG, DER 17. MAI

1

Luigi Esposito saß alleine in einer kleinen Zelle im Bus der Hessischen Justiz. Die Verlegung in eine andere Anstalt war ihm eine Stunde zuvor von dem LKA-Beamten Schmidt mitgeteilt worden. Dieser hatte ihm auch unmissverständlich klargemacht, dass er in den nächsten Wochen umfängliche Aussagen tätigen musste, denn ansonsten wäre die Staatsanwaltschaft nicht bereit, mit ihm über die Kronzeugenregelung zu verhandeln. Die wenigen Informationen, die er bisher preisgegeben hatte, waren für die Behörden zu wenig. Diese rechtfertigten weder Straffreiheit noch die Aufnahme ins Zeugenschutzprogramm.

Tags zuvor hatte er mit seinem Anwalt gesprochen. Dieser hatte ihm geraten, noch keine Aussage zu machen, bis er die Kronzeugenregelung schriftlich hatte.

Er schaute durch das schmale Fenster, welches nur einen kleinen Ausschnitt der Außenwelt preisgab. Was würde ihn in der JVA Dieburg erwarten? Aus der kleinen Zelle hinter ihm drang das Geschrei eines anderen Häftlings. Was dieser von sich gab, konnte er nicht verstehen, da er in einer anderen Sprache fluchte. Dass er jedoch äußerst aufgebracht war, wurde mehr als deutlich, da dieser Mitfahrer auch immer wieder gegen die Wände trat und schlug, die ihn umgaben. Die Aluminiumwände der kleinen Zelle waren zwar stabil, aber Luigi hatte Bedenken, dass sie den Angriffen dieses Mannes auf Dauer nicht standhalten würden. Er hörte ein Klopfen, dann eine Stimme im Flur.

»Ruhe da drin, wir sind in wenigen Minuten in der JVA Dieburg, dann kannst du raus.« Erst war kurz Stille, dann vernahm er erneut den Zellennachbarn:

»Du Arschloch, ich will hier raus. Ich bin nix Tier.«

»Nur noch einige Minuten. Ich kann während der Fahrt die Tür nicht öffnen.« Wieder spürte Luigi einen gewaltigen Tritt gegen die Wand. Kurze Zeit später stoppte der Bus. Luigi stand auf und sah hinaus auf die Straße. Vor ihm befand sich eine Kirche. Passanten gingen am Bus vorbei und schauten kurz nach oben. Dann fuhr das Fahrzeug an, bog nach links ab und zockelte langsam durch ein großes Stahltor. Sie waren in der JVA Dieburg angekommen. Der Bus fuhr im Schritttempo um einige Kurven und legte dann den Rückwärtsgang ein. Als Luigi aus seinem Fenster schaute, sah er den hässlichen Zellenbau. Fünf Stockwerke hoch und so erbaut, dass man mit dem Nachbarn vor und hinter sich keinen Kontakt aufnehmen konnte. Im einen oder anderen Fenster stand ein Insasse und schaute heraus. Der Motor wurde abgestellt, eine kleine Tür an einem Altbau öffnete sich, und sechs Beamte in Uniform traten auf den Hof. Einer nach dem anderen zog sich schwarze Handschuhe an. Einer der Männer setzte sogar einen Helm auf. Luigis Herz schlug schneller, was hatte das zu bedeuten? Seine kleine Zelle wurde geöffnet und er wurde aufgefordert auszusteigen.

»Was ist mit den Männern da draußen?«, sagte er vorsichtig.

»Die sind für den jungen Mann da, der die ganze Zeit hier schon Theater macht. Steigen Sie mal aus. Sie gehen zuerst hinein. Der Krawallbruder wird als Letzter rausgelassen.« Luigi stieg aus dem Bus und sah sich um. Der Fahrer öffnete den Gepäckraum des Busses und zeigte auf Luigis Karton. Vom Zellenbau hörte er eine Stimme »Frischfleisch« brüllen. Eine Handbewegung bedeutete ihm, dass er seine Habseligkeiten an sich nehmen sollte. Dann trat ein weiterer Fahrgast aus dem Bus, auch er nahm sein Hab und Gut an sich. Der Fahrer sprach derweil mit einem Beamten auf dem Hof:

»Der macht schon seit Frankfurt Zirkus im Bus. Hier habt ihr die Daten.« Er reichte einem Beamten mit vielen Sternchen auf den Schultern ein DIN-A4-Blatt. Dieser sah kurz darauf und sagte:

»Ist er nicht gefesselt? Nur Handfesseln, aber er hat wie verrückt gegen die Wände getreten. Gut, der Bunker ist offen. Du behältst den Helm auf, solche Irren spucken auch mal gerne. Möchte noch jemand einen Helm?« Die restlichen Beamten schüttelten die Köpfe.

»Was machen die zwei Männer noch hier? Die müssen erst mal hier weg und hoch zur Kammer.« Er nahm sein Funkgerät zur Hand:

»Burg 46 für die Burg.« Es ertönte ein Signal und etwas, was Luigi nicht verstand, dann sagte der Beamte:

»Bitte sofort die beiden Zugänge im Hof abholen. Wir haben hier noch eine etwas schwierige Verlegung.« Wenige Augenblicke später öffnete sich eine Tür, und eine junge Frau in Uniform trat heraus, sah beide an und sagte:

»Guten Tag, mein Name ist Saletti. Ich bringe Sie jetzt zur Kleiderkammer. Bitte nehmen Sie Ihre Sachen mit.« Luigis Herz machte einen Sprung. Saletti, das war eindeutig italienisch. Die Frau vor ihm konnte ihre italienische Herkunft nicht verleugnen. Beamtin Saletti verschloss, nachdem sie durchgegangen waren, die Stahltür, und zeitgleich vernahm Luigi abermals das Brüllen des Zellennachbarn.

»Ihr Schweine, lasst mich los.« Dann hörte er nichts mehr.

2

Im Knast herrschte gefräßige Stille. Alle Insassen waren unter Verschluss und nahmen in ihren Zellen ihr karges Mittagessen ein. Es war bereits unglaublich heiß für den Monat Mai, und Maria stand an ihrem Waschbecken im Büro der Station II/5 und ließ sich kaltes Wasser über die Handgelenke laufen. Der Wetterdienst versprach wie im Jahr zuvor einen heißen Sommer. Sie trocknete ihre Hände ab, warf einen Blick in den Spiegel über dem Waschbecken und verließ den Raum. Wenige Augenblicke später stand sie vor Jans Büro. Sie klopfte, trat ein und setzte sich an den kleinen Tisch. Jan war zunächst noch in seinen Computer vertieft, drehte sich dann um und sagte nachdenklich:

»Gut, dass du da bist. Ich habe mir die Akte von Luigi Esposito geholt.« Er öffnete einen Aktendeckel, und das Foto des Gefangenen erschien mit seinem Wahrnehmungsbogen. Maria nahm sich ein Wasserglas vom Tisch und holte eine Flasche Mineralwasser aus dem Kühlschrank.

»Wie lautet das Urteil?«, fragte Maria. Jan blätterte weiter und las die betreffenden Passagen.

»Paragraf 29 Betäubungsmittelgesetz. Handel mit Betäubungsmitteln. Hier steht: Bei einer Durchsuchung vom Zoll, die aufgrund eines anonymen Hinweises durchgeführt wurde, hat man über zwei Kilogramm Kokain in einer der Lagerhallen von Luigi Esposito gefunden. Dass er die Drogen dort eingelagert hatte, konnte ihm nicht nachgewiesen werden, denn es befanden sich von ihm keine Fingerabdrücke auf den Drogenpäckchen. Der Richter jedoch schrieb in seiner Begründung, dass der Inhaber einer Firma für seine Räume verantwortlich ist, und hat ihm diese Strafe verpasst. Für zwei Kilogramm sind zwei Jahre sechs Monate nicht viel.« Maria überlegte einen Moment, dann sagte sie:

»Kann aber auch gut sein, dass man ihn reingelegt hat. Anonymer Hinweis, das riecht doch danach. Vielleicht bringt er aber wirklich Drogen aus Italien nach Deutschland. Dann ist der Großhandel nicht nur dazu da, die überteuerten Lebensmittel an Gastronomen zu verkaufen, sondern mit den Lkws aus Italien werden auch jede Menge Drogen transportiert. Lebensmittelhandel und *Camorra* ist, glaube ich, total untypisch. Die *Camorra* ist nicht so gut organisiert. Dort gibt es täglich Auseinandersetzungen, weil irgendjemand in einem Stadtteil der Boss sein will. Lebensmittelhandel passt doch besser in die 'Ndrangheta.« Sie sah Jan fragend an.

»Herr Schmidt vom LKA hat mir gesagt, dass Esposito gegen die *Camorra* aussagen möchte. Scheinbar sind die doch ganz gut in Deutschland organisiert.«

»Dann bin ich ja mal gespannt, was er so von sich gibt. Wie soll hier drin mit ihm verfahren werden?«

»Er läuft wie ein ganz normaler Häftling mit. Natürlich darf niemand mitbekommen, dass er in das Zeugenschutzprogramm aufgenommen werden will. Erst einmal muss er genug Informationen liefern, bevor die Staatsanwaltschaft ihn schützt. Also business as usual. Wenn er eine Aussage machen möchte, soll er sich nur an dich wenden. Die anderen Kollegen brauchen nichts zu wissen. Du weißt ja, der eine oder andere kann seine Klappe nicht halten, und hier drin haben die Wände Ohren.«

3

Noch waren alle Zellen geschlossen, keiner der Häftlinge befand sich auf dem Flur.

Jan hatte die Zelle II/525 aufgeschlossen und sah hinein. Luigi Esposito lag auf seinem Bett und sah ihm direkt in die Augen. Leise sagte er:

»Kommen Sie, Herr Esposito, wir müssen etwas besprechen.« Luigi sprang von seinem Bett auf, schlüpfte so schnell er konnte in seine Schuhe, sah in den Spiegel, der über dem Waschbecken angebracht war, und fuhr sich mit den Händen durch seine lockigen Haare, die etwas wild vom Kopf abstanden. Dann trat er schnell aus der Zelle, die Jan hinter ihm wieder abschloss. Beide gingen über den Flur zum Stationsbüro, in dem Maria wartete. Als Luigi Esposito eintrat, zeigte Jan auf einen Stuhl und sagte:

»Setzen Sie sich, Herr Esposito. Frau Saletti kennen Sie bereits, sie wird für die Zeit der Inhaftierung bei uns Ihre Verbindungsbeamtin sein.« Luigi sah Maria freundlich an und sagte:

»Piacere, Signora Saletti, Sie sind Italienerin?«, sagte er auf Italienisch und sah sie fragend an.

»Ja, wenn Herr Gerber anwesend ist, sprechen wir aber Deutsch. Er soll alles verstehen, was wir sagen. Wenn Sie etwas mitteilen möchten oder ein Problem haben. Egal was Sie belastet, sagen Sie es mir, ich nehme dann sofort mit dem LKA-Beamten Schmidt Kontakt auf.« Maria sah sich ihr Gegenüber genauer an. Esposito war rasiert und hatte, seinen manikürten Händen nach zu urteilen, in seinem Leben noch keine schwere körperliche Arbeit verrichtet. Er strahlte eine natürliche Autorität aus. Ein Mann, der gewohnt war, Befehle zu erteilen. Seine ganze Körpersprache drückte Überlegenheit aus. Dazu passte seine unterwürfige Sprache allerdings nicht.

»Das ist gut. Ich wusste nicht, wie es funktionieren soll, so ganz ohne Telefono. Aus welcher Stadt in Italien kommen Sie, Signora?« Maria schmunzelte leicht.

»Aus Napoli.« Luigi Espositos Gesichtszüge zuckten kaum merklich, aber er hatte sich sofort wieder im Griff.

»Parli anche napolitaan?«

»Certo, aber jetzt sprechen wir Deutsch.« Maria wechselte mit Jan einen schnellen Blick. Er wollte das Gespräch beherrschen. »Möchten Sie mit jemandem telefonieren?« Maria zeigte auf das Telefon in ihrem Büro.

»Oh, gerne, Signora. Ich habe von meiner Frau und meinen Kindern seit über einer Woche nichts gehört. Ich mache mir wirklich Sorgen.«

»Kommen Sie, wenn Sie die Telefonnummer wissen, können Sie sie gleich anrufen.« Maria zog einen zweiten Stuhl an ihren Schreibtisch und schob das Telefon nach vorne. Luigi Esposito lächelte dankbar. Er hob den Hörer ab und wählte eine Nummer in Italien. Maria hatte den Lautsprecher angestellt, und alle im Raum hörten das Freizeichen. Nach mehrmaligem Läuten legte Luigi Esposito auf und sah Maria enttäuscht an:

»Ich weiß nix, aber ich habe Angst, ist was passiert.«

»Das müssen Sie mit Herrn Schmidt vom LKA besprechen, wir können Ihnen hier nur das ermöglichen, was das LKA abgesegnet hat. Sie können sich auf uns verlassen. Niemand außer uns beiden hier in der JVA weiß, dass Sie umfänglich aussagen möchten.« Maria beobachtete Espositos Reaktionen genau.

»Wenn jemand davon erfährt, lebe ich nix mehr lange und meine Frau und Kinder auch nicht.« Er sah Maria durchdringend an.

»Hier in der Anstalt wissen nur Herr Gerber und ich davon. Und keine Angst, kein anderer Beamter wird etwas erfahren. Kommen Sie, ich bringe Sie zurück in Ihre Zelle. In wenigen Minuten muss ich die Arbeiter rausschließen, da ist es besser, dass man Sie nicht in meinem Büro im Beisein von Herrn Gerber sieht.« Maria stand auf, und auch Esposito erhob sich.

»Grazie, Signora, wenn ich telefonieren möchte, kann ich mich an Sie wenden?«

»Ja, genau so.« Beide verließen Marias Büro.

Jan drückte auf die Wahlwiederholung am Telefon und notierte sich die Telefonnummer.

4

Der Besprechungsraum im LKA war bis auf den letzten Platz besetzt. Vor der Wand mit den Notizen stand Heike Bender, bewaffnet mit einem schwarzen Stift, und wartete, bis sie die Aufmerksamkeit aller hatte.

»Guten Abend zusammen. Ich weiß, es ist schon spät, aber ich möchte gerne die Ergebnisse noch zusammentragen und etwaige Aufgaben, die noch erledigt werden müssen, unter euch aufteilen.«

Alex saß neben Werner Schmidt, der sein aufgeschlagenes Notizbuch vor sich liegen hatte.

»Nun der Reihe nach: Gibt es weitere Erkenntnisse, wie der oder die Täter in die Wohnung gekommen sind?« Heike richtete ihren Blick in die Runde. Alex begann:

»Nach den bisherigen Ermittlungsergebnissen gehe ich davon aus, dass der oder die Täter entweder einen Schlüssel für die Wohnung von Herrn Rosenstein gehabt haben oder aber mit einem Dietrich die Wohnungstür öffneten. Pflegedienst, *Johanniter* und auch die Tagespflege haben jeweils einen Schlüssel. Alle Verantwortlichen dort versicherten mir, dass der Wohnungsschlüssel von Jakob Rosenstein an seinem Platz ist. Den gesetzlichen Betreuer, Rechtsanwalt Frank Wilk, konnte ich noch nicht erreichen. Das Schloss ist ein Witz, jedes Schulkind bekommt es auf. Es gibt keinerlei Einbruchsspuren. Ich denke, der oder die Täter sind unmittelbar nach der Tat über das Dach geflohen, denn zwei zerbrochene Ziegel, die an der Bruchkante keinerlei Verwitterungsspuren aufweisen, deuten darauf hin. Ich war bereits in der Nachbarschaft des Tatortes unterwegs, um etwaige Zeugen zu finden. Bisher habe ich da kaum jemanden angetroffen. Ich werde abends mal von Tür zu Tür gehen. Vielleicht hat ja doch jemand was gesehen, was uns weiterhilft.«

Simon Kahlert von der KTU ergriff das Wort:

»Wir haben weder Fingerabdrücke herausarbeiten können, die man etwaigen Tätern zuordnen könnte, noch verwertbare DNA-Spuren. Es ist auch fast unmöglich gewesen, in der verschmutzten Wohnung DNA-Spuren zu isolieren. Es lagen keine Reinspuren wie Blut oder Haare vor. Und die gesicherten DNA-Spuren sind derart verunreinigt, dass man sie nicht auswerten kann.« Heike runzelte die Stirn und machte an der Wand einen Strich hinter KTU. Sandra Engel war als Nächste dran:

»Die Auswertung der digitalen Spuren verläuft bisher leider auch im Sand. Die WLAN-Anschlüsse der nächsten Nachbarn im Haus haben auch keine Treffer ergeben. Zur fraglichen Zeit haben mehrere fremde Smartphones versucht, sich im Haus in einen WLAN-Anschluss einzuwählen, aber darunter sind auch viele Prepaid-Handys, was das bedeutet, ist euch klar. Wir können sie niemandem zuordnen. Es sind viele Daten auch von Providern aus dem Ausland.« Sie seufzte. »Bei der Funkzellenauswertung sind wir noch dran. Die Provider lassen sich wie immer Zeit. Aber in so einem dicht besiedelten Gebiet …« Sie sprach nicht weiter. Heike atmete tief durch:

»So weit, so schlecht. Werner, hast du etwas Neues von unserem Kronzeugen?« Bei diesem Wort machte sie mit zwei Fingern Gänsefüßchen in die Luft.

»Luigi Esposito macht erst eine Aussage, wenn er seine Frau Chiara, die in Neapel lebt, in Sicherheit weiß. Er sagte uns, dass das Attentat mit Sicherheit ihm galt. Er wäre eigentlich alleine vor Ort gewesen, jedoch hätte einer der beiden jungen Männer, die jetzt in der Gerichtsmedizin liegen, Zahnschmerzen gehabt. Er wollte nach der Besichtigung eines Mehrfamilienhauses mit ihnen zum Zahnarzt fahren. Sie waren also zufällig dabei. Mit dem Makler hatte er nur über das Internet und ein einziges Mal telefonisch Kontakt gehabt. Jetzt im Nachhinein wundert er sich schon, dass er bei seinen Recherchen nichts über diesen Immobilienmakler im Netz hatte finden können. Als der erste Schuss fiel, konnte er sich sofort hinter sein Fahrzeug kauern, das er direkt vor dem Platz geparkt hatte. Er wäre dann in das Auto hineingekrochen und sofort davongefahren. Diese Aussage deckt sich auch mit unseren Zeugenaussagen. Mehr wollte er vorerst nicht sagen. Auch sein Anwalt hat ihm geraten, nichts zu sagen. Er will die Kronzeugenregelung schriftlich haben. Sollte Esposito es sich anders überlegen, kann er über eine Beamtin in der JVA Dieburg jederzeit Kontakt zu mir aufnehmen.«

»Hältst du ihn weiterhin für glaubwürdig?«

»Ja, das Wenige, was er bisher preisgegeben hat, hat uns schon weitergebracht. Er geht davon aus, dass der Rosso-Clan hinter dem Anschlag steckt, denn vor einigen Wochen hatte Paulo Fontana ihn angerufen. Er ist der Chef des verfeindeten Clans und hat ihm mitgeteilt, dass er, seine Frau und seine Kinder sterben werden, wenn Esposito ihm nicht die Stadtteile überlässt, in denen er bislang die Drogen verkaufte. Aber es reicht der Staatsanwaltschaft natürlich nicht, um ihn in den Zeugenschutz zu nehmen. Dazu muss er mehr liefern.« Heike runzelte die Stirn und sagte nachdenklich:

»Zum jetzigen Zeitpunkt muss davon ausgegangen werden, dass es sich um ein Attentat eines rivalisierenden Clans handelt. Hoffen wir mal, dass nicht noch mehr Schüsse fallen. Ein Team sucht bitte alles, was wir über diesen Rosso-Clan bereits in der Datenbank haben. Und jemand soll sich den Makler einmal ansehen, der sich mit Herrn Esposito verabredet hatte.«

SAMSTAG, DER 18. MAI

1

Luigi Esposito sah aus dem Fenster in den tristen Anstaltshof. Der Himmel war strahlend blau, ein starker Kontrast zu den deprimierenden Farben der gelblichgrauen Anstaltsmauer und dem grauen Asphalt. Er hatte morgens den Beamten so beiläufig wie möglich gefragt, wann denn die italienische Beamtin wieder Dienst hätte, und zu seiner Erleichterung sollte Maria Saletti am Nachmittag in der Anstalt sein. Esposito war unsicher, was konnte er dieser Frau erzählen? Er musste dringend mit dem LKA-Beamten sprechen. Dass er seine Frau nicht erreichen konnte, machte ihn mehr als nervös. War ihr und den Kindern etwas passiert? Das letzte Mal, dass er ihre Stimme gehört hatte, war vor mehr als einer Woche gewesen. Angst, nein, aufsteigende Panik machte sich in ihm breit. Da hörte er die Stimme der Beamtin Saletti über den Lautsprecher:

»In zehn Minuten Aufschluss zur Freistunde. Bitte Lichtsignal drücken.« Luigi ging an die Notrufanlage und drückte auf einen Knopf. Kurz darauf hörte er, wie andere Zellen aufgeschlossen wurden, dann vernahm er auch den Schlüssel in seinem Schloss.

»Buon giorno, Signora«, sagte er nervös, als er Maria Saletti in der Tür sah.

»Herr Esposito«, sagte sie freundlich distanziert und war schon im Begriff weiterzugehen.

»Signora, haben Sie einen Moment Zeit für mich?«

»Im Moment nicht. Ich muss nun mit raus in die Freistunde und habe dort Aufsicht. Nach der Freistunde in der Freizeit können wir sprechen«, sagte sie, drehte sich um und schloss weitere Zellen auf. Esposito schlüpfte in seine Schuhe, schaute kurz in den kleinen Spiegel über dem Waschbecken und war verärgert über sein ungepflegtes Aussehen. Dann trat er in den Flur und ging mit den anderen Häftlingen langsam die Treppe nach unten in den Anstaltshof. Einige Beamte verteilten sich rund um den Freistundenhof, und die Insassen setzten sich in Bewegung. Luigi schaute sich ein wenig um. War hier irgendein Landsmann? Um ihn herum viele Gesichter, deren Ausdruckslosigkeit von jahrelangem Drogenkonsum zeugten. Auf einmal entdeckte er einen kleinen untersetzten Mann, der ihn an den Schauspieler Danny de Vito erinnerte. Er hätte wetten mögen, dass er Italiener war. Luigi blieb stehen und ließ die anderen Häftlinge an sich vorbeiziehen. Als der kleine Mann mit schnellen Schritten sich näherte, setzte auch er sich in Bewegung und sprach ihn auf Italienisch an:

»Buon giorno.«

»Oh, buon giorno. Sie sind Italiener?« Beide blieben stehen.

»Ja, aus Neapel.«

»Ich komme aus Catania, freut mich, mein Name ist Salvatore.« Salvatore streckte Luigi die rechte Hand entgegen.

»Ich heiße Luigi.« Sie schüttelten sich die Hände, da ertönte eine Grabesstimme hinter ihnen.

»Hier, Spaghetti, lauf mal, sonst zieh ich dir deine kurzen Beine lang.« Beide drehten sich um und mussten den Kopf in den Nacken legen. Ein Mann von beachtlicher Statur stand vor ihnen. Sein Gesichtsausdruck sprach Bände. Salvatore und Luigi gingen augenblicklich ein paar Schritte zur Seite, und der Strom der übrigen Gefangenen zog an ihnen vorbei.

»Oh dio, wer war denn das? King Kong?« Luigi schluckte.

»Bestimmt sein Cousin.« Beide mussten lachen. Während der nächsten Dreiviertelstunde plauderten die beiden über ihre Erfahrung im Knast, wobei Salvatore sich als wirklicher Insider herausstellte. Kurz vor Ende der Freistunde blieb Luigi stehen und nahm ihn beiseite. Erst nachdem er sich vergewissert hatte, dass niemand das Gespräch mithören konnte, sagte er leise zu ihm:

»Sag, Salva, kannst du mir irgendwie ein Handy besorgen?«

MONTAG, DER 20. MAI

1

»Frau Saletti, können Sie bitte die Briefe mitnehmen?« Er hielt acht Umschläge in seinen Händen, mehr hatte er nachts zuvor nicht schreiben können. Mehr oder weniger immer der gleiche Text, nur ab und zu vergewisserte er sich, dass der Brief, den er von der Frau erhalten hatte, mit dem Inhalt seiner Antwort zusammenpasste. Aber er konnte eigentlich keine Fehler machen. Einsame Seelen lasen auch über grobe Schnitzer hinweg. Wichtig war nur die Anrede, nicht dass er in einem Brief an eine Kornelia »liebe Susanne« schrieb. Er schmunzelte, zumindest gingen so die Abende im Knast schneller vorbei. Maria stand einige Meter entfernt bei einem anderen Insassen und unterhielt sich mit ihm. Ohne darauf zu achten, sagte er:

»Frau Saletti, mir gehen die Briefmarken aus. Kann ich denn außer beim Einkauf irgendwie Briefmarken bekommen?« Maria unterbrach ihr Gespräch und schüttelte den Kopf.

»Da müssen Sie wirklich bis zum nächsten Einkauf warten.«

Das war nun gar nicht nach seinem Sinn. Wollte er die Goldtäubchen nicht verlieren – noch war er sich nicht sicher, welche der Damen die Beste für seine Zwecke war –, so müsste er auf ihre Briefe zügig antworten. Er sah in den Stationsflur, als Mirko Jovanovic langsam auf ihn zukam. Was wollte dieser Mensch jetzt von ihm?

»Wem schreibst du so viele Briefe?«, fragte er und reckte sein Kinn ein wenig nach vorne. Burger war versucht zu sagen, dass ihn das einen Scheißdreck anginge, an wen er die Briefe schrieb, jedoch zeigte der kalte Blick und die gesamte bedrohliche Erscheinung des Mithäftlings Wirkung. Mit diesem Mann war nicht zu spaßen. Vor einigen Wochen hatte er in der Dusche miterleben müssen, wie Jovanovic einen Gefangenen einer anderen Station übelst zurichtete. Der Mann musste ins Krankenhaus und im Gesicht genäht werden. Burger überlegte fieberhaft, was er ihm erzählen konnte.

»Ich habe viele Freunde«, log er und wusste im gleichen Moment, dass sein Gegenüber ihm nicht glaubte.

»Soso, viele Freunde.« Jovanovic lächelte, und ein Goldzahn blitzte aus seinem Mund. Er drehte sich um und sprach mit einem anderen Insassen auf Serbisch. Dieser verschwand in seiner Zelle und kam Sekunden später mit einem Bogen Briefmarken wieder zurück. Jovanovic setzte sein schönstes Gesicht auf und lächelte Karl-Heinz an.

»Hier hast du zehn Briefmarken. Nicht, dass deine Freundinnen warten müssen.« Völlig entgeistert nickte Karl-Heinz und brachte nur noch ein leises »Danke« heraus.

»Im Einkauf kannst du wieder welche kaufen.«

2

Die Autoschlange am Cityring in Darmstadt bewegte sich im Schritttempo. Gefühlte Tausende von Studenten überquerten die Straße teilweise ohne Rücksicht auf Verluste. Fahrradfahrer schlängelten sich durch den dichten Verkehr, und Alex war das eine oder andere Mal erstaunt, dass sie bei ihren waghalsigen Manövern nicht einem der schnellen Autofahrer zum Opfer fielen. Die Adresse des Anwalts war sehr zentral und es gab genug Parkhäuser. Alex entschied sich für das Cityparkhaus unter dem *Luisencenter* in der Hoffnung, noch irgendwo einen Espresso trinken zu können. Sollte es auf der Straße jedoch weiter so langsam vorangehen, würde daraus nichts werden. Nach einer gefühlten Ewigkeit fuhr er in den Citytunnel ein, und einige Minuten später beförderte ihn ein Aufzug aus dem Untergrund in das Erdgeschoss des Centers. Das Büro des Rechtsanwalts Wilk sollte er nach Auskunft seines Smartphones in 13 Minuten zu Fuß erreicht haben. Als er aus dem Gebäude trat, waberte ihm der Duft von frisch gemahlenem Kaffee entgegen. Ein Blick auf seine Armbanduhr zeigte ihm, dass er noch genug Zeit hatte, sich eine Tasse zu gönnen. Rechter Hand war ein gut besuchtes italienisches Café, nahezu alle Plätze waren besetzt, und er scannte Tisch für Tisch ab, ob er sich vielleicht irgendwo dazusetzen konnte. Ein Gast bezahlte gerade, und Alex bestellte direkt bei der Bedienung seinen Espresso. Die junge Kellnerin mit einem Dekolleté, das mehr zeigte als verhüllte, strahlte ihn geradezu an, als sie ihm den Kaffee brachte. Alex nickte freundlich und bezahlte sofort, denn viel Zeit hatte er nicht. Die Sonne stand hoch am Himmel, und er schloss seine Augen, war in Gedanken bei Maria. Der eindeutige Flirtversuch der jungen Frau schmeichelte ihm, aber seit er mit Maria zusammen war, hatten andere Frauen ihren Reiz für ihn verloren. Wortfetzen von Tischnachbarn drangen zu ihm herüber. Und er bekam mit, wie ein älterer Herr einer Frau sagte, dass die Schüsse auf offener Straße der Anfang vom Ende in Darmstadt sein würden. »Wann es schun so weit iss, dass die sich auf offener Straas am helllichte Taach erschieße, dann sinn mer hier nimmer sicher.« Alex konnte die Ängste der Menschen verstehen, sah auf seine Armbanduhr und setzte sich langsam in Bewegung. Er ging in Richtung Langer Ludwig, als ihn ein etwa 25-jähriger Mann weinerlich ansprach. Sein Erscheinungsbild war ungepflegt, seine Alkoholfahne konnte Alex schon von weitem riechen.

»Du siehst aus, als könntest du mir helfen«, jammerte er und näherte sich, ein Bein hinter sich herziehend, Alex, dabei blickte er ihn unterwürfig mit treuem Hundeblick an. Vor sich hielt er einen Kaffeebecher, in dem sich einige Münzen befanden. Alex überlegte, ob er Lust auf eine Diskussion hatte, zog es dann aber vor, seinen Weg in Richtung Wilhelminenstraße fortzusetzen. Er holte eine Zwei-Euro-Münze aus seiner Hosentasche und warf sie in den Becher. Ein leises

»Danke, Mann« war zu hören, dann schlurfte der Bettler weiter und schleppte sich mühsam mit schmerzverzerrtem Gesicht einige Meter zu einer alten, gut gekleideten Dame, die ihn ängstlich anblickte. Die kleine Frau mit blauen Haaren hielt sich krampfhaft an ihrem Rollator fest. Der behinderte junge Mann durchlief in Sekunden eine Metamorphose. Bei Alex noch kaum in der Lage, sich auf den Beinen zu halten, stand plötzlich ein bedrohlicher Typ vor seinem Opfer. Alex wartete kurz. Es war offensichtlich, dass er bei der alten Dame sicherlich nicht so zögerlich vorgehen würde. Die ersten Sekunden versuchte er es mit der Mitleidstour, wobei sein Gesicht für Alex Bände sprach, er war keinesfalls der unterwürfige Kerl, für den er sich eben noch ausgegeben hatte. Er stierte die alte Dame geradezu an und sprach aggressiv auf sie ein. Als die Frau jedoch vehement den Kopf schüttelte, wurde er nachdrücklicher:

»Hier, Oma, jetzt rück mal paar Taler raus. Du hast doch genug«, sagte er fordernd. Das ging Alex dann doch zu weit, und er näherte sich mit großen Schritten dem Bettler.

»Ich glaube, es ist jetzt besser, Sie gehen schnell weiter.« Dabei fixierte er den Jungen und war auf eine plötzliche Reaktion gefasst. Aus der Ferne hörte man einen lauten Pfiff, und bei dem Bettler setzte augenblicklich eine Spontanheilung ein. Wie von Zauberhand verwandelte sich sein lahmes Bein in ein gesundes, so gesund, dass er, den Mittelfinger in die Höhe streckend, schnell davonflitzte. Etwa 20 Meter weiter entdeckte Alex den Grund der Verwandlung. Zwei Polizisten in Zivil durchsuchten gerade einen anderen Schnorrer. Die alte Frau lächelte Alex dankbar an:

»Vielen Dank, dass Sie gekommen sind. Ich hatte schon Angst, er nimmt mir meine Handtasche ab. Es ist so schlimm heute. Als alter Mensch fürchtet man sich, am Tag in die Stadt zu gehen.« Alex gab ihr im Stillen recht, wusste aber nicht, was er ihr hätte raten sollen. Er lächelte freundlich zurück. Dass es tatsächlich gefährlich war, gut gekleidet mit einer Handtasche im Rollator als Seniorin durch die Fußgängerzone zu laufen, hätte sie auch nicht gerade beruhigt.

»Ich hätte ihm ja die Tasche gegeben«, sagte die alte Dame, »denn es bringt nichts, sich zu wehren.« Verschwörerisch näherte sie sich Alex. »Wissen Sie, in der Tasche ist nur mein Haustürschlüssel und ein paar Papiertaschentücher. Das Geld«, flüsterte sie und sah sich vorsichtig um, »habe ich woanders versteckt.« Mit diesen Worten schaute sie vorsichtig auf ihre Brust. Offensichtlich hatte sie Bargeld in ihrem BH versteckt.

»Das ist sehr klug von Ihnen, leisten Sie keine Gegenwehr. Solche Täter sind oft sehr brutal.«

»Ja, junger Mann, ich schaue ja immer *Aktenzeichen XY*, da weiß man so was. Vielen Dank noch mal.« Die Seniorin nickte ihm zu und schritt dann langsam ihres Weges. Alexander überlegte kurz, wie es wohl aussah, wenn die alte Frau, wenn sie etwas bezahlen wollte, zunächst in ihren BH griff. Kopfschüttelnd schaltete er sein Kopfkino sofort wieder aus, überquerte den Luisenplatz und befand sich in der Wilhelminenstraße. Die Sonnenanbeter saßen auf Bänken und Pflanzkübeln in der ganzen Straße verteilt, die Gesichter der Sonne zugewandt. Er setzte seinen Weg fort in Richtung Kuppelkirche. Als er am Wilhelminenplatz ankam, hörte er schon von weitem ein Fahrzeug mit sattem Klang. Ein Mercedes GLE 500 mit brummendem Motorengeräusch, welches auf einen V8 Motor hinwies, fuhr langsam an ihm vorbei. Der Fahrer, ein Mann von etwa 40 Jahren, Typ *Latin Lover*, braun gebrannt, zu braun für den beginnenden Sommer, suchte offensichtlich einen Parkplatz. Nervös strich er sich ständig durch seine Mähne und versuchte ohne Erfolg, sein Auto in eine Parklücke zu manövrieren. Die Fenster des Boliden waren geöffnet, und Alex hörte ihn fluchen, als er weiterfuhr. Auch er schaute auf die Uhr und nahm Kurs auf das Büro des Anwalts von Jakob Rosenstein. Das Bürogebäude, in dem das Büro des Anwalts untergebracht war, befand sich ganz in der Nähe. Das Schild ›Rechtsanwalt Frank Wilk‹ war unter den vielen Schildern, die an diesem Gebäude angebracht waren, kaum zu finden. Nachdem er geklingelt hatte, dauerte es eine ganze Weile, bis der Türsummer ertönte. Alex betrat das Treppenhaus, nahm die

Treppe in den zweiten Stock und klingelte dort erneut, als er vor der Tür des Büros angekommen war. Nach kurzer Zeit erschien eine junge Frau und lächelte ihn an.

»Ja, bitte?«, sagte sie leise.

»Alexander Neubert vom LKA. Ich habe einen Termin mit Herrn Wilk.« Die junge Frau nickte und drehte sich um. Hüftenschwingend tänzelte sie auf hochhackigen Schuhen vor ihm durch den Flur.

»Kommen Sie, Herr Wilk ist noch nicht da. Er ist noch in der Mittagspause, wird aber sicherlich bald kommen.« Sie blieb vor dem Warteraum stehen und zeigte hinein. »Hier können Sie Platz nehmen.«

Alex betrat den Raum und trat an das große Fenster. Er war alleine. Die billigen Lamellenrollos konnten der brennenden Sonne nichts entgegensetzen, und so herrschte in dem kleinen Zimmer brütende Hitze.

»Wenn Sie nichts dagegen haben, warte ich lieber hier. Da drinnen ist es ja wie im Backofen«, sagte Alex, als er wieder auf den Flur trat. Die junge Frau nickte verständnisvoll.

»Im Sommer ist es hier kaum auszuhalten. Wir brauchen unbedingt eine Klimaanlage, aber das sieht Herr Wilk nicht ein. Er ist ja die meiste Zeit sowieso außer Haus. Nur ich schwitze hier jeden Sommer.« Sie zog ihre Mundwinkel nach unten.

»Herr Wilk ist nicht oft in seinem Büro?« Alex' Neugier war geweckt.

»Ja, er arbeitet lieber von zu Hause aus. Nur wenn Mandanten kommen oder sonst was Wichtiges ist, kommt er her«, seufzte sie. In diesem Moment hörte Alex einen Schlüssel im Schloss, und kurz darauf stand Rechtsanwalt Wilk vor ihm. Es war der Fahrer des Mercedes GLE vor einigen Minuten. Fahrig und nervös steckte er den Schlüssel in seine Hosentasche und schaute zunächst zu seiner Sekretärin, ohne Alex auch nur eines Blickes zu würdigen.

»Herr Wilk, Herr Neubert vom LKA ist bereits da.« Mit diesen Worten zeigte die Sekretärin auf Alex.

»Ach, stimmt ja, wir hatten einen Termin. Hatte ich ganz vergessen«, sagte er wenig überzeugend, ging auf Alex zu und streckte ihm seine rechte Hand entgegen, schaute dabei aber an Alex vorbei.

»Genauso ist es«, sagte Alex, schüttelte die Hand und versuchte, Wilk in die Augen zu sehen. Seine Neugier war geweckt.

3

Die Wände im Landeskriminalamt waren übersät mit Fotografien und handschriftlichen Notizen. Heike Bender betrat den Raum, als bereits alle anderen Kollegen ihre Plätze eingenommen hatten. Trotz Klimaanlage war der Raum stickig und heiß.

»Entschuldigt bitte, dass ich mich etwas verspätet habe, aber ich hatte gerade noch ein Telefonat mit den Carabinieri in Neapel.« Ihr Blick schweifte durch den Raum. »Nach den Informationen aus Italien, die ich soeben erhalten habe, handelt es sich bei den Schüssen auf die jungen Männer sehr wahrscheinlich um ein Attentat einer rivalisierenden Bande oder Mafiaorganisation. Die beiden Opfer sind zwar bisher in Deutschland noch nicht polizeilich in Erscheinung getreten, in Italien ist jedoch vermerkt, dass sie dem Volpe-Clan angehören. Drogenhandel und kleinere Schutzgelderpressungen gehen auf ihr Konto. Schon alleine ihr Herkunftsort lässt auf die *Camorra* schließen. Beide stammen aus einem brisanten Viertel in Neapel namens Scampia.« Heike machte eine Pause und nickte dem Kollegen Timo Warmuth zu. Er hatte sich vorbereitet, stand auf und startete eine *PowerPoint*-Präsentation.

»Vele di Scampia, ihr seht es hier, ist ein sozialer Brennpunkt, wie es schlimmer nicht mehr geht. Wie viele Menschen dort wohnen, wird nur vermutet. Drogenhandel und Prostitution auf offener Straße, die meisten Kinder haben noch nie eine Schule von innen gesehen. Möglicherweise kennt jemand von euch den Film *Gomorrha*. Der wurde hier gedreht.« An der Wand sah man einen scheußlichen, heruntergekommenen 70er-Jahre-Bau in Form eines Dreiecks mit einer Höhe von 15 Stockwerken. Die Treppenaufgänge waren teilweise mit Bettrahmen und Stacheldraht verbarrikadiert. Unrat, Sperrmüll und Schmutz in und um das Gebäude. Die Beamten sahen sich die Fotos genau an. Ein junger Beamter schüttelte den Kopf und sagte entsetzt: »Dass es so etwas in Italien gibt, hätte ich nicht geglaubt. Solche Zustände hätte ich in dem armen Rumänien erwartet, aber nicht in Neapel.« Timo nickte.

»Die Menschen in dieser Stadt haben den Glauben an ihre Regierung verloren, je weiter südlich man in Italien kommt, desto präsenter ist die Mafia. In Neapel ist es die *Camorra*, weiter südlich in Kalabrien die *'Ndrangheta*, in Sizilien die *Cosa Nostra*. Wer in Neapel Arbeit haben möchte, muss mit der *Camorra* kollaborieren. Inhaber von kleinen Geschäften müssen den Pizzo abgeben. Das ist das Schutzgeld, das wöchentlich abgeholt wird. Wer sich weigert, wird entweder zusammengeschlagen oder der Laden brennt nach kurzer Zeit aus. Ist in einer Firma mehr zu holen, wird auch schon einmal der Inhaber oder eines seiner Kinder entführt und Lösegeld erpresst. Da jeder von der *Camorra* abhängig ist, gibt es kaum einen Menschen, der sein Wissen über Straftaten den Behörden mitteilt. Das Gesetz des Schweigens, die sogenannte ›Omertà‹, ist dort überlebenswichtig.« Ein Raunen ging durch den Besprechungsraum.

»Wir wissen also, wo die beiden Opfer in Italien lebten, hier in Deutschland wohnten sie seit etwa zwei Monaten in einer *Bed and Breakfast*-Unterkunft. Sie sind ohne Familien hier und haben für Luigi Esposito, einen Lebensmittelhändler, gearbeitet, der vor ein paar Tagen signalisiert hatte, gegen die *Camorra* aussagen zu wollen.«

»Woher weiß man, dass sie für diesen Esposito gearbeitet haben?«

»Zum einen wurden bei den Männern mehrere Visitenkarten mit dem Aufdruck ›Esposito – Commercio Alimentari‹ gefunden. Zum anderen stand in der Nähe ein Kleinlaster des Unternehmens, und Tomaso Vasile hatte den Schlüssel des Fahrzeugs in seiner Hosentasche.« Heike ging an ihren Computer und warf das Foto von Luigi Esposito an die Wand. »Esposito wurde vor einiger Zeit zu einer Haftstrafe von zwei Jahren und sechs Monaten verurteilt, da man bei einer Razzia in seinem Geschäft Drogen gefunden hatte. Er sollte die Haftstrafe am 1. April antreten. Es lag somit ein Haftbefehl gegen ihn vor. Kollege Schmidt weiß mehr zu berichten.« Heike blickte sich im Raum um, und Werner Schmidt stand sogleich auf:

»Luigi Esposito befindet sich schon einige Jahre in Deutschland und ist Inhaber eines Lebensmittelgroßhandels. Da seine Familie in Neapel lebt, ist davon auszugehen, dass er die vergangenen sechs Jahre, in denen er dieses Unternehmen hier betreibt, zwischen Frankfurt und Neapel hin- und hergependelt ist. Aufgrund einer anonymen Anzeige hat der Zoll vor einem Jahr seine Geschäftsräume kontrolliert und dabei zwei Kilogramm Kokain gefunden. Der Abgleich des Zolls mit der Guardia di Finanza, das sind die Zollbehörden in Italien, steht bis heute noch aus. Entweder hat man hier im Zoll versäumt, die Behörden in Italien zu kontaktieren, oder aber dort hat man die Anfrage aus Deutschland auf den schon vorhandenen großen Haufen gelegt. Wie viele Mitarbeiter in Neapel für ihn tätig sind, ist uns bis jetzt noch nicht bekannt. Jetzt nach seiner Festnahme – er geht davon aus, dass die Schüsse ihm galten – hat uns dieser Esposito signalisiert, eine umfassende Aussage zu machen. Wir können bis jetzt mit Sicherheit sagen, dass Luigi Esposito seine Mitarbeiter nicht erschossen hat. Er ist derzeit in der JVA Dieburg untergebracht und will die nächsten Tage Ross und Reiter nennen. Zuvor möchte er sich noch mit seinem Anwalt besprechen, der sich derzeit noch im Urlaub befindet.« Werner Schmidt setzte sich wieder, und Timo Warmuth ergriff das Wort:

»Bisher wissen wir über den Tagesablauf der beiden jungen Männer sehr wenig. Die Auswertungen ihrer Handys werden uns hoffentlich weiterbringen.« Kurz war es still im Raum, dann stand eine junge Beamtin auf, ging nach vorne und zeigte eine Pistole in einer Plastiktüte.

»Diese Waffe haben wir im Fahrzeug von Luigi Esposito gefunden. Es handelt sich hier um eine *Beretta* neun Millimeter. Die Seriennummer ist professionell herausgeschliffen worden. Die Waffe ist sauber, sie wurde nach bisherigen

Erkenntnissen noch nicht zu einer Straftat, zumindest hier in Deutschland, benutzt. Oder aber es liegt schon jemand im Main, und wir haben ihn nur noch nicht gefunden.«

Heike ergriff erneut das Wort:

»Die drei Zeugen, eine alte Frau und zwei Jugendliche, konnten uns mit ihrer Aussage nicht weiterhelfen. Sie sahen, wie die jungen Männer von den Schüssen getroffen wurden, aber sie standen direkt unter dem Fenster, aus dem die tödlichen Schüsse abgegeben wurden. Konnten also nichts sehen. Die Auswertung der Kriminaltechnik dauert bisher noch an. Es sieht aber nicht gut aus.«

4

Er lehnte sich zufrieden zurück. Die Aussicht über den Odenwald war grandios. Das Gespräch mit dem LKA-Beamten war nach wenigen Minuten beendet gewesen. Er war der Betreuer eines alten Mannes, aus dessen Wohnung heraus zwei Menschen erschossen wurden. Was hätte er aussagen können? Danach hatte er sich in sein Auto gesetzt und war über das Mühltal in den Odenwald gefahren. Sanfte Hügel in verschiedenen Farbtönen, von schmalen Straßen durchzogen. Hier und da sah man einige Rinder auf der

Weide. Die Natur war einfach ein Traum. Frank Wilk schob seine Sonnenbrille in die Haare.

»Und wir sind uns jetzt einig, dass ich das gesamte Hotel vom 24. Mai auf den 25. Mai komplett mieten kann?« Er sah sein Gegenüber fragend an. Der Hotelier Josef Hamann zögerte ein wenig:

»Wissen Sie, ich mache das nicht so gerne, dass ich überhaupt nicht anwesend sein soll. Was, wenn irgendetwas ist?«

»Also was soll sein? Es kommen nur Menschen mit Stil und Niveau, die eine private Party feiern möchten. Da es bekannte Persönlichkeiten sind, möchten sie nicht beobachtet werden, und ich bringe mein Personal mit, bei dem ich sicher sein kann, dass keine Fotos geschossen werden, die dann am Ende in irgendeiner Boulevardzeitung wieder auftauchen.«

Josef Hamann war nicht wohl bei dem Gedanken, jedoch lagen vor ihm 10.000 Euro in bar. Er musste nur zugreifen und den Vertrag, den der Anwalt mitgebracht hatte, unterschreiben. Zögerlich nahm er seine Tasse Kaffee zur Hand und machte ein skeptisches Gesicht. Frank bemerkte seine Unsicherheit, beugte sich nach vorne und war gerade wieder im Begriff, das Geld an sich zu nehmen, als Josef schnell sagte:

»Also gut. Wann holen Sie die Schlüssel?«

»Am 25. vormittags komme ich und bringe auch schon mein Personal mit, die bauen dann einen Teil des Buffetts und die anderen Arrangements auf. Ich übergebe Ihnen das Hotel am 27. Mai um 15 Uhr wieder im Topzustand, weiterhin erhalten Sie 1.000 Euro auf Ihr Konto überwiesen und weitere 5.000 Euro nochmals in bar. Für das Finanzamt reicht aus, wenn ich Ihnen 1.000 Euro überweise. Oder möchten Sie alles auf Ihr Konto?«

»Nein, nein, so ist es am besten«, antwortete er schnell, zog einen Kugelschreiber aus seiner Hemdtasche und unterschrieb den Vertrag. Frank Wilk lächelte zufrieden. Zu diesem Zeitpunkt hatten bereits 21 Gäste zugesagt. Bei einigen stand die Antwort noch aus. Die Party würde wie immer ein voller Erfolg werden. Die Location im Odenwald war vom ersten Anschein her etwas bieder, jedoch war die Aussicht fantastisch, und der Pool mit einer Illumination in der Nacht würde alles aufwerten. Wichtig war, die illustre Gesellschaft war ganz sicher an diesem Abend unter sich. Auf keinen Fall sollte fremdes Personal im Hause sein, während man sich amüsierte. Zu groß war die Angst der geladenen Gäste. Bekannte Größen der Kommunalpolitik, angesehene Ärzte, Rechtsanwälte, Banker und auch ein Oberstaatsanwalt zählten zu dem erlauchten Kreis. Frank checkte im Smartphone die Liste der Leckereien, die er mit dem Caterer vereinbart hatte: Hummer, Kaviar, Trüffel waren selbstverständlich. Auch der Aufbau des Buffets sollte sich von anderen abheben. Eine Eisskulptur in Form einer Frauenbüste, lebensgroß, sollte die Tischdekoration krönen. Obst auf Eis und natürlich eine Champagner-Kaskade mindestens siebenstöckig. Er wusste, seinen Einladungen fieberten die Mitglieder des Klubs bereits entgegen, wenn sie auch für so ein Event eine höhere fünfstellige Summe im Voraus zahlen mussten.

5

Die Freistunde war beendet, und die Freizeit begann. Maria schloss alle Zellen auf. In den kommenden zwei Stunden durften sich die Insassen frei auf ihrer Station bewegen. Die Gruppe der Russlanddeutschen zog sich einen kleinen Tisch in den Flur und stellte ein Schachbrett darauf. Andere Gefangene setzten sich in den Zellen zusammen, hörten gemeinsam Musik oder spielten mit einer Spielekonsole. Maria schaute kurz in einen Haftraum, dessen Bewohner gerne die Musik in einer wahnsinnigen Lautstärke hörte. So gab es oft Streit auf der Station. Nicht jeder mochte *Heavy Metal.*

»Sie hören heute bitte Ihre Musik in Zimmerlautstärke.« Sie sah ihn an und erwartete zumindest ein Nicken. Der Insasse jedoch sah durch sie hindurch. »Ich sage das heute zum letzten Mal, wenn das wieder so laut wird wie gestern, nehme ich den Ghettoblaster aus Ihrer Zelle. Und das Ding bleibt dann eine Woche bei uns im Büro. Haben Sie das jetzt verstanden?« Der Häftling nickte und sah sie zornig an. Sie ging weiter und öffnete den Haftraum von Luigi Esposito, der im gleichen Moment nach draußen trat und hinter ihr herlief.

»Signora, haben Sie jetzt Zeit?« Er sah sie flehend an.

»Ja, kommen Sie mit in mein Büro.« Maria ging mit ihm zum Stationsbüro, schloss auf und machte eine Handbewegung zu einem Stuhl, wo er Platz nahm.

»Was gibt es, Herr Esposito?« Luigi Esposito schluckte und begann langsam.

»Ich habe Angst, dass meiner Frau Chiara und meinen

beiden Kindern etwas passiert ist.« Er machte eine kurze Pause und rieb sich mit beiden Händen über das Gesicht. »Ich habe seit zehn Tagen nichts mehr von ihr gehört. Ich möchte meinen Bruder anrufen. Er soll nach ihr sehen. Bitte lassen Sie mich telefonieren.« Maria sah ihn ruhig an, drehte sich mit ihrem Stuhl zu ihrem Computer und öffnete die Datei mit den Angaben von Luigi Esposito. Es waren noch keine erlaubten Telefonnummern hinterlegt.

»Es tut mir leid, ich muss erst mit Herrn Schmidt vom LKA sprechen, damit er Telefonnummern genehmigt. Ich darf Sie nicht so einfach telefonieren lassen. Sie wissen sicherlich, warum.« Sie sah in seine Augen. Kurz glaubte sie, eine Unsicherheit bei ihm zu bemerken, doch augenblicklich hatte er sich wieder gefangen.

»Signora, ich habe Angst um meine Familie. Vielleicht können Sie das verstehen? Ich habe viele Fehler gemacht, Sie wissen doch, wie das bei uns ist. Ich habe geglaubt, dass ich sie schützen kann. Ich will hier bei der deutschen Polizei aussagen, aber zuerst müssen meine Frau und die Kinder in Sicherheit sein, sonst findet man sie am Ende tot im Hafenbecken.« Maria durchfuhr ein Schreck, sofort hatte sie die Bilder von ihrer toten Cousine vor über 20 Jahren im Hafenbecken vor Augen. Wie eine Welle erfasste sie der Schmerz.

»Signora, die *Camorra* schreckt vor nichts zurück. Heute sind nicht einmal Frauen und Kinder tabu.«

»Waren sie vor 20 Jahren auch nicht«, entfuhr es Maria. Sie schluckte, als könnte sie damit die aufkommenden Emotionen hinunterschlucken. Luigi Esposito lehnte sich nach vorne und sah ihr tief in die Augen.

»Sie haben schon Erfahrung mit der *Camorra*. Was ist passiert?«

»Meine Cousine Anna wurde vor 20 Jahren im Alter von 16 sexuell missbraucht und dann umgebracht. Man fand sie im Hafen von Torre del Greco. Bis heute sind der oder die Mörder nicht gefunden. Es muss jemand von der *Camorra* gewesen sein, denn es gab keinerlei Hinweise. Niemand hatte etwas gesehen. Omertà.« Im gleichen Moment bereute sie, was sie gesagt hatte. Kein Gefangener durfte zu viel Persönliches von ihr wissen. Warum hatte sie ihm das erzählt? Esposito sah sie prüfend an. Dann sagte er ruhig:

»Signora, das ist das Revier des Rosso-Clans. Die haben seit mindestens 25 Jahren das Revier um Torre del Greco fest in der Hand. Einige der wenigen, die alle Angriffe rivalisierender Banden erfolgreich abgewehrt haben.« Maria lief es eiskalt über den Rücken. Vor ihr saß ein Mann, der wusste, welcher Clan für den Tod ihrer Cousine vor 20 Jahren in Neapel verantwortlich war. Konnte sie am Ende mithilfe von Luigi Esposito Hintergründe zu dieser Tat erfahren? Sie zögerte – war es ein Fehler gewesen, ihm von dem grausamen Tod von Anna zu erzählen?

DIENSTAG, DER 21. MAI

1

Die triste Umgebung stimmte ihn traurig. Auf seiner Pritsche liegend, zogen die Erinnerungen an ihm vorbei.

Er war vor einigen Jahren nach Deutschland gekommen, denn die Kämpfe um die Stadtviertel von Neapel waren immer blutiger geworden. Erzählungen von anderen, die in Deutschland bereits erfolgreich waren, hatten ihn in das Rhein-Main-Gebiet gelockt. Bereits als kleiner Junge hatte er sich geschworen, er wollte es einmal besser haben. Er wollte raus aus dem Elend und er wusste, er würde alles dafür tun. Aufgewachsen in Vele di Scampia, einem Moloch der Gewalt, kannte er keine Angst. Mit der Muttermilch hatte er bereits die Verhaltensregeln der *Camorra* erhalten. Omertà, nichts hören, nichts sehen und vor allen Dingen nichts sagen. Die Armut bei ihm zu Hause war schlimm, und so begann er im Alter von elf Jahren bereits, die Haushaltskasse aufzubessern. Er half täglich nach der Schule in einer Kaffeebar in seinem Viertel, und da er noch so klein war und nicht an die Espressomaschine heranreichte, stellte ihm der Barbesitzer eine umgedrehte Getränkekiste davor, sodass er gut darauf stehen konnte. Mit dem Trinkgeld war es ihm möglich, jeden Tag etwa 10.000 Lire nach Hause zu bringen. So viel wie heute etwa fünf Euro. Obwohl seine Mutter ihm anfangs immer wieder sagte, er solle lieber spielen gehen, nahm sie doch dankbar das Geld. Sein Leben war bereits als Kind Entbehrung und Kampf. In seiner Jugendzeit wurden die Mitglieder des Volpe-Clans auf ihn aufmerksam, denn er war fleißig und murrte nie, wenn der Barbesitzer ihn mit unangenehmen Aufgaben betraute. Eines Tages kam Graziano Vasile auf ihn zu, ein Mann um die 50, der ihm erklärte, dass er bei ihm mehr Geld verdienen konnte. Vasile war Inhaber eines Reifenhandels. Luigi ging am nächsten Tag zu ihm und war von da an Kurier, der die Drogen durch die Stadt beförderte. Es wurden kleine Tüten, gefüllt mit Drogen, im Inneren des Reifens mit Klebeband befestigt, und Luigi rollte diese Reifen durch die Stadt, transportierte so das Gift von A nach B. Niemand sprach darüber, dass damit Drogen vom Capo, wie alle Vasile nannten, zu den verschiedenen Dealern befördert wurden. Nach wenigen Monaten kannten alle im Stadtteil Luigi. Vasile war großzügig, denn auf Luigi konnte er sich verlassen. Und so brachte er immer mehr Geld nach Hause. Seine Mutter fragte ihn nie, woher er das viele Geld hatte. Es wurde zur Selbstverständlichkeit, dass er abends viele Millionen Lire auf den Küchentisch legte. Überhaupt fragte sie ihn nicht, wie er seinen Tag verbracht hatte. Er ging morgens früh aus dem Haus, aber nicht mehr zur Schule. Die Schule hatte er nach der siebenten Klasse abgebrochen. Er verdiente als Teenager mehr als sein Vater und ließ sich auch von ihm nichts mehr sagen. In seinen Augen war dieser ein Versager, der seinen Frust an seiner Mutter ausließ. Immer wieder bekam sie Schläge, und wenn sie ihm nachts nicht zu Willen war, nahm er sie sich einfach. Luigi verabscheute ihn. Das Mitleid, das er für seine Mutter als Kind empfunden hatte, schlug in Verachtung um. Sie wollte nichts an ihrem armseligen Leben ändern. Sie fügte sich wie ein Schaf, das man zur Schlachtbank führte. Sein Vater kam irgendwann nur noch zum Wäschewechseln nach Hause, er hatte eine Freundin.

Als er 14 Jahre alt war, nahm sein Leben eine Wendung. Er rollte zum hundertsten Male einen Reifen durch die Straße Fosso Del Lupo in Neapel, als zwei junge Männer auf einer Vespa neben ihm auftauchten. Er kannte diese Typen vom Sehen. Sie waren Mitglieder eines anderen Clans. Der Beifahrer, ein junger Mann von etwa 20 Jahren, sprach ihn an und versuchte zur gleichen Zeit, den Reifen an sich zu nehmen. Ohne zu zögern, zog Luigi sein Springmesser aus der Hosentasche und stach es seinem Gegenüber in den Bauch. Noch heute verfolgte ihn der Gesichtsausdruck seines Opfers nachts in seinen Träumen. Der Fahrer kümmerte sich nicht eine Sekunde um seinen Freund, gab Gas und verschwand. Der Verletzte brach zusammen und verblutete an Ort und Stelle. Zwei Frauen, die aus ihren Fenstern sahen, verschwanden schnell in ihren Wohnungen, und er wischte sein Springmesser mit dem Blut seines Opfers an dessen Hemd ab, nahm den Reifen und rollte ihn weiter die Straße hinunter.

Durch diesen Vorfall begann ein blutiger *Camorra*-Krieg zwischen dem Volpe-Clan und dem Rosso-Clan, bei dem 19 Menschen ihr Leben ließen. Auf ihn wurde ein Kopfgeld ausgesetzt, und sein Boss, Capo Graziano Vasile, holte Luigi zu sich in seine Wohnung. Fortan lebte er bei ihm und seiner Frau. Vasile hatte keine Kinder und nannte Luigi ab diesem Tage seinen Sohn. Nun brachte er einmal im Monat Geld zu seiner Mutter nach Hause nach Scampia, aber er lebte bei Graziano im benachbarten Stadtteil Secondigliano. Er bewunderte diesen Mann, der es seit Jahren schaffte, die Herrschaft über sein Viertel zu behalten. Unauffällig in einer für sein Einkommen bescheidenen Wohnung lebte er mit seiner Frau, die er mit großem Respekt behandelte. Luigi wusste, so wollte er einmal werden. Graziano war sein Vorbild, und er beobachtete ihn sehr genau. Er kopierte die Art, wie Vasile sich bewegte, wie er aß und wie er sprach. Graziano Vasile hatte die Mitglieder seines Clans im Griff, da er auch sie mit Respekt behandelte, jedoch bei dem Versuch, ihn zu betrügen, war er unerbittlich. Er blieb immer ruhig, aber die Anweisungen, die er gab, waren brutal und ließen keinen Zweifel an dem Anspruch seiner Macht. Luigi musste auf seinen Befehl einen Verräter aus den eigenen Reihen töten. Auch wenn er gewollt hätte, hätte er sich dem Befehl nicht widersetzen können, denn dann wäre er selbst getötet worden. Somit hatte er mit 17 Jahren seine Loyalität gegenüber dem Clan gezeigt, und für Graziano war es klar, dass Luigi einmal sein Nachfolger werden würde. Er lehrte ihn alle Zusammenhänge des Drogenhandels, Luigi lernte die Männer kennen, von denen der Volpe-Clan die Drogen bekam, und flog mit ihm öfter nach Spanien, Marokko und Bogota. Der verfeindete Rosso-Clan dagegen hatte derweil das Entführungsgeschäft für sich entdeckt. Immer wieder wurden Ehefrauen oder auch Kinder von reichen Geschäftsleuten entführt und nach Zahlung eines hohen Lösegeldes wieder freigelassen. Eine Zeit lang wurden auch junge Mädchen von der Straße weg entführt und reichen Männern zu horrenden Summen für sogenannte Sexpartys überlassen. Menschenhandel jedoch kam für den Volpe-Clan nicht infrage. Drogen und Waffen ja, aber unschuldige Mädchen zu missbrauchen – so tief wollte er niemals sinken.

2

Maria nutzte ihren freien Vormittag zur Hausarbeit. Jedoch wollte ihr alles nicht so recht von der Hand gehen, immer wieder hielt sie inne und dachte über das Gespräch mit Luigi Esposito nach. All die Jahre hatte sie versucht, das traurige Ereignis aus ihrem Gedächtnis zu verbannen. Jedoch bahnten sich die, wie sie dachte, erfolgreich verdrängten Erinnerungen immer wieder ihren Weg in das Bewusstsein. Wie konnte sie auch damit abschließen? Sie war seit dem Mord an ihrer Cousine für ihre Familie die Schuldige. Sie hatte Anna alleine im Park gelassen, und alle Verwandten waren zu der Überzeugung gelangt, dass Anna noch leben würde, wäre sie bei ihr geblieben. Auch sie selbst machte sich seit diesem Tag Vorwürfe. Tränen stiegen auf, Tränen der Trauer und auch der Wut. Sie war damals 16 Jahre alt und mit Pino, einem Jungen aus der Nachbarschaft, auf der Vespa weggefahren. Zum ersten Mal verliebt, hatte sie weiche Knie bekommen, als er sie bat mitzufahren. Er war zwei Jahre älter und für sie damals der schönste junge Mann, den sie je gesehen hatte. Pino fuhr mit ihr aus dem Park zu einem gottverlassenen Platz in einen anderen Stadtteil von Neapel. Nach den ersten Küssen wollte er mehr, aber sie war dazu nicht bereit, und so gab es Streit, und Pino ließ sie einfach stehen. In ihren Erinnerungen sah sie ihn noch heute davonfahren. Kilometer vom Park San Gaetano entfernt, stand sie da und musste sich bei Passanten durchfragen, um zurückzufinden. Zu alledem fuhr sie auch noch ein Stück mit dem Bus in die falsche Richtung, und erst als der Busfahrer ihr auf einer Karte erklärte, wo sie war und wo sie hinwollte, fand sie den Weg zum Park zurück. Es waren seit ihrer Abfahrt vom Park mehr als zwei Stunden vergangen und gerade 18 Uhr, als sie dort wieder ankam. Da war Anna bereits verschwunden. Zunächst dachte sie, sie wäre nach Hause gelaufen, obwohl sie sich versprochen hatten, immer gemeinsam nach Hause zu gehen. So schnell sie konnte, lief sie zur Wohnung von Anna und drückte auf die Klingel. In ihren Erinnerungen hörte sie noch heute die Worte ihrer Tante: »Da seid ihr ja endlich«, und deren Gesichtsausdruck, als Maria alleine vor ihr stand. Als Anna um 20 Uhr noch nicht zu Hause war – alle Verwandten waren schon die Umgebung mehrfach abgefahren –, gingen ihre Tante Rosanna und ihr Onkel Gennaro zu den Carabinieri und erstatteten Vermisstenanzeige. Maria erinnerte sich noch heute an die furchtbaren Stunden, in denen sie warteten. Mehr als einmal musste sie die Fragen der Verwandten über sich ergehen lassen, warum sie Anna alleine im Park gelassen hatte. Schon in den ersten Stunden war allen klar, dass etwas Furchtbares passiert sein musste, und als am darauffolgenden Abend die Carabinieri an der Tür klingelten, wurde aus der bösen Vorahnung traurige Gewissheit. Man hatte sie sexuell missbraucht und ermordet im Hafenbecken von Torre del Greco gefunden. Maria zog es den Boden unter den Füßen weg. Nicht nur, dass sie eine Trauer empfand, die kaum auszuhalten war, sie machte sich selbst auch für den Tod ihrer Cousine verantwortlich. Ihre Verwandten in Neapel mieden sie von da ab wie der Teufel das Weihwasser, und hinter vorgehaltener Hand gab man ihr die Schuld am Tod von Anna. Nur ihre Nonna, ihre Großmutter, hielt zu ihr und stand ihr bei. Sie schenkte ihr ein Kruzifix und ein Corno, ein kleines Hörnchen, das sie von da an nie ablegte. Sie sprach ihr immer gut zu und beschwor sie, sich nicht die Schuld an Annas

Tod zu geben. Bei diesen Erinnerungen umfing Maria eine Traurigkeit, die wie eine Bleiplatte auf ihr lag. Wie sehr sie auch versuchte, die düsteren Gedanken abzuschütteln, es wollte ihr nicht gelingen. Sie musste dieses Drama, das ihr Leben so verändert hatte, endlich hinter sich lassen. Und sie wusste, dies gelang ihr nur, wenn der oder die Mörder von Anna hinter Schloss und Riegel waren. In Neapel hatten die Carabinieri den Fall vor langer Zeit zu den Akten gelegt, und da würde er bleiben. Jedes Jahr wurden unzählige Menschen auf Neapels Straßen umgebracht. Carabinieri und Polizia hatten mit der Aufklärung dieser Tötungsdelikte mehr als genug zu tun. Niemand hatte mehr Interesse an einem Fall von vor über 20 Jahren. Sie selbst musste die Sache in die Hand nehmen. Aber wie wollte sie das bewerkstelligen? Sie durfte nicht ermitteln, sie war Justizvollzugsbeamtin, keine Kriminalkommissarin. Was konnte sie also tun? In ihrem Kopf jagten die Gedanken hin und her. Wenn sie den Mord an Anna aufklären konnte, würde ihre Familie ihr nicht länger die Schuld geben, und der Bann wäre gebrochen. Auch wenn es gefährlich war, sie würde versuchen, mehr über den Rosso-Clan zu erfahren.

3

Karl-Heinz Burger klebte gerade den letzten Brief zu, als seine Zellentür plötzlich von Mirko Jovanovic aufgerissen wurde.

»Na, mein Freund«, er machte eine kurze Pause, »du weißt sicher, was ich von dir will?« Karl-Heinz wurde es heiß und kalt zugleich. Was wollte man von ihm? Was sollte er für den Gegenwert von zehn Briefmarken tun? Er wusste es nicht, brachte vor lauter Angst aber keinen Ton heraus. Sollte er dieses Scheusal, das aussah wie ein abgehalfterter Boxer, mit dem Mund befriedigen? Schon bei diesem Gedanken stellte sich ein Würgereflex ein.

»Tut mir leid«, stammelte er, »ich weiß nicht, wie ich dir helfen kann.«

»Ganz einfach. Du schreibst doch vielen Frauen, und einige sollen dich besuchen, oder?« Mirko trat näher an ihn heran. Karl-Heinz wurde panisch, was wollte er? »Dein Besuch kann ein wenig Geld draußen auf mein Konto überweisen. Du weißt schon, damit du hier drin in Sicherheit bist.« Er lachte, und Karl-Heinz sah seinen massigen Oberkörper auf und ab hüpfen. Er schüttete sich fast aus vor Lachen.

»Wie soll das gehen? Ich kann denen doch nicht sagen, bitte überweise ein wenig Geld, damit ich hier drin keine Schläge bekomme.« Karl-Heinz schwitzte. Auf wen hatte er sich da eingelassen?

»Doch, genau so geht das.« Jovanovics rechte Hand fuhr blitzschnell nach vorne und gab ihm eine schallende Backpfeife. Sein Kopf flog nach hinten, und er verlor fast das Gleichgewicht.

»Du sagst einer Frau, dass sie monatlich Geld überweisen muss, denn sonst bekommst du unglaubliche Schmerzen beigebracht.« Mit dämonischem Lächeln sah er ihn an, kam nahe an sein Gesicht und flüsterte:

»Hast du verstanden, was ich sage?« Karl-Heinz schluckte. Seine Wange brannte wie Feuer.

»Ja, habe ich.«

»Sieh zu, dass du Besuch bekommst, sonst wird es schwer für dich hier drin.« Er drehte sich um und fügte hinzu: »Du hast mehrere Weiber am Start. Die alle können zahlen. Lass dir was einfallen.« Dann verließ er breitbeinig die Zelle. Karl-Heinz schaffte es gerade noch an die Toilette, dann fand sein karges Mittagessen den Weg in die Schüssel. Als sein Magen nur noch ein krampfender Klumpen war, ließ er sich auf sein Bett fallen und starrte an die Decke. So hatte er sich das alles nicht vorgestellt.

4

»Herr Esposito, wir brauchen von Ihnen Informationen. Stichhaltige Informationen, nicht irgendwelche Geschichten von früher.« Werner Schmidt saß Luigi im Verhörraum der JVA-Dieburg gegenüber und sah ihn durchdringend an.

»Si, Herr Schmidt, ich weiß, aber Sie müssen meine Situation verstehen. Erst wenn ich weiß, dass meine Frau in Sicherheit ist, kann ich mehr erzählen. Vielleicht hat man sie und meine beiden Mädchen schon entführt. Dann wäre eine Aussage von mir jetzt ihr Todesurteil.«

»Das ist mir klar. Wir haben bereits über die Polizia und Carabinieri in Neapel versucht, den Aufenthaltsort Ihrer Frau ausfindig zu machen. Jedoch ohne Erfolg. Aufgrund Ihrer bisherigen Aussagen können wir Ihnen derzeit keine Kronzeugenregelung anbieten. Da muss wesentlich mehr kommen.« Luigi nickte. Werner Schmidt stand auf und kontaktierte über die an der Tür angebrachte Notrufanlage die Zentrale.

»Das Verhör mit Herrn Esposito ist beendet. Sie können ihn abholen und mich bitte wieder nach draußen bringen.«

Einige Minuten später befand sich Luigi wieder in seiner Zelle. Seine Gedanken kreisten seit Tag und Nacht um seine Ehefrau Chiara und seine beiden Mädchen Stella und Isabella. Warum war sie bei den letzten Anrufen nicht an das Telefon gegangen? Normalerweise hatte seine Frau das Handy immer dabei, im Gegenteil, oft hatten sie sich gestritten, weil sie das Ding nie aus der Hand legen konnte. Luigi schluckte, hatte am Ende der Rosso-Clan davon Wind bekommen, dass er aussagen wollte, und man hatte seine kleine Familie bereits umgebracht? Nein, das war unmöglich. Er musste sich beruhigen und klar denken. Er stand auf und riss das Fenster seiner kleinen Zelle bis zum Anschlag auf. Ein warmer Luftzug durchströmte den Raum, und Luigi setzte sich an den kleinen Tisch vor dem Fenster. Er brauchte dringend ein Handy. Er kannte hier in der Anstalt bisher nur Salvatore. Hatte er schon eine Möglichkeit gefunden? Salvatore hatte seine Zelle im Zellentrakt ihm gegenüber im dritten Stock. Luigi drückte sein Gesicht nahe an das Gitter und schrie:

»Salvatore!«, und noch einmal »Salvatore!« Nach einer kleinen Ewigkeit hörte er:

»Si, was gibt es?«

»Kommst du in die Freistunde?«

»Si.«

»Okay, bis später.«

Wenn er telefonieren konnte, würde er mit Sicherheit seine Frau finden. Er musste sie überzeugen, dass sie in Deutschland sicherer wäre. Nur hier im Zeugenschutz gab es für sie eine Zukunft. Das Attentat auf ihn, das seine Jungs das Leben gekostet hatte, war ihm Warnung genug. Der Rosso-Clan wollte sein Territorium in Frankfurt übernehmen. Wochen zuvor hatte ihn Paulo, der Capo dieses Clans, angerufen und ihm erklärt, dass er nun die Geschäfte in Frankfurt mit Drogen und Glücksspiel übernehmen würde. Luigi hatte ihn ausgelacht, denn sein Volpe-Clan war seit langem in Frankfurt und Umgebung gefürchtet. Ihm war jedoch klar geworden, dass es ein Fehler war, selbst nach Frankfurt zu gehen und sein Territorium in Neapel seiner rechten Hand Angelo zu überlassen. Angelo war zu weich, er hätte härter gegen die anderen Clans vorgehen müssen. Sie hatten nicht nur in Neapel an Boden verloren, auch hier im Rhein-Main-Gebiet griff Paulo nach seiner Macht. Jahrelange Kämpfe und Auseinandersetzungen mit rivalisierenden Clans in und um Neapel hatten ihn müde gemacht. Er wollte nach Deutschland, da er glaubte, hier entspannter leben zu können. Von Anfang an war sein Ziel gewesen, in Deutschland mit seiner Familie zu leben. Seine illegalen Aktionen sollten nach und nach durch die Einnahmen von legalen Geschäften ersetzt werden. In ein paar Jahren hätte er von seinen Immobilien und den offiziellen Einnahmen seines Lebensmittelhandels leben können. Jedoch war es schwerer, als er je vermutet hätte, aus der Spirale von Gewalt und Terror auszusteigen.

5

Die Freistunde war beendet, und das Meer der Gefangenen in blauer Anstaltskleidung schob sich über den Hof. Maria stand an der Eingangstür des Hauses II und wartete, bis alle Insassen eingetreten waren. Der eine oder andere nickte ihr freundlich zu, andere liefen betont cool an ihr vorbei, denn sie konnten vor Kraft kaum laufen. Dabei verzogen sie keine Miene. Im fünften Stock angekommen, öffnete sie die Stationsgittertür. Alle kannten das Prozedere bereits und begaben sich in ihre Zellen. Maria überprüfte, ob auch jeder Insasse in seinem Haftraum war, und meldete über Funk die Vollzähligkeit. Wenige Sekunden später bekam sie die Rückmeldung, dass die gesamte Anstalt vollzählig war und die Freizeit begann. Die Häftlinge durften sich nun frei auf ihren Stationen bewegen. Die russische Gemeinschaft, in diesem Fall fünf Gefangene, waren vorbereitet, und in Windeseile standen ein Tisch und einige Stühle auf dem Flur. Andere, die zuvor nicht an der frischen

Luft gewesen waren, krochen aus ihren Betten, schnorrten sich ein wenig Tabak oder zogen nach dem Öffnen des Haftraums die Tür sofort wieder zu. Sie wollten ihre Ruhe haben. Luigi Esposito sah Maria erwartungsvoll an.

»Frau Saletti, haben Sie kurz Zeit?« Maria warf einen prüfenden Blick auf die Station. Genau in diesem Moment sah sie den Gefangenen Jovanovic mit breitem Grinsen über den Flur laufen. Maria blieb mit Esposito stehen und beobachtete Jovanovic aus den Augenwinkeln. Der Hüne verschwand in einer Zelle und kam kurz darauf mit einer Salami und einem Liter Milch wieder heraus. Hinzugehen und ihn darauf anzusprechen, würde nichts bringen. Der Insasse, den er gerade um seine Lebensmittel erleichtert hatte, würde keinesfalls zugeben, dass Jovanovic ihm diese abgepresst hatte, denn sonst würde er sich demnächst auf der Krankenstation wiederfinden. Sie musste das Problem dringend mit Jan Gerber besprechen.

»Kommen Sie, Herr Esposito, ich habe Zeit.« Maria ging vor ihm über den Flur, öffnete die Durchgangsgittertür und begab sich zu ihrem Büro. Als beide eingetreten waren, fuhr er sich nervös durch die lockigen Haare und sagte:

»Können Sie mir helfen? Ich muss meine Frau erreichen, ich werde sonst noch verrückt.« In seinen Augen war die Angst zu sehen. Maria hatte gehofft, dass er an diesem Tage auf sie zukommen würde.

»Ich habe heute die Genehmigung bekommen, Sie telefonieren zu lassen. Erlaubt sind diese drei Nummern.« Dabei öffnete sie den Computer mit dem Wahrnehmungsbogen von Luigi Esposito. Luigi blickte auf den Bildschirm und nickte. Ein dankbares Lächeln huschte über sein Gesicht.

»Können wir es gleich versuchen?« Er sah sie fragend an.

In ihrem tiefsten Innern hoffte sie, Esposito helfen zu können, denn dann würde er ihr sicherlich mehr Informationen über den *Camorra*-Clan liefern, der ihre Cousine auf dem Gewissen hatte. Auf der Seite unten stand ein Vermerk, dass diesen Gesprächen besondere Aufmerksamkeit gewidmet werden sollte. Und Maria hatte die Worte von Werner Schmidt noch im Ohr: »Achten Sie darauf, dass es in den Gesprächen um den Aufenthaltsort seiner Frau geht und nicht um etwaige Mitteilungen an seine Mittäter. Sie wissen schon.«

»Gut, dann probieren wir es mit der ersten Nummer. Bitte geben Sie mir nur der Vollständigkeit halber die komplette Adresse.« Maria nahm sich einen Zettel und einen Stift, als Luigi diktierte:

»Marilena Esposito, verheiratete Tessaro, Via Ernesto Pascal 100, Napoli. Die Telefonnummer 003981773098.« Sie zog das Telefon zu sich heran und wählte die Nummer, kurz darauf hörte sie eine weibliche Stimme:

»Pronto.«

»Buon giorno, mit wem spreche ich bitte?«

»Wer sind Sie?«

»Ich bin eine Beamtin aus Deutschland. Ich muss wissen, wer am Apparat ist.«

»Ich bin Marilena Esposito.«

»Gut, dann gebe ich Ihnen Ihren Bruder.«

»Marilena, ich bin es, Luigi.«

»Oh dio, was ist passiert? Ich habe in deinem Geschäft angerufen, weil du nie an dein Handy gegangen bist, da haben sie mir gesagt, dass du im Gefängnis bist.« Man hörte ein Schluchzen.

»Ja, das stimmt. Marilena, wo ist Chiara mit den Kindern? Ich kann sie nirgends erreichen.«

»Sie sind seit über einer Woche verschwunden. Sie geht nicht an ihr Handy. Ich war mit Antonio in eurem Haus, wir haben doch einen Zweitschlüssel. Es sieht aus, als hätte sie für sich und die Mädchen die Kleider gepackt und sei in Urlaub gefahren. Ich verstehe das nicht.«

»Das kann nicht wahr sein. Du hast keine Ahnung, wo sie sein könnte?«

»Nein, Luigi, es tut mir leid. Wir haben schon alle Bekannten gefragt. Niemand hat etwas gesehen oder weiß etwas. Wie geht es dir?«

»Ich habe alles, was ich brauche. Ich muss nur wissen, dass es Chiara und den Kindern gutgeht. Ich rufe dich wieder an.« Maria hörte am anderen Ende der Leitung noch einen Protest, aber Luigi legte auf. Er rieb sich mit beiden Händen sein Gesicht und sagte dann leise:

»Signora Saletti, Sie sind meine einzige Hoffnung. Helfen Sie mir, und ich werde Ihnen den Mörder Ihrer Cousine liefern.«

6

Maria betrat leise die Wohnung und fand Alex schlafend auf der Couch vor dem Fernseher. Leise drückte sie die Tür ins Schloss und zog ihre Schuhe aus, dann schlich sie in die Küche und sah in den Kühlschrank. Ihr lief sofort das Wasser im Mund zusammen. Italienische Vorspeisen mit allem, was sie liebte. Sicherlich war ihre Mutter Giulia am Abend da gewesen und hatte diese Köstlichkeiten vorbeigebracht. Sie nahm den Teller heraus und holte aus der Schublade das Weißbrot, das nur ihre Mutter so gut backen konnte. Denn zu Salami, Prosciutto crudo, eingelegten Auberginen und Zucchini, zu gegrillten Sepia und anderen leckeren Dingen musste man unbedingt dieses Brot essen. Mit den Tellern in der Hand ging sie leise zum Esstisch, als Alex mit einem Brummen anzeigte, dass er wach war.

»Schatz, ich habe auch noch nichts gegessen. Ich habe extra auf dich gewartet«, sagte er mit verschlafener Stimme.

»Das ist ja lieb, dann hole ich noch den Rotwein«, sagte sie, stellte die Teller ab und holte den *Primitivo* und zwei Rotweingläser. Er rieb sich die Augen, holte ebenfalls aus der Küche einen Teller und setzte sich zu ihr. Das Gespräch mit Luigi Esposito schwirrte noch in ihrem Kopf umher. Irgendwie hatte sie es die letzten Jahre immer wieder geschafft, die Erinnerung an Annas gewaltsamen Tod zu verdrängen. Mit Auftauchen dieses Gefangenen waren alle Bilder von damals wieder präsent. Sie musste Alex von diesem Gespräch berichten, denn früher oder später brauchte sie seine Hilfe. Sie fasste sich ein Herz und begann:

»Schatz, ich habe ein Problem.« Dabei sah sie ihm fest in die Augen. Alex legte seine Gabel beiseite und schaute sie fragend an:

»Was ist passiert? Wie kann ich dir helfen?« Dabei legte er seine Hand auf ihren Unterarm.

»Dieser Esposito aus Neapel hat mir signalisiert, dass er möglicherweise herausbekommen kann, wer Anna damals umgebracht hat. Er weiß, welcher *Camorra*-Clan vor 20 Jahren das Gebiet, in dem Anna tot aufgefunden wurde, regiert hat.« Maria hielt die Luft an. Wie würde

Alex reagieren? Es entstand eine Stille, die Maria kaum aushalten konnte.

»Nun sag doch mal was.«

»Ich weiß nicht, was du mir noch erzählen willst. Deshalb sage ich nichts«, sagte Alex. Sein Unmut war für Maria bereits spürbar. Aber jetzt war es egal, wenn er sie liebte, musste er sie unterstützen.

»Ich habe doch in einer Woche Urlaub.« Alex fiel ihr ins Wort:

»Eigentlich hätten wir beide Urlaub. Jedoch werde ich nicht frei bekommen. Nicht, bis dieser Fall aufgeklärt ist.« Maria sprach schnell weiter, denn sie befürchtete, dass, wenn sie sich ablenken ließ, sie nicht mehr den Mut hatte, Alex ihren Plan zu erzählen.

»Die Frau von Esposito ist nicht auffindbar, und er hat mich angefleht, nach ihr zu suchen. Im Gegenzug würde er mir helfen, den oder die Mörder meiner Cousine zu finden.« Alex sah sie ungläubig an.

»Du willst allen Ernstes für einen Gefangenen nach Neapel fahren und seine Frau suchen? Bist du verrückt geworden?« Sein Ton wurde schärfer.

»Du verstehst das nicht. Ich will wissen, wer sie umgebracht hat. Seit dem Tod von Anna habe ich immer wieder Albträume und bin für meine italienische Verwandtschaft Luft. Sie geben mir auch heute noch die Schuld an ihrem Tod. Ich muss etwas tun. Ich will ihnen beweisen, dass ich nichts dafürkonnte.«

»Aber Maria, doch nicht so.«

»Doch, nur so. Esposito ist meine einzige Chance.«

MITTWOCH, DER 22. MAI

1

Sie band ihre langen schwarzen Haare zu einem Zopf zusammen, dann trat sie mit einer Tasse Espresso in der Hand vor das Haus. Die Luft war noch frisch, tags zuvor hatte es in Strömen geregnet. So weit sie sehen konnte, umgaben sie Berge und Olivenbäume. Nebelschwaden durchzogen die Luft, und langsam schob sich die Sonne hinter dem großen Felsmassiv, das sich auf der anderen Seite des Tals befand, nach oben. Sie war in Sicherheit. Niemand würde sie und ihre Kinder hier finden. Die Stille hatte sie die ersten Tage fast wahnsinnig gemacht. Man hörte weder Fahrzeuge noch lärmende Nachbarn. Geräusche, die sie bisher ihr ganzes Leben lang begleitet hatten. Ihre letzte Adresse in Posillipo war vor Jahren, als sie dort einzog, schon eine Oase der Ruhe für sie gewesen. Aber auch dort fuhren Fahrzeuge, schrien Obsthändler, oder Nachbarn riefen sich ein Buon giorno zu. Aufgewachsen war sie jedoch in der Hölle. In Scampia, einem Stadtteil von Neapel, umgeben von Drogen und Gewalt. Luigi war in ihrer Jugend der König von Neapel gewesen, für sie unerreichbar, das Einzige, was sie vorweisen konnte, war ihre Schönheit, und sie war nicht dumm. Sie wusste, wo er zu Abend aß, und hatte es geschafft, dass er auf sie aufmerksam wurde. Es kam, was kommen musste, er verliebte sich in sie, und sie feierten eine pompöse Hochzeit. Gedankenverloren schaute sie in das vor ihr liegende Tal. Hier in den Bergen fühlte sie sich, als wäre sie im Paradies angekommen. Ihre beiden Mädchen, Stella und Isabella, schliefen noch. Sie, die Kinder und zwei Maremmano-Hunde, Pippo und Pedro, waren die einzigen Bewohner des kleinen Anwesens. Das kleine Bruchsteinhaus war kunstvoll an einen Berg gebaut und passte sich perfekt der Umgebung an. Nur wenn man wusste, dass sich weit entfernt vom nächsten Dorf Vallecorsa dieses Haus befand, fand man auch den Weg hierher. Mehrfach hatte Angelo bei der Anreise anhalten müssen, um herabgestürzte Äste von großen Ulmen und Kastanienbäumen aus dem Weg zu räumen. Die Straße, eher ein Feldweg, führte in Serpentinen gleichmäßig aufsteigend an einem Bergmassiv nach oben. Nur zwei alte Männer, einer mit einer Ziege am Strick, waren ihnen auf dem Weg begegnet. Chiara zündete sich eine Zigarette an, nahm einen tiefen Zug und trank einen Schluck Espresso. Sie setzte sich auf eine verwitterte halbhohe Mauer, die aus den gleichen Bruchsteinen wie das Haus gemauert war. Die Olivenhaine um sie herum waren terrassenförmig angelegt. Die Bäume standen ordentlich nebeneinander an den Berghängen und wurden von Natursteinmauern gehalten. Hier würde sie nun für eine lange Zeit leben. Sie sog die kühle, klare Luft tief in ihre Lungen. Ein neues Leben. Die Mädchen waren vom ersten Tage an glücklich gewesen. Sie konnten hier, anders als in Neapel, draußen spielen, und in die Schule mussten sie vorerst auch nicht. Bis der Unterricht im September wieder anfing, hatte sie Monate Zeit, alles zu organisieren. Pippo, der kurz zu ihr gekommen war, um sich ein paar Streicheleinheiten abzuholen, als sie vor das Haus getreten war, hob seinen Kopf und spitzte plötzlich die Ohren, rannte an eine Ecke des großen Grundstücks und bellte. Chiara erschrak, sein tiefes Bellen würde die Mädchen wecken, und sie versuchte, ihn zu beruhigen:

»Pst, ruhig, Pippo, du weckst die Kinder auf«, sagte sie. Jedoch stimmte nun noch Pippos Kollege Pedro mit ein, der in der Nähe unter einem Baum gelegen hatte. Die beiden bellten, knurrten und stellten die Nackenhaare auf. Chiara hielt für einen Moment die Luft an. Was hatte das zu bedeuten? Sie stand auf und schaute in Richtung der Hunde, als sie ihn sah. Hinter der Bruchsteinmauer erschien ein alter Mann von über 70 Jahren. Er trug eine Schiebermütze und kratzte sich verlegen am Kopf. Pippo fletschte die Zähne und stellte sich nun mit den Vorderpfoten auf die Mauer.

»Buon giorno, Signora!«, rief der Mann und winkte ihr freundlich zu, dabei versuchte er, das Bellen der beiden Hunde zu übertönen. Chiaras Herzschlag setzte einen Moment aus. Wo kam er plötzlich her? Als sie ein Versteck für sich und ihre Mädchen gesucht hatte, hatte man ihr versichert, dass dieser Ort perfekt sei. Sie versuchte sich mit einem Lächeln, hob die Hand zum Gruß und ging schnell in das Haus. Vorsichtig lugte sie durch ein Fenster im Wohnzimmer, dessen angelehnte Holzklappläden einen Spalt offen standen. Der alte Mann stand da, nahm seine Schiebermütze vom Kopf und kratzte sich im Nacken. Die Hunde steigerten sich in ihre Aufgabe, sodass er umdrehte und verschwand.

2

Die Sonnenstrahlen drangen teilweise durch den Rollladen und warfen ihre Muster an die Schlafzimmerwände. Maria war schlagartig hellwach. Nach einer längeren Diskussion in der letzten Nacht war sie irgendwann todmüde ins Bett gefallen. Als sie neben sich sah, stellte sie fest, dass Alex bereits aufgestanden war. Sie schlüpfte aus dem Bett und ging durch den Flur in die Küche. Die Wohnung war leer. Kurz machte sie sich Vorwürfe, da sie in der Diskussion am Abend keinen Millimeter von ihrem Standpunkt abgewichen war. Sie wollte um jeden Preis den Mörder von Anna finden. Alex konnte oder wollte sie nicht verstehen. Aber sie hatte ihm unmissverständlich klargemacht, dass sie mit oder ohne seine Hilfe nach Neapel fliegen würde, um die Frau von Luigi Esposito zu finden. Sie ging in die Küche, machte sich einen Espresso, dann setzte sie sich an den Esstisch und begann, auf einem Blatt Papier ihren Plan aufzuzeichnen. Als Erstes musste sie mit Jan sprechen. Eine Woche Urlaub würde nie und nimmer ausreichen, sie brauchte etwas mehr Zeit. Sie musste einen Flug nach Neapel buchen und einen Leihwagen vorbestellen. Wichtig wäre außerdem eine Straßenkarte von Neapel, damit sie sich besser orientieren konnte. Und sie brauchte die Telefonnummer ihrer Tante Rosanna. Nach Erzählungen ihrer Mutter wusste sie, dass sie die Einzige war, die ihr nicht die Schuld am Tod ihres Kindes gab. Jedoch konnte sie sich nicht gegen die ganze Familie stellen. Maria war sich sicher, wenn sie den Mord an ihrer Cousine aufklären könnte, würde die Familie ihr verzeihen und sie würde wieder dazugehören.

Zunächst aber musste sie Chiara, die Frau von Luigi, finden. Ein kurzer Zweifel flog durch ihre Gedanken. Konnte sie ihm trauen? Würde er ihr, nachdem sie seine Frau gefunden hatte, überhaupt helfen? Sie schob den Gedanken beiseite wie ein leeres Glas. Dann griff sie an ihr Kruzifix und sandte ein Stoßgebet zu ihrer Großmutter. Hilf mir, Nonna, du weißt, dass ich es schaffen kann.

3

»Sag, wie laufen die Vorbereitungen?«

»Alles läuft wie geplant. Das Hotel geht klar, der Caterer hat zugesagt. Er ist wirklich hervorragend. Du wirst schon sehen«, sagte Frank lächelnd und lehnte sich entspannt in seinem Bürostuhl zurück.

»Und das Wichtigste?«

»Dafür habe ich auch schon gesorgt. Es wird phänomenal, erste Ware, jung und schön.«

»Nein, ich meine, sind wir wirklich unter uns? Ist es absolut sicher, dass niemand irgendwelche Fotos machen kann?«

»Mein Lieber, habe ich dich jemals enttäuscht?« Es knackte kurz in der Leitung, dann hörte er:

»Nein, hast du nicht, und deine Partys sind legendär. Aber ich möchte trotzdem, dass alle Masken tragen.«

»Selbstverständlich. Sicher ist sicher.«

»Gut, das Geld überweise ich in drei Tranchen auf dein Schweizer Konto?«

»Ja, es muss spätestens zwei Tage vor der Party auf dem Konto sein.«

»Gut, wird gemacht.«

Frank lehnte sich zufrieden zurück. Alles lief nach seinem Geschmack. Die Party würde allen noch lange in Erinnerung bleiben. Die Mädchen waren bildhübsch, zierlich und alle höchstens 14 Jahre alt. Das Einzige, was er hätte bemängeln können, war, dass alle südländisch aussahen. Keine skandinavisch aussehende Kleine war dabei. Seine exklusiven Kunden, die er nun schon seit zwei Jahren auf diesen Feiern mit jungen Mädchen belieferte, waren ein illustrer Kreis von wohlhabenden Männern. Reich, teilweise sehr einflussreich. Niemand kannte an so einem Abend die Identität des anderen. Nur er wusste aufgrund der Überweisungen, wer sich hinter den Masken verbarg. Natürlich trugen die Mädchen keine Masken, damit man ihre schönen jungen Gesichter sehen konnte. Was die Herren nicht ahnten, war, dass er sie bei ihren Sexspielen filmte. Er hatte bei der letzten Party in den Hotelzimmern und in der Bar Kameras angebracht. Die Aufnahmen zeigten teilweise bizarre Sexspiele mit minderjährigen Mädchen, Perversionen, wie selbst er sie nicht für möglich gehalten hätte. Zudem steckte beinahe jeder der Herren seine Nase in das Kokain, welches er großzügig verteilen ließ. Diese Filmaufnahmen konnten nicht nur jeden der Anwesenden seinen Job kosten. Nein, sie waren auch für einige Jahre Gefängnis gut. Oder wie konnte ein Staatsanwalt einen Drogenhändler noch glaubhaft anklagen, wenn er selbst der beste

Kunde dieser Klientel war. Ein Blick auf seinen Kontostand auf seinem Smartphone ließ ihn schmunzeln. Dort hatte sich ein ganz beachtliches Sümmchen angesammelt. Als Altersvorsorge sozusagen befanden sich Kopien der Aufnahmen auf einem Stick in seinem Banksafe. Für den Fall der Fälle hatte er in seinem Testament verfügt, dass das ganze Material direkt an die Polizei gehen sollte. Eine gewisse Absicherung, sollte ihn jemand mit dem Tod bedrohen. Das Leben lief ganz nach seinem Geschmack.

4

Maria schloss die Wohnungstür auf. Die Räume waren erfüllt vom Duft einer Bolognese-Soße, wie nur ihre Mutter sie zaubern konnte.

»Ciao, Mama«, rief sie, als sie die Tür schloss. Eine fröhliche Giulia antwortete ihr:

»Ciao, Maria, schön, dass du mich besuchen kommst.« Maria sah auf ihre Armbanduhr. Sie hatte ihre Uniform im Auto und konnte von ihrer Mutter aus direkt in die JVA fahren. Somit blieben ihr etwa zwei Stunden, in denen sie mit ihr in Ruhe alles besprechen konnte. Als Maria in die Küche kam, sah sie ihre Mutter am Herd stehen, sie rührte gleichmäßig in einem großen Topf. Giulia legte den Löffel beiseite, umarmte ihre Tochter und drückte sie fest an sich.

»Schön, dass du da bist. Komm, setz dich, ich mache dir einen Espresso.« Sie strahlte über das ganze Gesicht. Maria bekam augenblicklich ein schlechtes Gewissen, da sie mit ihr gleich das traurige Thema »Anna und deren Tod« ansprechen würde. Die Espressomaschine mahlte die Kaffeebohnen in einer Lautstärke, dass man sein eigenes Wort nicht verstand. Wenige Minuten später, in denen beide nichts sagten, stellte Giulia eine kleine Tasse vor Maria und sah sie prüfend an:

»Amore, wenn du um diese Uhrzeit spontan bei mir vorbeikommst, hast du doch etwas auf dem Herzen.«

»Ach, Mama, ich weiß nicht, wie ich es dir sagen soll«, sie hielt einen Moment inne, dann sprudelte es aus ihr heraus. »Ich habe die Möglichkeit, den Mörder von Anna zu finden, aber es ist ein wenig gefährlich.« Giulia sagte nichts und wartete darauf, dass Maria weitersprach. »Derzeit ist in der JVA Dieburg ein Mann aus Neapel. Er kennt die Bosse des Clans von Torre del Greco und kann mir möglicherweise helfen, den oder die Schuldigen zu finden.« Nun war es raus, und Maria wartete auf die Reaktion ihrer Mutter. Giulias Gesicht hatte sich verändert, Traurigkeit und Angst waren zu sehen. Ruhig und leise sagte sie:

»Wie will der Mann dir helfen, wenn er derzeit im Gefängnis ist?«

»Nun, er kann seine Frau am Telefon nicht erreichen und hat mich gebeten, nach Neapel zu fliegen, um sie zu suchen.« Ihre Mutter sah sie entsetzt an. »Ich weiß, dass das verboten ist und niemand in der JVA davon erfahren darf. Aber Mama, hier habe ich eine Chance und ich glaube, dass er mir helfen kann.« Giulia stand auf, fuhr sich mit beiden Händen über das Gesicht. Dann drehte sie sich zu Maria um, und diese sah die Angst in den Augen ihrer Mutter.

»Du glaubst diesem Mann, weil du ihm glauben willst. Du kennst ihn nicht. Wahrscheinlich benutzt er dich nur, und wenn er das hat, was er will, wirst du nichts weiter bekommen als falsche Informationen. Ich bitte dich, mein Liebling, lass es sein. Du setzt deine Arbeit aufs Spiel. Schlimmer noch: Wenn die falschen Leute davon Wind bekommen, was du herausfinden willst, werden sie auch dich zu töten versuchen. Maria,« sie machte eine Pause, »auch dein Onkel Domenico hatte damals versucht, etwas herauszufinden, und ist seit nunmehr 19 Jahren tot.«

»Ich dachte, er sei mit dem Auto verunglückt.«

»Ja, das war er auch, sein Wagen ist von der Straße abgekommen und bei Amalfi ins Meer gestürzt. Als man das Auto endlich bergen konnte, konnte man ihn nur anhand seiner Kleidung und seines Ringes identifizieren. Dein Onkel Gennaro hat mir, nachdem er bei der Polizei war, gesagt, dass die *Camorra* ihm mehrfach in den Kopf geschossen hatte. Er hatte kein Gesicht mehr. Die Staatsanwaltschaft ging damals davon aus, dass er etwas über den Tod von Anna herausgefunden hatte und deshalb sterben musste. Wir wollten der Familie die Einzelheiten ersparen.«

5

Die Sonne stand bereits hoch am Himmel, als Werner Schmidt das Büro von Alexander Neubert betrat. Alex zog gerade ein Rollo nach unten, um so der aufkommenden Hitze ein wenig Einhalt zu gebieten. Der Streit mit Maria vom Abend zuvor belastete ihn mehr, als er es vor sich zugeben wollte. Wie konnte sie nur auf so eine abwegige Idee kommen, die Frau eines Inhaftierten zu suchen?

»Guten Morgen, Alex. Ich fahre jetzt in die JVA Dieburg, um Esposito noch ein wenig auf den Zahn zu fühlen und Jan Gerber die Erlaubnis zum Mitschnitt der Telefonate zu geben. Man kann ihn jetzt auch mit anderen Nummern telefonieren lassen, vielleicht bringt uns das neue Erkenntnisse. Ich habe mit Jan Gerber gesprochen, man kann die Telefonanlage so einstellen, dass man die Gespräche aufnimmt.« Werner Schmidt suchte den Blick von Alex. Dieser hatte sich an seinen Schreibtisch gesetzt und schaute auf seinen Bildschirm. Er sah nur einen kurzen Moment nach oben. Er wollte das Thema mit seinem Kollegen nicht weiter vertiefen. Nicht auszudenken, wenn dieser von Marias Plänen Wind bekam.

»Ja, das ist gut«, sagte er deshalb knapp. »Ich sehe mir hier gerade die Konten dieses Rechtsanwalts Frank Wilk an. Er verfügt über ein anständiges Vermögen. Ich wusste gar nicht, dass man als Rechtsanwalt, der gesetzliche Betreuungen übernimmt, so gut verdient.«

»Das ist der Betreuer des alten Mannes, aus dessen Wohnung die Schüsse abgegeben wurden, oder?«

»Ja, genau. Ich kann mich täuschen, aber mein Instinkt

sagt mir, irgendwas ist mit dem faul. Vielleicht hat er gegen eine Zahlung den Schlüssel der Wohnung jemandem gegeben. Ich bleibe mal an dem dran. Bei einem Besuch in dessen Büro kam er mir eher vor wie einer aus dem Rotlichtmilieu, nicht wie ein Anwalt.«

»Gut, dann alles Weitere heute Nachmittag bei der Besprechung. Um 16 Uhr sollen wir unsere Ergebnisse zusammentragen.« Werner Schmidt hatte bereits die Türklinke in der Hand.

»Vielleicht habe ich bis dahin noch mehr über diesen sauberen Rechtsanwalt zusammengetragen, das uns weiterhilft.« Alex machte eine kurze Pause und sah Werner nachdenklich an. »Sag Maria ...«, dann stoppte er, schüttelte den Kopf. »Ach, nichts.«

»Gut, dann nichts«, sagte Werner lachend und verließ das Büro.

Alex tippte den Namen »Frank Wilk« in verschiedenen Suchmaschinen ein, fand aber keine weiteren Einträge. Irgendwo musste er anfangen.

6

Die Freizeit hatte gerade erst begonnen, auf dem Stationsflur hörte er die täglichen Sprüche der anderen Insassen. Aus Angst vor Mirko Jovanovic hatte er gebeten, in seiner Zelle eingeschlossen zu werden. Nun saß er verzweifelt vor einem leeren Blatt Papier. Die sonst so mühelos formulierten Sätze fielen ihm heute partout nicht ein. Er versuchte, sich zu konzentrieren, aber ständig war etwas anderes. Zwei Zellen weiter hörte dieser Idiot wie fast jeden Tag *Heavy Metal*-Musik in einer Lautstärke, die einen aggressiv machte. Karl-Heinz ging an die Notrufanlage und drückte den Knopf.

»Herr Burger, möchten Sie doch rausgeschlossen werden?«, meldete sich die Stationsbeamtin Saletti.

»Nein, nein, bitte lassen Sie zu, aber könnten Sie dafür sorgen, dass der Typ die Musik ein wenig leiser macht.«

»Ich sehe mal, was ich machen kann.« Das Lämpchen der Notrufanlage verlosch. Karl-Heinz saß auf seinem Stuhl, starrte durch das vergitterte Fenster und wartete darauf, dass die Musik leiser wurde. Gleich darauf merkte er zunächst in der Lautstärke eine Veränderung, dann war die Musik aus. Er nahm ein Foto zur Hand, das eine Frau mittleren Alters zeigte. Mollig und wahrlich keine Schönheit, braune Augen und eine Pagenfrisur. Sie trug auf dem Foto ein einfaches Kleid und lächelte scheu in die Kamera. Viola Schneider, 43 Jahre alt. In ihren letzten Briefen hatte sie schon einiges von sich verraten. Arm war sie anscheinend nicht, denn sie bewohnte alleine ein Haus in Darmstadt. Sie musste die Eigentümerin sein, denn sie erzählte in ihren Briefen von einer Reparatur am Dach, die sie die letzten Nerven kostete. Ob sie das Haus nach ihrer Scheidung behalten hatte oder ob sie es von ihren Eltern geerbt hatte, war ihm bisher nicht klar. Offensichtlich war für ihn, dass sie einsam war und sich nach einem Mann sehnte, der für sie da war. Er wusste, wie er sich interessant machen konnte. Viola wäre leichtes Spiel für ihn.

Liebe Viola,
ich hoffe, es geht dir gut. Immer wieder nehme ich deinen Brief zur Hand und freue mich darauf, dich bald persönlich kennenzulernen. Ich hatte in meinem Leben kein Glück mit Frauen und ich traue mich kaum, dich zu fragen, ob du mich besuchen magst. Ein erstes Kennenlernen in einem romantischen Restaurant wäre für uns angemessen. Gerne würde ich dir einen großen Strauß rote Rosen bei unserem ersten Treffen überreichen … Leider müssen wir darauf noch mindestens ein Jahr warten. Ich kann von dir nicht verlangen, mich hier unter diesen Umständen zu besuchen. Jedoch freue ich mich sehr auf weitere Briefe von dir. In Liebe Karl-Heinz.

Plötzlich hämmerte es an seiner Zellentür.

»Burger, bei dir alles in Ordnung?« Das war die Stimme von Mirko Jovanovic.

»Ja, ich schreibe gerade ein paar Briefe, wie du gesagt hast.«

»Gut, gut. Heide, heide, bald musst du liefern.« Er spürte, wie Panik in ihm aufstieg. Schnell nahm er sich ein neues Blatt Papier und begann:

Liebste Sabine,
ich hoffe, es geht dir gut. Immer wieder …

7

Maria schrieb gerade den Bericht, in dem sie die Entnahme des Ghettoblasters aus dem Haftraum begründete, als ihr Funkgerät einen Signalton abgab.

»Burg für die Burg 48.«

»48 hört«, meldete sich Maria.

»Bitte Besucher an der Pforte abholen.« Maria überlegte kurz, kam dann zu dem Entschluss, dass es sich nur um Werner Schmidt handeln konnte. Denn wer sollte sie sonst in der Anstalt besuchen.

»Bin auf dem Weg«, sagte sie schnell, griff sich ihren großen Schlüsselbund, zog ihre Bürotür zu und trabte die fünf Stockwerke nach unten. Die wenigen Minuten, die sie zur Pforte brauchte, ging sie in Gedanken die Informationen durch, die sie Werner Schmidt geben konnte. Es waren nicht allzu viele. Auf keinen Fall durfte sie den Eindruck erwecken, dass sie sich mit Luigi Esposito zu gut verstand. Schlimmer noch, dass sie bereit war, seine Frau für ihn zu suchen. Sollte das jemals herauskommen, wäre sie ihren Job für immer los. Ihr Magen machte sich mit Schmerzen bemerkbar. Konnte sie so schauspielern? Lügen war ihr immer schwergefallen. Eigentlich hasste sie Menschen, die nicht die Wahrheit sagten. In diesem Fall heiligte für sie aber der Zweck die Mittel. Sie musste so verfahren, wollte sie jemals ihren Frieden finden. Kurz darauf stand sie vor Werner Schmidt, der ihr lächelnd die rechte Hand entgegenstreckte.

»Hallo, Maria, bevor ich mit Luigi Esposito spreche, möchte ich gerne mit dir einiges durchgehen.« Maria spürte den festen Händedruck, nickte ihm freundlich zu und ging dann vor ihm her, um sämtliche Durchgangstüren bis zum Verhörzimmer auf- und wieder zuzuschließen. Im Verhörraum angekommen, nahm sie den Telefonhörer in die Hand und wählte die Nummer der Zentrale:

»Maria hier, der Besucher Schmidt ist jetzt im Verhörraum. Wenn er hier fertig ist, bringe ich ihn wieder an die Pforte.«

»Geht in Ordnung«, sagte der Zentralbeamte und legte auf.

»Hier drin muss man jederzeit wissen, wo ein Besucher ist«, erklärte sie.

»Ja, am Ende geht sonst noch einer verloren«, sagte Schmidt etwas überheblich.

»Das nicht, aber falls hier drin etwas passiert, wie zum Beispiel eine Geiselnahme oder Meuterei, ist es schon besser, man weiß, wer wo ist«, entgegnete Maria strenger, als sie es eigentlich wollte. An seinem überraschten Gesicht merkte Maria, dass Schmidt an so etwas noch nie gedacht hatte. Vorsicht war innerhalb der Mauern die halbe Miete. Täglich hatte sie es mit gewaltbereiten Menschen zu tun. Einige hatten nichts mehr zu verlieren außer ihrem Leben, denn sie hatten weder eine Wohnung, Geld oder Kontakt zu ihren Angehörigen. Dass man mit solch tickenden Zeitbomben anders umgehen musste als mit jemandem, der noch sozial eingebunden war, war den wenigsten Polizisten klar. Wenn sie allerdings an der Pforte beim Eintritt in eine JVA ihre Waffe abgeben mussten, schauten sie doch ein wenig verblüfft. Hier hatte man nur sein Funkgerät, sein Mundwerk, seine Selbstverteidigung und gute Kollegen an seiner Seite, falls es zu einer Auseinandersetzung kam.

»Ich kann hier drin leider keinen Kaffee anbieten«, sagte sie in einem versöhnlicheren Ton.

»Kein Problem«, sagte Schmidt, der ihre Anspannung nicht zu bemerken schien. »Ich wollte dir nur sagen, dass es äußerst wichtig ist, dass du notierst, mit wem Esposito Kontakt aufnimmt. Oder auch, mit wem er Kontakt aufnehmen möchte, es ihm aber nicht gelingt. Jede Telefonnummer ist für uns wichtig. Und da Italienisch deine Muttersprache ist, kannst du sicherlich auch verschlüsselte Nachrichten verstehen, sollte er sie weitergeben.«

»Was meinst du mit verschlüsselten Nachrichten?«

»Zum Beispiel kann er Dinge fragen, die aus dem Zusammenhang rausgerissen sind. Wenn er fragt, wie war die Ernte. Oder geht es Onkel sowieso gut. Das können Code-Wörter oder Sätze sein, die eine bestimmte Bedeutung haben.« Maria hatte längst verstanden, worauf er hinauswollte.

»Ich kann eine Notiz schreiben und sie dir per E-Mail zukommen lassen, wenn dir das hilft.«

»Das ist gut, und außerdem werde ich heute mit Jan Gerber besprechen, dass jedes Telefonat von Luigi Esposito mitgeschnitten wird. Dann haben wir die Gespräche kurz darauf bei uns im LKA und können sie auswerten.« Maria stockte kurz der Atem. Auch das noch. Wie sollte sie in diesem Fall vorgehen? Am Ende verriet Esposito bei einem seiner Telefonate, dass sie für ihn unterwegs war. Augenblicklich wurde ihr heiß und kalt zugleich. Schnell sagte sie:

»Gut, dann sage ich auch Jan Bescheid, dass du da bist. Dann könnt ihr im Anschluss an die Vernehmung von Esposito die technischen Details besprechen.«

»Ja, gut. So machen wir das. Also, Maria, wenn dir irgendetwas komisch vorkommt: Rufe mich bitte umgehend an.«

8

Marias Herz schlug ihr bis zum Hals. Sie nahm die Beine in die Hand und rannte, immer zwei Stufen auf einmal nehmend, in den fünften Stock des Hafthauses II. Unbedingt musste sie Esposito noch einschärfen, auf keinen Fall irgendetwas Unüberlegtes zu sagen. Außer Atem kam sie an seiner Zelle an, schloss diese auf und blickte in einen leeren Raum. Das durfte jetzt nicht wahr sein. Es gab nur eine Erklärung, Jan hatte ihn bereits geholt. Sicherlich hatte er von der Zentrale erfahren, dass Werner Schmidt in der Anstalt war. Sie drehte um, ging zurück zum Treppenhaus, da sah sie zwei Stockwerke tiefer beide aus Jans Büro kommen. Sie fluchte leise. So hatte sie nun keine Gelegenheit mehr, mit ihm zu sprechen. Langsam ein- und ausatmend, versuchte sie, ihre innere Unruhe zu bekämpfen. Auf dem Weg zum Vernehmungsraum sprach sie sich selbst immer wieder Mut zu. Sie hatte nichts Unrechtes getan – noch nicht. Und sicherlich war Esposito so schlau, nichts von dem Gespräch mit ihr zu erzählen. Als sie gerade den Brückenübergang zum Haus I betrat, kam ihr Jan entgegen.

»Ich war auf meiner Station und habe Esposito gesucht, um ihn zum LKA-Beamten zu bringen«, sagte sie so lässig wie möglich.

»Ich hatte mitbekommen, dass Schmidt in der Anstalt ist. Und da ich mit ihm etwas besprechen musste, habe ich gleich Esposito mitgenommen. Wir müssen uns gerade verpasst haben, als ich eine Flasche Wasser aus meinem Büro geholt habe.« Er sah sie prüfend an. Augenblicklich meldete sich ihr schlechtes Gewissen. Wenn er eine Flasche Wasser aus dem Büro geholt hat, warum hatte er dann Esposito mit in sein Büro genommen, sodass sie ihn im Flur, als sie nach oben lief, nicht gesehen hatte? Sie wurde unsicher. Wusste Jan bereits etwas? Noch in Gedanken versunken, hörte sie einen Signalton und die Stimme des Zentralbeamten.

»Alarm im Revier. Alarm im Revier.« Im gleichen Moment fiel Maria das Gespräch mit ihrer Kollegin Sabine Herzmann vor über einer Woche wieder ein. Jan rannte mit ihr an der Zentrale vorbei, und wenige Augenblicke später standen beide vor der verschlossenen Tür des Reviers. Maria und Jan wechselten einen Blick, dann drehte Jan um und sprintete zur Zentrale. Maria stand mit den anderen Kollegen, die inzwischen teils atemlos eingetroffen waren, vor der verschlossenen Tür.

»Hoffentlich ist da drinnen keiner durchgedreht und hat eine Geisel genommen«, sprach einer der Kollegen den Satz aus, den alle dachten. Maria fasste sich als Erste ein Herz und klopfte mit ihrem Schlüssel an die Tür. Das Revier war mit dem normalen Knastschlüssel nicht zu öffnen, und so mussten alle Bediensteten warten, bis Jan mit dem richtigen Schlüssel eintraf. Gerade als er den Schlüssel in das Schloss stecken wollte, flog die Tür auf und ein Gefangener mit hochrotem Gesicht erschien im Türrahmen. Offensichtlich hatte es im Revier eine Auseinandersetzung gegeben. Als dieser das Aufgebot von Uniformierten sah, kühlte sein erhitztes Gemüt erstaunlich schnell runter, und er sagte betont lässig:

»Was ist denn hier los? Eine Versammlung?« Jan war an ihm vorbei in den Raum gestürmt und fand einen Siegfried Seibert kreidebleich im Zimmer stehend.

»Warum hast du Alarm ausgelöst?«

»Ach, das war aus Versehen. Tut mir leid.« Maria, die ihm gefolgt war, sah sich um. Einer der Medikamentenschränke stand offen.

DONNERSTAG, DER 23. MAI

1

Den ganzen vergangenen Tag über hatte sie gegrübelt. Wusste jemand, dass sie sich in diesen Bergen versteckte? Immer wieder überlegte sie, wer darüber Bescheid wissen konnte. Eigentlich von der Firma nur Angelo und Sergio. Wobei Sergio nur den ungefähren Wohnort kannte. Ihre Freundin Laura wusste nur, dass sie irgendwo in den Bergen untergekommen war. Sergio und Angelo wurden fürstlich bezahlt, sie würden sie nicht verraten und dadurch den Ast, auf dem sie saßen, absägen. Lauras Familie war dermaßen reich, dass Geld für sie keine Rolle spielte, noch dazu wusste sie pikante Ereignisse aus Lauras Leben. Sollte ihr Vater etwas davon erfahren, wäre es aus mit dem Dolce Vita. Keinesfalls würde sie sie verraten und riskieren, dass sie ihrem Vater die Augen über seine alles geliebte Tochter öffnen würde. Sie hatte schlecht geschlafen, und in ihren Träumen hatte man sie mit den Kindern aufgespürt. Die Tatsache, dass dieser alte Mann plötzlich an ihrem Versteck, das sie so sorgfältig ausgesucht hatte, aufgetaucht war, hatte sie zweifeln lassen. War sie hier sicher? Wie sollte sie sich künftig verhalten? Am Tag zuvor hatte sie alle Möglichkeiten einmal durchgespielt. Jetzt jedoch, nach einigen Stunden, in denen sie nochmals ihren Plan durchgegangen war, war sie zu der Überzeugung gekommen, dass es das Beste sei, sich so unauffällig wie möglich zu benehmen. Sie würde ihn das nächste Mal auf einen Espresso einladen. Pippo und Pedro würden schon dafür sorgen, dass er keine Lust hatte zu bleiben. Sie sah auf ihren Zettel auf dem Esstisch, dort hatte sie sich einiges notiert. Sie benötigten einige Lebensmittel, und Angelo musste dafür sorgen, dass die Parabolantenne auf dem kleinen Haus angebracht wurde. Sie hatte ohne die Antenne keine Internetverbindung. Die letzten Tage hatten ihr gezeigt, wie wichtig für sie die Verbindung ins Netz war. Die kleine Espressokanne auf dem Gasherd begann zu blubbern, und die Wohnküche, in deren Mitte ein großer runder Esstisch aus Holz stand, duftete nach frisch aufgebrühtem Espresso. Als sie gerade aufstehen wollte, hörte sie kleine nackte Füße auf den Bruchsteinfliesen hinter sich.

»Buon giorno, Mamina«, sagte Stella und lief schnell zu ihr und schlang ihre kleinen Arme um sie.

»Mein Schatz, du bist schon wach?« Sie sah auf die Uhr, die an der Wand gegenüber hing. »Amore, es ist erst 7 Uhr.« Im gleichen Moment wusste sie, warum ihre kleine Tochter bereits aufgestanden war. Sie glühte. Chiara legte ihr die Hand auf die Stirn und bekam Angst. Die Kleine hatte mindestens 40 Grad Fieber.

»Mamina, ich habe Halsweh«, sagte Stella und sah ihre Mutter mit fiebrigen Augen an. Chiara gab ihr einen Kuss, stand auf, hob sie hoch und trug sie in ihr Schlafzimmer. Panik erfasste sie. Wo bekam sie jetzt einen Arzt her? Dass die Kinder krank werden könnten, war ihr nie in den Sinn gekommen. Was, wenn es schlimmer werden würde? Mit einer Angina war nicht zu spaßen.

»Du hast Fieber, mein Schatz. Ich hole jetzt kühle Tücher, und du legst dich in Mamas Bett. Dann hole ich dir den DVD-Player hierher, und du darfst so lange Filme anschauen, wie du willst. Va bene?« Stella nickte und legte sich brav in das große Doppelbett, in dem ihre Mama sonst alleine schlief. Kurz darauf, Chiara hatte es ihrer Tochter in ihrem Schlafzimmer so gemütlich wie möglich gemacht, nahm sie ihr Handy zur Hand und wählte eine Nummer.

»Angelo, ich bin es, Chiara. Stella ist krank. Ich brauche einen Arzt, egal, wie.«

2

Es war kaum auszuhalten. Die Luft war warm und stickig, obwohl das Fenster weit geöffnet war, drang keinerlei frische Luft in seine Zelle. Sein eigener Körpergeruch erfüllte den gesamten Raum. Er musste dringend duschen, das war klar. Vor Tagen hatte er das letzte Mal das erfrischende Wasser auf seinem Körper gespürt. Die Angst, im Waschraum diesem Riesen in die Finger zu fallen, hatte ihn in seiner Zelle vor sich hinbrüten lassen. Zwar war immer ein Beamter zur Aufsicht in der Dusche, jedoch hatte er selbst schon erlebt, wie dieser von einigen Gefangenen abgelenkt wurde und ein anderer eine Tracht Prügel bezog. Einige Insassen hatten ihm von einer Vergewaltigung erzählt, die stattgefunden haben musste, als man draußen zur Ablenkung einen Streit anfing. Seine Angst war danach übermächtig geworden, und er hatte sich die letzten Tage nicht mehr aus dem Haftraum getraut. Er schaute aus dem Fenster in den Anstaltshof, während sich gerade die Tore der Werkbetriebe öffneten und nacheinander die Gefangenen in blauer Anstaltskleidung über den Hof liefen. Mittagspause. Die russische Delegation hatte ein besonderes Ritual: Diejenigen, die auf verschiedenen Häusern oder Stationen untergebracht waren, verabschiedeten sich von ihren Landsleuten mit Handschlag. Dies konnte unter Umständen etwas länger dauern. Egal wie die anwesenden Beamten auch drängten, sie ließen sich nicht aus der Ruhe bringen. Karl-Heinz blieb am Fenster stehen und sah in den strahlend blauen Himmel, als jemand im Hof seinen Namen rief.

»Burger, hey, Burger!«, rief Jovanovic, der geradewegs auf das Haus II zulief. Er hatte seine blaue Arbeitsjacke über seine monströse Schulter geworfen. Die rechte Hand zu einer Faust geballt, bewegte er sie vor seinem Mund hin und her und rief: »Du weißt, was dir bevorsteht.« Alle anderen, die ihn beobachtet hatten, lachten laut auf. Jovanovic machte ihm klar, was er von ihm wollte. Sein Magen rebellierte.

3

Sie ging an diesem Tag eine halbe Stunde früher zum Dienst. Wie konnte sie erreichen, dass Jan ihr die Urlaubsverlängerung genehmigte? Einer der Kollegen der Pforte, den sie durch die Spiegelung im Fenster nicht erkennen konnte, hob die Hand zum Gruß und entriegelte die Eingangstür. Nachdem Maria eingetreten war, öffnete sich die Pfortentür einen Spalt, und Rolf Klein erschien im Türrahmen.

»Maria, du bist zu früh«, sagte ihr Kollege freundlich. »Bist du jetzt schon so gerne hier, dass du über eine halbe Stunde früher kommst?« Maria stand am Schlüsselschrank, lachte kurz auf, holte ihren Anstaltsschlüssel hervor und wollte gerade etwas erwidern, als ein ihr Unbekannter sie ebenfalls ansprach.

»Hallo, ich bin der Paul.« Mit diesen Worten trat ein Kollege aus dem Pfortenraum, den sie bisher noch nicht in der JVA Dieburg gesehen hatte.

»Freut mich, ich bin Maria Saletti«, sagte sie und streckte ihm lächelnd die rechte Hand entgegen.

»Paul Tessler. Ich wurde von der JVA Weiterstadt hierher abgeordnet.« Paul Tessler war in etwa ihr Alter, nicht sehr groß und etwas untersetzt. Die Art, wie er ihr die Hand reichte und sie dabei ansah, war für Maria ein wenig zu vertraulich für das erste Zusammentreffen. Sie zog die Hand weg und verspürte den inneren Drang, sich die Hände zu waschen. Rolf stand derweil hinter ihm in der gepanzerten Tür und hielt sie auf, da sie automatisch zufiel. Marias Blick glitt über ihn hinweg zu Rolf, der mit den Augen rollte. Scheinbar ging ihm der neue Kollege bereits jetzt auf die

Nerven. Beide verschwanden im Pfortenraum, und kurz darauf war der Summer der hinteren Schleusentür zu hören. Maria drückte die Tür rasch auf und nahm Kurs auf Jans Büro. Seit dem frühen Morgen kreiste ihr Gedankenkarussell. Was durfte sie Jan erzählen? Er war für sie mehr als ein Vorgesetzter, er war ein Freund. Ein Mensch, dem sie bedingungslos ihr Leben anvertrauen würde. Ein Mensch, der ihr in der Vergangenheit immer zur Seite gestanden hatte. Durfte sie so weit gehen, ihn zu hintergehen, indem sie ihm nichts von ihren Plänen erzählte? Warum wehrte sich alles in ihr, ihm die Wahrheit zu erzählen? Weil er ihr das Ganze ausreden würde, das war klar. Innerlich mit sich kämpfend, nahm sie die Treppe in den dritten Stock und klopfte an seiner Bürotür an. Zeitgleich steckte sie den Schlüssel ins Schloss und öffnete die Tür. Jan saß an seinem Schreibtisch und schaute angestrengt auf den Dienstplan. Das war kein gutes Zeichen. Waren viele Kollegen erkrankt, sodass er den Dienstplan ändern musste? Mit schlechtem Gewissen sprach sie ihn vorsichtig an.

»Hallo, Jan, ich wollte dich um einen Gefallen bitten«, sagte sie und setzte sich an den kleinen Tisch in der Mitte des Raumes.

»Warte kurz, ich versuche, für die nächsten vier Wochen einen ordentlichen Dienstplan hinzubekommen. Holler fällt für eine ganze Zeit aus, da muss ich einiges umplanen.«

Maria sank in sich zusammen. Ausgerechnet jetzt musste auch noch ein Kollege erkranken. Sollte sie ihr Vorhaben abblasen? War das ein Wink des Schicksals? Halbherzig begann sie in der Hoffnung, Jan würde nicht zu viele Fragen stellen.

»Ich habe doch nächste Woche Urlaub und möchte nach Neapel fliegen. Es wäre schön, wenn ich noch ein paar Tage länger bleiben könnte.«

Er atmete tief durch und sah sie mit gerunzelter Stirn an.

»Noch ein paar Tage dranhängen? Das wird schwierig.« Dabei drehte er ihr den Rücken zu und sah wieder auf den Dienstplan.

»Du hast Urlaub vom 27. Mai bis 2. Juni. Wie viele Tage möchtest du bleiben?«

Maria überlegte schnell und sagte:

»Na, wenn es geht, bis Mittwoch, den 5. Juni?«

Jan beugte sich über das Blatt Papier und kratzte sich am Kopf. Die lähmende Stille im Raum war für Maria schier unerträglich, endlich sagte er:

»Keine Ahnung, wem ich die Ruhetage streichen muss, aber da ich mich immer auf dich verlassen kann und du wirklich noch nie um irgendwas gebeten hast, bekommst du den Urlaub.«

Er sah kurz nach oben in ihr Gesicht und lächelte. Maria schluckte, und ihr schossen Tränen in die Augen. In diesem Moment rang sie mit sich und sagte dann schnell:

»Vielen Dank, du weißt, ich mache das wieder gut. Wenn du demnächst jemandem den Ruhetag streichen musst, dann mir.« Ihre Stimme klang schwach, und Jan setzte sich zu ihr an den Tisch, sah sie durchdringend an.

»Maria, was ist los? Hast du Sorgen?« Sie wischte sich schnell eine Träne von der Wange und sagte:

»Es ist etwas, was ich dir nicht erzählen kann, Jan.«

»Gut, wenn du meinst. Du weißt, ich bin immer für dich da.«

4

Die Zeit schien nicht vorbeizugehen. Chiara saß am Bett ihrer Tochter und kühlte die kleinen Beinchen mit kalten Wickeln. Es hatte für sie schon zu lange gedauert, bis sie das Fieberthermometer und die Fieberzäpfchen in einer der Taschen gefunden hatte. Warum hatte sie für so einen Notfall nicht vorgesorgt? Sie ärgerte sich über sich selbst und versuchte zudem, die kleine Isabella mit einem Kinderfilm im Fernsehen davon abzuhalten, ihre kranke Schwester zu ärgern.

»Amore, ich hole dir noch etwas Tee. Du musst viel trinken.« Stella sah sie mit glänzenden Augen an und sagte:

»Mama, es tut so weh. Es wird immer schlimmer. Ich kann noch nicht einmal den Tee runterschlucken.« Chiara lächelte ihre kleine Tochter beschwichtigend an, dann drehte sie sich um und ging in die Küche. Sie rieb sich mit beiden Händen über ihr Gesicht. Hoffentlich konnte Angelo einen Arzt finden. Sie nahm den Tee und goss eine Tasse voll, als die Hunde anfingen zu bellen. Ein Blick durch den Spalt der angelehnten Holzklappläden und sie sah, dass Angelo die beiden Hunde in einen Zwinger sperrte und dann mit einem Mann, offensichtlich dem Arzt, über den Hof ging. Das war wirklich schnell gegangen, es war gerade mal 9 Uhr. Chiara zog sich einen Bademantel über, der in der Küche über einem Stuhl lag, und warf im Flur einen Blick in den Spiegel. Sie sah schlecht aus, aber das war egal, wichtig war einzig und allein, dass Stella so schnell wie möglich gesund wurde. Sie öffnete die Haustür, und Angelo nickte ihr zu. Er war kein Mann der großen

Worte. Er trat beiseite und ein Mann etwa Mitte 60 stand vor ihr.

»Buon giorno«, sagte der kleine ältere Mann. »Ich bin Dottore Marino. Ihre Tochter ist krank, Signora?« Er lächelte sie freundlich an, danach wanderte sein Blick von oben nach unten, und ihm schien zu gefallen, was er sah. Instinktiv zog Chiara ihren Gürtel um den Bademantel fester zu.

»Ja, bitte kommen Sie.« Sie ging vor ihm her in den Flur zu dem Zimmer, in dem Stella lag, und konnte seine Blicke auf ihrem Körper beinahe spüren. Dottore Marino setzte sich an das Bett der Kleinen, fühlte kurz mit der Hand auf der Stirn die Temperatur, dann nahm er ein Holzstäbchen aus seiner Tasche und sah in Stellas Hals.

»Das ist eine Angina, und sie benötigt Antibiotika. Ich schreibe Ihnen ein Rezept, und nehmen Sie bitte auch noch Fieberzäpfchen aus der Apotheke mit. Ich nehme an, Sie bezahlen die Medikamente? Oder haben Sie eine Krankenversicherung, Signora?« Mit diesen Worten lächelte er, wissend, dass er von ihr keine weiteren Angaben erfahren würde, und fuhr fort: »Ich komme morgen wieder und sehe nach der Kleinen.« Dabei schaute er Chiara ins Gesicht. Seine Augen sprachen Bände. Sicherlich wollte er morgen mehr von ihr als nur nach der Kleinen sehen. Sie schluckte. Sollte sie ihn sofort hinauswerfen? Seine Blicke und die Art, wie er mit ihr sprach, waren eindeutig. Er hatte verstanden, dass sie sich mit den Kindern in den Bergen versteckte. Oder täuschte sie sich? Egal, sie brauchte die Medikamente für ihr Kind und musste das Spiel zunächst mitspielen. Angelo hatte die Situation sofort erfasst und wartete offensichtlich nur auf ein Zeichen von ihr. Sie schloss ein wenig die Augen und schüttelte kaum merklich ihren Kopf. Er verstand sofort. Noch sollte er den Dottore in Ruhe lassen.

5

Der Freistundenhof war nahezu voll. Etwa 200 Gefangene zogen ihre Bahnen. Ein Großteil lief linksum im Kreis, einige wenige liefen hektisch hin und her. Rund um den Hof standen die Beamten zur Aufsicht. Ein Meer von blau gekleideten Männern, von denen einige die Freistunde nutzten, um Geschäfte zu machen. Luigi suchte den Hof nach Salvatore ab und sah, wie dieser gerade mit einem mürrisch dreinblickenden etwa 30 Jahre alten Mann sprach. Er setzte sich langsam in Bewegung, als Salvatore sein Gespräch beendet hatte. Mit einem breiten Grinsen kam dieser auf ihn zu.

»Buon giorno, Luigi«, sagte er strahlend.

»Buon giorno, Salva«, erwiderte er.

»Ich habe gute Neuigkeiten«, seine Stimme wurde, obwohl er Italienisch sprach, leiser, und er sah sich vorsichtig um, »du machst doch gerne Sport.« Salva sah ihn zweideutig an. Luigi verstand nicht so recht, was er von ihm wollte.

»Eigentlich nicht«, sagte er unsicher.

»Doch, du bist ganz verrückt nach Sport. Deswegen gehst du später in die Sportgruppe um 17 Uhr.« Luigi dämmerte es.

»Okay, was soll ich da machen?«

»Dort erhältst du dein Handy. Bitte lass 800 Euro auf diese E-Mail-Adresse per *PayPal* überweisen. Dann sind wir quitt.«

»Wunderbar. Bekommt der Lieferant auch noch was?«

»Nein, das habe ich schon abgesprochen. Aber bitte vergiss nie, dass ich dir einmal geholfen habe.«

»Wie könnte ich.« Luigi fiel ein Stein vom Herzen. Er war endlich wieder mit der Welt verbunden und konnte nun auch Telefonnummern anrufen, die er niemals beim LKA angegeben hätte. Nach der Freistunde lief er mit leichten Schritten in Richtung Haus II, als ihn der junge Mann, mit dem Salvatore zu Anfang der Freistunde gesprochen hatte, kurz am Arm festhielt. Er zog ihn etwas näher an sich heran und flüsterte kaum hörbar:

»Nachher im Sportraum. Salva hat sich für dich verbürgt, aber umsonst kann ich es auch nicht machen. 500 auf die E-Mail- Adresse. Wenn es in einer Woche nicht auf meinem Konto ist, kann ich sehr ungemütlich werden, klar?« Luigi schluckte.

»Klar«, sagte er schnell. Hoffentlich konnte er Angelo erreichen.

6

Jan sah aus dem Fenster auf den Anstaltshof. Einige Tauben liefen gurrend über den Asphalt und pickten Essensreste, die der eine oder andere Insasse aus seinem Zellenfenster geworfen hatte, auf. Er hatte nie verstanden, warum so viele Gefangene ihrem Frust Ausdruck verliehen, indem sie

Lebensmittel aus dem Fenster warfen. Er ließ das Gespräch mit Maria wieder Revue passieren und fragte sich, was mit ihr heute anders war. Er kannte sie als offen und ehrlich und hatte heute den Eindruck, dass sie ihm etwas verheimlichte. Die letzten Jahre, in denen sie miteinander zu tun gehabt hatten, konnten sie sich blind aufeinander verlassen. Warum war sie heute so einsilbig und erzählte nicht genau, weshalb sie nach Neapel wollte? Es musste etwas mit ihrer Familie zu tun haben, einer Familie, die sie vermisste und die mit ihr keinen Kontakt mehr haben wollte. Wollte sie dieses Verhältnis verbessern? Gut, aber warum machte sie daraus ein Geheimnis? Normalerweise wäre sie freudestrahlend in sein Büro gekommen und hätte ihm alles berichtet. Oder hatte sie möglicherweise Stress mit Alex? Wenn ja, warum wollte sie dann zu ihren Angehörigen fahren, die nichts mit ihr zu tun haben wollten? Er rieb sich das Kinn und goss sich ein Glas Wasser ein. Sie hatte sich die letzten Tage verändert, das war offensichtlich. Gedankenversunken blickte er auf den gegenüberliegenden Zellenbau. Plötzlich glaubte er zu wissen, seit wann Maria sich verändert hatte. Es hatte etwas mit Luigi Esposito zu tun. Seit er in der JVA Dieburg einsaß und Maria für ihn zuständig war, war ihr Verhalten ein anderes. Wurde sie am Ende von ihm erpresst? Nein, das würde sie nicht mit sich machen lassen, aber die Veränderung ihres Verhaltens hatte ganz sicher mit ihm zu tun.

7

Als Maria die Wohnung betrat, saß Alex vor dem Fernseher. Sie suchte seinen Blick. Ein vorsichtiges Lächeln umspielte sein Gesicht. Hatte er ihre Beweggründe verstanden? Würde er sie unterstützen?

»Hallo, mein Schatz«, sagte er liebevoll, »hast du Hunger?«

»Nein, danke, ich hatte mir heute ein Sandwich mitgenommen und bin immer noch satt.« Sie lächelte ihn zaghaft an und legte den Kopf schief, als wollte sie fragen, ob alles wieder gut sei. Auf dem Wohnzimmertisch standen eine Flasche *Primitivo* und zwei Gläser. Alex hob das leere Glas an und sah Maria fragend an.

»Ja, gerne«, sagte sie, zog schnell im Flur ihre Jacke und Schuhe aus und setzte sich dann zu ihm auf die Couch. Sie stießen mit ihren großen Rotweingläsern an und sahen sich dabei tief in die Augen. Maria hatte nicht den Mut, das Gespräch zu beginnen. Nach einer gefühlten Ewigkeit sagte Alex:

»Ich habe lange nachgedacht und bin zu der Überzeugung gekommen, dass ich dir helfen werde. Es ist zwar ein Unding, was du vorhast, und wir beide wissen, dass es verboten ist«, er machte eine Pause, »aber ich kann verstehen, warum du so handeln musst.« Er streichelte sanft ihre Wange. Tränen der Erleichterung liefen ihr über das Gesicht. So sehr hatte sie auf sein Verständnis gehofft. Sie hatte gewusst, dass er sie nicht im Stich lassen würde. Schnell fasste sie an ihr Kruzifix, bedankte sich im Stillen beim Herrgott und ihrer Großmutter Rosa, dann gab sie Alex einen langen Kuss.

»Ich werde vom LKA aus versuchen, etwas rauszufinden.« Er legte seine Hand auf ihren Unterarm und fuhr fort: »Wie willst du in Neapel die Ehefrau finden? Hast du dir das schon überlegt?«

»Ich werde von Esposito einen Zettel mit mehreren Namen und Adressen erhalten, auf denen Verwandte von ihm angegeben sind. Diese werde ich der Reihe nach abklappern. Irgendwas werde ich schon rausfinden.« Maria atmete tief durch, eine schwere Last fiel von ihren Schultern. Alex verstand sie und unterstützte sie sogar noch. »Ich habe von Jan Urlaub bis zum 5. Juni genehmigt bekommen. Ich setze mich jetzt gleich an den Rechner und buche mir Hin- und Rückflug, ein Zimmer in einem ordentlichen Hotel und einen Leihwagen.«

»Sagst du jemandem von deiner Familie Bescheid, dass du kommst?« Alex sah sie fragend an. Maria überlegte einen Moment, dann sagte sie:

»Ich werde tagsüber bei Tante Rosanna vorbeifahren. Sie ist die Mutter meiner toten Cousine Anna. Und sie ist die Einzige, die mich nicht für mitschuldig hält am Tod ihrer Tochter. Wenn mein Onkel nicht zu Hause ist, können wir sicherlich in Ruhe miteinander sprechen.« Maria schluckte. »Ich war auch bei meiner Mama, sie ist natürlich dagegen, dass ich nach Neapel fliege, um die Frau eines Camorrista zu finden. Vielleicht kannst du sie, während ich weg bin, einmal besuchen und sie beruhigen?« Sie sah ihn fragend an.

»Ich würde zwar lieber mitfliegen, aber ich bekomme keinen Urlaub, solang wir noch an dem Fall arbeiten. Ich werde zwei Anzeigen in das Netz stellen. Nachmieter für eine Wohnung in Dieburg und Nachmieter für eine Wohnung in Wiesbaden gesucht.« Maria schlang die Arme um seinen Hals und gab ihm einen langen Kuss. Dann sprang sie auf und lief zu ihrem Laptop, der auf einem alten Sekretär stand. Nach wenigen Minuten sagte sie:

»Würde es dir was ausmachen, mich am Samstag um 4.30 Uhr zum Flughafen zu fahren? Ich habe dir die Adresse meines Hotels hier aufgeschrieben. Hotel *Miracolo*, das bedeutet Wunder. Wenn das kein gutes Zeichen ist.«

8

Er hatte sich tags zuvor nach der Freistunde sofort einschließen lassen. Keinesfalls wollte er Jovanovic in die Finger fallen. Nachmittags schien die Sonne direkt auf sein Zellenfenster, und er versuchte ein wenig Beschattung, indem er seine braune Knastwolldecke vor das vergitterte Fenster hängte. Der Effekt war mäßig, denn dadurch kam auch keine Luft in den etwa neun Quadratmeter großen Raum, und dieser heizte sich unbarmherzig auf. Der Vergleich mit einem Backofen war nicht von der Hand zu weisen. Er lag auf seinem Bett und las den einen eingegangenen Brief mehrmals, dabei wischte er sich immer wieder mit dem Handtuch den Schweiß von der Stirn und seinem Oberkörper.

Liebster Karl-Heinz, deine herzlichen Briefe verschönern mir den Tag. Und auch wenn ich weiß, dass du noch längere Zeit in der JVA Dieburg bleiben musst, komme ich dich sehr gerne besuchen. Sage mir, was ich dir mitbringen darf und wie der Ablauf ist. Kann ich einfach anrufen und um einen Besuchstermin bitten? Ich möchte dich so gerne kennenlernen.

Er hatte die letzten Tage die Briefe aller Frauen immer wieder gelesen und ausgewertet. Frauen, die ihm getragene Slips oder Nacktfotos geschickt hatten, hatte er aussortiert. Er wollte sich nicht aufgeilen. Der sexuelle Notstand hier drin machte ihn sowieso schon fertig. Zwei Frauen mussten ausreichen. Er bekam ja nur vier Besuche im Monat genehmigt. Er musste zunächst sehen, welche der Frauen die richtige für ihn war. In Ermangelung der Briefmarken musste er sich schon bald entscheiden. Er wollte ein Goldtäubchen, welches ihm nach der Haft ein sorgenfreies Leben bescherte, und, was nun neu dazugekommen war, ihn jetzt in dieser schwierigen Situation mit Jovanovic unterstützte. Sein innerer Radar sagte ihm, er hatte sie gefunden. Er setzte sich an den kleinen Tisch, der aus einem in die Ecke festmontierten, dreieckigen dicken Brett bestand, und begann zu schreiben.

Liebste Viola,
anbei ein Besuchsschein für den nächsten Sonntag. Du kannst mich, wenn du möchtest, um 14 Uhr besuchen. Mitbringen darfst du mir leider nichts. Ich hoffe, du hast an diesem Tag Zeit. Es ist mir peinlich, meiner Traumfrau in einer JVA das erste Mal in die Augen zu schauen, aber sei sicher, ich habe nur Augen für dich und brenne darauf, dich zu berühren. In Liebe dein Karl-Heinz.

Er besah sich den Brief genau, zu dick durfte er auch nicht auftragen, sonst würde sie den Braten riechen. Aber mit vorgeheucheltem Interesse und Zuneigung hatte er in der Vergangenheit schon die eine oder andere Frau um Tausende von Euros erleichtert. Siegessicher steckte er den Brief in einen Umschlag und klebte ihn zu. Gott sei Dank wurde die ausgehende Post nicht kontrolliert.

9

Er saß entspannt an einem kleinen Tisch, vor sich einen Aperitivo, und genoss das »dolce far niente« – das süße Nichtstun. Durch die neue Kooperation würde er sehr bald der einflussreichste Mann in ganz Neapel, nein, in ganz Kampanien sein. Der neue Geschäftszweig war lukrativer als alles andere. Angeschlagenen Firmen großzügig Kredite zu geben, zahlte sich nun mehr und mehr für ihn aus. Er hatte sich so Beteiligungen von 30 bis 40 Prozent bei einigen Firmen erkauft und konnte nun unter deren Logo agieren. Sein Name tauchte nur einmal am Anfang auf. Aber bis ein Ermittler dahin durchdringen würde, hätte er viel zu tun. Durch das Konstrukt seiner Firmen, die ineinander verschachtelt waren, war es für die Ermittlungsbehörde »Anti-

Mafia« schwer, den eigentlichen Drahtzieher aller Geschäfte zu identifizieren. Niemals trat er bei Verhandlungen selbst in Erscheinung, und seine beiden engsten Mitarbeiter bezahlte er fürstlich, wusste aber auch von beiden eine Menge. Sie hatten vor Jahren, als er noch nicht so erfolgreich war, den einen oder anderen Konkurrenten ausgeschaltet. Insiderwissen über die Morde und Mitschnitte von Telefonaten würden beiden viele Jahre im Knast einbringen, sollte er sie den Behörden zuspielen. So war er sich sicher, dass sie ihn nie verpfeifen würden. Sonstige Mitarbeiter kannten ihn nicht. Er hatte all die Jahre genauestens darauf geachtet, nie selbst in Erscheinung zu treten. Weder wussten sie, wie er richtig hieß, noch wie er aussah. Seine große Vorsicht hatte sich ausgezahlt. Wenn einer seiner Leute gefasst wurde, konnte er, selbst wenn er wollte, nicht den großen Boss nennen. Dafür hatte er gesorgt. Zudem wurde jeder sofort liquidiert, der auch nur in Verdacht geriet, mit den Behörden zu kollaborieren. Dieses strenge Vorgehen hielt viele davon ab, überhaupt bei irgendjemandem den Mund aufzumachen. Die Omertà musste man ab und zu wieder in das Gedächtnis der Leute rufen.

Er saß in einem Straßencafé und sah auf seine handgenähten Schuhe. Sein gesamtes Outfit war teuer und hatte Klasse. In seiner Jugend hatte er Männer mit teurer Kleidung bewundert. *Brioni*, *Armani* und *Boss* waren damals für ihn unerschwinglich gewesen. Heute spürte er die anerkennenden Blicke der Frauen, wenn er an ihnen vorbeiging. Blicke, die mehr versprachen, aber er hatte an ihnen kein Interesse. Eine feste Bindung war für ihn zu gefährlich. Zudem, warum sollte er nur mit einer Frau Spaß haben, wenn er viele haben konnte. Die Sonne stand hoch am Himmel, und er war froh, einen kühlen Platz im Schatten gefunden zu haben. Er nahm den *Corriere della Sera* zur Hand und las die Überschrift. »Steckt die Camorra hinter den Morden in Darmstadt, Deutschland?« Er überflog den Artikel und bestellte sich noch einen *Bitterino*. Bis zum Abendessen im Kreise seiner Freunde hatte er noch etwas Zeit. Für sie war er Börsen- und Devisenhändler.

Schon viele Jahre hatte er sich selbst die Finger nicht mehr schmutzig gemacht. Er war damit beschäftigt, seine Unmengen an Schwarzgeld in den legalen Geldkreislauf einzuschleusen. Die ersten Jahre hatte er Millionen ganz einfach in Immobilien in Deutschland investiert. Bis zum vergangenen Jahr hatte kein Notar nachgefragt, woher das viele Geld stammte. Von ihm bevorzugte Notare wunderten sich noch nicht einmal, warum er Häuser in bar zahlte. Jedoch war nun auch Deutschland wachsamer, und ein neues Gesetz zwang sie dazu, bei großen Barzahlungen Meldung zu machen. Aber Notare waren auch nur Menschen, und wenn bei einer Beurkundung etwas mehr für sie raussprang als das Übliche, konnten sie auch über das eine oder andere hinwegsehen. Offiziell lebte er nicht in Neapel, sondern in Deutschland. Er schmunzelte bei dem Gedanken. Diese Idioten. Er war der Capo des Clans. Alle mussten tun, was er wollte.

FREITAG, DER 24. MAI

1

In ihren Träumen sah sie Luigi, wie er einst vor über zehn Jahren vor ihr stand und sie zum ersten Mal leidenschaftlich küsste. Schweißgebadet war sie aufgewacht. Seit Wochen nun kam sie nachts nicht zur Ruhe. Vorsichtig berührte sie die Stirn ihrer kleinen Tochter. Das Fieber war gesunken. Stella hatte nahezu normale Temperatur, und Chiara streichelte ihrer kleinen Tochter sanft über den verschwitzten Kopf. Sie öffnete weit das Fenster in ihrem Schlafzimmer, ließ jedoch die Holzklappläden geschlossen, damit Stella noch weiterschlafen konnte. Die beiden Maremmano-Hunde lagen zusammengerollt an der Steinmauer und dösten vor sich hin. Die Luft war, obwohl es nachts über 25 Grad warm war, frisch und sauber. Der Anblick dieser Landschaft mit ihren in Terrassenform angelegten und mit Olivenbäumen bewachsenen Hängen beruhigte sie. Einige Kilometer entfernt sah sie das kleine Dorf Vallecorsa, das von Ferne wie gemalt aussah. Es erinnerte sie an einen Kalender mit den schönsten Dörfern Italiens. Sie hatte gehört, dass vor vielen Jahren in diesem Dorf der Film *Und dennoch leben sie* mit Sophia Loren, die sie sehr verehrte, gedreht worden war. In diesem Film floh Sophia

Loren in ihr Heimatdorf vor ihren Verfolgern, etwas, was Chiara nur zu gut kannte. Der Signalton ihres Handys riss sie aus ihren Gedanken. Sie öffnete die SMS:

»Buon giorno, Chiara. Ich bringe den Mann mit der Parabolantenne gegen Mittag zu dir. Dann hast du auch wieder Internet.« Chiara antwortete:

»Sehr gut, Angelo. Ich werde solang die Kinder nehmen und einmal nach Sperlonga an den Strand fahren. Ist doch nicht so weit, oder?«

»Etwa 20 bis 25 Minuten mit dem Auto entfernt. Geht es Stella wieder gut?«

»Es geht ihr besser. Sie nimmt brav ihre Medizin, und das Fieber ist auch so gut wie weg.«

»Va bene. Dann bringe ich den Monteur gegen 13 Uhr vorbei. Einen Schlüssel habe ich ja, wenn wir wieder weg sind, rufe ich dich an.«

»Grazie, Angelo.« Chiara sah zu ihren beiden Mädchen hinüber, nahm sich einige Kleidungsstücke aus dem alten Holzschrank und schlich leise ins Bad. Ein Tag am Strand war eine willkommene Abwechslung. Sich nur zu verstecken, hatte sie bereits depressiv gemacht.

Als sie gerade die Zahnbürste im Mund hatte, hörte sie die beiden Hunde. Ohrenbetäubendes Gebell, unterbrochen durch die Rufe eines Mannes. Hatte sie sich verhört, oder war das die Stimme des Doktors? Schlagartig bekam sie Herzrasen. Warum er um diese Uhrzeit kam, war Chiara sofort klar.

2

»Frank, sag mal, kannst du bitte zu uns nach Hause fahren und mal nach Vater sehen?« Die Stimme seiner Mutter klang schwach und nervös, fast so, als wollte sie weinen.

»Was ist passiert? Wo bist du?« Er suchte gerade eine seiner Kameras in seiner Aktentasche und hatte sich das Smartphone zwischen Kinn und Ohr geklemmt. Ausgerechnet seine Mutter.

»Ich bin beim Einkaufen mit dem Fuß umgeknickt, und die Leute hier vom *Edeka* haben gleich den Notarzt gerufen. Ich wollte ja nicht, aber …« Frank unterbrach sie unwirsch.

»Was, du bleibst im Krankenhaus?«

»Vielleicht, aber du weißt ja, dein Vater. Er kommt alleine nicht zurecht.«

»Er ist unfähig, alleine zu bleiben, nicht weil er krank ist, sondern weil du ihn so gemacht hast. Alles machst du für ihn und jetzt beschwerst du dich.« Er holte tief Luft, bevor er sagte:

»Ich kann jetzt nicht. Ich habe einen wichtigen Termin. Es geht beim besten Willen nicht. Sag einer Nachbarin Bescheid, er wird schon nicht verhungern.« Frank legte einfach auf. Für so einen Mist hatte er jetzt keine Zeit. Vater, Vater, immer ging es um den alten Sturkopf. Vater wollte dies, Vater wollte das. Alles in der Familie drehte sich nur um ihn. Er schloss seinen Aktenkoffer und warf die Autotür zu. Kurz sah er über die hügelige Landschaft und sog die frische Morgenluft ein. Der Odenwald war am Morgen besonders schön. Das Licht war noch warm und verlieh der Umgebung einen besonderen Glanz. Im gleichen Moment klingelte erneut sein Handy.

»Wilk.«

»Guten Morgen, Frank, ich wollte dir nur sagen, alle Mädels hier sind perfekt für heute Abend. Ich gehe jetzt noch mit der einen oder anderen einkaufen. Friseur und Kosmetikerin kommen etwa um 15 Uhr. Wann genau sollen wir denn da sein?« Frank überlegte einen kurzen Moment.

»Am besten so gegen 18 Uhr. Dann können sie sich hier noch ein wenig frisch machen, bevor es losgeht.«

»Also bis dann.«

»Okay, bis dann.« Frank lächelte zufrieden. Alles lief ganz nach seinem Geschmack. Er musste jetzt nur seine Vorbereitungen treffen.

3

Bei seinem ersten Besuch hatte er es sofort bemerkt. Die junge Dame hatte Gefallen an ihm gefunden. Möglicherweise konnte er diese Sympathie nutzen, um etwas in Erfahrung zu bringen. Auf dem Weg zur Kanzlei überlegte er, wie er am besten vorgehen sollte. Es war kurz vor 12 Uhr, und sicherlich hätte Frau Hempel gleich Mittagspause. Er hoffte, nun endlich ein paar Hintergrundinformationen über Frank Wilk zu erhalten. Auf sein Klingeln ertönte fast augenblicklich der Türsummer, und Alex schritt flott die Stufen in den zweiten Stock hinauf. Die Bürotür stand offen, und Frau Hempel saß in einem dünnen Kleidchen mit Spaghettiträgern in dem Brutkasten, vor sich einen Ventilator, der der Hitze etwas Schwung verlieh.

»Guten Tag, Herr Neubert«, sagte sie freundlich. Ihre Wangen waren errötet, lag es an der Hitze oder daran, dass Alex sie anlächelte.

»Guten Tag, Frau Hempel, schön, dass Sie kurz Zeit für mich haben. Ich habe schon einige Tage versucht, Sie zu erreichen.« Sein Blick verfehlte seine Wirkung nicht, und Tamara Hempel fuhr sich kokett durch die langen Haare. Sie beugte sich nach vorne und sah Alex mit einem Augenaufschlag Marke Lady Diana an.

»Ich hatte Urlaub, und in dieser Zeit ist das Büro nicht besetzt. Was wollten Sie denn von mir?« Alex taktierte nun vorsichtig.

»Ich benötige ein paar Informationen über Herrn Rosenstein, aber wollen wir beide nicht einen Kaffee trinken gehen? Hier unten ist so eine schöne Kaffeebar, vielleicht bekommen wir einen Platz im Schatten. Das ist allemal besser, als hier vor sich hinzukochen.« Eine Reaktion ließ nicht lange auf sich warten. Tamara Hempel rollte mit ihrem Bürostuhl ein wenig nach hinten, dadurch kamen ihre langen Beine unter dem Schreibtisch hervor. Mit Schwung stand sie auf, drückte einen Knopf auf dem Telefon auf ihrem Schreibtisch, schnappte sich ihre Handtasche und sagte:

»Super Idee, ich habe heute sowieso die Schnauze voll.«

Wenige Minuten später saßen beide im Schatten. Tamara trank eine *Bionade*, Alex hatte sich einen Espresso geholt.

Er wollte auf keinen Fall, dass Tamara Hempel glaubte, er hätte privates Interesse an ihr.

»Nun, Frau Hempel, mich interessiert, für wie viele Personen Herr Wilk als gesetzlicher Betreuer bestellt ist.«

»Als gesetzlicher Betreuer? Nur für Herrn Rosenstein. Er ist aber von Herrn Rosenstein schon vor Jahren als Betreuer eingesetzt worden. Herr Rosenstein hat ihm wohl damals das Studium finanziert.«

»Ach so, und Herr Wilk vertritt ansonsten was für Mandanten?« »Herr Wilk ist Berater für einige Familien. Er ist Fachanwalt für internationales Recht. Er vertritt Mandantschaft aus ganz Europa, deshalb ist er so selten in seinem Büro. So hat er es mir einmal erklärt.« Sie beugte sich vertraulich nach vorne und sagte leise: »Eigentlich ist Herr Wilk Privatier, aber das ist ihm zu langweilig. Deshalb habe ich einen Arbeitsplatz, an dem ich nichts zu tun habe. Nur ab und zu notiere ich etwas für ihn, wenn jemand eine Nachricht hinterlässt. Ich schreibe ein paar Rechnungen, eigentlich sehr viele, und ansonsten lackiere ich mir die Nägel«, kicherte sie.

4

Dottore Marino stand mit erwartungsvollem Blick vor dem Gartentor. Die Hunde bellten um die Wette, und Chiara rief:

»Buon giorno, Dottore, meiner Kleinen geht es schon viel besser.«

»Das ist gut, Signora. Aber ich möchte mich selbst davon überzeugen.« Sein Lächeln war zweideutig. Schon wieder war sie leicht bekleidet und warf über T-Shirt und Slip ihren Bademantel. Verflucht noch mal, sie ärgerte sich über sich selbst. Aber wie hätte sie auch wissen sollen, dass er schon wieder vorbeikam. Widerwillig zog sie ihren Bademantel zu und setzte sich in Bewegung. Sie hatte Mühe, beide Hunde in den Zwinger zu sperren. In dem Moment, in dem sie die Zwingertür schloss, öffnete Dottore Marino das Gartentor.

»Signora.« Sein Blick glitt über ihren Körper. Seine Gedanken konnte Chiara ablesen. Dieser alte Mann wollte mehr, als nur nach ihrer kleinen Tochter sehen. Aber wie nur konnte sie sich dieses Scheusal vom Hals halten?

»Kommen Sie, Dottore, meine kleine Stella schlief gerade noch«, sagte sie ihm mit fester Stimme, um ihm deutlich zu machen, dass er für das, was er wollte, zu einer falschen Zeit vorbeigekommen war. Dieser alte, fette kleine Zwerg, er reichte ihr mit Mühe bis zum Kinn, stand bereits neben ihr und flüsterte ihr lüstern ins Ohr.

»Das ist gut, dann sind wir beide ungestört.« Was sollte sie nun tun? Ihr Reflex sagte ihr, eine schallende Ohrfeige wäre das Mindeste. Als könnte er ihre Gedanken lesen, sagte er leise:

»Wehr dich nicht. Du bist hier, weil du dich versteckst. Es kostet mich nur einen Anruf in Neapel, und bald wissen alle, wo du dich aufhältst. Kein Mensch zieht ohne Grund hier in die Einöde. Was wird dann aus deinen Kindern? Du hast ab sofort deinen privaten Leibarzt für dich und die Kleinen. Das ist doch auch gut.« Nun war es raus. Er wollte sie als seine Geliebte und sie sich nehmen, wann immer er wollte. Chiara schluckte. Wie konnte sie ihm entkommen? Leise sagte sie:

»Was wird deine Frau dazu sagen? Sie ist sicher nicht begeistert davon.«

»Meine Frau ist seit einigen Jahren schon dement. Sie wird nicht verstehen, was du ihr erzählst.« Er lacht dämonisch, dabei glitt seine linke Hand unter ihren Bademantel, und er griff ihr direkt in den Schritt. Reflexartig kniff sie die Beine zusammen. In ihr kochte es. Auf keinen Fall wollte sie, dass ihre Kinder etwas davon mitbekamen. Sie versuchte ein Lächeln und sagte:

»Dottore, nicht so schnell, lassen Sie uns hinter das Haus gehen, damit die Kinder uns nicht sehen.« Sie überwand sich und öffnete den Reißverschluss seiner Hose. Geilheit war in seinem Gesicht zu sehen, pure Geilheit. Sie war schlau genug, den Spieß sofort umzudrehen. Angst schien ihn anzutörnen. Dieser kleine Widerling konnte ihr keine Angst einjagen.

»Dottore, ich habe schon lange keinen Mann mehr gehabt. Bitte, ich brenne …«

Dottore Marino folgte ihr mit geöffneter Hose hinter das Haus. Dort befand sich ein kleiner Schuppen, von wo aus sie niemand sehen konnte. Sie hörte ihn hinter sich schwer atmen. Lange würde es nicht dauern, bis sie es hinter sich hatte.

5

Maria war voller Tatendrang. Die Aussprache mit Alex und dass er zu ihr stand, hatten ihr neue Kraft geschenkt. Voller Energie lief sie die Treppenstufen in den fünften Stock.

Der Stationsflur war bis auf den Hausarbeiter, der mit einer präzisen Gleichmäßigkeit schwungvoll den Flur wischte, leer. Maria schloss ihr Büro auf, stellte ihren Rucksack ab und sah auf den Zettel, den ihr der Kollege der Frühschicht, Enrico Müller, hinterlassen hatte. Einige Zellen waren in dieser Woche noch nicht kontrolliert worden, und im Flur roch es verdächtig nach *Fiffi*. Mehr stand nicht auf dem kleinen Zettel, jedoch lagen etwa 30 Briefe ungeöffnet ebenfalls auf dem Tisch, und Maria beschloss, sich zunächst auf die Suche nach dem selbst angesetzten Alkohol zu machen.

Fiffi, als sie diesen Ausdruck vor Jahren das erste Mal gehört hatte, hatte sie lachen müssen.

Der Wunsch nach Alkohol war bei einigen Männern derart ausgeprägt, dass sie die Ekelgrenze überschritten und ein Gebräu tranken, welches aus vergorenem Traubensaft und einigen Brotstücken bestand. Die Hefe im Brot bewirkte die alkoholische Gärung, die man jedoch, wenn man eine gute Nase hatte, schon von weitem riechen konnte. Anblick und Geruch der Flüssigkeit – obenauf schwammen immer einige Schimmelbrocken – ekelten Maria derart, dass sie oft nur mit Mühe einen Brechreiz unterdrücken konnte. Genießer der stinkenden Brühe bekamen mit Sicherheit Durchfall, wichtiger jedoch war der Sicherheitsaspekt. Dreißig nüchterne Gefangene auf einer Station waren schon eine Aufgabe. Dreißig Gefangene, von denen einige betrunken waren, stellten eine Gefahr dar. Maria ärgerte sich kurz über ihren Kollegen, der ihr wie früher schon gerne das Leben schwermachte und es nicht geschafft hatte, im Frühdienst die Post zu öffnen und auszugeben. Sie klemmte sich ihr Funkgerät an den Gürtel, zog die Bürotür zu und begab sich auf die Station. Mit gleichmäßigen langsamen Schritten ging sie den Flur entlang und blieb kurz an jeder Zellentür stehen. Sie hatte eine gute Nase und war sich sicher, dass sie das Gesöff finden würde. In der Mitte der Station angekommen, nahm sie den sauren Geruch deutlich wahr. Die Nase nahe an einer Zellentür, stand sie im Flur wie ein Reh im Wald, das etwas Verdächtiges schnuppert. Sie ging den Flur noch ein paar Schritte weiter, kam dann aber zu dem Entschluss, dass in der Zelle II/518 der *Fiffi* sein müsste. Kurz darauf steckte sie siegessicher den Schlüssel ins Schloss und öffnete die Zellentür. Der polnische Hausarbeiter Pawel Nowak, dem man die jahrelange schwere Arbeit auf dem Bau ansah, hatte plötzlich mit dem Flurwischen innegehalten und beobachtete sie. Er lehnte blitzschnell den Schrubber an die Wand und warf den Putzlappen in den Eimer, dann war er mit ein paar großen Schritten bei ihr. Maria drehte, nachdem sie die Zelle geöffnet hatte, einmal den Schlüssel im Schloss um, so als wollte sie abschließen. Vorschließen war eine Vorsichtsmaßnahme, damit kein Insasse einfach die Tür verriegeln konnte, wenn sich ein Beamter in der Zelle befand, denn eine Zelle konnte von innen nicht geöffnet werden. Maria trat einen Schritt in die Zelle und schaute sich um. Nirgends war ein Eimer oder ein anderes Gefäß zu sehen, in dem sich eine Flüssigkeit befand. Pawel Nowak stand nervös im Türrahmen und schaute ihr zu.

»Wir missen heite noch die Wäsche auf Kammer abholen. Am Mittwoch haben wir nix alles gekriegt«, sagte er plötzlich und schaute sie fragend an.

»Wieso heute Nachmittag? Wäschetausch ist doch mittwochs.«

»Heite morgen hat Ihr Kollege gesagt, Wäschestücke, die gefehlt haben, sind heite Mittag auf Kammer.« Maria wurde langsam sauer. Enrico Müller hatte es weder geschafft, die restlichen Zellen zu kontrollieren und die Post auszugeben, noch hatte er es zur Kammer geschafft.

»Gut«, sagte sie schnell. »Ich rufe auf der Kammer an und frage, wann wir kommen können.«

»Gut, Frau Beamtin.« So beiläufig wie möglich sagte er: »Suchen Sie was, Frau Beamtin?« Maria wurde blitzschnell klar, dass Nowak etwas mit dem *Fiffi* zu tun haben musste. Lächelnd sah sie ihn an und sagte:

»Ich suche den *Fiffi*, den ich eindeutig im Flur gerochen habe. Da er nicht hier in der Zelle ist«, sie trat zurück in den Flur und schob Nowak beiseite, der vor dem Schacht mit dem Feuerwehrschlauch stand, »bin ich mir fast sicher, dass er sich hier in dem Schacht befindet.« Sie sah zunächst auf den Schacht und dann ihn ernst an. Nowak setzte seine Unschuldsmiene auf.

»Ich weiß nix, wovon Sie sprechen, Frau Beamtin.« Jetzt riss Maria der Geduldsfaden. Ihre Stimme wurde scharf.

»Nowak, du weißt ganz genau, wovon ich spreche. Ich frage mich nur, wie seid ihr an einen Vierkantschlüssel gekommen, um den Schacht zu öffnen? So mir nichts, dir nichts bekommt man den Schacht nicht auf.«

Nowaks Gesichtsfarbe veränderte sich, wie ein ertappter kleiner Schuljunge lief er rot an, sagte jedoch kein Wort. Starr wie ein Felsklotz stand er neben dem Schacht mit dem großen weißen aufgemalten »F«, und seine unterwürfige Freundlichkeit fiel mit einem Mal in sich zusammen. Blitzschnell trat er nahe an sie heran und baute sich vor ihr auf. Sein ranziger Körpergeruch schlug ihr wie eine Faust ins Gesicht.

»Ich habe nix Vierkantschlissel.« Marias Miene sprach Bände, sollte dieser Klotz noch einen Millimeter näher kommen, würde er sein blaues Wunder erleben.

»Geh sofort zurück«, zischte sie leise und sah Nowak dabei fest in die Augen. Ihr Körper war zum Zerreißen gespannt, Adrenalin jagte durch ihre Blutbahnen, sie war kampfbereit. Nowak reagierte nicht, sah sie mit seinen grauen, rot unterlaufenen Augen an und blieb wie angewurzelt stehen.

»Curva, du curva«, murmelte er leise. Maria hob den rechten Arm, um ihr Funkgerät vom Gürtel zu ziehen, da schnappte Nowak zu und umklammerte ihr rechtes Handgelenk wie ein Schraubstock. In Sekundenbruchteilen schnellte Marias linke Hand nach oben. Mit ihrem Handteller stieß sie gekonnt von unten nach oben auf Nowaks Nase. Der bei ihm einsetzende Schmerz veranlasste ihn augenblicklich, ihren rechten Arm loszulassen und an seine Nase zu fassen. Eine Sekunde später schnellte Marias rechte Hand, die sie zu einer Faust geballt hatte, nach vorne und traf seinen Solar Plexus. Nowak klappte zusammen und taumelte nach hinten. Das war ihre Gelegenheit, sie musste ihn zu Fall bringen, sonst hatte sie gegen diesen starken Mann mit Händen wie Grabschippen und Bärenkräften keine Chance. Sie sprang ihm hinterher und trat ihm gekonnt gegen das linke Knie. Er stöhnte kurz auf, sein linkes Bein gab nach, er verlor das Gleichgewicht und schlug wie ein gefallener Baum auf dem Fliesenboden auf. Sie zog ihr Funkgerät vom Gürtel drückte den Alarmknopf. Nowak rollte sich auf die linke Seite und versuchte, auf die Beine zu kommen. Blitzschnell griff sie sich den rechten Arm und versuchte, das rechte Handgelenk mit zwei Händen nach hinten zu biegen. Sie hatte keine Chance, seine Handgelenke waren dick wie Baumstämme, und mit ihren kleinen Händen konnte sie nichts ausrichten. Augenblicklich kniete sie sich auf sein Handgelenk, um ihn in dieser Lage zu fixieren. Nowak versuchte, den Arm frei zu bekommen, aber jedes Mal, wenn er ihn bewegte, legte Maria ihr gesamtes Gewicht darauf. Er zappelte, spuckte und fluchte. Sein Blut aus der Nase verteilte sich im gesamten Bereich. Sie vernahm im Lautsprecher das Alarmsignal und die eintreffenden Kollegen auf der Treppe. Nowaks Körperspannung ließ nach.

»Bist du verletzt?«, rief Rolf, der als Erster an der Stationstür zu sehen war.

»Nein, alles okay. Er muss zum Revier, vielleicht habe ich ihm die Nase gebrochen, besser, der Arzt schaut mal drauf.« Mit vereinten Kräften zogen einige Kollegen Nowak, der auf einmal wieder der brave polnische Hausarbeiter zu sein schien, auf die Beine, seine Arme jedoch blieben weiterhin auf dem Rücken nach oben gehebelt.

»Solang ich den Bericht schreibe, könnten bitte die Kollegen den Feuerwehrschacht öffnen und nach dem *Fiffi* sehen, der sich garantiert darin befindet. Später suche ich dann nach dem Schlüssel, den Nowak hatte. Wie sonst hätte er die Brühe da hineinstellen können?«

»Der kommt erst einmal in die B-Zelle. Dort kann ihn der Doktor besuchen.« Nowak ließ sich widerstandslos abführen. Leicht humpelnd und ein wenig fluchend ging er erstaunlich entspannt neben den Beamten her. Seine blutende Nase hinterließ eine Spur. Sie zeigte den Weg über den Flur und das Treppenhaus in den besonders gesicherten Haftraum.

6

Luigi Esposito hatte einen kleinen Zettel vorbereitet. Die wichtigsten Namen mit Adressen und Telefonnummern seiner Angehörigen und seines Vertrauten waren darauf vermerkt. Außerdem noch ein Codewort, das er mit Angelo einmal vereinbart hatte, sollte einer von beiden einen fremden Kurier schicken. So wusste der andere beim Nennen dieses Wortes, dass er seinem Gegenüber vertrauen konnte. Maria Saletti musste diesen Zettel unbedingt abholen, jedoch war sie bisher noch nicht erschienen. Eine halbe Stunde vorher hatte er ihre Stimme im Stationsflur gehört, und scheinbar hatte sie eine Auseinandersetzung mit diesem fetten Polen gehabt. War ihr etwas passiert? Er saß wie auf glühenden Kohlen und sah ständig auf die Uhr. Lange konnte er den LKA-Beamten Werner Schmidt nicht mehr hinhalten. Seine Gedanken wanderten nach Neapel, zu seiner Villa und seiner wunderschönen Frau. Chiara, eine Frau wie aus dem Bilderbuch, ein Körper wie eine Statue von Botticelli, intelligent und mit einer Stärke versehen, wie er sie selten bei Frauen erlebt hatte. Alle Frauen, mit denen er bis dahin zusammen gewesen war, und das waren einige, wurden für ihn nach kurzer Zeit langweilig. Schnell passten sie sich ihm an und taten alles, was er wollte. Nicht so Chiara. Er schmunzelte, als er daran dachte, wie sie einmal alle seine Anzüge zerschnitten hatte, als sie erfahren hatte, dass er noch eine andere Frau im Bett glücklich machte. Chiara hatte ihren eigenen Kopf und wusste, was sie wollte. Dass die Beamtin Saletti selbst in einen Entführungsfall vor 20 Jahren verwickelt war, war sicherlich ein Wink des Schicksals. Ende der 90er-Jahre waren mehrere Mädchen in und um Neapel entführt worden, einige wurden dann aber Tage später lebend irgendwo in der Stadt verwirrt aufgegriffen. Es war in Neapel ein offenes Geheimnis, dass der Rosso-Clan für diese Entführungen verantwortlich war. Taten, die von anderen Clans der *Camorra* verurteilt worden waren. Der neue Capo des Rosso-Clans hatte begonnen, einen Mädchenhändlerring aufzubauen. Von dem Tag an waren in Neapel und Umgebung die hübschen jungen Mädchen nicht mehr sicher. Einzig diese Cousine von Frau Saletti hatte man im Hafenbecken tot aufgefunden. Andere Mädchen blieben für immer verschwunden. Die ganze Geschichte, so wie er sie kannte, reichte bis in die höchsten Kreise von Neapel. Die Informationen, die er Maria Saletti bezüglich ihrer vor über 20 Jahren ermordeten Cousine zuspielen würde, würde die Regierung in Italien erschüttern. Aber erst wenn er seine Chiara mit den Kindern in Sicherheit wusste. Er lag auf seiner Pritsche und starrte an die Zellendecke. Irgendein Insasse vor ihm hatte »Fuck you« an die Decke geschrieben. Die Schwalben zogen ihre Bahnen an den Zellenbauten, und ein Wihwihwih war leise zu hören. Fast wäre er eingeschlafen, da klopfte jemand an seine Zellentür, und im gleichen Moment stand Maria Saletti im Türrahmen. Ohne ein Wort zu sagen, streckte sie ihre rechte Hand aus und legte ihren linken Zeigefinger an ihren Mund. Laut sagte sie:

»So, Herr Esposito, haben Sie vielleicht Lust, Hausarbeiter zu werden? Herr Nowak hat sich soeben von dieser Tätigkeit selbst abgelöst.« Luigi Esposito schaffte es gerade noch, ihr den Zettel mit den Adressen in die Hand zu drücken, da stand schon Jan Gerber, der Sicherheitsdienstleiter, neben ihnen.

»Hausarbeiter, das heißt, den Flur putzen?«, fragte er unsicher.

»Genau, und andere Reinigungsarbeiten. Den Essenswagen holen und so weiter. Sie haben dafür tagsüber Aufschluss und können sich auf dem Flur frei bewegen.« Esposito lächelte ein wenig.

»No, grazie, Signora. Was will ich mich auf dem Flur bewegen. Das ist genauso langweilig wie in der Zelle.«

»Gut, Herr Esposito, dann suchen wir jemand anderen.« Sie zwinkerte ihm kaum merklich zu. Jan ergriff das Wort:

»Herr Esposito, Herr Schmidt vom LKA lässt fragen, ob Sie die Tage etwas aussagen möchten.«

»Sagen Sie Herrn Schmidt, dass ich erst reden kann, wenn ich meine Familie in Sicherheit weiß.« Er sah Maria durchdringend an. Jan nickte, drehte sich um und ging den Flur hinunter. Maria sah vorsichtig nach hinten, und als sie Jan weit genug entfernt sah, flüsterte sie: »Ich bin am 6. Juni wieder im Dienst. Mein Flug geht morgen früh.« Laut fügte sie hinzu: »Möchten Sie in die Freistunde?«

7

Als Karl-Heinz Burger an diesem Nachmittag endlich seine Post in den Händen hielt, beruhigten sich seine angespannten Nerven ein wenig. Mirko Jovanovic hatte ihm von einem seiner Gefolgsmänner beim Wäschetausch ausrichten lassen, dass er entweder Geld auf ein Konto zahlen lassen sollte, oder aber einer seiner Besucher müsste zwei kleine Tütchen beim nächsten Besuch mit in die Anstalt schmuggeln. Seit diesem Moment hatte er Magenschmerzen. Weder hatte er jemanden, der in seinem Namen Geld auf ein Konto zahlen konnte, noch glaubte er, dass eine seiner neuen Brieffreundinnen bereit waren, Drogen mitzubringen. Er hörte die Durchsage »Fertigmachen zur Freistunde« und sah aus dem Fenster. Wie sollte er hier drin die nächsten Wochen nur unbeschadet überstehen? Ein Blick in den Spiegel über dem Waschbecken ließ ihn erschrecken. Er brauchte dringend einen Haarschnitt. Der Friseur kam erst Mitte Juni wieder, das war eindeutig zu spät. Wie konnte er die Brieffreundinnen bei ihren Besuchen umgarnen, wenn er aussah wie ein Penner. Der Mut der Verzweiflung ließ ihn das Lichtsignal der Notrufanlage drücken. Er wollte in die Freistunde, dort würden sie ihm nichts tun. Es gäbe viel zu viele Zeugen, hoffte er.

Minuten später wurde seine Zellentür aufgeschlossen.

»Herr Burger, dass Sie mal in die Freistunde gehen.« Die Beamtin Saletti lächelte ihn an.

»Ja, bei dem schönen Wetter. Sagen Sie, Frau Saletti, der Friseur kommt erst wieder nächsten Monat. Ich brauche aber unbedingt einen Haarschnitt. Was kann ich da machen?«

»Sie können hier auf der Station einen Mithäftling fragen, ob er Ihnen mit der Schermaschine die Haare schneidet. Vorne die erste Zelle links, Herr Yilmaz hat eine Maschine. Fragen Sie ihn doch mal.« Mit diesen Worten drehte sie sich um und ging zur hinteren Stationstür, um diese aufzuschließen. Karl-Heinz warf schnell seine Zellentür zu und folgte ihr. In ihrer Nähe würde ihm dieser Kerl nichts tun.

Die russische Mannschaft hatte sich bereits zusammengerottet. Ausgemergelte bleiche Körper mit grotesken Tätowierungen standen zusammen in der rechten Ecke im Flur. Ihr Gesichtsausdruck tote Masken. Jovanovic kam breitbeinig aus seiner Zelle und grinste ihn an. Frau Saletti schloss die Stationstür auf, und alle setzten sich in Bewegung. Alle bis auf Jovanovic, er wollte hinter Karl-Heinz herlaufen. Würde er so weit gehen, ihn die Treppe runterzuwerfen? Karl-Heinz blieb stehen. Was sollte er tun? Sie standen da und starrten sich in die Augen. Angst und Panik ergriff von ihm Besitz. Warum war er auch nur so dumm gewesen zu glauben, er könnte in die Freistunde gehen?

»Meine Herren, jetzt aber mal los.« Mit diesen Worten trat die Beamtin hinter sie und wies mit einer Hand zur offenen Stationstür.

»Heide, heide, Karl-Heinz«, sagte daraufhin Jovanovic grinsend. Dabei konnte Karl-Heinz seinen goldenen Schneidezahn aufblitzen sehen. Schweißtropfen bildeten sich auf seiner Stirn, er schluckte, lief langsam los, blieb aber ganz nahe bei der Beamtin. Maria Saletti erkannte die Situation.

»Na, Probleme mit Ihrem serbischen Mitgefangenen?«, sagte sie leise, als sie zu ihm nach hinten sah. Er nickte, brachte aber kein Wort heraus.

»So, meine Herren. Jetzt aber mal ein wenig schneller, sonst ist die Zeit um, bevor wir den Freistundenhof erreicht haben.« Der Gesichtsausdruck von Frau Saletti hatte sich verändert. Eben noch freundlich und verbindlich, sah sie nun ernst und angespannt aus. Mit gestrafften Schultern und einem Blick, der Bände sprach, ging sie zu Jovanovic.

»Lass ihn in Ruhe.«

Dieser hob unschuldig die Hände, grinste und sagte:

»Ich weiß nicht, von wem Sie reden.« Betont lässig drehte er sich um und schlenderte langsam weiter die Treppe hinunter.

8

»Lieber Frank, das ist ja bisher eine schöne Angelegenheit«, sagte der Mann, dessen Gesicht hinter einer venezianischen Maske verborgen war. Der Rest, den Frank von ihm zu sehen bekam, war Typ Golfspieler aus Florida mit grauen Schläfen und selbstsicherem Auftreten. Er trug Bermudashorts, teure Schuhe und eine *Glashütte* Uhr am rechten Handgelenk.

»Schön, dass es dir gefällt. Ich habe auch keine Kosten und Mühen gescheut.«

»Wann kommen die Delikatessen?«, sagte er so beiläufig wie möglich und sah sich dabei in dem riesigen Raum um. Frank hatte die Beleuchtung verändert, alles war in ein mystisches Licht getaucht. Die Sonne verschwand gerade hinter den Hügeln des Odenwaldes. Die Männer im besten Alter standen lässig beisammen, jedoch war eine gewisse Angespanntheit im Raum zu spüren. Jeder der Herren war gepflegt, einige hatten manikürte Fingernägel. Der Raum war erfüllt von den Parfums von *Armani* oder *Dolce und Gabbana*, braun gebrannte Körper und teure Luxusuhren, soweit er sehen konnte. Alle unterhielten sich angeregt. Ein Mann, etwa 70 Jahre alt, machte gerade dem Barkeeper, einem Jüngling von höchstens 20 Jahren, schöne Augen. Frank schmunzelte, ging zum riesigen Buffett und stellte sich direkt neben die Eisskulptur, dann schlug er leicht gegen sein Champagnerglas und wartete einen kleinen Moment.

»Werte Gäste«, er wartete noch einen Moment, bis er die ganze Aufmerksamkeit aller Anwesenden hatte. »Werte Gäste«, sagte er erneut, »ich freue mich, Sie hier heute Abend begrüßen zu dürfen.« Er schaute sich langsam im Raum um. Während er in ein kleines Mikrofon sprach, goss ein junger Mann, der offensichtlich schon länger seinen fantastischen, braun gebrannten Körper stählte, in schwarzer Hose und nacktem Oberkörper auf einer Leiter stehend, die erste Flasche *Pommery* Champagner in die Kaskade, die etwa zwei Meter hoch neben dem Buffet aufgebaut war. Die Musik, die vorab noch dezent im Hintergrund zu vernehmen war, schwoll an, und Carl Orffs *Carmina Burana* erfüllten mit sattem Klang den Raum. Gleichzeitig erschienen von allen Seiten traumschöne Mädchen. Einige in Abendkleidern, andere in Lack und Leder. Wieder eine trug eine Dienstmädchenkleidung. Keine war älter als 16 Jahre. Eine Kleine sah aus, als ginge sie noch in die Grundschule. Ein Blick in ihre Augen, und es war klar, sie hatten Drogen bekommen. Sie bewegten sich lasziv und lächelten vielversprechend. Zu der aufpeitschenden Musik balancierten vier Jünglinge auf silbernen Tabletts das begehrte Pulver über ihren Köpfen in den Raum. Die vorab so cool wirkenden Männer gerieten in Wallung. Der Anblick der Mädchen war verheißungsvoll, und die Aussicht auf den Rausch mit Koks und hemmungslosem Sex ließ ihrer aller Männlichkeit anschwellen. Als alle den Raum betreten hatten, hob Frank die Hände bedeutungsvoll in die Höhe und rief:

»Lasst die Spiele beginnen.« Dies war der Startschuss für eine Nacht ohne Tabus.

SAMSTAG, DER 25. MAI

1

Die weit über ihnen schwebenden Flugzeuge flogen, wie an einer Schnur gezogen, eines nach dem anderen im Landeanflug auf den Flughafen Frankfurt zu. Es war fast 5 Uhr, und durch das Nachtflugverbot traf nun im Minutentakt ein Flieger nach dem anderen ein. Die Autobahn A3 war um diese Uhrzeit bereits stark befahren. Maria sah nervös auf ihre Armbanduhr und griff zu ihrem Corno. Ein Stoßgebet zu ihrer Großmutter sollte ihr Kraft verleihen. Auch Alex war angespannt. Immer wieder fuhr er sich mit seiner rechten Hand über das Kinn.

»Ich habe dir hier alle wichtigen Adressen aufgeschrieben. Die Adresse meiner Tante. Und auch die Adressen, die mir Luigi Esposito gegeben hat. Ich werde zunächst einmal seine Schwester besuchen, dann einen gewissen Angelo, der die Geschäfte in Neapel führt. Auf jeden Fall fahre ich zu meiner Tante, um mich mit ihr auszusprechen. Das brennt mir schon seit Jahren auf der Seele. Ich verspreche dir, wenn ich ein ungutes Gefühl habe und mir etwas nicht koscher vorkommt, lasse ich die Finger davon und bohre nicht weiter nach.« Mit diesen Worten reichte sie Alex einen Zettel, den er gedankenverloren in die Mittelkonsole seines Autos legte.

»Ich bitte dich, sei um Gottes willen vorsichtig«, er holte tief Luft, »ich habe große Angst um dich. Du begibst dich in eine der gefährlichsten Metropolen Europas, wenn nicht der Welt. Maria, du hast damit keine Erfahrung. Bitte versprich mir, dass du zuerst zu deiner Tante fährst und dich mit ihr aussprichst. Wenn die Familie dir verzeiht, musst du doch nicht weitergraben. Was nützt es dir zu wissen, wer deine Cousine umgebracht hat. Man wird den Mörder in Italien sehr wahrscheinlich nicht zur Rechenschaft ziehen können. Und wenn jemand Wind bekommt, dass du in dieser Sache Informationen einholst ...« Er sprach nicht weiter und sah zu Maria, die blanke Angst war in sein Gesicht geschrieben. So hatte sie ihn noch nie gesehen.

»Ich verspreche es dir, mein Schatz. Mein erster Weg ist zu Tante Rosanna.«

2

Vieles war in den letzten Wochen passiert. Chiara hatte am Tag zuvor versucht, alle wichtigen E-Mails zu beantworten. Niemand durfte wissen, wo sie war, und sie hatte sicherheitshalber eine neue Handynummer, die nur Angelo und Laura bekannt war. Eine Standard-E-Mail schickte sie an ihre Schwester und einige wenige Leute. Darin stand, dass es ihr gutginge und sie sich keine Sorgen machen sollten. Das war es auch schon, denn mit ihrem alten Leben hatte sie vor Tagen bereits abgeschlossen. Der Browser *Tor* war für sie das Mittel der Wahl. So konnte niemand ihre IP-Adresse herausfinden. Vorsicht war in ihrem Fall das oberste Gebot. Nur Angelo und Sergio wussten, wo sie sich mit ihren beiden Mädchen befand. Sergio hatte ihr den Ort empfohlen, da er in Vallecorsa im Herbst immer Olivenöl für die Firma einkaufte. Er nannte ihn perfekt. Dummerweise ahnte nun auch Dottore Marino, dass sie sich versteckte. Dieser Bastard hatte mit dem Gespür eines Bluthundes ihre verwundbare Stelle entdeckt. Niemand durfte wissen, dass sie sich in den Bergen in der Nähe von Vallecorsa befand, und schon gar niemand durfte wissen, wer sie war. Die schnelle Nummer im Schuppen neben dem Haus hatte sie tags zuvor, den Ekel unterdrückend, hinter sich gebracht. Wie sie vermutet hatte, war er binnen kürzester Zeit zum Höhepunkt gekommen. Es war dermaßen widerlich gewesen, diesen keuchenden, geilen alten Mann in sich zu spüren, dass sie, nachdem das Scheusal wieder verschwunden war, solang geduscht hatte, bis aus dem Boiler kein heißes Wasser mehr kam. Dieses Erlebnis würde sie zunächst einfach aus ihrem Gedächtnis streichen, etwas, was sie schon als Kind gelernt hatte. Schließlich war sie ein Mädchen aus Scampia, einer Hochburg der Gewalt, der Armut und der Prostitution. Bevor sie ihren Luigi kennengelernt hatte, hatte sie mit 13 Jahren bereits ihren kleinen Körper alten Säcken verkauft, damit sie überleben konnte. Irgendwann in dieser Zeit hatte sie sich selbst geschworen, später ein gutes Leben zu führen. Koste es, was es wolle. Und für Dottore Marino würde ihr früher oder später schon eine Lösung einfallen. Sie sah gedankenverloren aus dem Fenster im Wohnzimmer, als ihr Handy klingelte – Angelo.

»Ciao, Chiara. Funktioniert alles gut?«

»Tutto bene. Ich bin wieder mit der Welt verbunden.«

»Luigi sucht dich überall. Er hat gestern bei mir angerufen und wollte wissen, wie es dir geht.«

»Er hat doch nicht im Beisein der Beamten mit dir telefoniert?«

»Nein, wo denkst du hin. Meine Nummer muss geheim bleiben. Er konnte sich ein Handy besorgen. Ich soll für ihn Geld auf zwei *PayPal*-Konten zahlen.«

»Mach das.«

»Du hast mir ja verboten, ihm deine Nummer zu geben. Ich habe sie ihm auch nicht verraten. Er macht sich große Sorgen um dich.«

»Sag ihm, es geht mir gut. Aber gib ihm auf keinen Fall die Nummer. Und sage ihm um Himmels willen nicht, wo ich bin. Wenn das Handy im Gefängnis gefunden oder abgehört wird, war alles umsonst.«

»Wie du meinst. Ich werde heute der Familie von Alberto und Tomaso das Geld für die Überführung der Leichen und für die Beerdigung geben. Die Staatsanwaltschaft in Deutschland hat der Überführung nach Italien endlich zugestimmt. Du weißt, die Mutter der beiden ist alleine und hat kein Einkommen. Ich werde ihr jetzt monatlich ein wenig Geld geben, damit sie über die Runden kommt. Ihre beiden Jungen haben immer für uns gut gearbeitet.«

»Soweit ich weiß, bekommt sie doch schon Geld, weil ihr Mann in Neapel im Gefängnis sitzt und den Mord an einem Rosso-Clan-Mitglied gestanden hat. Zahlen wir für dieses Geständnis nicht schon sowieso jeden Monat?«

»Ja, aber die Jungen haben der Mutter immer noch was zugesteckt.« Chiara schluckte und sagte dann ruhig:

»Sie bekommt ab jetzt ein Jahr lang monatlich Geld für die beiden Jungen. Dann muss sie sich mal eine Arbeit suchen.«

3

Mehr als zufrieden und mit stolzgeschwellter Brust lief Frank die Stufen zum Hoteleingang hinauf. Er hatte alles, was er brauchte. Das Geld der Teilnehmer war auf seinem Schweizer Bankkonto eingegangen. Wenn er alle Kosten abzog, hatte er wieder einmal eine hübsche Summe verdient. Das nächste Mal würde er so ein Event in Italien arrangieren. Eine Location dafür hatte er schon gefunden. Eine riesige Villa über dem Meer, weit und breit nur Natur. Die Filme, die er heimlich mit versteckten Kameras gemacht hatte, würden ihm in wenigen Jahren einmal nützlich sein. Sie waren seine Rente. Selbstgefällig und zufrieden betrat er die Hotellobby, als einer seiner Mitarbeiter aufgeregt und mit angsterfülltem Gesicht die Treppe herunterstürzte. Neben ihm angekommen, sagte er leise:

»Frank, wir haben ein Problem!« Dabei sah er sich vorsichtig nach allen Seiten um.

»Was ist?«, zischte dieser.

»Eines der Mädchen wacht nicht auf. Sie liegt im Zimmer 43 und gibt keinen Mucks von sich.« Er sah Frank mit großen Augen an.

»Atmet sie noch?«

»Ich denke schon.«

»Dann fahr mit ihr ins nächste Krankenhaus.«

»Ich … ich kann das nicht.« Er senkte seinen Blick und fing an zu zittern. »Bitte, bitte, wir müssen etwas tun.«

»Und ob du kannst, sonst kannst du deinen Lohn für die letzte Nacht vergessen. Verstanden?«

»Frank, was soll ich sagen, wenn jemand Fragen stellt? Das Mädel ist 13 oder 14 Jahre alt.«

»Gar nichts, sag, du hast sie so gefunden. Oder lege sie einfach in die Auffahrt vom Krankenhaus. Okay? Jetzt beeil dich, bevor sie uns noch abkratzt. Hat sie sonst irgendwelche Blessuren?«

»Nein, nur die Klamotten. Ich bekomme sie nicht angezogen. Neben dem Bett liegen Lack- und Lederklamotten. Das wirft doch Fragen auf.«

»Dann fahre sie eben nackt oder ziehe ihr einen Bademantel an. Schau aber, dass kein Monogramm vom Hotel drauf ist. Auf keinen Fall darf man eine Verbindung hierher feststellen können.« Der junge Mann bewegte sich nicht von der Stelle. Frank fluchte leise vor sich hin. Das hatte gerade noch gefehlt, dass eines der Mädchen hier abkratzte. Nur gut, dass alle aus dem Ausland kamen und keines die deutsche Sprache beherrschte. Sie kannten sich hier nicht aus und konnten, falls die Polizei sie befragen würde, keine stichhaltigen Aussagen machen. Das Mädchen könnte lediglich erzählen, dass sie zu einer Sexparty gebracht worden war und dort zu viel Koks zu sich genommen hatte. Wer sie bestellt hatte, wo sie gewesen waren, das alles würde sie nicht erzählen können. Mit großen Schritten ging er die Treppen zum Hotel hinauf und begab sich in das Zimmer 43.

4

Maria legte den Gurt wieder an, denn das Flugzeug befand sich im Landeanflug auf den Flughafen Napoli-Capodichino. Über 20 Jahre war sie nicht mehr in ihrer einstigen Heimat gewesen. Tränen stiegen ihr in die Augen. Jetzt durfte sie nur nicht sentimental werden. Nachdem sich der Flieger unterhalb der Wolken befand, konnte sie die große Stadt und den Vesuv im Hintergrund deutlich sehen. Das Flugzeug setzte zur Landung an, und als die Reifen auf dem Boden aufsetzten, ertönten die Motorengeräusche dermaßen laut, die Maschine klapperte und ruckelte, dass Maria dachte, jeden Moment würde der Airbus zerbersten. Als er nach einem starken Bremsmanöver endlich zum Stehen kam, konnte man die Erleichterung der Fluggäste deutlich hören. Überall ein Seufzen und Aufatmen. Ein alter Mann, der neben Maria saß, hatte während des Bremsmanövers spontan Marias Hand ergriffen. Dies war ihm jetzt jedoch peinlich und er sagte:

»Scusi, Signora. Ich dachte nur gerade, er bekommt das Ding nicht zum Stehen.«

»Kein Problem, auch ich hatte Angst und war froh, dass Sie meine Hand gehalten haben.« Dies war zwar nicht die Wahrheit, aber so konnte sie ihm seine Verlegenheit ein wenig nehmen. Dass dies bereits ein Vorbote für die nächsten turbulenten Tage sein sollte, ahnte sie jedoch nicht. Das Aussteigen dauerte unheimlich lange, und Maria, die nur Handgepäck hatte, war froh, als sie endlich in der Halle des kleinen Flughafens stand. Verglichen mit dem Flughafen Frankfurt war Capodichino ein Puppenhaus. Geschäfte gab es kaum. Der Flughafen bestand aus einer großen Halle mit ein paar Souvenir-Shops. Was jedoch überwältigend war, war das Angebot an Leckereien. Wo sie hinsah, randvoll gepackte Theken mit Cornetti, Panini und Dolci, und der Duft von frisch aufgebrühtem Espresso erfüllte die Halle. Sie blieb einen kurzen Moment stehen, sog alles in sich auf. Wie sehr ihr das gefehlt hatte, wurde ihr erst in diesem Moment bewusst. Beim Anblick der verlockenden Kleinigkeiten lief ihr das Wasser im Mund zusammen. Sie hatte sich zur Sicherheit 20 Euro in die Hosentasche gesteckt. In Neapel war es besser, das Geld am Körper zu tragen. Eine besonders schön dekorierte Theke mit gefühlt 1.000 leckeren Kleinigkeiten zog sie magisch an, und so genehmigte sie sich einen Espresso und ein mit Schokolade gefülltes Cornetto, wie es sie nur in Neapel gab. Sie fand Platz an einem der Stehtische, klemmte sich ihren kleinen Koffer zwischen die Füße und atmete tief durch. Hier war sie nun und musste überlegt vorgehen. Jeder Besuch, jede Handlung konnte Folgen haben, dessen war sie sich bewusst. Im Geiste sah sie ihre Mutter, die diese Fahrt als Himmelfahrtskommando bezeichnet hatte und sie mit Tränen in den Augen gebeten hatte, nur Tante Rosanna zu besuchen und auf keinen Fall für diesen Verbrecher, wie sie ihn nannte, die Frau zu suchen. Sie hatte es ihr versprochen, um Ruhe zu haben. Jedoch wollte sie auf jeden Fall die Mörder von Anna finden, und wenn sie dafür einen Pakt mit dem Teufel eingehen musste. Diese tragische Geschichte hatte zu lange schon ihr Leben bestimmt. Dem wollte sie mit aller Macht ein Ende bereiten.

5

Jan überprüfte den Dienstplan und sah ab und zu ratlos aus dem Fenster. Der Krankenstand war für den Monat Mai unglaublich hoch, und er wusste nicht, wie er den Stationsdienst in den nächsten Wochen aufrechterhalten sollte. Gestrichene Ruhetage gehörten in der JVA Dieburg sowieso zum Alltag, das alles trug aber zu einer Unzufriedenheit unter den Bediensteten bei, die er versuchte zu verändern. Immer wieder kam ihm Maria in den Sinn – was zum Teufel hatte sie so verändert in der letzten Zeit? Als er in den Flur blickte, sah er Enrico Müller die Treppe nach oben kommen. Auch das noch. Müller war ein Zeitgenosse, der an anderen Kollegen kein gutes Haar ließ. Jedoch kam auch er immer mal wieder mit nützlichen Informationen daher, die er von einem Knacki erhalten hatte. Jan fiel der Hinweis von Maria ein, dass jemand vom Revier mit *Diazepam* handelte. Wusste Müller darüber vielleicht etwas? Sein siegessicheres Gesicht ließ vermuten, dass er interessante Neuigkeiten hatte.

»Hallo, Jan!« Enrico trat durch die Bürotür und setzte sich unaufgefordert auf einen alten Holzstuhl in der Ecke.

»Na, was treibt dich zu mir?« Jan sah Enrico fragend an, er mochte diesen Kollegen nicht besonders. Müller war ein Mann, der für ein wenig Anerkennung alles tat. Manchmal auch zu viel des Guten.

»Mein Informant«, er machte eine bedeutungsvolle Pause, um dieser wichtigen Information die nötige Wirkung zu verleihen, »hat mir gesteckt, dass dieser Esposito jetzt ein Handy hat.« Damit hatte Jan auf keinen Fall gerechnet.

»Woher hast du das?«

»Der Sporthausarbeiter hat ihm wohl eins besorgt. Er muss es schon auf der Zelle haben. Wenn wir zusammen eine Durchsuchung durchführen, finden wir es mit Sicherheit.« Jan überlegte kurz. Auf keinen Fall durfte Müller wissen, dass Esposito eine große Nummer der *Camorra* war und als Zeuge für das LKA aussagen wollte. Er konnte nichts für sich behalten. Und um sich bei anderen Kollegen wichtig zu machen, hätte er diese Neuigkeit jedem im Vertrauen ins Ohr geflüstert. Jan überlegte fieberhaft. Normalerweise hätte er, wie Müller vorgeschlagen hatte, sofort mit ihm zusammen das Telefon aus der Zelle geholt. In diesem Fall jedoch war es besser, eine Erlaubnis für eine Telefonüberwachung einzuholen und das Handy abzuhören. Damit konnte man Informationen gewinnen, mit denen Esposito derzeit nicht rausrückte. Schnell sagte er zu Müller:

»Ach, wer ist dein Informant? Kann man ihm trauen? Ich mache hier keine Welle, und dann wurden wir nur verarscht.«

»Nein, vertrau mir. Mein Informant ist zuverlässig, er möchte aber auf keinen Fall von dir in die Zange genommen werden.« Jan setzte sein skeptisches Gesicht auf.

»Also, damit ich samstags hier eine Zelle auseinandernehme, brauche ich schon ein wenig mehr.« Enrico Müller sah ihn entgeistert an.

»Das heißt, du unternimmst nichts?« Jan blickte ihn verschwörerisch an.

»Mir brennt etwas anderes auf der Seele«, seine Stimme wurde leise, »jemand vom Revier soll mit *Diazepam* oder Ähnlichem handeln. Hast du davon schon mal Wind bekommen?« Müller war sofort Feuer und Flamme.

»Vom Revier? Da gibt es ja nur drei, die infrage kommen.« Jan hatte es geschafft. Müller war fortan mit etwas anderem beschäftigt.

6

Sie schaute über das Meer von Fahrzeugen. Der Parkplatz der Autovermietungen war riesig, und sie suchte einen kleinen Fiat 500 in Rot. Maria hatte den Eindruck gehabt, dass jede weitere Frage ihn völlig aus der Fasson gebracht hätte. Und so ließ sie es gut sein und hoffte darauf, das Auto schnell zu finden. Mit dem Mietvertrag in den Händen, auf denen das Kennzeichen des Fahrzeugs und die Nummer des Stellplatzes in großen Buchstaben stand, lief sie los und ließ ihren Blick über den Parkplatz schweifen. Als sie nun sah, wie viele Autos hier standen, vor allen Dingen, wie viele rote Fiat 500, richtete sie sich innerlich auf eine längere Suche ein. Zwar war der Parkplatz unterteilt, und es gab verschiedene Zonen, für jede Leihfirma eine. Aber wer wusste schon, ob man es damit so genau nahm, schließlich war man in Süditalien. Da wurde vieles lässiger gehandhabt. Mehrfach drückte sie auf den Knopf an ihrem Autoschlüssel, damit das betreffende Fahrzeug beim Öffnen ein Lichtsignal gab, jedoch konnte sie selbst in der gleißenden Sonne nur mit Sonnenbrille etwas sehen. Wie konnte sie da ein Lichtsignal erkennen? Wie befürchtet stand auf dem angegebenen Platz Nummer 2478 nicht ihr Mietwagen, sondern ein Ford Focus. Es hatte am Schalter bei *Europcar* länger gedauert, als sie gedacht hatte. An einem Samstag im Mai schien die halbe Welt einen Leihwagen in Neapel anzumieten. Die Mitarbeiter der Leihwagenfirma waren genervt und erklärten ihr in Windeseile die Bedingungen. Bevor sie unterschrieb, hatte sie einer der Mitarbeiter gewarnt:

»Bitte nehmen Sie die etwas teurere Versicherung, in Napoli werden Autos gestohlen, oder zumindest kann man in einigen Vierteln die Reifen gebrauchen. Außerdem, Signora, man fährt hier anders als in Deutschland.« War es wirklich noch so schlimm? Sie bedankte sich und kreuzte den teureren Vollkaskoschutz an, der offensichtlich fast alles übernahm. Einen Selbstbehalt von 1.000 Euro jedoch konnte sie nicht ausschließen. Es nervte sie, dass sie das Auto nicht auf Anhieb fand. Zurückzulaufen und einen Mitarbeiter zu bitten, ihr das Fahrzeug zu suchen, war keine Option. Niemand hatte Zeit für so etwas. Nachdem sie die dritte Parkplatzreihe abgelaufen war, fand sie das Auto. Sie warf ihren Koffer in den Kofferraum, atmete einmal tief durch und tippte in ihrem Smartphone die Adresse ihrer Tante ein. Tante Rosanna war die erste Anlaufstation, je nachdem, wie das Gespräch verlaufen würde, würde es ihre weitere Vorgehensweise bestimmen. Sie griff an ihr Kruzifix und ihr kleines Corno und bat den Herrgott und ihre Großmutter um Beistand, dann setzte sie sich hinter das Lenkrad und stellte sich den Sitz ein. Ein Riese musste vor ihr das Auto genutzt haben, denn sie reichte mit ihren Füßen nicht einmal an die Pedale. Nachdem sie den Wagen gestartet hatte, nahm sie Kurs auf die Innenstadt von Neapel. Schon nach wenigen Kilometern wusste sie, was der Mitarbeiter von *Europcar* gemeint hatte. Noch immer fuhr man auf den dreispurigen Autobahnen wie die A56 um Neapel wie auf der Rennstrecke in Imola. Kaum einer hielt sich auf seiner Spur, viele fuhren versetzt, zeitweise befanden sich vier oder auch fünf Fahrzeuge auf gleicher Höhe nebeneinander. Es war in ihrer Jugend genauso gewesen, und sie konnte sich erinnern, dass ihre Mutter sich jedes Mal bekreuzigte, wenn sie mit ihrem Vater auf die Autobahn fuhren, jedoch hatte sie damals darüber gelacht. Endlich erschien die Abfahrt, die sie direkt in das Zentrum von Neapel führen sollte. Via Cavallotti war ihr Ziel, und laut ihrer Anzeige am Smartphone sollte sie die Straße in wenigen Minuten erreichen. War es die anstrengende Fahrt oder die Angst vor der Reaktion ihrer Tante und der anderen Verwandten, die ihren Puls in die Höhe trieb? Sie wusste es nicht und versuchte, sich in dem Gewimmel von hupenden Fahrzeugen, Menschen, die urplötzlich auf die Straße traten und vorbeisausenden Vespa-Rollern zurechtzufinden. Nach etwa einer Viertelstunde erkannte sie die Straße, in der sie das letzte Mal vor über 20 Jahren gewesen war. Sie schluckte und versuchte, ihre aufkommende Angst in den Griff zu bekommen. Schnell fand sie einen Parkplatz ausgerechnet genau gegenüber dem Haus der Tante. Es war der einzige freie Platz weit und breit. Gerne hätte sie sich noch einen Moment unbeobachtet auf das Gespräch vorbereitet. Aber das sollte wohl nicht sein. Vorbeilaufende Kinder starrten sie an, als wüssten sie von ihrer Geschichte. Sie nahm ihre Handtasche vom Beifahrersitz und stieg aus dem Auto. Die Geräusche und der Lärmpegel in dieser Stadt waren besonders hoch. Frauen riefen von Balkon zu Balkon, Kinder schrien, ständig sausten Motorroller hupend durch die Straßen, auf denen junge Männer saßen, die weder einen Helm besaßen noch überhaupt annähernd das Alter erreicht hatten, um solch eine Maschine zu fahren. Maria schmunzelte, sie hatte das alles vergessen – oder hatte sie es verdrängt? Mit weichen Knien stand sie vor der Haustür und drückte vorsichtig auf die Klingel. Fast wünschte sie sich, dass ihre Tante nicht zu Hause wäre, doch da hörte sie Schritte im ersten Stock, und am Balkon erschien ihre Tante, die in typischer neapolitanischer Manier vom Balkon rief:

»Wer ist da?« Maria sah nach oben und rief vorsichtig:

»Ciao, Tante. Ich bin es.«

7

Das Schlimmste, was passieren konnte, war eingetreten. Das Mädchen war tot. Wie und warum, war jetzt nebensächlich. Die Leiche musste verschwinden, und das vor allen Dingen ohne großes Aufsehen. Er durfte nun nicht die Nerven verlieren, musste einen kühlen Kopf bewahren. In der nächsten halben Stunde würde es von Menschen im Hotel nur so wimmeln. Seine Reinigungskräfte, Mitarbeiter vom Caterer, Gott weiß wer würde hier eintreffen und überall nach dem Rechten sehen. Er durfte keine Zeit verlieren, bevor noch jemand mitbekam, was geschehen war. Schnell zog er dem Mädchen den Bademantel des Hotels an, die Leichenstarre war noch nicht eingetreten. Sie war also noch nicht lange tot. Ihre Augen waren geschlossen, nur die Kälte ihres Körpers ließ erkennen, dass sie nicht mehr lebte. Vom Erdgeschoss her hörte er seinen Mitarbeiter rufen:

»Frank, die Putzkolonne fährt gerade vor.« Auch das noch. Keinesfalls durfte ihn jemand mit dem Mädchen sehen. Schnell stieg er auf einen Stuhl in der Ecke und entfernte die angebrachte Minikamera über dem Fensterrahmen. Dann trug er die Kleine über die Treppe zum Notausgang des Hotels. Von da aus war es nicht weit zu seinem Auto. Im Laufen rief er:

»Ich fahre die Kleine ins Krankenhaus nach Erbach, bin gleich wieder da.«

Er beförderte sie nach hinten auf den Rücksitz und legte ihr den Sicherheitsgurt an. Durch die dunklen Scheiben im Fond des Wagens konnte sie niemand sehen. Die fragenden Blicke seines Kellners beantwortete er mit einem Daumen-hoch-Zeichen. Der junge Mann schien erleichtert, winkte ihm zu, dann drehte er sich um und ging wieder seiner Arbeit nach. So ruhig und beherrscht, wie er nur konnte, setzte Frank sich hinter das Lenkrad und fuhr langsam vom Parkplatz. Schweiß lief ihm in Strömen am Körper herunter. Er hatte einen gallebitteren Geschmack im Mund. Was sollte er nun tun? Das Mädchen war tot, daran gab es keinen Zweifel. Erst einmal weg hier, dann würde ihm schon etwas einfallen. Mit dem toten Mädchen auf dem Rücksitz fuhr er eine kurvenreiche Straße entlang. Dadurch, dass er in seiner Aufregung schneller fuhr als erlaubt, sah er im Rückspiegel, wie ihr Kopf in jeder Kurve hin und her rollte. Plötzlich öffnete sie ihren Mund. War sie etwa noch am Leben? Euphorisch rief er:

»Hey, geht es dir besser? Ich bringe dich in ein Krankenhaus!« Nachdem sie nicht antwortete, rief er wieder: »Hey«, aber er erhielt keine Antwort. Fieberhaft suchte er die Waldstraße nach einem Parkplatz ab. Die Straße wollte mit ihren 1.000 Kurven kein Ende nehmen, und nach einer gefühlten Ewigkeit fand er eine Waldeinfahrt, in die er schnell einbog und seinen Wagen auf einem Schotterweg knirschend zum Stehen brachte. Er löste seinen Gurt und griff nach hinten. Da erkannte er, dass sie den Mund nicht normal geöffnet hatte, sondern einfach die Kinnlade nach unten hing und sich irgendetwas in ihrem Mund befand. Schnell stieg er aus, sah sich nach allen Seiten um und öffnete, nachdem er sich vergewissert hatte, dass er alleine war, die hintere Tür seines Wagens. Ihr Kopf war nach vorne gekippt, und Frank griff vorsichtig in ihren Mund, der ein klein wenig offen stand. Ekel überkam ihn, als er vorsichtig versuchte, mit Daumen und Zeigefinger das Ding, das sich in ihrem Mund befand, herauszuziehen.

Endlich bekam er es zu fassen und zog es langsam hervor. Zum Vorschein kam ein kleiner schwarzer Slip. Paralysiert starrte er in den Wald. Irgendwie konnte er sich gerade nicht bewegen. Seine Angst lähmte ihn. Horrorszenarien erschienen vor seinem geistigen Auge. Er sah sich in Handschellen vor einem Richtertisch als Angeklagter. Was ihm dann in den Sinn kam, war noch viel schlimmer. Er musste seinem Mädchenlieferanten mitteilen, dass die Kleine nicht mehr lebte. Augenblicklich wurde ihm schlecht, und er schaffte es gerade noch, sich umzudrehen, dann erbrach er die gallenartige Flüssigkeit in hohem Bogen. Was sollte er jetzt tun? Ihm blieb keine andere Wahl, als das junge tote Mädchen in seinen Kofferraum zu legen und zurück in das Hotel zu fahren. Die Zeit drängte, er musste alle angebrachten Kameras entfernen, und das so, dass die Mitarbeiter nichts mitbekamen. Um die Tote würde er sich in der Nacht kümmern. Dann würde er auch seinen Lieferanten anrufen, um ihm von dem Missgeschick zu berichten. Aber was würde er sagen? Das war das viel größere Problem.

8

Mit wackeligen Knien war Maria die Stufen in den ersten Stock in der Via Cavallotti 18 gestiegen. Ihre Tante Rosanna stand in der Tür und empfing sie mit offenen Armen. Beide konnten die Tränen nicht zurückhalten und drückten sich fest.

»Oh, Maria, wie schön, dass du gekommen bist. Giulia hatte mir gesagt, dass du hier etwas zu erledigen hast. Ich habe so gehofft, dass du kommst. Komm rein. Ich mache uns einen Espresso, und wir reden über alles.« Marias Angst war wie weggeblasen. Mit tränennassen Wangen, aber überglücklich und erleichtert, trat sie in die Wohnung, die total verändert aussah.

»Wie geht es dir?«, fragte sie ihre Tante und drückte dabei fest ihre Hand.

»Gut geht es mir, Maria. Und du siehst auch gut aus. Ich habe gehört, dass du so einen guten Mann gefunden hast. Stimmt das? Behandelt er dich gut?« Maria schluckte, dass eine Frau mit Respekt und liebevoll von einem Mann behandelt wurde, war in Neapel noch immer nicht selbstverständlich.

»Ja, er ist sehr gut zu mir. Aber erzähl, wie geht es dir?«

»Die Zeit heilt zwar nicht alle Wunden, aber mit den Jahren hat man sich mit dem Schmerz abgefunden.« Ihre Tante schluckte.

»Ja, anfangs dachte ich auch, ich werde das niemals aushalten können«, begann Maria, »und jeden Geburtstag von Anna und an ihrem Todestag bin ich heute noch wie gelähmt. Aber ich denke auch öfter an die schöne Zeit, die wir zusammen hatten. Und dann bin ich dankbar, dass ich so eine wunderbare Freundin hatte.« Beide schwiegen und sahen in ihre Kaffeetassen. Maria fasste sich ein Herz und sagte:

»Ich weiß nicht, wie ich beginnen soll, aber ich wollte dir sagen, dass ich jetzt die Möglichkeit habe, den Mörder von Anna zu finden.« Es war nach diesem Satz gespenstisch still, Maria hörte die Küchenuhr ticken. Die Geräusche der Straße schienen in weite Ferne gerückt. Tante Rosanna sah sie angsterfüllt an.

»Bitte unternimm nichts. Lass die Toten ruhen. Es ist zu gefährlich. Die *Camorra* hat etwas damit zu tun, und die wollen bestimmt nicht, dass du nach 20 Jahren Fragen stellst. Dein Onkel Domenico hat damals sofort versucht, die Mörder zu finden. Er erhielt Morddrohungen, und ich befürchte«, sie machte eine Pause und sprach dann sehr leise weiter, »der Unfall damals mit dem Auto war ein Attentat. Vielleicht wurde er der *Camorra* gefährlich, und man hat ihn liquidiert.« In Rosannas Gesicht war große Angst zu sehen.

»Ich weiß durch einen Gefangenen, der bei mir im Gefängnis sitzt, dass der Rosso-Clan wohl für Tod von Anna verantwortlich ist. Der Gefangene, der mir das gesagt hat, will mir helfen, den Mörder von Anna zu finden, wenn ich seine Frau aufspüre. Sie ist untergetaucht, seit er in Deutschland verhaftet wurde.« Dass zwei seiner Mitarbeiter auf offener Straße erschossen wurden, behielt Maria lieber für sich. Ihre Tante sah sie mit weit aufgerissenen Augen an:

»Der Rosso-Clan«, wiederholte sie die Worte von Maria und bekreuzigte sich, als hätte diese etwas Unglaubliches gesagt. »Das kann nicht sein, denn damals sagten sie, es wäre der Boss eines anderen Clans gewesen, der sie …« Sie sprach nicht weiter, als beide schlurfende Geräusche im Flur vernahmen und im Türrahmen ihr Onkel Gennaro erschien. Sie erschrak bei seinem Anblick, er war ein alter

Mann geworden. Scheinbar an Krebs erkrankt und offensichtlich von der Chemotherapie gezeichnet. Von den ehemals schwarzen vollen Haaren und der stattlichen Statur war nichts mehr übrig. Ein gebrochener Mann stand in der Tür und sah sie entsetzt an.

»Was führt dich hierher nach über 20 Jahren?«

Diese Reaktion hatte Maria befürchtet.

»Ich kann möglicherweise den Mörder von Anna finden, deshalb bin ich hier. Mich hat ihr Tod all die Jahre nicht zur Ruhe kommen lassen. Ich will etwas tun«, sagte sie mit fester Stimme und sah ihm in seine trüben Augen.

»Glaubst du, das haben wir nicht selbst schon versucht?« Bei diesen Worten schleppte er sich an den Tisch und ließ sich auf einen der Stühle sinken. »Willst du mir sagen, dass du jetzt, wo du in Deutschland im Gefängnis arbeitest, unter die Ermittler gegangen bist? Und das auch noch in Neapel?« Seine Wut auf sie hatte sich in all den Jahren nicht gelegt. Maria hörte es am scharfen Unterton. Sie stand auf, gab ihrer Tante einen Kuss auf die Wange und sagte:

»Ich werde es versuchen, und bitte wünsch mir Glück.« Rosanna nahm ihre Hand und drückte sie ganz fest. Gegen ihren Ehemann aufzubegehren, traute sie sich nicht. Maria zog die Wohnungstür hinter sich zu und stieg die Treppe hinunter. Tränen der Enttäuschung füllten ihre Augen. Sie würden alle schon sehen, dass sie etwas herausfinden konnte. Zunächst einmal würde sie zu ihrem Hotel fahren, und danach war es an der Zeit, Luigi Espositos Ehefrau zu finden. Sie nahm den Zettel mit den Adressen zur Hand, stieg in ihren kleinen Fiat und startete den Motor, da klingelte ihr Handy, das Foto von Alex erschien auf dem Smartphone.

»Amore, ich bin gut angekommen. Ich hätte dich auch bald angerufen«, sagte sie schnell.

»Maria, warst du schon bei deiner Familie?«

»Ja, gerade eben.« Sie machte eine kurze Pause, und Alex spürte, dass das Treffen nicht so verlaufen war, wie Maria es sich vorgestellt hatte.

»Sie haben sich nicht gefreut?«, fragte er vorsichtig.

»Meine Tante schon, aber mein Onkel …«, sie beendete den Satz nicht.

»Das heißt, du machst weiter?«

»Ja, auf jeden Fall.«

9

Er sah in den Spiegel über dem kleinen Waschbecken und war mit dem Anblick einigermaßen zufrieden. Mit einem ordentlichen Haarschnitt würde er eindeutig einen besseren Eindruck machen, jedoch, wenn er es sich recht überlegte, konnte er so authentischer den Mitleidsknopf bei Viola drücken. Er sah auf seine Armbanduhr. Es war schon einige Minuten nach 14 Uhr. Wenn sie ihn wirklich besuchen würde, wovon er fest ausging, konnte es nicht mehr lange dauern. Kurz darauf hörte er die Stimme des Beamten krächzend im Lautsprecher der Notrufanlage:

»Herr Burger, bitte zum Stationsbüro.« Ein wenig schlug sein Herz doch schneller. Nicht, dass er verliebt war, keineswegs. Nein, von dieser Begegnung heute hing eben sehr viel für ihn ab. Er wollte es nicht vermasseln. Er durfte nicht zu forsch vorgehen, das wusste er aus Erfahrung. Wenn er zu offensichtlich agierte, waren die Frauen eher verschreckt. Besser war es für ihn, er würde darauf warten, dass Viola ihm Hilfe anbot. Er fuhr sich mit der rechten Hand durch die viel zu langen Haare, schritt über den Stationsflur und blieb an der Gittertür stehen. Kurz darauf erschien der Beamte und sagte:

»Herr Burger, Sie haben Besuch.«

»Ich habe schon darauf gewartet«, sagte er freundlich, da hörte er im hinteren Teil des Flurs jemanden rufen:

»Burger!« Er drehte sich um und sah Mirko Jovanovic ihm freundlich zuwinken. Seine aufkommende Angst versuchte er mit tiefem Durchatmen zu bekämpfen, dann trabte er die Treppen hinunter zum Besuchsraum. Zwei weitere Beamte standen vor der Tür, tasteten ihn noch einmal ab, danach durfte er den Raum betreten. Im eigentlichen Sportraum waren neun Tische aufgestellt, an denen jeweils vier Stühle standen. Am Eingang befand sich ebenfalls ein Tisch, an dem ein Beamter saß. Karl-Heinz hatte Viola sofort erkannt, er ging an allen anderen vorbei und nahm Kurs auf ihren Tisch, da hörte er ein lautes: »Halt, junger Mann, so schnell geht es dann doch noch nicht.« Er blieb stehen, und der Beamte, der die Aufsicht führte, sagte:

»Sie müssen mir schon Ihren Namen nennen. Ich kann hier nicht jeden kennen. Ich notiere die Uhrzeit, wann der Besuch begonnen hat, und Sie haben 45 Minuten Zeit.« Er lächelte ihn freundlich an.

»Karl-Heinz Burger.«

»Alles klar, die Zeit läuft ab jetzt.« Dabei betonte er das jetzt, als ob es der Startschuss für einen 100-Meter-Lauf wäre. Karl-Heinz war zu aufgeregt, um darauf noch etwas zu erwidern. Er ging mit schnellen Schritten auf den Tisch zu, an dem Viola saß.

10

Wie auf glühenden Kohlen saß er beim Italiener unweit seines Büros und bekam keinen Bissen runter. Mittels einer SMS hatte er ihm vor zwei Stunden mitgeteilt, dass es Probleme gab. Sicherlich wusste dieser bereits, dass eines der Mädchen fehlte. Die Nachricht per SMS war eindeutig. Er sollte in der Osteria auf einen Mitarbeiter warten. Dort bekäme er weitere Anweisungen. Schon der Gedanke, dass sich die Leiche noch in seinem Kofferraum befand, ließ ihn panisch werden. Er saß nun da und wartete. Paulo konnte am Telefon sehr ungemütlich werden, wenn man ihm Probleme bereitete. Frank pickte mit einer Gabel in seinem Salat herum und atmete mehrfach tief durch, als ein Mann Typ Latin-Lover mit ergrauten Schläfen, um die 50 Jahre alt, sich kommentarlos neben ihn setzte.

»Ciao, ich bin Savino und komme von du weißt schon«, brummte er mit einer tiefen Stimme, die ihn an Volker

Lechtenbrink erinnerte. Frank legte die Gabel weg und rief, um Zeit zu gewinnen, die Kellnerin herbei. Jetzt nur keine Angst zeigen, cool bleiben.

»Was möchtest du trinken?«, fragte er ruhig.

»Ein Mineralwasser, bitte«, sagte dieser, und seine Ausstrahlung in Verbindung mit dieser Stimme verfehlte bei der Kellnerin ihre Wirkung nicht. Als sie sich entfernt hatte, begann Frank:

»Eines der Mädchen …« Augenblicklich wurde er von seinem Gegenüber unterbrochen.

»Ich weiß nicht, wovon du sprichst«, flüsterte er, nahm sein Smartphone zur Hand und wedelte damit vor ihm hin und her. Er hatte recht, das Handy konnte zu jeder Zeit abgehört werden, wie konnte er auch nur so dumm sein. Als das Mineralwasser an den Tisch gebracht wurde, zog Savino einen 50-Euro-Schein aus seiner Hosentasche, drückte ihn der Kellnerin direkt in die Hand und sagte:

»Ich bezahle. Alles.« Dabei fixierte er Frank mit seinen schwarzen Augen, dem augenblicklich der Schweiß ausbrach. Minuten später verließen sie gemeinsam das Lokal und begaben sich direkt in Franks Büro, das nur wenige Schritte von der Osteria entfernt war. Beide sprachen die ganze Zeit kein einziges Wort, und Savino nahm ihm das Handy ab, sobald sie das Büro betreten hatten, und legte es mit seinem in den Aktenraum, dessen Tür er danach sorgfältig schloss. Selbst wenn ein Telefon abgehört werden sollte, konnte man nun nichts verstehen.

»Was ist passiert?«, fragte er.

»Also das Mädchen ist an seinem Slip erstickt, was weiß ich? Ich habe sie heute Morgen tot in ihrem Bett gefunden. Was soll ich sagen?«

»Welcher Idiot war das?« Frank dachte einen Moment nach.

»Ich bin mir nicht sicher, wahrscheinlich war es der Buschmann, ich hätte niemals …« Der Typ schnitt ihm das Wort ab.

»Junge, wach auf, es gibt nichts, was es nicht gibt. Du suchst mir jetzt die Adresse von diesem Arschloch raus und sagst mir, was der beruflich macht. Um den Schaden wiedergutzumachen, reicht Geld alleine nicht aus. Diese Typen haben immer irgendwie Macht und Einfluss. Das werden wir für uns nutzen.«

Frank ging in den Aktenraum, holte sein Smartphone und schaltete es an. Sofort legte sein Besucher einen Zeigefinger auf den Mund. Was bedeutete, auf keinen Fall noch ein Wort zu sagen. Wenige Augenblicke später nahm Frank einen Zettel zur Hand und schrieb ihm alles auf.

Paulos Handlanger griff sich das Stück Papier und lächelte:

»Alles, mein Freund, ist für etwas gut.«

»Was mache ich jetzt mit …« Frank sprach nicht weiter.

»Bei dieser Hitze gehen doch viele schwimmen. Und der Rhein ist sehr gefährlich. Aber vergiss nicht, den Slip aufzuheben, darauf ist sicherlich seine DNA«, sagte sein Besucher, nickte freundlich, holte sein Handy aus dem Aktenraum und verschwand.

SONNTAG, DER 26. MAI

1

Chiara hatte ihren beiden Mädchen schon beim Frühstück erzählt, dass sie am heutigen Tag an den Strand fahren würden. Angelo wollte sie begleiten, damit sahen sie aus wie eine ganz normale italienische Familie. In wenigen Tagen würde sie Stella für das neue Schuljahr in der Schule in Vallecorsa anmelden, und auch Isabella sollte in einem Kindergarten Kontakt zu anderen Kindern haben. Beim Einkaufen hatte man sie ausgefragt, ob sie nun für immer hierbleiben würde. Sie hatte den neugierigen Frauen im Dorfladen erzählt, dass ihr Mann oft im Ausland zu tun hätte und für die Kinder die Luft in den Bergen besser war als in der Innenstadt von Neapel. In den Randbezirken der Großstadt gab es öfter giftige Rauchschwaden, weil die *Camorra* den Müll einfach irgendwo verbrannte. Viele Menschen dort litten an Atemwegsbeschwerden. Dies war auch in den Dörfern Kampaniens bekannt. Somit hatte sie ihnen eine Geschichte zum Weitererzählen aufgetischt und hoffte, niemand würde mehr dumme Fragen stellen. In die absolute Stille dieser Abgeschiedenheit drang auf einmal das Geräusch eines herannahenden Fahrzeugs. Nur noch wenige Sekunden und es würde hinter der kleinen Bergkuppe sichtbar werden. Vorsichtig lugte sie durch die angelehnten Fensterläden. Stella, die in Anbetracht der Fahrt an den Strand schon rote Wangen hatte, sprang an die Tür, um Angelo entgegenzulaufen.

»Stella, warte. Ich möchte erst schauen, wer da kommt.« Seit dieser Dottore Marino einmal ohne Vorwarnung erschienen war, war sie äußerst vorsichtig und hatte auch tagsüber die Haustür abgeschlossen. Die kleine Stella stellte sich auf die Zehenspitzen und schaute gemeinsam mit ihrer Mutter durch einen kleinen Spalt hinaus. Ein weißer Peugeot zockelte langsam auf das Haus zu. Maria schluckte, es war schon wieder dieses Schwein Marino. Was zum Teufel wollte dieser fette Zwerg schon wieder? Schnellen Sex im Schuppen, wenn die Kinder nebenan spielten? War dieser Idiot wahnsinnig? Wutentbrannt ging Chiara zur Tür. Es wurde Zeit, ihn in die Schranken zu weisen. Sie schickte ihre beiden Mädchen in ihr Zimmer und öffnete dann hoch erhobenen Hauptes die Tür.

»Buon giorno, Chiara, ein herrlicher Tag. Willst du mit mir einen Spaziergang machen?«

»Es tut mir sehr leid, aber wir wollten jetzt gleich an den Strand fahren.«

»Das könnt ihr doch später noch. Ich wollte dir eine Quelle zeigen, gar nicht weit von hier.« Er hatte den Satz noch nicht beendet, da vernahmen sie ein weiteres Auto, das sich dem Anwesen zu nähern schien. Chiara ließ ihn nicht aus den Augen und entspannte sich ein wenig, als sie auf dem Waldweg das Auto von Angelo erkannte. Gott sei Dank. Er kam genau zum richtigen Zeitpunkt. Dottore Marinos Gesicht entgleiste. Seine aufgesetzte Freundlichkeit verfiel mit einem Mal.

»Ach, wie schade, da muss ich wohl ein anderes Mal wiederkommen«, sagte er säuerlich, setzte sich in sein Auto, wendete und fuhr den Berg wieder hinunter. Angelo würdigte er keines Blickes.

»Ich habe mich noch nie so gefreut, dich zu sehen«, sagte Chiara und lächelte Angelo an.

»Was wollte der denn hier? Stella ist doch gesund, oder?«

»Ja, sie ist gesund. Dieser Dottore wächst sich hier langsam zu einer Belastung aus«, sagte sie nachdenklich. »Sag mal, gibt es hier eine Quelle?«

»Da fragst du den Falschen. Ich weiß nur, dass man hier vorsichtig sein muss, denn in dem Wald soll es Schluchten geben. Felsspalten, die man schlecht erkennt, da darüber heruntergefallene Zweige liegen. Angeblich hat man sich hier im Zweiten Weltkrieg einiger Deutscher entledigt. Ich habe dir ja gesagt, gehe mit den Kindern besser nicht in den Wald.«

»Das habe ich auch nicht vor«, sagte Chiara gedankenverloren.

2

Das kleine Café war voll, etwa 20 Personen standen an verschiedenen Stehtischen und unterhielten sich lebhaft. Der Raum war erfüllt mit dem Duft von frisch gemahlenen

Kaffeebohnen und aufgebrühtem Kaffee. Die Menschen, die mit schnellen Schlucken ihren Espresso tranken, zelebrierten ihren neapolitanischen Dialekt. Dieser wurde mehr gesungen als gesprochen, und Maria wurde an ihre Kindheit erinnert. Niedergeschlagen trank sie ihren Espresso. Sie hatte nach der Begegnung mit ihrem Onkel auf einmal nicht mehr die Kraft gehabt weiterzumachen. Niedergeschlagenheit hatte sich nach und nach in ihr breitgemacht. Sich mit ihrer Familie zu versöhnen war fehlgeschlagen, und sie fühlte sich furchtbar. Den Vertrauten von Luigi Esposito, einen Angelo, hatte sie tags zuvor telefonisch nicht erreichen können. Irgendwas hielt sie ab, all ihre Kraft einzusetzen, sie war traurig und entmutigt. Sie hoffte, ihn in einer halben Stunde an der angegebenen Firmenadresse anzutreffen. Anders als in Deutschland arbeitete man in Italien auch sonntags. Sie hatte Personalausweis, EC-Karte und Bargeld in der Hosentasche. Auch den Talisman von ihrer Großmutter, die Kette mit Kruzifix und Corno, befand sich sicherheitshalber dort. Noch aus ihrer Kindheit wusste sie, dass in Neapel die Touristen schneller bestohlen wurden, als sie bis drei zählen konnten. Und sie war sofort durch ihren Leihwagen als Touristin zu erkennen. Aus ihrer Handtasche hatte sie bereits den Autoschlüssel geangelt und ihre Sonnenbrille aufgesetzt, dann trat sie vor die Tür in den hellen Sonnenschein. Trotz Brille war sie einen kurzen Moment geblendet, da war es auch schon geschehen. Sie hörte neben sich einen Motorroller, und ehe sie sich versah, griff eine Hand nach ihrer Handtasche und versuchte mit einem Ruck, ihr diese zu entreißen. Maria jedoch, die eine blitzschnelle Reaktion hatte, hielt die Tasche fest und trat im Reflex nach ihrem Angreifer. Dieser wiederum, geübt im Straßenkampf, ließ die Klinge eines Springmessers hervorschnellen. Maria gab auf. Eine Handtasche war es nicht wert, dafür schwer verletzt zu werden. Sie fluchte laut, und einige Männer aus dem Café stürzten herbei und boten ihr ihre Hilfe an.

»Signora, sind Sie verletzt?«, fragte ein Mann Mitte 30 und sah sie bestürzt an.

»Nein, alles okay. Sie haben nur meine Handtasche.« Schnell vergewisserte sie sich, dass sich alles andere in ihrer Hosentasche befanden. Gott sei Dank hatte sie auch den Autoschlüssel, er war ihr nur bei der Rangelei runtergefallen. Aber ihr Atem stockte. Verdammt noch mal, sie hatten ihr Handy. Wie sollte sie ohne Mobiltelefon hier in der Stadt klarkommen? Sie fluchte leise vor sich hin. Dies war der Moment, wo alles zu viel für sie wurde. Nun waren auch die letzte Kraft und Motivation wie weggeblasen. Sie ging zurück in die Bar und setzte sich auf einen Stuhl. Der Barbesitzer stellte ihr unaufgefordert ein Glas Wasser hin.

»Signora, Sie müssen zu den Carabinieri und den Überfall melden«, sagte einer der Anwesenden. Worauf ein anderer erwiderte:

»Was soll das bringen? Die haben andere Sorgen, als nach einer gestohlenen Handtasche zu suchen.« Maria nahm das Glas und trank einige kleine Schlucke. Warum fuhr sie nicht einfach nach Hause? Es war eine verrückte Idee gewesen, hier in dieser großen Stadt die Frau eines Camorrista zu finden. Hätte sie ihr Handy zur Hand gehabt, hätte sie sofort Alex angerufen und ihm gesagt, dass sie mit dem nächsten Flieger nach Hause käme. Aber wie sollte sie Alex jetzt erreichen?

3

Alexander schaute auf seine Armbanduhr. Er wählte nun schon seit Stunden Marias Handynummer. Jedoch hörte er immer wieder die gleiche sonore Ansage: »Der Teilnehmer ist zurzeit nicht erreichbar.« Am Abend zuvor hatten sie noch einmal kurz miteinander telefoniert, und sie hatte ihm erklärt, dass sie sich nun doch auf die Suche von Luigi Espositos Frau begeben wollte. Sie wollte es wenigstens versuchen. Wenn sie in zwei Tagen nichts erreicht hätte, würde sie nach Hause kommen. Alex hatte sich die halbe Nacht hin und her gewälzt, und Horrorszenarien hatten sich in seinen Träumen abgespielt. Warum hatte er sie nicht davon abbringen können, alleine nach Neapel zu fliegen? Maria war überzeugt davon, dass Luigi aussagen würde, sobald sie ihm bestätigte, dass seine Ehefrau in Sicherheit war. Alex hatte große Angst um sie und wäre am liebsten zu ihr geflogen. Aber wohin? Warum ging sie nicht an ihr Telefon? Es war zum Wahnsinnigwerden. Auf seinem Herd blubberte die kleine Espressomaschine, und er rieb sich mit beiden Händen sein Gesicht. Beim Blick auf sein Handy sah er eine Fotografie von Maria. Das Bild wurde aufgenommen, als sie abends bei Freunden zum Essen eingeladen waren, und zeigte ihre weiche Seite. Sie war eine außergewöhnlich starke Frau, wenn auch in mancher Hinsicht sehr verletzlich und unsicher. Ihre Unsicherheit kaschierte sie mit forschen Reaktionen, da niemand ihre Schwachstelle kennen sollte. Wenn sie sich etwas vorgenommen hatte, war sie sturer als 20 Esel. Nichts und niemand konnte sie dann von ihrem Vorhaben abbringen. Nach einigen Monaten, in denen sie zusammen waren, verstand er, warum. Sie durfte als Kind keine Schwäche zeigen. Ihre Mutter hielt die kleine Familie gerade so über Wasser. Maria spürte damals, wenn sie Probleme machen würde oder ihre Mutter mit etwas belastete, würde das wackelige Kartenhaus in sich zusammenfallen. Marias Mutter Giulia hatte mit außergewöhnlichem Fleiß – sie arbeitete Vollzeit in einer Fabrik und hatte nebenbei noch mehrere Putzstellen – und einem unbändigen Willen es geschafft, alle drei Kinder zu ordentlichen Menschen zu erziehen. Marias Brüder waren, nachdem sie in Deutschland eine Ausbildung absolviert hatten, beide wieder zurück nach Italien gezogen. Ein Bruder lebte in der Nähe von Mailand. Ein anderer in Bari. Mit einem Ruck stand Alex auf und ging ins Bad, eine kühle Dusche würde ihm guttun und ihm nicht nur den Schweiß, sondern hoffentlich auch die fürchterliche Angst um Maria wegwaschen. An diesem Morgen um 11 Uhr war eine Besprechung im LKA anberaumt worden. Irgendwie steckten die Ermittlungen in einer Sackgasse. Per *Skype* wollte man sich mit den Carabinieri in Neapel austauschen. Möglicherweise würde er dort Neuigkeiten hören, die auch für Maria relevant sein könnten. War am Ende ihr Telefon kaputt? Oder war ihr etwas zugestoßen? Er zog den kleinen Zettel hervor, auf dem die Adressen der Angehörigen von Luigi Esposito notiert waren. Darunter hatte Maria ein Herz gemalt. In der Mitte stand ›Ti amo‹.

4

Wie sehr sie von diesem kleinen Apparat abhängig war, wurde ihr erst bewusst, als sie merkte, dass sie keine wichtige Telefonnummer im Kopf hatte. Außerdem besaß der Leihwagen kein Navi, und so wusste sie nicht, wie sie zu ihrem Hotel finden sollte. Traurig und unendlich müde saß sie in ihrem kleinen Fiat und überlegte, was sie als Nächstes tun sollte. Sie wusste nicht eine einzige Telefonnummer, auch nicht die von Alex, aber sie musste ihm irgendwie mitteilen, dass man ihr Handy gestohlen hatte, sonst würde er noch verrückt vor Sorge. Nachdem sie sich ein wenig gesammelt hatte, ging sie kurz zurück in die Bar und fragte den Barista:

»Entschuldigung, können Sie mir sagen, wo ich heute ein neues Handy bekommen kann?«

»Signora, es tut mir leid, aber das wird nicht so einfach. Ein Handy zu kaufen ist kein Problem. Nur die Registrierung ist schwierig. Sie brauchen Ihren Pass und Ihren codice fiscale. Sonst wird Ihnen hier in Italien keine Karte freigeschaltet.« Maria schluckte, so etwas hatte sie fast schon erwartet. In einem Land, in dem man die Mafia bekämpfte wie sonst nirgends auf der Welt, war klar, dass man nicht einfach ein Handy ohne Registrierung kaufen konnte. Das wäre ja zu einfach gewesen. Und sie hatte sicherlich wie jeder italienische Bürger eine Steuernummer erhalten, so wie in Deutschland die Steuer- Identifikationsnummer, aber wie sollte sie heute an diese Nummer kommen? Langsam stieg Wut in ihr auf. Sollte diese Reise wirklich vergeblich gewesen sein?

»Sagen Sie, dürfte ich einmal kurz in Deutschland anrufen? Ich muss meinem Freund eine Nachricht hinterlassen. Sonst macht er sich Sorgen, wenn er mich nicht erreichen kann.«

»Certo, Signora.« Der Barista drehte sich um, griff hinter sich, nahm sein Smartphone zur Hand, entsperrte es und gab es ihr. Maria ging schnell auf die Suchfunktion von *Google* und suchte sich die Telefonnummer des Landeskriminalamtes in Wiesbaden. Sogleich wählte sie die Nummer. Es dauerte für sie eine kleine Ewigkeit, dann meldete sich eine freundliche männliche Stimme.

»Landeskriminalamt Wiesbaden.«

»Guten Tag, mein Name ist Maria Saletti. Ich möchte bitte Alexander Neubert sprechen.«

»Er ist nicht im Dienst.«

»Bitte könnten Sie ihm von mir eine Nachricht zukommen lassen?«

»Aber sicher, was soll ich ausrichten?«

»Sagen Sie ihm bitte, dass ich mein Handy verloren habe und deshalb nicht zu erreichen bin. Bitte teilen Sie ihm das umgehend mit. Es ist wirklich wichtig.«

»Wird gemacht, Frau – wie war Ihr Name?«

»Saletti, Maria Saletti. Danke schön.« Sie legte auf. Als sie sich umdrehte, sah sie in das Gesicht eines jungen Mannes, etwa 20 Jahre alt, der ihr verschmitzt ein Handy hinhielt.

»Ich habe gehört, Sie benötigen ein Handy«, sagte er zuckersüß. Maria überlegte kurz. War er etwa ein Freund der Räuber, die ihr kurze Zeit zuvor die Handtasche gestohlen hatten? Sie konnte jetzt mit ihm diskutieren oder aber versuchen, ein Handy zu bekommen. Ohne war sie definitiv aufgeschmissen.

»Ja, meines wurde leider vor kurzem gestohlen«, sagte sie säuerlich.

»Neapel ist gefährlich, da muss man immer sehr aufpassen. Ich kann Ihnen mein Handy verkaufen.«

»Das Handy ohne Karte nützt mir nichts. Die brauche ich auch dazu.« Der junge Mann schaute sie siegessicher an.

»Da wird es nur etwas teurer. Das Handy ist so gut wie neu, es kostet Sie 350 Euro. Die Prepaid-Karte dazu noch einmal 200 Euro.« Maria glaubte fast, sich verhört zu haben. Dieser Drecksack hatte sicherlich kurz zuvor mithilfe seiner Freunde ihre Handtasche gestohlen, und jetzt nutzte er ihre Situation schamlos aus. Aber was sollte sie tun? Sie musste auf den Deal eingehen.

»Das ist aber ein stolzer Preis«, sagte sie ruhig. »Ich zahle dir für beides 300 Euro.« Er lächelte überheblich und erwiderte:

»Der Preis, Signora, ist nicht verhandelbar.« Maria schluckte, wandte sich an den Mann hinter dem Tresen und fragte:

»Wo ist hier der nächste Bankautomat?«

»Wenn Sie hier rausgehen, die nächste Straße rechts, etwa 100 Meter, dann sehen Sie ihn schon.« Der Inhaber der Bar zeigte mit seiner rechten Hand in die Richtung.

»Va bene«, sagte sie zerknirscht. »Ich bin gleich wieder da.«

Als sie nach einigen Minuten zurück war, überreichte ihr der Junge das Handy und die dazugehörigen Codes. Mit einem unverschämten Grinsen im Gesicht steckte er das Geld ein. Er war schon im Begriff zu gehen, da hielt ihn Maria an der Jacke fest.

»Und das Ladekabel?«

»Das ist bei dem Preis nicht drin«, lachte er und schlenderte entspannt aus der Bar. Der Barista schüttelte den Kopf und wühlte in einer Schublade. Kurz darauf sagte er:

»Hier, Signora, es ist zwar ein altes Kabel, aber es erfüllt seinen Zweck.« Maria schaute ihn misstrauisch an und fragte:

»Was kostet es?«

»Nichts, nicht jeder hier ist ein Gauner.«

5

Er setzte sein schönstes Lächeln auf, die ersten Sekunden sind entscheidend, heute sogar lebenswichtig, dachte er, als er auf den Tisch zuging. Susanne saß wie ein braves Mädchen, die Beine aneinandergepresst, auf einem Stuhl und knetete nervös ihre Finger. Irgendwie passte sie überhaupt nicht in den Besuchsraum einer JVA. Eine langweilige Frau, die in ihrem Leben garantiert noch nicht einmal zehn Euro am Finanzamt vorbeigeschmuggelt hatte. Er hatte offensichtlich mit seinen Briefen den richtigen Ton angeschlagen. Sonst wäre sie ja nicht gekommen. Der unterwürfige Blick dieser Frau ließ ihn aufatmen, er würde sie so weit bekommen, dass sie ihm aus der Hand fraß. Er lief mit einer ausgestreckten rechten Hand auf den Tisch zu.

»Schön, dass du gekommen bist, Susanne.« Bingo, sie stand auf und ergriff seine Hand. Beide blieben stehen, und

Karl-Heinz blickte ihr tief in die Augen. Ihre Pupillen flackerten nervös hin und her, und sie konnte seinem intensiven Blick kaum standhalten. Jetzt nur nicht übertreiben, sagte er zu sich selbst.

»Ja, ich freue mich auch, dich zu sehen.«

»Für das Umfeld muss ich mich bei dir entschuldigen.« Er schaute sich im Raum um, und wahrlich saßen um sie herum Menschen, die sich in einer JVA bewegten, als wäre es das Normalste von der Welt. »Auch meine Frisur«, er senkte schuldbewusst seinen Blick, »ist des Anlasses nicht würdig.«

»Ach, das ist doch nicht so schlimm. Ich freue mich, dass wir uns persönlich kennenlernen können.« Sie lächelte scheu. Hatte er sie schon erobert oder musste er noch ein wenig an ihrem Vertrauen zu ihm arbeiten? Wenn er jetzt einen Fehler machte, würde sein Goldtäubchen auf Nimmerwiedersehen verschwinden.

»Erzähl doch mal von dir. Ich möchte alles von dir wissen«, heuchelte er.

»Ach, da gibt es nicht so viel zu erzählen. Ich bin seit zwei Jahren geschieden. Wenn ich Zeit habe, bin ich gerne in meinem Garten und pflege meine Blumen. Irgendwie habe ich sehr viel Zeit, seitdem ich alleine bin.« Sie sprach nicht weiter. Sie bewohnte ein Haus. Sehr gut. Die Einsamkeit strömte aus ihren Poren. Wie Schweiß, der sich langsam auf der Haut zeigte. Eine arme Seele.

»Ich möchte dir nicht zu nahe treten, aber warum ist so eine schöne Frau denn geschieden?«

»Mein Mann hat eine Jüngere gefunden. Seine Sekretärin. Wie im schlechten Film.«

»Also ich kann ihn nicht verstehen. Wie kann er eine andere Frau gegen dich eintauschen?«

Täuschte er sich, oder bekam sie feuchte Augen? Dass sie so leicht zu knacken war, hätte selbst er nicht gedacht.

6

Tags zuvor hatte er alle Kameras in Windeseile eingesammelt. Die Minikameras speicherten mittels einer Micro-SD-Karte die pikanten Filme, und er konnte es kaum abwarten, sich den wichtigsten Film anzusehen. Nacheinander schob er die Speicherkarten in seinen Rechner. Beim ersten Film erkannte er zunächst nichts. Die Kameras hatten zwar ein Weitwinkelobjektiv, aber die Akteure des Films waren nicht zu sehen. Endlich kamen drei Männer ins Bild. Er konnte seinen Kellner erkennen und sah, wie dieser einen fickte und gleichzeitig es einem anderen mithilfe eines Vibrators besorgte. Dieses Spektakel interessierte ihn nicht, er wollte die Aufnahmen, in denen das Mädchen ermordet wurde. Nacheinander schob er eine SD-Karte nach der anderen in seinen Computer, und nach über einer halben Stunde hatte er endlich den fraglichen Film gefunden. Er erkannte das Mädchen, welches eine Ledercorsage, Lackstiefel, Armbänder und ein Halsband mit Nieten trug. Ihr unschuldiges, kindliches Gesicht passte so gar nicht zu diesem Outfit. Jemand drückte ihre eine Lederpeitsche in die Hand, und sie begann, diese lustlos hin und her zu schwingen. Dabei kicherte sie kindlich und wusste scheinbar nicht so richtig damit etwas anzufangen. Eduard Buschmann stand, nur bekleidet mit einem Hundehalsband, vor ihr. Er ergriff ihre rechte Hand, in der sie die Peitsche hielt, und schlug sich selbst auf den Rücken. Das Mädchen lachte und sah dabei auf seinen schlaffen Schwanz. Das war scheinbar zu viel für ihn. Er sah sie wütend an, sagte irgendetwas, und sein Gesicht wurde rot vor Zorn. Noch immer lachte sie, da verlor er die Beherrschung. Er legte beide Hände um ihren Hals und drückte zu. Augenblicklich konnte man die Todesangst in ihrem Gesicht erkennen. Dies schien ihn zu erregen. Er warf sie auf das Bett und vergewaltigte sie zunächst mit dem Griff der Peitsche. Dann drang er selbst in sie ein. Dabei würgte er sie derart fest, dass sie um Luft rang. In einem Moment, als sie ihren Mund öffnete und versuchte, Sauerstoff in ihre Lungen zu bekommen, steckte er ihr den Slip in den Mund und schob ihn mithilfe des Peitschenstiels tief in den Rachen. Der Mann war auf diesen Aufnahmen eindeutig zu erkennen. Frank schickte die Aufnahme an seinen Rechner. Er würde ein Foto über den Browser *Tor* an ihn schicken. Auf keinen Fall durfte man ihn mit dieser Aufnahme in Verbindung bringen, sollte das Handy jemals gefunden werden. Sofort hörte er die sonore Ansage: »Der Teilnehmer ist derzeit nicht erreichbar. Bitte versuchen Sie es zu einem späteren Zeitpunkt wieder.« Nun gut, sollte er gleich wissen, warum er mit ihm sprechen wollte. Frank machte einen Screenshot am Anfang des Films und verschickte ihn per *WhatsApp*. Er würde nicht lange auf seinen Rückruf warten müssen. Das würde er ihm teuer bezahlen, von den Forderungen, die von seinem Lieferanten an ihn gestellt werden würden, ganz zu schweigen. In wenigen Stunden würde er das Mädchen in den Rhein werfen. So lange hatte er sie in seinem Kofferraum. Ein Umstand, der ihn fast verrückt machte vor Angst. Er saß in seinem Büro, sah aus dem Fenster und traute seinen Augen kaum. Schlagartig lief ihm der kalte Angstschweiß den Körper runter. Der LKA-Beamte, der ihn in seinem Büro aufgesucht hatte, kam gerade die Auffahrt hochgelaufen. Waren sie am Ende bereits hinter ihm her? Er sah sicherheitshalber noch einmal in die Auffahrt. Alles war gut. Er hatte sein Auto in die Garage gestellt. Und er würde auf keinen Fall die Tür öffnen.

MONTAG, DER 27. MAI

1

Auf dem Weg nach Darmstadt schaltete er sein zweites Handy an. Bereits gestern hatte er mehrfach heimlich nachgesehen und wartete auf eine Reaktion. Am Samstagnachmittag war keine Nachricht eingegangen. Gestern war es ihm nicht möglich gewesen, unbemerkt von der Familie dieses Handy zu checken. Was war mit dem toten Mädchen passiert? Hatte man es als Unfall abgetan? Er konnte sich das Schweigen von Frank nicht erklären. Seitdem er wieder in sein bürgerliches Leben zurückgekehrt war, meldete sich sein Gewissen. Immer wenn er seine zwölfjährige Tochter ansah, sah er sich wieder in diesem Hotelzimmer. Wie konnte er so die Kontrolle verlieren. Kokain in Verbindung mit Alkohol machte aus ihm einen Wilden. An einer roten Ampel hörte er das Signal einer eingegangenen *WhatsApp*. Sein Herz begann zu galoppieren. Mit zitternden Händen öffnete er die Nachricht und sah ein Foto. Es war ein Bild von ihm ohne Maske in dem Hotelzimmer, vor ihm stand das junge Mädchen in Lack und Leder. Schlagartig rang er nach Luft und öffnete die vorderen Fenster seines Autos. Unter dem Foto stand: ›100.000 Euro‹. Das war alles. Hinter ihm hupten einige Fahrzeuge, es war längst Grün, und er war noch nicht angefahren.

2

Die *SOKO Mauerstraße* saß vollzählig im großen Besprechungsraum und tauschte untereinander die wenigen Fakten aus, die sie in den vergangenen Tagen ermittelt hatte. Alex konnte nichts Neues dazu beitragen. Die Befragungen der Nachbarn hatten nichts ergeben. Kriminalrätin Heike Bender schritt energisch durch den Raum und nahm am Kopf der in Hufeisenform angeordneten Tische Platz. Vor ihr standen ein Laptop, eine separate Kamera, und sie warf mit einem Beamer die *Skype*-Verbindung mit den Carabinieri in Neapel an die Wand. Gerade noch rechtzeitig tauchte Mario Pelluci in der Tür auf. Ein junger Kollege, der sicherlich als Dolmetscher fungieren sollte.

Pünktlich wie vereinbart erschien an der Wand überlebensgroß das Konterfei eines Mannes Mitte 40. Eindeutig ein Italiener, zu seiner Rechten setzte sich eine Frau, die streng in die Kamera blickte. Beide besprachen miteinander etwas auf Italienisch, dann ergriff die junge Frau das Wort:

»Guten Tag, an alle Kollegen in Deutschland«, begann sie und nickte kurz ernst in die Kamera. »Es freut uns, Signore Mancini und mich, Staatsanwältin Dottoressa Bianchi, dass wir ab sofort zusammenarbeiten werden.« Zum Erstaunen aller Anwesenden im Raum sprach die junge Frau perfekt Deutsch.

Als hätte sie die großen Fragezeichen in den Gesichtern der Beamten erahnt, fügte sie hinzu: »Wie Sie sehen, können wir uns auf Deutsch unterhalten. Ich werde meinem Kollegen hier alles übersetzen.« Heike Bender war mehr als erfreut und bedeutete dem Beamten Pelluci, der neben ihr stand, sich einen Platz zu suchen.

»Guten Tag, Frau Bianchi, guten Tag, Herr Mancini. Wir sind auch erfreut, dass die technischen Möglichkeiten und die Vereinbarungen unserer Länder mithilfe von Europol es ermöglichen, in einem Fall wie diesem zusammenzuarbeiten. Ich hatte Ihnen vorab die bisherigen Ermittlungsergebnisse bereits per E-Mail zukommen lassen. Nun sind wir gespannt, wie Sie diese bewerten und welche Dinge Sie bisher herausgefunden haben.« Heike Bender wartete, da in diesem Moment die *Skype*-Verbindung ein wenig wackelig war. Sogleich begann Dottoressa Bianchi mit ihren Ausführungen:

»Wie Sie bereits wissen, sind uns die beiden jungen Männer hier in Neapel gut bekannt. Bei mehreren Ermittlungen sind die beiden in Verbindung mit dem Volpe-Clan der *Camorra* in Erscheinung getreten. Der Capo dieses Clans, also der Chef, ist Luigi Esposito.« Sie machte eine Pause und trank einen Schluck Wasser. »Luigi Esposito hat vor Jahren seine Aktivitäten nach Deutschland verlegt, wobei seine Frau mit den Kindern weiterhin hier in Italien lebte. Chiara Russo, verheiratete Esposito, ist untergetaucht. Wir konnten sie bisher nirgends ausfindig machen. Das Attentat auf die beiden jungen Männer hat sie sicherlich dazu bewogen, sich in Sicherheit zu bringen. Luigi Esposito ist seit seiner Jugend Angehöriger des Volpe-Clans und hat den früheren Capo vor etwa zehn Jahren beerbt. Er ist einer der großen Kokain-, Marihuana- und Heroinhändler und verkauft Drogen schätzungsweise im Wert von mehreren Millionen Euro pro Jahr. Nach Machtkämpfen innerhalb Neapels vor etwa fünf Jahren – der Rosso-Clan hatte Esposito nacheinander einige Stadtviertel streitig gemacht – hatte Esposito es vorgezogen, sein Hauptgeschäft nach Deutschland zu verlegen. Bei diesen Auseinandersetzungen der beiden Clans sind innerhalb kurzer Zeit zwölf Menschen ums Leben gekommen. Auch unbeteiligte Passanten starben im Kugelhagel auf den Straßen Neapels.«

Heike Bender hob kurz die Hand und fragte:

»Befürchten Sie, dass es hier im Rhein-Main-Gebiet genauso werden kann?«

»Es ist nach unseren Ermittlungen nicht sehr wahrscheinlich, dass sich so etwas in Deutschland wiederholen könnte. Ausschließen können wir es jedoch nicht. Die Schüsse auf die beiden jungen Männer könnten eine Warnung für Luigi Esposito gewesen sein. Oder aber er sollte getroffen werden und konnte fliehen. Dazu können Sie mir später sicher mehr sagen. Luigi Esposito ist der Inhaber dieses Lebensmittelgroßhandels und Vorsitzender eines Konstruktes von Firmen, die in Italien ihren Anfang nahmen und nun in ganz Europa verteilt sind.« An der Wand hinter Dottoressa Bianchi erschien ein Foto von Esposito und die Aufnahme einer Gewerbehalle. Das darauffolgende Foto zeigte die Europakarte mit verschiedenen Punkten und gezeichneten Linien, die alle nach Neapel führten. Bianchi fuhr fort: »Zunächst die bekannten Lebensmittel, die zu überteuerten Preisen den Kunden aufgezwungen werden. Man spricht hier von der Agromafia. Einmal verdient die Mafia an den überhöhten Preisen der Lebensmittel, die sie dann ganz legal in Deutschland versteuern. Die Erntehelfer werden wie Sklaven gehalten und arbeiten zu Hungerlöhnen. Zum anderen sind in den Tomatendosen oft Drogen eingeschweißt. Hier geht es jährlich um Millionen. Das Firmengeflecht um Esposito betreibt die *FORTUNA S.R.L*, eine Holding mit mehreren Spielotheken und Gaststätten, in denen das Geld aus den Drogenverkäufen wunderbar gewaschen werden kann.« Dottoressa Bianchi machte eine kleine Pause. »Das sind die Informationen bezüglich Luigi Esposito, also er ist kein kleines Licht, wie man bei Ihnen sagt. Wir befürchten, dass die Schüsse in Darmstadt den Volpe-Clan um Esposito schwächen sollten, denn er hat einen Feind, der nach unseren Ermittlungen seit Jahren nach seiner Macht greift: Paulo Fontana, ein Mann, den es eigentlich nicht gibt. Dieser Name ist ein Synonym, man weiß nicht, wie alt er ist, noch weiß man, wie er aussieht. Er ist der Mann im Hintergrund des Rosso-Clans.« Ein Raunen ging durch den großen Raum. »Dieser Paulo Fontana ist ein Phantom. Wir kennen seine wahre Identität nicht. Auch existiert kein Foto. Wir wissen durch abgehörte Telefonate, dass es ihn gibt. Aber er ist mehr als vorsichtig und sehr intelligent. Er kontrolliert in einigen Stadtteilen von Neapel den Drogenhandel, kassiert Schutzgeld, und wir sind uns ziemlich sicher, dass er eine große Nummer im Menschenhandel ist. Nach neuesten Erkenntnissen hat er jetzt auch seine Finger in der illegalen Müllentsorgung. Wir gehen davon aus, dass er hinter den Schüssen auf die beiden jungen Männer steckt. Das wird auch Luigi Esposito wissen, deshalb hat er bisher bei Ihnen keine Aussage gemacht.« Alex hob seine Hand und meldete sich zu Wort:

»Gibt es denn keine Möglichkeit, die Frau dieses Esposito bei Ihnen ausfindig zu machen?«

»Im Moment leider nicht. Alle Telefonverbindungen sind gekappt worden. Wir stehen im Nebel und warten, dass etwas passiert, wo wir wieder ansetzen können. Diese Frau ist mit ihren Kindern wie vom Erdboden verschwunden. Ein Phänomen, das hier in Italien nicht neu ist.«

3

Gedankenverloren saß er in seiner Zelle und schaute aus dem Fenster. Er war ein gutes Stück vorangekommen, aber noch lange nicht da, wo er hinwollte. Nein, hinmusste. Susanne hatte angebissen, das war tags zuvor deutlich gewesen. Tanja würde ihn nächsten Samstag besuchen. Seine furchtbare Kindheit war der Schlüssel zu ihrem Herzen gewesen, das hatte er sofort gespürt. Natürlich hatte er alles erfunden. Die Biografie eines Schulfreundes diente ihm als Vorlage. Somit konnte er, falls sie irgendwann einmal nachfragen würde, nicht allzu viele Fehler machen. Aber dazu würde es wahrscheinlich nicht kommen. So lange brauchte er erfahrungsgemäß nicht, eine Frau um ihr Erspartes zu erleichtern. Ihm waren wie auf Knopfdruck die Tränen in die Augen gestiegen, als er vom Missbrauch durch seinen Stiefvater erzählt hatte, alles in allem eine gelungene Vorstellung. Jedoch hatte er nicht den Fehler begangen, nur von sich zu erzählen. Das geheuchelte Interesse an ihr sollte ihm Tür und Tor öffnen. Die Tür zum Herzen und das Tor zu ihrem Vermögen. Nur das Problem mit Jovanovic war immer noch da, nein, eigentlich war es jetzt größer als zuvor. Dieser wusste, dass er Besuch gehabt hatte, und wollte sicherlich, dass seine Besucherin Geld auf ein Konto zahlte. Guter Rat war nun teuer. Als wenn dieses Scheusal seine Gedanken gerochen hätte, hörte Karl-Heinz seine Stimme. Er brüllte drei Zellen weiter aus dem Fenster:

»Karl-Heinz, heute Freistunde. Verstehst du?« Panik kam in ihm auf. Er rief noch einmal:

»Karl-Heinz, du kommst heute in die Freistunde.« Das war keine Frage gewesen, sondern ein Befehl.

»Ja, klar!«, rief er, so laut er konnte, zurück.

4

Die Bäume im Park, die Bänke, auch die Skulpturen, nichts hatte sich seit damals verändert. Hier hatte das Drama begonnen. Maria schluckte. Wie viel Leid hatten sie und die ganze Familie seitdem erfahren. Sie setzte sich kurz auf eine Bank, die damals ihre und Annas Lieblingsbank war, und fühlte eine Leere und einen Schmerz, den sie glaubte längst überwunden zu haben. Tränen rannen unerwartet über ihr Gesicht, und die Traurigkeit, die sie lange Zeit hinuntergeschluckt hatte, bahnte sich ihren Weg nach oben. Eine alte Frau, ganz in Schwarz gekleidet, ging vorbei und nickte ihr verständnisvoll zu. Eine halbe Stunde später, als hätte ihre Seele eine Reinigung erfahren und sie auf der Bank neue Kraft getankt, ging sie zu ihrem Auto und gab in *Google Maps* die Privatadresse von Luigi Esposito ein. Die berechnete Fahrzeit betrug etwa 55 Minuten. Mehrfach hatte sie morgens versucht, Alex im LKA zu erreichen, aber er war nie an seinem Platz. Sie hinterließ in der Zentrale ihre neue Rufnummer mit der Bitte um Rückruf. Sicherheitshalber wollte sie noch in ihrem Hotel ihre neue Telefonnummer angeben. Die Wohngegend von Luigi Espositos Wohnung gehörte zu den besten in Neapel. Posillipo war einen Ausflug wert, und wenn sie nichts herausfände, würde sie sich auf jeden Fall diesen Stadtteil einmal ansehen. Bei ihren Recherchen zu Hause hatte sie Aufnahmen von traumhaften Apartments mit Blick über die Küste bis zum Vesuv gesehen. Ihre Entschlossenheit war auf ein Minimum zusammengeschrumpft. Hatte sie sich in etwas verrannt, und war es nicht am Ende wirklich besser, die Dinge auf sich beruhen zu lassen? Alex, ihre Mutter und auch ihre Tante wollten nicht, dass sie sich in Gefahr begab. Warum aber konnte sie keine Ruhe geben? Ihre Gedanken rasten hin und her. Was sollte sie tun? Die Sonne stand hoch am Himmel, und es war schon unwahrscheinlich heiß. Vor ihrem inneren Auge sah sie ihre Mutter und Alex, dabei hörte sie deren Worte wie ein Mantra in ihren Ohren. »Das ist viel zu gefährlich. Mach das nicht.« Sie startete das Auto und fädelte sich in den Verkehr ein. Einen Versuch würde sie wagen, und wenn sie keinen Erfolg hätte, würde sie den nächstmöglichen Flieger nach Hause nehmen. Kurz griff sie an ihre Halskette, spürte das Kreuz und das Corno ihrer Großmutter und betete im Stillen. »Liebe Nonna, zeige mir meinen Weg.« Wenn der erste Versuch eine Sackgasse war, sollte es nicht sein, und sie würde noch am gleichen Abend zurückfliegen. Neapels Straßenverkehr war eine Katastrophe. Nicht selten fuhren die Fahrzeuge über rote Ampeln, überall hupte es, und beinahe hätte sie eine Frau überfahren, da diese einfach auf die Straße lief in blindem Vertrauen, dass alle Fahrzeuge anhalten würden. Dies war tatsächlich ein Mysterium, denn es funktionierte. Immer wieder fuhren alle langsamer und ließen die Menschen über die Straßen. Maria versuchte, bei diesem Lärm ihrem Navi zu folgen, schaute immer wieder angestrengt auf den kleinen Bildschirm, den sie sich direkt vor den Tacho gestellt hatte. Nach einigen Minuten entspannte sie sich ein wenig und betrachtete im Vorbeifahren die schmalen Gassen mit ihren schmiedeeisernen Balkonen und den berühmten Wäscheleinen, die über die Straßenschluchten gespannt waren. Der Verkehr war in der Innenstadt beinahe zum Erliegen gekommen, und sie konnte eine Frau in mittleren Jahren beobachten. Sie stand auf einem Balkon im dritten Stock und setzte etwas in einen Einkaufskorb, den sie dann ganz langsam an einer langen Leine nach unten ließ. Als der Korb unten auf der Straße aufsetzte, sprang ein kleiner Chihuahua heraus und lief dicht an der Hauswand entlang. Maria musste schmunzeln. Hundespaziergang auf neapolitanisch. Wenige Meter weiter nahm eine Frau die Wäsche von der Leine und unterhielt sich dabei mit ihrer Nachbarin, die im Haus gegenüber wohnte. Die Unterhaltung konnte die ganze Nachbarschaft mitanhören, und auch Maria, die bestimmt 30 Meter entfernt war, verstand jedes Wort bei diesem Geschrei. Der Dialekt der Neapolitaner war ein ganz besonderer. Viele Worte waren ganz anders als auf Italienisch, zudem wurden die Sätze fast gesungen, dadurch konnten die wenigsten Menschen aus Neapel ihre Herkunft verbergen. Sie dachte an ihre Mama und konnte sie verstehen. Sie war in einem berüchtigten Viertel dieser Stadt aufgewachsen und musste unbedingt einmal im Jahr in ihre Heimat reisen, jedoch hier wohnen wollte sie nicht mehr. Der Verkehrsknoten löste sich aus unerfindlichen Gründen auf, und Maria erreichte ihr Hotel kurz darauf. Ein Parkplatz war weit und breit nicht zu finden, also stellte sie das Auto in die zweite Reihe direkt vor das Hotel und rannte schnell hinein.

»Buon giorno, ich möchte noch eine Nachricht für meinen Freund hinterlassen. Er wird möglicherweise hier anrufen, und wenn ich noch nicht auf meinem Zimmer bin, möchte ich Sie bitten, ihm meine neue Nummer zu geben. Mein Handy wurde gestohlen, und er hat diese Nummer noch nicht. Bitte geben Sie sie ihm.« Maria sprach schnell, immer mit einem Auge bei ihrem Auto. Der alte Mann, den sie zuvor noch nie im Hotel gesehen hatte, sah sie gütig an:

»Certo, Signora. Ihr Freund ist Italiener?«

Maria verstand die Frage nicht.

»Warum?«

»Ich bin nur die Aushilfe und spreche weder Deutsch noch Englisch.« Schon wieder ein Problem, warum war sie nur hierher geflogen.

5

Langsam aber sicher fühlte sie sich heimisch. Die Ruhe der Umgebung und die frische Luft verschafften ihr einen guten Schlaf. Die beiden Mädchen waren zwar etwas gelangweilt, weil es keine Nachbarn gab und sie nur mit den Hunden spielen durften, aber der Ausflug nach Sperlonga war ein voller Erfolg gewesen. Auch sie hatte es sehr genossen, sich in die Sonne zu legen oder mit den Mädchen am Strand zu toben. Angelo hatte Arancini mitgebracht. Diese Reisbällchen waren dermaßen köstlich gewesen, dass sie sogar zwei davon gegessen hatte. Auch alles andere hatte sie mittlerweile im Griff, nur nicht diesen Dottore. Es war nur eine Frage der Zeit, wann dieses Brechmittel wieder auftauchen würde. Stella tapste mit ihren nackten kleinen Füßchen durch die Küche und kam zum gefühlt 100. Mal zu ihr:

»Mammina, können wir heute was unternehmen? Mir ist so langweilig.« Chiara überlegte einen Moment, dann sagte sie:

»Ja, wir machen einen Spaziergang im Wald. Aber es ist gefährlich, da gibt es Schluchten. Ihr müsst an meiner Hand bleiben, und wir müssen sehr vorsichtig laufen. Wir suchen zusammen eine Quelle mit wunderbar frischem Wasser, die soll da oben irgendwo im Wald sein.« Stellas Augen wurden bei der Erzählung größer, und nachdem Chiara geendet hatte, hüpfte sie freudestrahlend um sie herum. Dann rannte sie zu ihrer kleinen Schwester, die gebannt vor dem Fernseher saß, und rief:

»Isabella, komm, wir machen einen Ausflug in den Wald.« Isabella, die vollkommen von einer Fernsehsendung gefesselt war, reagierte nicht. Da schaltete Stella kurzerhand den Fernseher aus. Sofort fing die kleinere Schwester an zu schreien.

»Ich will das sehen, mach sofort wieder den Fernseher an.« Chiara stand derweil in der Küche und bereitete ein paar Panini vor. Sie würden eine Wanderung in den angrenzenden Wald unternehmen, und alle bekämen sicher recht bald Hunger. Zum Wohnzimmer gewandt, rief sie:

»Kinder, zieht euch eure Turnschuhe an, damit ihr gut laufen könnt. Ich nehme was zu essen und zu trinken mit. Wir machen ein Picknick im Wald.« Sofort hörte sie Stellas Freudenschreie, die Kleine war immer schnell zu begeistern, Isabella hingegen kam mit einem langen Gesicht in die Küche. Mit trotziger Miene sagte sie: »Ich will nicht in den Wald, da gibt es doch Wölfe. Da habe ich Angst.« Chiara hatte am ersten Tag den Kindern erzählt, dass es hier in den Wäldern Wölfe gab und deswegen die beiden Hunde, Pedro und Pippo, alle bewachen sollten. Isabella, die von Haus aus ängstlich war, hatte sich das gemerkt. Chiara nahm die Kleine in die Arme und erwiderte:

»Komm, wenn wir zusammen gehen, kann uns nichts geschehen. Außerdem nehme ich eine Pistole mit.« Sie holte aus dem Küchenschrank ganz oben eine Waffe, die sie Isabella und Stella zeigte. Beide machten große Augen.

»Seht ihr, nun müssen wir auch keine Angst vor den Wölfen haben.«

Kurz darauf schritten sie gemeinsam einen ansteigenden kleinen Pfad hinauf. Der Wald aus Eichen, Ulmen und Kastanienbäumen wurde immer dichter, der Waldweg immer schmaler. Chiara, die in einem Rucksack alle notwendigen Dinge sowie auch die Waffe mit sich trug, hütete sich, die Kinder von der Hand zu lassen. Rechts und links vom Weg sah man nur einige Farne, die offensichtlich über einer Felswand wuchsen. Sie hatten gerade eine Anhöhe erreicht, als Chiara keine fünf Meter vor sich einen tiefen Abgrund sah. Reflexartig fasste sie die Kinder noch fester bei der Hand. Hier ging es nicht weiter.

»Mama, du tust mir weh«, heulte Stella, und Isabella, die von Anfang an keine Lust hatte, begann zu jammern:

»Das ist langweilig, ich will zurück.« Stella zog blitzschnell ihre Hand aus ihrer, drehte sich zu ihrer kleinen Schwester und knuffte sie am Arm. Diese fing sofort wie eine Sirene an zu heulen und wollte sich wehren. Stella sprang zurück und kam dadurch dem Abgrund gefährlich nahe. Chiara stockte der Atem, und sie rief:

»Schluss jetzt. Stella, bleib sofort stehen. Hinter dir ist der Abgrund.« Die Kleine sah ihre Mutter fragend an, drehte sich um und sah erschrocken in die große Felsspalte. Der Rand war bewachsen von großen Farnen, deren Blätterdach verdeckten beinahe komplett die tiefe Schlucht. Vorsichtig ging Stella zurück zu ihrer Mutter, und Chiara ergriff blitzschnell ihre Hand. Dann sagte die Kleine:

»Mama, lass uns bitte nach Hause gehen. Hier ist es nicht schön.« Sie drehten um. Chiara sah sich auf dem Rückweg wachsam nach allen Seiten um. Die Felsspalte war größer, als sie geahnt hatte, von hier oben konnte sie sehen, dass sie bereits auf dem Hinweg gefährlich nahe am Abgrund entlanggelaufen waren. Keine zwei Meter entfernt rechts vom Weg begann die Felsspalte. Sie musste nun gut aufpassen und exakt in der Mitte des Weges bleiben. Auf keinen Fall durfte man einen Schritt zu weit gehen. Denn ein falscher Schritt, und man würde mindestens 100 Meter in die Tiefe stürzen.

6

Maria staunte nicht schlecht, als sie sich dem Stadtviertel Posillipo näherte. Überall alte Villen, die sich an die zerklüfteten Felsen der Küste schmiegten. Alles, was sie sah, drückte Wohlstand und Klasse aus. Im Gegensatz zur Innenstadt war es hier wesentlich ruhiger, und auch anhand der Kleidung der Passanten konnte man eine andere Bürgerschicht erkennen. So also lebte man in Neapel, wenn man als Mafioso viel Geld verdiente. Maria ärgerte sich über sich selbst, ausgerechnet sie wollte einem solchen Menschen behilflich sein. Jedoch heiligte der Zweck in diesem Fall die Mittel, wenn sie dadurch den Tod von Anna aufklären konnte. Nach einigem Suchen fand sie einen Parkplatz. *Google Maps* zeigte ihr in ihrem Smartphone, welches sicherlich auch gestohlen war, dass die Wohnung von Luigi Esposito nur wenige Minuten entfernt war. Maria war froh, die letzten Meter zu Fuß zurückzulegen und sich dabei die wunderschönen Villen ein wenig genauer ansehen zu können. Die klassizistischen Gebäude mit ihren grünen Klappläden und kleinen Balkonen, die über dem Meer thronten, waren beeindruckend. Hier und da wuchsen wunderschöne Blumen wie Bougainville oder andere Blühpflanzen in großen Blumentöpfen, die reich verziert auf einigen Mauerpfosten standen. Mondäne Stille gepaart mit der Schönheit der Natur, sie wusste sofort, warum es die Reichen Neapels schon immer hierherzog. Sie konnte das Meer riechen, ja schmecken und atmete tief durch. Die Straße ging leicht bergauf, und Maria suchte die Häuser nach Hausnummern ab. Nach wenigen Metern hatte sie die Villa erreicht. Sie war von beeindruckender Schönheit. Auf dem Klingelschild war zwar kein Name angebracht, aber Maria versuchte ihr Glück. Nichts passierte. Sie versuchte es abermals und lief am Grundstück auf und ab, als ein kleiner Junge von etwa zehn Jahren mit seinem Roller vorbeifuhr, dann umdrehte und vor ihr stehen blieb.

»Die wohnen nicht mehr da«, sagte er, als hätte Maria ihm eine Frage gestellt.

»Nein? Wo wohnen sie denn?«

»Ich weiß nicht, Stella wusste es auch nicht genau. Ihre Mama hat gesagt, dass sie da bald wohnen, wo auch schon Sophia Loren gewohnt hat.« Maria sah ihn ratlos an. »Aber eigentlich durfte sie mir das gar nicht sagen«, flüsterte er verschwörerisch.

»Wo Sophia Loren war?«

»Ja, mehr weiß ich auch nicht«, sagte er traurig, drehte seinen Roller wieder um und fuhr davon. Maria war ratlos, was konnte das bedeuten? Gedankenverloren starrte sie auf das Haus, als sie eine helle Stimme in weiter Entfernung hörte. Es näherte sich ihr eine junge Dame mit einer Aktentasche in der Hand. Sie winkte und lächelte entschuldigend. Sie trug einen klassischen Hosenanzug, wahnsinnig schöne Schuhe, und ihr ganzes Auftreten drückte Eleganz und reichlich Geld aus. Eine Klasse, in der sich Maria unwohl fühlte, ja, schnell unsicher wurde. Die junge Frau, die der Sängerin Laura Pausini sehr ähnelte, blieb direkt vor ihr stehen und strahlte sie an. War dies etwa Luigi Espositos Frau? Maria zögerte und hatte den Eindruck, dass die Frau sie erwartete.

»Buon giorno«, sagte die Schönheit atemlos, und Maria war gespannt, was sich aus diesem Gespräch entwickeln würde.

»Buon giorno«, erwiderte Maria vorsichtig.

»Entschuldigung, aber dieser Verkehr, ich kam einfach nicht durch. Sie warten hier ja schon geschlagene 15 Minuten, ich hatte leider vergessen, mir Ihre Telefonnummer zu notieren. Wie dumm von mir. Was für ein Glück, dass Sie noch gewartet haben.« Sie sprach schnell, und ihre Stimme hatte einen typisch römischen Akzent.

»Ja, was für ein Glück«, wiederholte Maria ihre letzten Worte, schaute sie dabei fragend an, »Signora ...« Sie machte eine Pause, als würde ihr der Nachname nicht einfallen.

»Berlusconi, Laura Berlusconi, wie unser früherer Ministerpräsident. Ich bin aber nicht mit ihm verwandt.« Sie lachte glockenhell.

»Ich warte noch nicht so lange«, log Maria »ich hatte mich verfahren.«

Maria spürte, wie Laura Berlusconi sie abscannte. Offensichtlich hatte sie jemand besser Gekleideten erwartet. Ihre rechte Augenbraue wanderte skeptisch nach oben. Maria lächelte sie entspannt an, irgendwas würde sie heute erfahren.

»Sie wissen schon, dass dieses Haus über zwei Millionen Euro kostet?« Maria verstand sofort und antwortete leicht überheblich:

»Sicher, sonst wäre ich nicht hier. Mein Auftraggeber hat keine Zeit, zu jeder Besichtigung selbst zu fahren. Erst wenn ich ihm sage, dass es sich lohnt, die Immobilie anzusehen, kommt er vorbei.« Einen kurzen Moment war die junge Frau, die immer noch etwas in ihrer Tasche suchte, überrascht, dann drückte sie das große schmiedeeiserne Gartentor auf und ging mit großen Schritten vor Maria her. Triumphierend hielt sie einen Schlüsselbund in die Höhe und plapperte weiter:

»Wissen Sie, ich bin keine Maklerin. Ich helfe nur meiner Freundin, dieses Haus zu verkaufen. Sie ist verhindert und hat mich gebeten, Interessenten das Haus zu zeigen.«

»Ach so, ich dachte Sie wären die Frau von Luigi Esposito. Chiara Russo heißt sie doch, oder?« Laura Berlusconi hielt kurz inne und schaute Maria durchdringend an. Sie ging nicht auf die Frage ein und setzte sich in Bewegung. Der Weg zu der zweistöckigen Villa bestand aus Marmorplatten, und rechts und links davon wuchsen traumhafte, riesig große Rhododendren in allen Farben. Sie schloss die Haustür auf. Das Erdgeschoss war bereits überwältigend, und Maria war, nachdem sie durch den Flur in das Wohnzimmer gegangen waren, außerordentlich beeindruckt. Die Räume waren groß, die Deckenhöhe etwa drei Meter oder mehr, und alle Räume hatten zum Meer hin bodentiefe Fenster. Rund um das Haus verlief ein Balkon, der am Wohnzimmer in eine riesige Terrasse überging. Wunderschöne alte Holzmöbel aus der Gründerzeit mit Intarsien. Ein Kamin mit Marmoreinfassung war in der Ecke, und der Raum war der perfekte Rahmen für das türkise Meer, das im Hintergrund durch die Fenster zu sehen war. Maria trat hinaus auf den Balkon. Die junge Frau plapperte ihren offensichtlich auswendig gelernten Text daher:

»Das Haus hat 420 Quadratmeter auf zwei Ebenen. Wie Sie hier sehen können, gelangt man über diese Innentreppe nach oben zu den vier Schlafzimmern und einem riesigen Ankleidezimmer. Kommen Sie, wir sehen sie uns zuerst an.«

Maria folgte der Frau, die in anmutigen Tippelschritten eine Stufe nach der anderen nahm. Eines der Schlafzimmer war annähernd so groß wie Marias gesamte Wohnung zu Hause in Dieburg. Zwei Schlafzimmer teilten sich jeweils ein Badezimmer in feinstem Marmor. Beide stiegen die Treppe wieder hinunter, und nachdem sie sich noch die anderen Räume wie Büro, Küche und einen Fitnessraum angesehen hatten, hielt ihr die Frau auf einem Klemmbrett ein DIN-A4-Blatt hin:

»Ich hatte das alles mit den Angaben, die ich per E-Mail erhalten habe, schon ausgefüllt. Bitte unterschreiben Sie, dass Sie sich im Auftrag von Signore Moretti die Wohnung angesehen haben.« Maria konnte ihr Glück kaum fassen.

»Sagen Sie, bekomme ich davon einen Durchschlag? Ich unterschreibe ungern etwas, was ich nicht selbst als Kopie mitnehmen kann«, fragte Maria selbstbewusst. Die Frau schaute etwas angefressen, sagte dann gepresst:

»Nein, eine Kopie kann ich Ihnen nicht mitgeben.«

»Gut, dann werde ich hier unterschreiben und das Blatt fotografieren. In Ordnung?«

»Ja, sicher«, sagte die Schönheit. Recht schien es ihr nicht zu sein.

Maria kritzelte etwas kaum Leserliches auf das Papier und sagte dann beiläufig:

»Sagen Sie, seit wann steht die Villa zum Verkauf?«

»Ist das wichtig?« Laura zierte sich.

»Meinem Auftraggeber schon, etwas, was schon lange im Netz steht, will er nicht erwerben.«

»Moment«, die junge Frau schaute in ihr Smartphone und checkte offensichtlich ihre E-Mails, »ich habe die Anzeige am 14. Mai geschaltet. Übrigens«, sagte sie arrogant, »der Preis ist nicht verhandelbar.« Selbstgefällig reckte sie ihr Kinn nach vorne.

»Das gebe ich so weiter«, sagte Maria entspannt und fotografierte dabei das Blatt, da klingelte das Handy der Schönheit.

»Ach, mein Büro ist nervig«, sagte sie wichtig. »Ich glaube, da muss ich rangehen.«

Maria wurde heiß und kalt in einem, wie kam sie nun am besten aus der Situation?

»Danke, Signora«, sagte sie freundlich und streckte Laura Berlusconi die rechte Hand entgegen. Als diese sie ergriff, hatte Maria das Gefühl, einen toten Fisch in ihren Händen zu halten. Schnell wandte sie sich um und trat durch die Haustür. Im Hintergrund hörte sie noch die Worte: »Wie, der Termin wurde abgesagt, aber das kann gar nicht sein, ich habe gerade …«

Schnell lief Maria den Weg zum Gartentor und flitzte um die Ecke.

7

Seit dem Gespräch mit Jan Gerber konnte er beinahe an nichts anderes mehr denken. So beiläufig wie möglich schaute er in den Warteraum des Reviers. Hier wurden die Gefangenen eingeschlossen, wenn sie zum Arzt wollten. Die meisten von ihnen waren Junkies, die ihre tägliche Ration *Methadon* abholen wollten. Enrico schaute, ob ein Gefangener dabei war, den er vielleicht kannte. Nichts. Er überlegte fieberhaft, wie er erfahren konnte, welcher der Angestellten im Revier mit Beruhigungsmitteln handelte.

Von keinem dieser Kollegen konnte er sich vorstellen, dass sie so etwas taten. Er ging zurück zu seiner Station I/1 und begab sich in sein Büro. Sein Hausarbeiter putzte gerade den Flur und sprach ihn freundlich an:

»Herr Müller, soll ich heute auch mal wieder Ihr Büro durchwischen?« Müller überlegte einen kleinen Moment, dann sagte er:

»Nein, aber du kannst etwas anderes tun.« Dabei winkte er den Hausarbeiter Schäfer zu sich heran. Schäfer lehnte seinen Schrubber an die Wand und betrat vorsichtig das Büro.

»Mach bitte mal die Tür zu«, sagte er leise und fuhr dann fort, »sag mal, du als Hausarbeiter bekommst doch eine ganze Menge mit. Weißt du, ob man im Revier so unter der Hand mal ein paar Pillen bekommen kann?« Der Hausarbeiter schaute ihn an, als hätte er ihm eine mathematische Gleichung präsentiert.

»Wie – unter der Hand?« Müller wurde ungeduldig und bereute augenblicklich, ihn gefragt zu haben.

»Du weißt schon, gegen ein paar Euro.« Es dauerte eine Weile, bis Müllers Worte die passenden Gehirnzellen des Hausarbeiters erreicht hatten.

»Nein, davon weiß ich nix. Aber darf ich jetzt vielleicht Ihr Büro putzen?«

Den Sporthausarbeiter, der ihm den Tipp mit dem Handy bei Luigi Esposito gegeben hatte, hatte er bereits gefragt. Auch er wusste von nichts. Er zermarterte sich das Hirn, wie er den Dealer zur Strecke bringen könnte.

8

Die Treppenstufen ins Erdgeschoss verschwammen vor seinen Augen. Nicht in die Freistunde zu gehen, hatte er nicht gewagt. Er wollte mit Jovanovic reden, und wenn so viele Menschen um sie herum waren, würde er ihm schon nichts tun. Hoffte er. Mit weichen Knien erreichte er den Freistundenhof und reihte sich in die Gruppe derer ein, die immer linksherum den Hof umkreisten. Eine sich gleichmäßig bewegende blaue Masse. Nur die Mutigen, die scheinbar keine Angst hatten, irgendwie aufzufallen, liefen auch einmal hin und her. Die Sonne stand hoch am Himmel, und auf dem benachbarten Sportplatz spielten einige Männer unter Aufsicht des Sportbeamten Basketball. Die Flüche und Schreie der Sportbegeisterten erfüllten den Hof. Mehrere Bedienstete standen gelangweilt auf ihren Posten, teils ihre Gesichter der Sonne zugewandt. Der eine oder andere hielt mit einem Insassen ein Schwätzchen. Karl-Heinz lief vorsichtig, die Schultern hochgezogen in Erwartung des Gesprächs mit Jovanovic, hinter ein paar serbischen Gefangenen her. Es vergingen mehr als 20 Minuten, in denen nichts geschah, und Karl-Heinz entspannte sich ein wenig. Vielleicht würde er ihn ja in Ruhe lassen. Er hatte Susanne beim Besuch gebeten, ihm Briefmarken zu schicken, die würde er ihm dann sofort aushändigen. Gerade als er ein Gespräch mit einem Mann beginnen wollte, der seit einigen Minuten neben ihm herlief, hörte er eine Stimme:

»Komm mit.«

»Was willst du von mir?« Karl-Heinz stellte sich dumm. Dass dieser Gorilla vor ihm zu Jovanovic gehörte, war offensichtlich. Sein Kopf kahlgeschoren, als wäre er direkt aus dem Gulag geflohen, und er sah ihn mit kalten Augen an.

»Komm mit«, presste dieser die Worte erneut hervor. Sein Gesichtssaudruck sprach Bände, und Karl-Heinz bereute augenblicklich, sich dieser Situation ausgesetzt zu haben. Das Scheusal drehte ab und ging direkt auf Jovanovic zu, der anscheinend Hof hielt. Seine Untergebenen standen um ihn herum. Jovanovic sprach mit einem anderen Häftling, der neben ihm stand, auf Serbisch. Bevor Jovanovic auch nur ein Wort an ihn richten konnte, sprudelte es aus Karl-Heinz heraus:

»Ich kann nicht zahlen, aber ich gebe euch die Briefmarken zurück.« Dies war genau die falsche Antwort, denn sein Gegenüber griff sich blitzschnell Zeigefinger und Mittelfinger seiner linken Hand und bog sie ruckartig nach oben. Ein unglaublicher Schmerz durchfuhr ihn. Ihm wurde schlecht und schwarz vor Augen.

»Du bezahlst, Karl-Heinz«, presste Jovanovic zwischen seinen Zähnen hervor, dabei legte er seinen dicken Arm um seine Schultern und murmelte: »Heute in Freizeit fängst du damit an. Ich hoffe, du kannst gut blasen. Ich bin geil.«

9

Seine Nerven lagen blank, als er das LKA in Wiesbaden betrat. Er hatte am Samstagnachmittag das letzte Mal etwas von Maria gehört. Seitdem war ihr Handy ausgeschaltet. Seit Stunden lähmten ihn Horrorszenarien, und er machte sich Vorwürfe, warum er sie nicht von ihrem Vorhaben abgehalten hatte. Ein Versuch, sie in ihrem Hotel zu erreichen, scheiterte tags zuvor an seinen mangelnden Italienischkenntnissen. Er hätte zu Giulia fahren können, aber damit hätte er auch Marias Mutter in Angst und Schrecken versetzt. Der Mann am Telefon des Hotels wiederholte zwar brav den Namen Saletti, sagte: »Si, Signora Saletti«, alles Weitere konnte Alex nicht verstehen. Sein Kollege Mario Pelluci würde ihm heute sicherlich behilflich sein, um zu erfahren, ob sie noch in ihrem Hotel war. Tags zuvor und die halbe Nacht hatte er auch alle Telefonnummern angerufen, die auf dem kleinen Zettel vermerkt waren, den ihm Maria gegeben hatte. Aber auch da immer nur eine Ansage auf Italienisch. Als er sich an seinen Schreibtisch setzte, sah er, dass die Zentrale mehrfach versucht hatte, ihn zu erreichen. Schnell nahm er den Hörer ab und wählte die Rufnummer.

Eine freundliche Frauenstimme meldete sich:

»Zentrale LKA, guten Morgen.«

»Neubert, auch einen guten Morgen, ihr habt ein paarmal versucht, mich zu erreichen?«

»Moment, ja, ich habe hier eine Nachricht. Nein, zwei Nachrichten: 1. Eine Maria Saletti hat gestern angerufen, man hätte ihr Handy gestohlen, du sollst dir keine Sorgen machen.

2. Heute hat die gleiche Frau angerufen und die neue Telefonnummer durchgegeben. Hast du was zu schreiben?«

Alex spürte, wie die Angst, die sein Herz umklammert hatte, sich in Luft auflöste. Schnell sagte er:

»Ja, sicher, leg los.«

»0039 331754381, alles klar?«

»Super, vielen Dank«, sagte Alex und legte auf. Umgehend wählte er die Rufnummer mit seinem Diensttelefon und wartete aufgeregt, bis er endlich die Stimme von Maria hörte.

»Schatz, endlich. Ich hoffe, du hast dir nicht allzu viele Sorgen gemacht.«

»Oh Liebling, doch, habe ich. Was ist passiert?«

»Gestern haben zwei Straßenräuber mir meine Handtasche auf offener Straße gestohlen. Da war leider mein Handy drin.«

»Nur das Handy?«

»Ja, alles andere hatte ich in meine Hosentasche gesteckt, aber mein Smartphone ist einfach zu groß.« Sie seufzte. »Schatz, ich fahre gerade durch die Innenstadt, und glaube mir, da muss man sich voll konzentrieren. Lass uns heute Abend telefonieren.«

»Ja, gerne. Ich rufe dich an.«

»Bitte, rufe mich einmal jetzt gleich mit deinem Handy an, damit ich deine Telefonnummer habe.«

»Alles klar, mein Schatz.«

»Amore, ich liebe dich«, rief sie ins Telefon, und ehe er antworten konnte, hatte sie schon aufgelegt. Alex nahm sein Smartphone zur Hand und wählte erneut die neue Rufnummer. Nach dreimaligem Klingeln legte er auf. An der Art und Weise, wie Maria gesprochen hatte, glaubte Alex herauszuhören, dass sie deprimiert war. Würde sie ihr Vorhaben nun doch abblasen?

10

Ein Summen riss sie aus ihren Gedanken. Als sie auf ihr Handy blickte, sah sie den Namen Laura aufleuchten. Schnell nahm sie ab.

»Laura, schön, dass du dich meldest. Gibt es was Neues? Haben sich die Interessenten das Haus angesehen?«

»Ja, allerdings. Ich möchte dich nicht beunruhigen, aber …«, sie machte eine schöpferische Pause.

»Was ist, rede schon, so machst du mich ganz nervös.«

»Ich hatte heute einen Besichtigungstermin für dein Haus. Na ja, was soll ich sagen, ich kam zu spät. Du weißt ja, wie das ist. Dieser Verkehr, man kann nie genau sagen, wann man in Neapel am besten durch die Stadt kommt.« Chiara bekam langsam Schnappatmung, ihre Freundin trieb sie gerade in den Wahnsinn.

»Was ist passiert?«, sagte sie plötzlich unwirsch.

»Also.« Laura war eingeschnappt und sprach plötzlich in einem mürrischen Ton. »Als ich vor das Haus kam, wartete da eine junge Frau. Etwa Anfang bis Mitte 30. Die einfache Kleidung ist mir gleich aufgefallen. Irgendwie alles zu gewöhnlich, zu billig für ein Haus dieser Preisklasse. Nun ja. Sie war freundlich und erzählte mir, dass sie für ihren Auftraggeber unterwegs sei und sich vorab die Immobilien zunächst einmal ansah. Das war für mich einigermaßen schlüssig. Du weißt ja, dein Luigi hätte auch nicht von Termin zu Termin fahren können, um sich Immobilien anzusehen.« Chiara biss sich auf die Unterlippe, um nicht laut loszuschreien. Um Laura nicht vollends zu verärgern, sagte sie zuckersüß:

»Laura, bitte, was hat dich beunruhigt?«

»Nun, als wir uns unterhielten und ich mich ihr vorstellte, sagte sie, dass sie dachte, ich wäre Chiara Russo, die Frau von Luigi Esposito.« Sekundenlang sagte keiner ein Wort.

»Sie wusste meinen Namen?«

»Ja, das machte mich stutzig. Nun, ich habe ihr das Haus gezeigt, und sie war echt beeindruckt. Sie hat mir den Vertrag unterschrieben, du weißt schon, dass sie an mich Vermittlungsgebühren zahlen muss und so weiter.« Chiara versuchte, ruhig zu atmen und sich nicht aufzuregen. »Dann klingelte plötzlich mein Handy, und meine Sekretärin sagte mir mit einer Stunde Verspätung, dass der Interessent die Besichtigung abgesagt hatte.« Chiara rang um Fassung. Was hatte das zu bedeuten? Fast tonlos fragte sie:

»Wer war das?«

»Chiara, glaube mir, ich habe keine Ahnung. Sie war auch schnell wie der Wind verschwunden. Ich habe mir noch überlegt, wie konnte diese Frau deinen Namen …« Chiara legte einfach auf. Das war für ihre Nerven eindeutig zu viel. Wer wusste außer Laura und Angelo, dass sie das Haus verkaufen wollte?

11

Seine Gedanken überschlugen sich. Seit dieser Nacht war er ein anderer Mensch. Er hatte eine Grenze überschritten und dabei keinerlei Reue empfunden. Die Szene erschien immer wieder vor seinem inneren Auge. Das Mädchen in Lack und Leder, die Peitsche in ihrer Hand, wie sie ihn auslachte, weil er keine Erektion bekam. Dieses blöde Lachen und die Sprache, die er nicht verstand. Das alles legte in seinem Kopf einen Schalter um, er kannte sich in diesem Moment selbst nicht mehr. Das Gefühl jedoch, wie er plötzlich die Angst in ihren Augen sehen konnte, war unbeschreiblich. Diese Macht, die er in diesem Moment über das Mädchen hatte, ließ ihn über sich hinauswachsen. Er konnte alles tun, wenn er nur wollte. Niemand konnte ihn stoppen und schon gar nicht auslachen. Der Sex mit dieser kleinen Hure war nur ein weiterer Beweis seiner Stärke. Er hatte in dem Moment des Tötens keinerlei Angst gespürt, nicht erkannt, dass er etwas Verbotenes tat. Erst in dem Moment, in dem er die Party verlassen hatte, holte ihn sein Gewissen ein. Irgendjemand würde ihn dafür zur Verantwortung ziehen. Nicht unbedingt das Gesetz, das wusste er selbst nur zu gut. Selbst wenn man das Mädchen morgens tot im Hotelzimmer aufgefunden hatte, würde Frank alles dafür tun, dass die Leiche verschwand. Auf keinen Fall hätte er riskiert, dass man ihn mit einem toten Mädchen von höchstens 13 oder 14 Jahren in Verbindung brachte. Aber Frank würde für sein Schweigen Geld fordern oder eine andere Gegenleistung. Sollte jemals herauskommen, warum sich die Männer zu diesen Jagdabenden trafen, wären sie alle ruiniert. Keiner der Anwesenden würde jemals zugeben, dass er Gefallen an jungen Mädchen fand. Er steckte gerade sein Plädoyer für die nächste Verhandlung in seine Aktentasche, da klingelte sein Bürotelefon. Sicherheitshalber hatte er für die Telefonate mit Frank immer ein Prepaid-Handy benutzt, das nirgends registriert war, jedoch rechnete er jederzeit mit einem Anruf bei sich zu Hause oder aber auch bei Gericht. Vorsichtig nahm er den Hörer von der Gabel, eine unbeschreibliche Vorahnung beschlich ihn.

»Buschmann«, sagte er mit fester Stimme.

»Gut, dass dich erreiche. Wir haben heute Abend eine Besprechung. Um 19 Uhr in Darmstadt auf dem Parkplatz der Orangerie. Sei pünktlich.« Sein Herzschlag setzte aus. Die Stimme war fremd und mit einem ausländischen Akzent. Was zum Teufel sollte er jetzt machen?

12

Als sie die Adresse von Marilena Esposito in ihr Navi eingegeben hatte, erschrak sie. Die Via Toledo befand sich in dem berüchtigten Stadtteil Quartieri Spagnoli, dem spanischen Viertel. In vielen Erzählungen ihrer Mutter spielte dieser Stadtteil eine unrühmliche Rolle. Ihr Handy hatte sie bereits eingebüßt, Schlimmeres wollte sie auf keinen Fall erleben. Einen Moment überdachte sie ihre Situation, beschloss daraufhin, erst einmal in Richtung des Viertels zu fahren. Sie würde sich auf ihr Bauchgefühl verlassen, wenn sie kein gutes Gefühl hätte, würde sie umdrehen und alles abblasen. Mit ihrem kleinen Fiat fuhr sie die Straße am Meer entlang in Richtung Neapels Innenstadt. Von weitem sah sie einen alten Palast direkt über dem Meer, unterhalb des Gemäuers lagen einige Menschen in Badeanzügen in der Sonne oder spielten in den Wellen. Spontan, ohne darüber nachzudenken, setzte sie den Blinker und bog auf den nahe liegenden Parkplatz ab. Der geschotterte Platz war nicht allzu groß, und ein Schild wies darauf hin, dass er überwacht wurde. Ein kleiner Junge in kurzen Hosen mit Flip-Flops und einem fleckigen T-Shirt, etwa zwölf Jahre alt, kam auf sie zu und erklärte ihr, sie solle ihm ihren Autoschlüssel geben, er würde ihren Wagen parken. Maria schüttelte vehement den Kopf. Auf keinen Fall würde sie diesem Kind das Fahrzeug überlassen.

»Wenn Sie mich das Auto nicht parken lassen, müssen Sie weiterfahren. Es ist zu wenig Platz, wir müssen die Fahrzeuge so stellen, dass jeder Zentimeter ausgenutzt wird«, sagte er selbstbewusst. Maria fluchte vor sich hin. Ein wenig Sonne tanken und die Füße im Meer baden war auch mit Schwierigkeiten verbunden. Sie blieb im Auto sitzen und sah sich um, wo sie ihren Fiat sonst noch abstellen konnte, als hinter ihr ein dunkler SUV auftauchte. Der Fahrer, etwa 50 Jahre alt und in Begleitung eines kleinen Mädchens, wartete einen Moment, und als er sah, dass Maria keine Anstalten machte wegzufahren, stieg er aus und übergab dem Jungen seinen Autoschlüssel mit einem 20-Euro-Schein. Entspannt holte er seine Badetasche aus dem Kofferraum, nahm das kleine Mädchen bei der Hand und setzte sich in Richtung Strand in Bewegung. Es schien hier scheinbar gang und gäbe zu sein, dass Halbwüchsige, die eigentlich in die Schule gehörten, als Parkplatzwächter fungierten. Dass sie jedoch die Fahrzeuge auch auf dem Parkplatz hin und her fuhren, machte Maria doch ein wenig Angst. Sie beobachtete genau, wie der SUV mit einer unglaublichen Präzision von dem Flip-Flop-Jungen neben einem anderen Fahrzeug geparkt wurde. Die Parklücke war dermaßen klein, dass ein Erwachsener die Fahrertür nicht hätte öffnen können. Maria traute ihren Augen kaum, als sie sah, dass der Junge über den Kofferraum ausstieg. Maria überlegte noch einen kleinen Augenblick, dann übermannte sie die Sehnsucht nach dem Meer. Mit einem entschuldigenden Lächeln schnappte sie sich ihre Handtasche, stieg aus und gab dem Jungen ebenfalls 20 Euro und den Autoschlüssel. Dieser zwinkerte ihr zu, nahm beides wortlos entgegen und bugsierte den Fiat in eine Ecke.

»Bis später«, rief er der noch zweifelnden Maria zu. Wird schon gutgehen, sagte sie zu sich selbst und nahm die Treppenstufen in Richtung Strand.

13

Die Schmerzen waren kaum auszuhalten. Seine linke Hand schwoll an, er wusste nicht, wie er die Freistunde überstehen sollte. Sofort zu einem Beamten zu laufen, würde ihm das Leben auf der Station noch schwerer machen. Er wollte warten, bis sie einrückten, und dann den Stationsbeamten Müller unter vier Augen um Hilfe bitten. Die anderen Insassen auf seinem Flur hatten nichts mitbekommen, warum hatte er auch diese verdammten Briefmarken angenommen? Tränen rannen ihm über das Gesicht, er konnte sie nicht stoppen. Er würde nun, solange er einsaß, diesem Tyrannen ausgesetzt sein. Seine Angst wurde plötzlich übermächtig. Vollkommen fertig, setzte er einen Fuß vor den anderen, im Strom der immer links herum laufenden Männer. Den Kopf gesenkt, bemerkte er nicht, dass bereits eine ganze Zeit lang ein Mithäftling neben ihm herlief, der auch auf seiner Station untergebracht war. Karl-Heinz hatte sich bisher nicht für die anderen interessiert, und so wusste er seinen Namen nicht.

»Na, Stress mit dem Dicken?«, fragte dieser plötzlich. Karl-Heinz nickte kaum merklich. »Ich habe das vorhin beobachtet, zeig mir mal deine Hand.« Karl-Heinz schüttelte den Kopf.

»Nein, um Gottes willen, das gibt nur Ärger«, sagte er fast tonlos.

»Mehr Ärger, als du schon hast, kann kaum noch kommen. Ich kenne diese Typen, die wissen, dass du hier zu keiner Gruppe gehörst und niemanden hast, der für dich einsteht.«

»Da kannst du recht haben. Aber ich habe mir von denen zehn Briefmarken geliehen, und jetzt …«, er sprach nicht weiter.

»Und jetzt sollst du Schutzgeld bezahlen oder Drogen in den Knast schmuggeln lassen. Stimmt's?« Karl-Heinz blieb abrupt stehen.

»Woher weißt du das?«

»Das machen die mit jedem Frischling. Dein Name ist Karl-Heinz, korrekt?«

»Ja, und wie heißt du?«

»Ich bin der Andy, aber alle nennen mich Van Damme. Rate mal, warum?«

»Du kannst Kickboxen?«

»Ja, und das nicht so schlecht. Und ich habe was dagegen, wenn die Schwächeren hier von diesem Pack fertiggemacht werden. Draußen arbeite ich als Bodyguard für einen Bordellbesitzer. Mit solchen Typen«, dabei nickte er in Richtung Jovanovic, »mache ich kurzen Prozess. Da drüben die Russen, die sind noch schlimmer. Aber sieh hin, die kannst du alle mit einer Kerze röntgen. Kaputt und ausgemergelt von den ganzen Drogen. Die sind nur im Rudel stark.« Karl-Heinz seufzte.

»Ich habe aber gegen die keine Chance.« Van Damme blieb stehen, klopfte Karl-Heinz demonstrativ auf die Schulter und sagte laut:

»Doch, mein Lieber. Ab sofort stehst du unter meinem Schutz.« Er schaute dabei hoch erhobenen Hauptes in Richtung Jovanovic, dessen Gesichtsausdruck Bände sprach.

14

Das Hotelzimmer war klein und stickig. Obwohl die Terrassentür weit geöffnet war, hatte sie das Gefühl, keine Luft zu bekommen. Der Lärm, das Hupen und die lauten Gespräche auf der Straße nervten sie. Sie war in den letzten Tagen kein Stück weitergekommen, deprimiert sah sie auf die Via Tribunali, als ihr Handy klingelte.

»Amore, schön, dass du dich meldest«, sagte sie liebevoll.

»Schön, deine Stimme zu hören«, erwiderte Alex. »Na, hast du schon irgendwas herausgefunden?« Maria seufzte:

»Die Ausbeute von ein paar Tagen ist mager: Ein geklautes Handy, ein schlechtes Gespräch mit meinen Verwandten. Heute war ich bei der Villa von Esposito. Sie steht zum Verkauf. Das finde ich sehr seltsam. Selbst wenn er viele Jahre Knast bekäme, würde eine Frau, der es offensichtlich nicht an Geld mangelt, doch nicht aus dem gemeinsamen Haus ausziehen. Möglicherweise hat Esposito sie beauftragt, das Haus zu verkaufen, denn die Verkaufsanzeige ist seit dem 14. Mai online.«

»Das ist allerdings komisch. Wie willst du weiter vorgehen?«

Maria überlegte kurz, ob sie ihm erzählen sollte, dass sie in das Spanische Viertel gehen wollte. Aber sie behielt es lieber für sich.

»Ich weiß noch nicht, ich gehe jetzt eine Kleinigkeit essen und dann früh zu Bett. Morgen fahre ich zur *Firma Esposito*. Vielleicht erfahre ich da etwas.«

»Wir hatten heute eine Videokonferenz mit zwei Carabinieri aus Neapel. Luigi Esposito scheint Millionen mit

Drogen zu machen. Sein Gegenspieler, der ihm sein Territorium streitig macht, ist ein Paulo Fontana. Ein Phantom. Niemand kennt ihn. Niemand weiß, wie er aussieht. Er regiert den Rosso-Clan und will Esposito seine Stadtteile in Neapel streitig machen. Es könnte sich bei den tödlichen Schüssen auf die beiden jungen Männer um einen Machtkampf zwischen Volpe- und Rosso-Clan handeln. Schatz, tu mir einen Gefallen, hör auf, Nachforschungen anzustellen, und komm nach Hause.«

»Mach dir mal keine Sorgen. Wenn morgen bei meinem Besuch in seiner Firma nichts rauskommt, verbringe ich die letzten Tage hier am Strand. Ich habe eine schöne Stelle gefunden. Bist du mir böse, wenn ich hier ein wenig meine Heimat genieße?«

»Nein, natürlich nicht, aber bitte pass auf dich auf«, erwiderte Alex.

»Mache ich, mein Schatz. Ich liebe dich.«

»Ich liebe dich auch. Wir telefonieren morgen, ja?«

»Genau, ciao, amore.«

»Mach's gut, Liebling.«

Dieser Rosso-Clan hatte nach Angaben von Esposito ihre Cousine auf dem Gewissen. Maria griff sich ihren Zimmerschlüssel, schloss das Hotelzimmer ab und ging nach unten in die Lobby.

»Entschuldigen Sie, ich habe gehört, man kann Führungen durch das Spanische Viertel buchen. Stimmt das?«

»Ja, Signora. Das ist jetzt für Touristen.« Er lachte und überreichte ihr einen Flyer. »Hier müssen Sie hin, da gibt es zweimal am Tag Touren durch das Viertel.« Sie atmete erleichtert auf, wo viele Touristen hingingen, war es bestimmt nicht mehr so gefährlich.

Zwei Stunden später tappte sie hinter einer älteren Dame her, die der lauschenden Menge die Bauten und Katakomben erklärte. Sie hatte eine Stadtführung durch das Spanische Viertel und Santa Lucia gebucht und fühlte sich einigermaßen sicher. Viele Menschen waren unterwegs, und mit *Google-Maps* orientierte sie sich an den Straßennamen. Sie entfernte sich von der Gruppe und fand kurz darauf die Adresse, die ihr Luigi Esposito unter dem Namen Marilena Esposito aufgeschrieben hatte. An dem Gebäude befanden sich Briefkästen teilweise ohne Namensschilder. Die Tatsache, dass in Italien die Frauen ihren Mädchennamen behielten, die Kinder jedoch den Namen des Mannes als Familiennamen bekamen, machte die Sache nicht gerade einfacher. Ratlos stand sie kurz vor dem vierstöckigen Gebäude, an dessen Balkonen Wäscheleinen zum Haus gegenüber gespannt waren und man neben Handtüchern und Bettwäsche auch die Unterwäsche einer gesamten Familie bewundern konnte. Zwei Jugendliche, die gerade dabei waren, ihre Roller zu starten, beobachteten sie, und einer fragte aggressiv:

»Was willst du?« Er ließ seinen Roller stehen und kam breitbeinig auf sie zu.

»Ich suche Marilena Esposito.« Der Junge kniff ein wenig die Augen zusammen und brummte dann:

»Was willst du von ihr?« Maria erkannte, dass mit diesem Bengel von etwa 16 Jahren nicht zu spaßen war, und sie antwortete ruhig:

»Ich komme von ihrem Bruder. Ich muss sie sprechen.« Augenblicklich veränderte sich der Gesichtsausdruck ihres Gegenübers. Er nickte und rief dann auf neapolitanisch:

»Marilee, Marilee, da ist Besuch für dich!« Einige Sekunden später erschien ein Kopf zwischen den Wäscheleinen. Eine kräftige Frauenstimme schrie:

»Wer will was von mir?«, und Maria rief auf neapolitanisch zurück:

»Mein Name ist Maria, ich muss mit Ihnen reden.«

Marilena Esposito nickte und machte eine Handbewegung, die bedeutete, dass sie zu ihr in die Wohnung kommen sollte. Mit Grummeln im Magen ging sie die ausgetretenen Holzstufen vorsichtig nach oben. Im zweiten Stock angekommen, öffnete ihr eine verhärmte Frau die Wohnungstür und sah sie misstrauisch an.

»Ja?«, sagte sie nur unfreundlich.

»Ich heiße Maria Saletti. Ihr Bruder Luigi schickt mich. Wir haben einmal miteinander telefoniert. Erinnern Sie sich?« Sofort veränderte sich der Gesichtsausdruck der Frau, und sie trat einen Schritt zurück, um sie einzulassen.

»Luigi schickt Sie? Kommen Sie doch bitte rein«, sagte sie freundlich. Wenige Minuten später blubberte die kleine Espressokanne auf dem Gasherd.

»Wie geht es Luigi? Und wie konnte er Sie hierherschicken? Sind Sie seine Freundin?« Maria zögerte kurz, dann erzählte sie die Geschichte, weshalb sie hier war. Marilena Esposito stellte die Espressotassen auf den Tisch und sagte:

»Ich war sofort, nachdem mein Bruder verhaftet worden war, in seinem Haus. Seine Frau konnte ich schon Tage vorher nicht erreichen. Die kleine Stella ist mir sehr ans Herz gewachsen, ich bin ihre Patentante und wollte sie einmal wiedersehen. Nun, was soll ich sagen, das Haus war bis auf ein paar Möbel leer. Wie konnte ich das meinem Bruder am Telefon sagen?«

»Wissen Sie noch, wann Sie dort waren?« Marilena stand auf, ging zu einem Schrank, an dem ein Wandkalender hing.

»Luigi wurde am 14. Mai verhaftet, und ich war am Sonntag, dem 12. Mai, in seinem Haus. Wissen Sie, Luigi hat hier bei mir einen Schlüssel gelassen. Wenn mal was ist.«

»Und da war das Haus bereits leergeräumt?«

»Ja, ganz sicher.«

15

Der attraktive Mann Mitte 50 trat entspannt vor die Tür des italienischen Restaurants. Mit lässigem Gang schlenderte er über den Parkplatz und schaute sich ein wenig um. Er war gut gekleidet und selbstbewusst. Buschmann saß angespannt in seinem Wagen und wartete. Immer, wenn Menschen sich über den Platz bewegten, war er auf der Hut. Mit ernstem Blick näherte sich dieser Mann seinem Auto, und Buschmanns Herz begann zu rasen. Der Fremde ging zur Beifahrerseite und öffnete plötzlich die Autotür. Ohne zunächst ein Wort zu sagen, setzte er sich neben ihn. Eduard Buschmann war starr vor Angst. Was wollte er nun mit ihm machen? Wollte er ihn hier erschießen? Oder wollte er die 100.000 Euro sofort haben? Er brachte keinen Ton heraus und wartete wie das Kaninchen vor der Schlange, was nun geschehen würde.

»Allora«, sagte der Mann und schaute ihn mit strenger Miene an. »Du wirst dafür sorgen, dass dieser Esposito nach Weiterstadt in den Knast verlegt wird. Das ist ein Teil der Wiedergutmachung des Schadens, den du angerichtet hast.« Dann übergab er Buschmann einen kleinen Zettel.

»Gut, mache ich. Der andere Teil sind die 100.000?«, fragte Buschmann.

»Nein, der andere Teil ist auch sehr wichtig. Du schreibst eine Nachricht an die auf dem Zettel angegebene E-Mail-Adresse.« Buschmann sah ihn ratlos an.

»Was soll ich in die E-Mail schreiben?«

»Ganz einfach, wenn die Staatsanwaltschaft in Darmstadt Ermittlungen bezüglich illegaler Giftmüllentsorgung anstellt, wirst du mir das mitteilen. Vollkommen egal, welche Firma von euch unter die Lupe genommen wird. Du schreibst mir nur die Stadt, in der sich diese Firma befindet. Ist es eine Firma aus Darmstadt, schreibst du eben Darmstadt. Capito? Du teilst mir sofort mit, wenn da was läuft. Hast du verstanden?« Eduard hatte verstanden und nickte:

»Jaja«, sagte er schnell. »Aber was ist mit den 100.000 Euro?«

»Die musst du wohl an jemand anderen abdrücken. Uns ist wichtig, dass wir an Informationen kommen. Und sieh zu, dass dieser Esposito nach Weiterstadt verlegt wird. Dann haben wir ein Problem weniger.«

DIENSTAG, DER 28. MAI

1

Er wollte nun in Ruhe noch einmal alle Fakten, die sie zusammengetragen hatten, sichten. Versuche, den Rechtsanwalt Wilk zu erreichen, waren bisher ins Leere gelaufen. Die Sekretärin teilte ihm mit, dass Herr Wilk sich derzeit im Urlaub befand. Zunächst würde er heute zur Privatadresse von Frank Wilk in Darmstadt fahren und dann in den Abendstunden erneut in der Mauerstraße bei den Anwohnern versuchen, etwas in Erfahrung zu bringen. In Gedanken mehr bei Maria als bei seiner Arbeit, sah er immer wieder minutenlang aus dem Fenster. Ein Klopfen an seiner offenen Bürotür holte ihn zurück.

Werner Schmidt blieb in der Tür stehen und wirkte frustriert.

»Hallo, Werner, komm rein. Ist was passiert?«

»So wie es aussieht, muss deine Maria sich nicht mehr um Luigi Esposito kümmern.« Alex stockte der Atem.

»Wieso das? Ich dachte, man hat ihm die Kronzeugenregelung angeboten, wenn er aussagt, und dann kommt er ins Zeugenschutzprogramm.« Ihm lief es kalt den Rücken runter, was, wenn die Reise jetzt vollkommen umsonst wäre und Esposito nicht mehr in der JVA Dieburg wäre, wenn sie aus Neapel zurückkäme.

»Er wird, nachdem er wohl doch keine Aussage macht, sehr zeitnah in einen anderen Knast verlegt. Er ist ein zu großes Licht, als dass er weiter in Dieburg seine Strafe absitzen kann. Diese Info habe ich heute bekommen. Durch den bandenmäßigen Handel mit Betäubungsmitteln gibt es zwingende Gründe der öffentlichen Sicherheit, die eine Verlegung in eine JVA mit Sicherheitsstufe I, sehr wahrscheinlich JVA Weiterstadt, zwingend nötig machen. Sein Problem ist, er rückt hier mit keinen Informationen heraus. Und bei dem Mord an den beiden jungen Männern gilt er nach alledem, was wir bisher in Erfahrung bringen konnten, lediglich als Zeuge. Möglicherweise wird er auch nach Italien abgeschoben, da man dort wohl einige Fakten zusammengetragen hat, die ihn schwer belasten. Aber das ist bis jetzt noch nicht spruchreif.«

»Ich glaube, dass er wirklich Angst um Frau und Kinder hat. In dem Fall würde ich auch die Schnauze halten. Erst recht, wenn sie meine Mitarbeiter erschossen hätten.«

»Genau so funktioniert die Mafia. Mal sehen, wie schnell er in die JVA Weiterstadt verbracht wird. Hast du schon irgendwas in Sachen Nachbarn in Erfahrung gebracht?«

»Nein, gar nichts. Ich fahre heute gegen Abend noch einmal in die Straße, denn ich hoffe, mehr Bewohner anzutreffen. Ich habe zwar in jeden Briefkasten eine Nachricht eingeworfen, dass sich Zeugen bei uns im LKA melden sollen, aber du weißt ja, wie das ist. Diese Zettel werden oft mit der Werbung einfach weggeworfen.« Werner Schmidt nickte, hob die Hand zum Gruß, drehte auf dem Absatz um und verschwand. Alexanders Magen krampfte sich zusammen. Luigi Esposito sollte nun auf einmal verlegt oder gar abgeschoben werden, warum? War dies nur ein Druckmittel der Staatsanwaltschaft, um ihn doch noch zu einer Aussage zu bewegen? In Italien war er größeren Gefahren ausgesetzt. Wenn man schon seine Mitarbeiter liquidiert hatte, wie würde man mit ihm in einem italienischen Gefängnis verfahren? Er musste Maria warnen. Das Beste wäre, sie würde ihr Vorhaben abbrechen.

2

Verzweifelt suchte sie die Straße nach einem Firmennamen ab, der etwas mit Lebensmitteln zu tun hatte. In dieser Art Industriegebiet, das keines war, standen Hallen und Häuser so vertrackt ineinander verschachtelt, dass man auf den ersten Blick nicht sehen konnte, was wozu gehörte. Sie hatte einmal gelesen, dass in Neapel jedes fünfte Gebäude ohne Genehmigung gebaut war. Wenn sie sich so umsah, war sie sich sicher, dass das stimmte. Nachdem sie bereits dreimal auf und ab gefahren war und nur eine einzige Hausnummer an einem der Häuser angebracht war, beschloss sie auszusteigen und sich durchzufragen. Auf dem riesigen Hof standen große Lastwagen, die entweder be- oder entladen wurden. Viele der Sattelzüge und Lkws trugen den Namen *Trasporti Napoli.*

Die neapolitanischen Flüche und Rufe kamen von allen Seiten. Gabelstapler sausten, mit großen Kisten beladen, über den Hof, hier und da hupte es. Maria war es nicht ganz wohl dabei, nach einem Mitglied der *Camorra* zu fragen. Esposito hatte Angelo Romano als seine rechte Hand bezeichnet. Warum hatte er ihn telefonisch nicht erreichen können? Maria wusste immer noch nicht, woran sie war. Hatte man diesen Angelo etwa beseitigt? Es war bereits der vierte Tag ihrer Reise, und sie war kein Stück weitergekommen. Sie hatte aber auch keinen sonderlichen Fleiß an den Tag gelegt. Lag es an der Stadt, dass sie wieder in alte Verhaltensmuster zurückfiel? Warum hatte sie hier, anders als in Deutschland, schneller Zweifel und ging in allem so zögerlich vor? Sie wusste es nicht. Mit einem Seufzen stieg sie aus dem Wagen, verriegelte mit der Fernbedienung die Autotür und schritt geradewegs über den großen Hof. Ihr Erscheinen blieb nicht unbemerkt, und schnell hörte sie Rufe wie »Signorina«, »Bellissima« oder Pfiffe, ein ganz übliches Ritual in Italien, wenn Männer eine schöne Frau sahen. Sie steuerte geradewegs auf eine Rampe zu, über deren schmaler Stahltreppe sich eine Metalltür befand, auf der ›OFFICE‹ stand. Als sie näher kam, entdeckte sie ein weiteres kleines Schild darunter mit der Aufschrift ›ESPOSITO-ALIMENTARI‹. Sie war hier also richtig. Einige LKW-Fahrer, an denen sie vorbeilief, hielten kurz in ihrer Arbeit inne und beäugten sie. Sie stieg die schmalen Stufen hinauf und öffnete die Metalltür. Das Erste, was sie sah, war ein älterer Mann mit einer Zigarette im Mundwinkel, um ihn herum waberten Rauchschwaden. Der Raum war dermaßen verraucht, dass Maria die Tür einfach kurz offen ließ, damit der Qualm ein wenig abzog. Die gelbbraun verräucherten Wände waren mit unzähligen Kalendern und Whiteboards dekoriert. Aus einem kleinen Radio, das sicherlich schon während des Zweiten Weltkriegs Mussolinis Reden übertragen hatte, hörte sie einen Schnulzensänger namens Nico Desideri ein Lied schmettern, welches man nur verstehen konnte, wenn man des neapolitanischen Dialekts mächtig war. Der Mann, auf dessen Schreibtisch ein Schild mit dem Namen ›SERGIO CAPUTO‹ stand, schaute sie fragend an:

»Si?«

»Buon giorno«, begann Maria freundlich, »mein Name ist Saletti, ich suche Angelo Romano.« Sie lächelte ihn an. Der Mann schnippte die Asche seiner Zigarette in einen überquellenden Aschenbecher, der so groß war wie Pizzateller, und sagte mit einer rauchigen Stimme:

»Da sind wir schon zwei. Was willst du von ihm?« Maria war sich unsicher: Konnte sie diesen Mann nach Chiara Esposito fragen oder war es besser, sie behielt für sich, warum sie eigentlich gekommen war?

»Ich habe eine Nachricht für ihn und müsste ihn persönlich sprechen«, entgegnete sie.

»Er kommt nur her, wann es ihm passt. Wenn du willst, kannst du mir deine Telefonnummer dalassen, ich sage ihm, er soll dich anrufen.« Maria überlegte einen Moment, nickte, griff sich einen Zettel, der vor ihr auf einem Tisch lag, und einen Stift, und stellte fest, dass sie ihre eigene Rufnummer nicht wusste.

»Zu dumm, ich kann mir nie meine Telefonnummer merken«, sagte sie entschuldigend und setzte ihr unschuldigstes Lächeln auf.

»Das ist unsere Nummer«, er schob Maria einen Briefbogen mit Adresse und Büronummer rüber, »ruf mal an, dann kann ich deine Rufnummer abschreiben«, sagte er plötzlich ein wenig freundlicher. Sie verstand sofort, wenn sie sich dumm stellte, würde dieser Mensch ihr sicherlich weiterhelfen. Schnell tippte sie die Nummer in ihr Smartphone, und Sekunden später klingelte der Apparat auf dem Schreibtisch.

»Va bene«, sagte er in versöhnlichem Ton und schrieb die Nummer vom Display des Telefons ab. »Was soll ich ihm sagen, warum du ihn sprechen willst?«

»Sag ihm«, Maria hielt kurz inne, »ich habe Nachrichten von Luigi.« Der Satz verfehlte seine Wirkung nicht. Die Augen des Mannes wurden schmal, und er sah sie skeptisch an.

»Du kommst aus Deutschland?«

»So ist es, sag ihm, er soll mich dringend anrufen.« Maria hob die Hand zum Gruß, drehte sich um und ging.

Als sie in ihrem Auto auf ihr Smartphone schaute, sah sie, dass Alex zweimal versucht hatte, sie zu erreichen. Dieses Handy klingelte scheinbar nur, wenn es Lust dazu hatte. Als sie den Rückruf wählte, hörte sie seine Mailbox.

3

Antonio war gerade von seinem Gabelstapler geklettert, als Sergio ihn wild gestikulierend zu sich winkte. Als er nur noch wenige Meter von ihm entfernt war, rief er laut:

»Antonio, nimm deinen Roller und fahr ihr hinterher. Mach ein Foto von dem Kennzeichen und bleibe an ihr dran. Ich will wissen, was sie macht und zu wem sie gehört. Schnell, beweg dich.«

Er war gewohnt, die Befehle seines Chefs ohne Nachfragen auszuführen, und so flitzte er über den Hof, schnappte sich seinen Roller und startete mit dem Kickstarter den Motor. Die junge Frau war in einen roten Fiat 500 gestiegen und rollte gerade die Straße runter. Antonio nahm die Verfolgung auf, was nicht besonders schwer war, da sie vorsichtig fuhr. Offensichtlich war sie fremd in Neapel, denn sie hielt an einer roten Ampel, an der Einheimische nie stoppten, es sei denn, es kam tatsächlich ein Fahrzeug aus der Nebenstraße. Er schaffte es, das Kennzeichen des Fiats zu fotografieren, und schickte das Bild sofort an Sergio. Unterhalb des Nummernschilds sah man den Schriftzug ›Europcar‹. Kurz darauf erhielt er einen Anruf:

»Gut gemacht, Antonio. Verfolge sie, ich will wissen, was sie macht. Ich sage noch ein paar anderen Jungs Bescheid, damit ihr euch abwechseln könnt.«

Sergio kratzte sich hinter dem rechten Ohr. Was hatte dieser Besuch zu bedeuten? Wer war diese Frau und was wollte sie von Angelo? Aus welchem Grund war sie hier? Er nahm den Telefonhörer von der Gabel und wählte eine Nummer, gleich darauf hörte er die Stimme einer Frau:

»Pronto?«

»Ich bin es, Sergio. Du, hör mal, du rufst jetzt deinen Cousin an. Der arbeitet doch bei *Europcar.* Stimmt's?«

»Ja, das stimmt. Was brauchst du?«

»Ich gebe dir gleich das Kennzeichen und will wissen, wer dieses Auto gemietet hat. Verstanden?«

»Ja, mache ich. Ich rufe dich sofort an, wenn ich etwas weiß.«

Er legte auf, steckte sich eine Zigarette an und griff erneut zum Telefon.

»Angelo, ich bin es. Hier war eine Frau, sie sagt, sie hat eine Nachricht für dich von Luigi.«

4

»Bist du zu Hause? Wir müssen reden.«

Chiara antwortete auf seine *WhatsApp* sofort.

»Bin zu Hause.«

Etwa eine halbe Stunde später betrat er den Garten. Die mitgebrachte Schokolade gab er Stella und knetete sich nervös die Hände.

»Komm rein, was gibt es? Du siehst besorgt aus.« Mit einem Seufzer setzte Angelo sich an den Esstisch, als die Mädchen in das Kinderzimmer verschwunden waren.

»Irgendwas stimmt nicht«, begann er, dann rieb er sich mit beiden Händen über sein Gesicht. Auch wenn er es vor sich selbst nicht zugeben wollte, er hatte Angst.

»Was stimmt nicht?«, fuhr Chiara ihn an.

»Heute war eine Frau in der Spedition und hat nach mir gefragt.« Chiara verlor langsam die Geduld.

»Ja, und weiter? Lass dir doch nicht jedes Wort aus der Nase ziehen.« Sie sah ihn durchdringend an.

»Sie hat ihre Telefonnummer dagelassen, um Rückruf gebeten, da sie eine Nachricht von Luigi hätte.« Chiara stutzte, eine Frau hatte eine Nachricht von ihrem Mann.

»Wahrscheinlich hat er einen Brief an eine seiner Mätressen geschickt, und sie soll dir etwas ausrichten«, bemerkte sie bitter.

»Das glaube ich nicht. Sergio sagte, dass sie mit einem Leihwagen unterwegs war, jedoch Neapolitanisch sprach.«

»Das ist allerdings seltsam, vielleicht kommt sie aus Deutschland. Dort hat er sicherlich auch eine ...«, sie hielt kurz inne und spuckte das nächste Wort geradezu aus, »Geliebte.« Angelo ging nicht darauf ein.

»Aber was will diese Frau von mir?«

»Das wissen wir erst, wenn du sie anrufst«, erwiderte Chiara genervt. Sie nahm ihr Handy zur Hand, stellte es so ein, dass ihre Rufnummer unterdrückt wurde, und reichte es Angelo.

»Wo hast du die Nummer?« Er griff in seine rechte Hosentasche und fingerte einen kleinen Zettel hervor.

»Los, mach schon, ruf an und stell auf Mithören. Ich will wissen, wer das ist und was sie will.« Angelo wählte die Telefonnummer, und nach mehrmaligem Klingeln meldete sich eine Frauenstimme:

»Hallo.«

»Guten Tag, mein Name ist Angelo. Man hat mir ausgerichtet, dass Sie mich sprechen möchten«, sagte er freundlich. Chiara rollte derweil mit den Augen. Er war nach ihrem Geschmack viel zu freundlich.

»Oh, gut, dass Sie mich anrufen. Vielen Dank. Ich arbeite in dem Gefängnis, in dem derzeit Luigi Esposito einsitzt. Er macht sich große Sorgen um seine Frau. Wissen Sie, ob es ihr gutgeht?« Angelo wollte gerade antworten, als Chiara ihm das Handy aus der Hand riss und das Gespräch unterbrach. Ihr Blick war voller Hass. Als er sie fragend ansah, sagte sie: »Ihn hat lange nicht interessiert, wie es mir geht. Jetzt auf einmal macht er sich Sorgen. Dass ich nicht lache. Wir haben andere Sorgen. Soll er doch in seiner Zelle sitzen und sich Gedanken machen. Heute Nacht müssen die Boote in Terracina bereit sein. Vom Containerschiff *Julius Cäsar* wird gegen 1.30 Uhr bei diesen Koordinaten eine Ladung von Bord gehen.« Sie übergab ihm einen Zettel. »Ich erhalte, nachdem das Paket im Wasser ist, die exakten GPS-Daten, und unsere Jungs müssen die Ware so schnell wie möglich an Bord nehmen. Danach sollen sie in Richtung Sperlonga fahren, an einem Strandabschnitt, der auch auf dem Zettel vermerkt ist, sollen sie die Ware zwei Männern übergeben, die dort auf sie warten werden. Alles klar?« Angelo sah sie erstaunt an.

»Welchen zwei Männern?«

»Frag nicht und tu, was ich dir sage. Ich habe das Material bereits weiterverkauft. Ein neuer Abnehmer. Er zahlt gut.«

»Was soll ich Luigi sagen, wenn er mich anruft? Irgendwann wird er sich im Knast ein Handy besorgen und dann ruft er mich an.«

»Sag ihm, uns geht es gut. Und da ich Angst habe«, sie machte einen Moment Pause, »kann ich ihn nicht in Deutschland im Gefängnis besuchen kommen.« Ihr Gesichtsausdruck hatte sich verändert. Sie sah ihn kalt an. War es Enttäuschung oder Hass, was er in ihren Augen las?

»Gut, mache ich«, sagte er mit gesenktem Blick. Er wusste, dass Luigi bei jeder Gelegenheit andere Frauen hatte, scheinbar konnte er nicht anders. Die letzten Jahre hatte er Chiara leiden sehen, aber dass sie sich so entwickeln würde …

»Morgen Abend brauche ich dich hier als Babysitter. Ich muss geschäftliche Dinge regeln und fahre dafür nach Rom. Bitte sei um 17 Uhr hier.«

»Alles klar. Was machen wir mit dieser Maria Saletti?«

»Was wisst ihr schon von ihr?«

»Noch nichts, aber Sergio ist dran.«

»Warum zum Teufel sollte eine Beamtin aus einem Knast in Deutschland hierherkommen und dich suchen? Im Auftrag von Luigi? Sie muss einen Grund haben. Wahrscheinlich ist sie seine Freundin. Du weißt doch, er bekommt die Frauen schnell um den Finger gewickelt. Ist sie hübsch?« Angelo traute sich kaum zu antworten.

»Ja, Sergio hat gesagt, sie sieht gut aus.« Chiaras dunkelbraune Augen wurden schwarz. Sie konnte nur mühsam ihren Zorn unterdrücken.

»Ich will wissen, was sie macht. Sag das den Jungs. Ich glaube, sie war auch bei unserer Villa und hat sich dort als Interessentin ausgegeben. Das kann der Beschreibung nach nur sie gewesen sein. Ich verstehe nicht, was sie vorhat. Also alles, was ihr über sie herausfinden könnt, möchte ich wissen. Und die Jungs können sie im Stadtverkehr gut mit den Vespas verfolgen. Aber sie sollen vorsichtig sein, damit sie nicht merkt, dass man hinter ihr her ist.«

5

Sie schob sich gerade eine Gabel Spaghetti vongole in den Mund, als ihr Handy summte. Schnell nahm sie ab und sprach mit vollem Mund undeutlich:

»Hallo, Schatz.«

»Oh, du bist beim Essen?«

»Ja, Spaghetti vongole. Die schmecken nur hier so gut.« Sie schluckte. »Du hast mehrfach versucht, mich zu erreichen, aber immer wenn ich zurückgerufen habe, hatte ich deine Mailbox dran. Was gibt es denn?« Sie hatte die Gabel in der Hand und schaute sehnsüchtig auf ihre Spaghetti.

»Du kannst dein Himmelfahrtskommando abblasen. Esposito soll die nächsten Tage in die JVA Weiterstadt verlegt werden. Wahrscheinlich ist er schon dort, wenn du zurückkommst. Du kannst also aufhören, nach seiner Frau zu suchen.« Maria legte die Gabel auf den Teller und schluckte ihren Bissen hinunter. Augenblicklich hatte sie keinen Appetit mehr.

»Wieso das denn?«

»Aus Gründen der Sicherheit. Er muss als Mafiaboss in eine JVA mit Sicherheitsstufe I«, er machte eine kurze Pause, »es ist beschlossene Sache. Es ist auch möglich, dass er nach Italien abgeschoben wird. Die Staatsanwaltschaft hat so etwas wohl angedeutet. Komm bitte nach Hause, und vor allen Dingen, hör dort auf, nach seiner Frau zu suchen.«

»Gut, ich habe sowieso keine Lust mehr. Jeder macht mir die Tür vor der Nase zu. Ich komme überhaupt nicht weiter. Dieser Mitarbeiter von Esposito, Angelo, hat sich bei mir gemeldet und dann mitten im Gespräch aufgelegt.

Ich weiß nicht, was ich gedacht habe. Ich hatte mich in etwas verrannt.« Dass sie Espositos Schwester im Spanischen Viertel besucht hatte, verschwieg sie bewusst. Alex wusste aus Erzählungen ihrer Mutter, dass dieses Viertel besonders gefährlich war, und sie wollte nicht, dass er sich noch mehr Sorgen machte. »Ich schaue mal, ob ich umbuchen kann, und nehme irgendeinen Flug früher. Mach dir keine Sorgen mehr. Es war eine Schnapsidee.«

»Gott sei Dank, du siehst es ein. Gut, dann bin ich beruhigt. Jetzt genieße noch deine Spaghetti und mach dir einen schönen Tag. Wir sprechen wieder, wenn du umgebucht hast. Bitte schicke mir eine *WhatsApp*, wann du in Frankfurt ankommst. Ach, und ich liebe dich.«

»Ich liebe dich auch, Amore. Ciao.« Maria legte auf. Irgendwie wurde sie traurig, aber auch von einer Ruhe erfüllt, die sie schon lange vermisst hatte. Sie hatte alles versucht. Und sie hatte auf einmal die Worte ihrer Großmutter im Ohr:

»Kind, wenn etwas nicht werden soll, ist es für etwas gut.« Sie nahm die Gabel wieder auf und aß noch einen Bissen, aber die Nudeln waren inzwischen kalt geworden und wollten ihr plötzlich nicht mehr schmecken. Lustlos aß sie den Teller leer und bestellte sich noch ein Glas *Frascati*. In Gedanken versunken starrte sie die Wände der kleinen Trattoria an, die mit Fotos von berühmten Persönlichkeiten dekoriert waren. Man konnte den Inhaber sehen, wie er mit Andrea Bocelli, Adriano Celentano und auch Sophia Loren in die Kamera lächelte. Als er an ihren Tisch kam und das neue Glas Wein brachte, sprach Maria ihn an:

»Hier haben ja schon ganz berühmte Persönlichkeiten gegessen.« Der alte Mann, der sicherlich bereits die 70 überschritten hatte, strahlte plötzlich über das ganze Gesicht.

»Si, Signora, sie waren alle da. Meine Trattoria ist in ganz

Neapel berühmt.« Er reckte stolz das Kinn nach vorne. »Ganz besonders stolz bin auf dieses Foto.« Er zeigte mit seiner rechten Hand auf ein riesiges Foto an der Wand. Dort sah man ihn als Jungen von etwa zwölf Jahren, und neben ihm stand Sophia Loren. Sie hatte freundschaftlich einen Arm um ihn gelegt. Beide strahlten in die Kamera. Im Hintergrund sah man eine typische Kirche, wie man sie überall in den kleinen Bergdörfern in Italien fand. Sophia Loren war auf diesem Schwarz-Weiß-Foto trotz ihrer ärmlichen und schmutzigen Kleidung eine strahlende Schönheit. »Wissen Sie, sie kam mich hier besuchen, denn 1959 war sie in meinem Dorf und hat dort einen Film gedreht. Sie hat in all den Jahren nicht meinen Namen vergessen. Mit diesem Film ist sie berühmt geworden. Kennen Sie vielleicht den Film ›*Und dennoch leben sie*‹?« Er wuchs über sich hinaus. »Sie ist eine Göttin und hat nie vergessen, wo sie herkommt.« Maria überlegte einen Moment, musste dann aber passen:

»Nein, leider kenne ich diesen Film nicht. Sind Sie nicht aus Neapel?«

»Nein, Signora, ich stamme aus dem kleinen Dorf Vallecorsa, etwa 100 Kilometer von hier. 1968 habe ich meine Frau geheiratet. Sie stammte von hier, leider ist sie letztes Jahr verstorben.« Über seinem Gesicht lag plötzlich ein melancholischer Schleier. »Mit ihr habe ich in den 70er-Jahren diese Trattoria eröffnet.«

»Das ist ein tolles Lebenswerk«, sagte Maria anerkennend und schaute weiter auf das Foto. Der alte Mann lächelte stolz, als er fortfuhr:

»Wenn Sie einmal rauswollen aus der Stadt, gute Luft atmen und vielleicht auch sehr gutes Olivenöl kaufen, dann fahren Sie doch nach Vallecorsa. Es ist sehr schön und ursprünglich. Von dort brauchen Sie etwa 20 Minuten bis zum Strand nach Sperlonga. Sie werden es nicht bereuen.«

MITTWOCH, DER 29. MAI

1

Sie hatte mitten in der Nacht eine *WhatsApp* erhalten. Ein Daumen-hoch-Zeichen. Die Drogenlieferung war also angekommen und ohne Zwischenfälle an Land gebracht worden. Es lief alles nach Plan. Nun saß sie mit ihrem ersten Espresso auf der kleinen Mauer vor ihrem Haus und blickte in das Tal. Die kleine Stadt Vallecorsa lag noch im Schatten, und auch bei ihr würde es bestimmt etwa eine Stunde dauern, bis die Sonne über dem Berg erstrahlen würde. Sie war vorbereitet, denn lange würde er nicht mehr auf sich warten lassen. Auch beim letzten Mal war er am frühen Morgen vorbeigekommen. Sie schaute auf die Uhr auf ihrem Handy. 5.50 Uhr. Da hörte sie, wie sich ein Fahrzeug dem kleinen Haus in den Bergen näherte. Angelo konnte es nicht sein, er würde niemals unangekündigt vorbeikommen. Außerdem war er die ganze Nacht damit beschäftigt gewesen, das Kokain an Land zu holen. Es konnte nur dieser Dottore Marino sein. Als sie sein Auto über die Kuppe kommen sah, wurde sie innerlich kalt. Pedro und Pippo hatte sie in den vergangenen Tagen auch beigebracht, nicht bei jeder Kleinigkeit zu bellen, und so warf sie beiden je einen Knochen hin, den sie dafür extra im Schuppen aufbewahrt hatte. Keinesfalls sollten die Mädchen von dem Gebell der Hunde geweckt werden. Der Wagen kam direkt vor dem Haus zum Stehen, und Chiara versuchte sich an einem Lächeln. Sie trat näher an das Gartentor, dabei achtete sie darauf, dass ihr Slip und ihre nackten Brüste unter dem Bademantel hervorblitzten. Sollte der Alte ruhig geil werden. Sie würde es ihm heute schon besorgen. Dottore Marino stieg erstaunlich flink aus dem Wagen aus, schneller, als sie es bei diesem dicken Alten für möglich gehalten hätte, und trat durch das kleine Gartentor, dabei griff er sich in den Schritt. Seine Geilheit war ihm ins Gesicht geschrieben.

»Dottore, du kommst immer sehr früh vorbei«, sagte sie in verführerischem Ton.

»Ja, morgens ist die Liebe am schönsten«, erwiderte er und griff ihr dabei grob an die nackte Brust.

»Dottore, nicht hier. Ich habe Angst, dass die Kinder uns erwischen. Komm, ich habe im Wald einen wunderbaren Platz gefunden.« Er zögerte. »Komm schon«, hauchte sie lasziv und leckte sich dabei demonstrativ über die Lippen. Mit einer Hand streichelte sie ihre nackte Brust. Augenblicklich verwarf er seine Bedenken, ihr in den Wald zu folgen. Sie ging schnell voran, und es fiel ihm schwer, mit ihr Schritt zu halten. An einem großen Kastanienbaum blieb sie plötzlich stehen, ließ ihren Bademantel zu Boden gleiten und zog ihren Slip aus. Marino hatte offensichtlich Mühe, sich zu beherrschen. Sie lachte, warf den Kopf in den Nacken und sah ihn herausfordernd an.

»Heute nimmst du mich von hinten«, sagte sie lächelnd. Mit wenigen Schritten stand er direkt vor ihr und keuchte ihr ins Ohr:

»Du wirst schreien vor Lust.« Mit nervösen Fingern öffnete er seine Hose und ließ sie herunterfallen, dann versuchte er, in sie einzudringen. Sie jedoch fluchte plötzlich los, rammte ihm ihren rechten Ellenbogen mit Schwung ins Gesicht, drehte sich um und trat ihm mit voller Wucht in die Hoden. Marino sackte, nach Luft ringend, zusammen und fiel, da er sich in seiner Hose verfangen hatte, rücklings zu Boden. Chiara griff hinter den Kastanienbaum und zog eine Pistole hervor. Er brauchte einen Moment, bis er die Situation erfasst hatte. Mit weit aufgerissenen Augen starrte er sie an.

»Was willst du tun?« Chiara genoss diesen Moment, sie hatte die Macht, und dieses alte Schwein würde sie ab jetzt nie mehr zum Sex zwingen.

»Die Welt von einem Arschloch befreien«, sagte sie kühl. »Steh auf, sofort.« Marino drehte sich um, kam auf die Knie und stand dann umständlich auf. Er hielt seine Hose fest und sah sie angsterfüllt an:

»Und jetzt? Bitte, es tut mir leid, bitte überlege dir, was du machst. Ich komme auch nie mehr vorbei, wenn du es nicht willst. Bitte!« Chiara genoss diesen Moment. Diese Angst in seinen Augen, er war am Ende, und das Beste war, er wusste es.

»Jetzt gehst du den Weg weiter und da vorne darfst du noch ein Gebet sprechen«, flüsterte sie. Er zögerte einen Moment und sah auf die Waffe. Dann setzte er sich langsam in Bewegung. Sie wusste, er würde gleich wieder jammern und versuchen, mit ihr zu verhandeln. Aber dazu würde sie es nicht kommen lassen. In der Mitte des Weges, den sie mit ihren Kindern abgeschritten hatte, ging es rechts und links steil bergab. Ohne Vorwarnung sprang sie hinter ihn und versetzte ihm einen kräftigen Stoß. Marino fiel nach vorne, ruderte mit den Armen in der Luft, dann stürzte er mit einem gellenden Schrei in die tiefe Schlucht. Sie blieb kurz stehen, nackt wie sie war, und sah in die Tiefe. Der Schrei dauerte länger, als sie vermutet hätte. Dann war Stille.

Die Kinder mussten bald aufwachen, sie hatte keine Zeit zu verlieren. In Windeseile rannte sie zurück, sammelte ihre Kleidung auf, zog sich schnell an und lief den Waldweg hinunter. Als sie vor ihrem Haus angekommen war, schaute sie in den kleinen Peugeot. Angelo musste sich darum kümmern.

2

Der Arzt hatte zwei Tage zuvor einen Kapselriss in den Fingergelenken diagnostiziert, Kühlakkus und Schmerzmittel mitgegeben und ihm gesagt, er solle täglich in die Sprechstunde kommen. Durch die Medikamente waren die Schmerzen erträglich gewesen, obgleich er jedes Mal nachts aufwachte, wenn er irgendwie an die verletzte Hand kam.

»Es ist 5.45 Uhr, aufstehen und fertig machen zur Arbeit!«, tönte es aus dem kleinen Lautsprecher in seiner Zelle. Die Erinnerung an die Begegnung mit Jovanovic ließ ihn wie gelähmt in seinem Bett liegen bleiben. Er hatte Panik. Auf keinen Fall wollte er ihn, wenn er auf den Flur trat, sehen. Die Zellentür öffnete sich, und der Beamte Müller schaute herein:

»Guten Morgen, ich habe vorne eine Mitteilung, dass Sie jeden Tag zum Revier müssen. Ist das richtig?« Karl-Heinz hob seine linke geschiente Hand und sagte schwach:

»Ja, der Arzt will sich täglich die Hand ansehen.«

»Was ist denn passiert?«

»Ach, ich bin ausgerutscht und habe mir dabei die Finger nach hinten gebogen.« Müller schaute ungläubig, aber Van Damme hatte ihm eingeschärft, auf keinen Fall die richtige Story zu erzählen. Denn Jovanovic würde den Angriff abstreiten, aber er könnte fortan damit rechnen, dass er sich für das Anschwärzen übel rächen würde. Mit zittrigen Knien erhob er sich aus seinem Bett, tappte die wenigen Schritte an die Zellentür und staunte nicht schlecht, als er Van Damme in der Hausarbeiterkleidung am Essenswagen stehen sah.

»Guten Morgen, was machst du da?« Er schaute Van Damme ungläubig an.

»Guten Morgen, mein Lieber. Ich habe hier mal den Posten als Hausarbeiter übernommen. So ist meine Zelle den ganzen Tag auf, und ich komme ein wenig rum«, sagte er gut gelaunt und zwinkerte Karl-Heinz zu. Leise fügte er hinzu: »Und diesem Schwein mache ich ab heute das Leben schwer.«

3

Die Nachricht vom schweren Verkehrsunfall von Werner Schmidt verbreitete sich im LKA wie ein Lauffeuer. Am Rondell bei Höchst im Odenwald hatte ein Fahrer bei einem Überholmanöver die Kontrolle über sein Fahrzeug in einer langgezogenen Kurve verloren und war frontal in Werner Schmidts Auto gekracht. Derzeit befand er sich im Krankenhaus in Erbach, und die Ärzte kämpften um sein Leben. Alex saß noch immer geschockt an seinem Schreibtisch und sah aus dem Fenster, als Heike Bender, die Leiterin der SOKO, sein Büro betrat.

»Eine furchtbare Sache«, sagte sie und ließ sich auf einem Stuhl gegenüber von Alex nieder.

»Ja, das ist es, hoffentlich kommt er durch«, pflichtete ihr Alex bei und sah sie fragend an. »Wer übernimmt jetzt seine Aufgaben?«

»Deshalb bin ich hier. Ich möchte, dass du diesem Esposito noch einmal auf den Zahn fühlst. Möglicherweise hat er jetzt Angst, nach Weiterstadt verlegt zu werden. Dort sitzen derzeit einige Größen der Organisierten Kriminalität, wer weiß schon so genau, wer mit wem da Geschäfte macht. Vielleicht ist er jetzt so weichgekocht, dass er aussagt. Wir dürfen nichts unversucht lassen.«

»Ich verstehe sowieso nicht, warum er auf einmal in die JVA Weiterstadt soll.«

»Ich auch nicht. Zunächst hieß es, er soll ganz normal, wie bei der Ladung zum Strafantritt gedacht, in der JVA Dieburg seine Strafe absitzen.«

»Merkwürdig«, murmelte Alex und sah in Gedanken durch sie hindurch.

»Wirklich. Das ist seltsam. Wer steckt dahinter? Und wo können wir ansetzen, das herauszufinden?« Heike hatte die Stirn in Falten gelegt.

»Ich habe das dumme Gefühl, dass der ganze Fall irgendwie mit diesem windigen Rechtsanwalt Wilk zu tun hat. Fachanwalt für internationales Recht. Ich habe mich ein wenig mit seiner Sekretärin unterhalten. Er scheint kaum zu arbeiten, hat, was ich bisher in Erfahrung bringen konnte, ein beträchtliches Vermögen auf mehreren Konten angesammelt. Er ist der Betreuer des alten Mannes, aus dessen Wohnung heraus die tödlichen Schüsse abgegeben wurden. Wenn das kein Zufall ist. Außerdem ist er nie zu erreichen. Ich fahre heute noch einmal zu seiner Privatadresse und schaue mir gegen Abend mit Kollegen von der Wirtschaftskriminalität seine Einkommensteuererklärungen mal genauer an. Angeblich ist er im Urlaub. Vielleicht macht er ja Urlaub zu Hause.«

»Mach das, aber bitte fahre heute noch zu diesem Esposito.« Heike war aufgestanden.

»Das ist jetzt mein erster Weg.«

Als er etwa 60 Minuten später vor der JVA Dieburg stand, erinnerte er sich an die erste Begegnung mit Maria. Hier hatten sie sich kennengelernt und waren vom ersten Moment an voneinander fasziniert gewesen. Schon bei diesen Ermittlungen damals war sie so beharrlich gewesen und hatte viel auf ihr Bauchgefühl vertraut. Möge sie von diesem Himmelfahrtskommando jetzt auch unbeschadet zurückkommen. Nachdem er Waffe und Handy abgegeben hatte, brachte ihn ein junger Beamter in den Vernehmungsraum. Auf dem Weg dorthin traf er in der Verwaltung der JVA auf Jan Gerber.

»Hallo, Alex, was machst du hier? Bist du jetzt für Esposito zuständig?«

»Ja, Werner ist verunglückt, furchtbare Sache. Er liegt auf der Intensivstation und kämpft um sein Leben.«

»Scheiße, das hört sich nicht gut an«, sagte Jan betroffen. »Wenn du schon mal da bist, ich müsste etwas mit dir besprechen. Sag der Zentrale nachher bitte, wenn du mit ihm fertig bist, dass sie mir Bescheid geben sollen. Ich hole dich dann ab.« Alex nickte und überlegte sofort, ob Jan ahnte, weshalb Maria in Neapel war. Wenige Minuten später wurde er aus seinen Grübeleien gerissen, denn Luigi Esposito betrat den Vernehmungsraum. Alex drückte im gleichen Moment auf sein Aufnahmegerät.

»Guten Tag, Herr Esposito. Mein Name ist Alexander Neubert vom LKA, mein Kollege Schmidt ist leider erkrankt, und so bin ich ab sofort Ihr Ansprechpartner.« Alex versuchte, aus Espositos Körpersprache und Mimik irgendetwas abzulesen, aber Esposito verzog keine Miene, bewegte sich nicht und starrte ihn nur an. »Haben Sie verstanden, was ich gerade gesagt habe?«

»Oh si, natürlich, entschuldigen Sie.«

»Also, Herr Esposito, ich muss Ihnen heute mitteilen, dass die Staatsanwaltschaft beschlossen hat, Sie in die JVA Weiterstadt zu verlegen.«

Luigi Esposito zuckte kaum merklich zusammen, seine Augen jedoch wurden schmal, er wirkte von einem auf den anderen Augenblick zornig.

»So, man will mich nach Weiterstadt bringen. Das werde ich nicht lange überleben«, sagte er ruhig. »In diesem Gefängnis sitzen Männer vom Rosso-Clan ein. Man wird Mittel und Wege finden, mich zu beseitigen. Bei dem Attentat in Darmstadt habe ich nur Glück gehabt.«

»Ich kann erwirken, dass Sie zumindest noch eine Zeit

lang hierbleiben, aber dazu müssen Sie endlich umfänglich aussagen«, erwiderte Alex.

»Ich weiß nicht, was mit meiner Frau ist. Deshalb kann ich nicht aussagen.«

Alex beugte sich vor, stoppte sein Aufnahmegerät und sagte leise:

»Ich weiß, dass Frau Saletti für Sie in Neapel Ihre Frau und Kinder sucht. Sie hat sich diesen Wahnsinn in den Kopf gesetzt, und ich hoffe für Sie, dass sie sie findet und unbeschadet wieder zurückkehrt. Frau Saletti war bei Ihrer Villa, diese steht zum Verkauf. Etwas, was für mich nicht zusammenpasst. Ich glaube, Sie spielen hier mit uns Ihre Spielchen. Angeblich wissen Sie auch, wer für den Mord an Frau Salettis Cousine verantwortlich ist. Gnade Ihnen Gott, wenn Sie sie nur benutzen und ihr, wenn sie zurück ist, nicht helfen, den Mörder zu finden. Ich schwöre Ihnen, sollten Sie bei ihrer Rückkehr nicht mit der Sprache rausrücken, bringe ich Sie höchstpersönlich nach Weiterstadt.« Alex erschrak über sich selbst, normalerweise wahrte er eine reservierte Distanz bei seinen Verhören. Er wurde nie emotional. Auch bei den schlimmsten Verbrechen nicht. Heute jedoch hätte er am liebsten seinem Gegenüber kalt lächelnd den Hals umgedreht. Espositos Augen wurden groß. Da klopfte es an der Tür. Sekunden später erschien Jan im Türrahmen.

»Wenn es dir recht ist, bleibe ich mit dabei«, sagte dieser ruhig und setzte sich mit an den Tisch. Alex blieb fast das Herz stehen, würde Esposito jetzt auf seinen verbalen Angriff antworten? Er sah ihn durchdringend an und hoffte, dass dieser nun nichts Falsches sagte. Esposito lehnte sich nach hinten, schaute aus dem Fenster und murmelte:

»Wenn ich weiß, wie es meiner Frau und den Kindern geht, werde ich aussagen.« Er sah Alex länger und durchdringender als gewöhnlich an und erhob sich: »Ich möchte zurück in meine Zelle, bitte.«

Jan nahm sein Funkgerät zur Hand und funkte die Zentrale an, dass jemand Esposito im Verhörraum abholen konnte. Es herrschte minutenlange Stille, dann wurde Esposito abgeholt, und Jan wandte sich direkt an Alex:

»Mir wurde zugetragen, dass Esposito auf seiner Zelle ein Handy hat. Ich war während seiner Abwesenheit soeben dort und habe es auch gefunden.« Alex hielt den Atem an.

»Bekommt er jetzt irgendeine Strafe?«

»Nein, wo denkst du hin. Ich brauchte nur die Telefonnummer des Handys, damit ich eine Telefonüberwachung beantragen kann. Ich denke, dann erfährst du mehr als bei einem Verhör.« Alex stockte der Atem. Jan würde dabei mit Sicherheit erfahren, dass Maria in seinem Auftrag in Neapel unterwegs war. Er überlegte einen kleinen Moment. Jan war ihrer beider Freund, und er konnte ihn nicht weiter belügen. Er fasste sich ein Herz, sah ihn an und sagte:

»Ich muss dir was erzählen.«

4

Jan rieb sich gedankenverloren das Kinn. Dass Maria ihm etwas verheimlicht hatte, hatte er bereits vermutet. Dass sie jedoch so weit gehen würde, um die Geister ihrer Vergangenheit zu vertreiben, hätte er nicht für möglich gehalten.

»Sobald du das Telefon von diesem Esposito abhören lässt, besteht die Gefahr, dass er mit anderen über Marias Auftrag spricht. Wenn herauskommt, dass sie für ihn seine Frau sucht …«, Alex sprach nicht weiter.

»… wird sie vom Dienst in der JVA suspendiert und später aus dem Dienst entfernt«, ergänzte Jan den Satz und schaute aus dem Fenster. »Ich habe eine andere Idee. Wir werden das Telefon ohne eine Genehmigung abhören.« Dabei sah er Alex verschwörerisch an. In diesem Moment klopfte jemand an der Tür, und zeitgleich wurde geöffnet. Im Türrahmen erschien Enrico Müller:

»Chef, ich …« Müller sprach nicht weiter, als er Alex am Tisch sitzen sah.

»Enrico, was gibt es denn?«, sagte Jan leicht genervt.

»Wegen dem Revier«, entgegnete Müller und sah Jan mit großen Augen an.

»Also gut, hast du was herausfinden können? Du kannst frei reden. Herrn Neubert kennst du sicherlich, er war schon öfter hier in der JVA. Er ist vom Landeskriminalamt in Wiesbaden.« Mit diesen Worten zeigte er auf Alex. Müller trat in das Büro und schloss die Tür hinter sich.

»Ich habe mich ein wenig umgehört.« Dann machte er eine schöpferische Pause, und Jan bereute augenblicklich, dass er diesem Wichtigtuer das Gerücht vom Revier erzählt hatte. Jans Mimik wechselte gerade von neugierig zu genervt, als Müller fortfuhr:

»Unter uns, dieser Stefan Seibert ist nicht sauber.« Wieder sprach er nicht weiter, und Jan wollte ihn gerade anmeckern, da rückte er mit der Sprache raus:

»Also, der neue Hausarbeiter Bergholz auf der Station II/5 ist so ein Typ aus dem Frankfurter Rotlichtmilieu. Als ich mit ihm zufällig im Haus unterwegs war, kam uns dieser Seibert entgegen. Der Hausarbeiter grüßte ihn freundlich, und Seibert erschrak richtig.« Müller legte wieder eine spannende Pause ein. »Dann sagte Bergholz, den alle Van Damme nennen – er ist Kickboxer, musst du wissen«, Jans Blick ging zu Alex, dessen Gesichtsausdruck Bände sprach, »also dieser Van Damme erzählte mir, dass er Seibert aus dem Milieu kennt.«

»Wie, aus dem Milieu?«

»Seibert ist wohl spielsüchtig. Er verbringt jede freie Minute in irgendwelchen Spielotheken und wirft sein Geld in Glücksspielautomaten.«

Alex und Jan sahen sich an.

»Das hat schon ganz andere in den Ruin getrieben.«

»Also, wenn er, wonach es jetzt aussieht, derjenige ist, der sich mit Beruhigungsmitteln im Revier ein Zubrot verdient, benötigen wir einen Gefangenen, der mitspielt. Dann könnten wir einen Knacki mit einem präparierten 50-Euro-Schein zu ihm schicken«, sagte Jan und rieb sich sein Kinn.

»Wenn der Gefangene dann aus dem Revier kommt und uns die Tabletten, oder was auch immer, übergibt, gehen wir rein und machen Seibert links. Der Beweis ist dann der 50-Euro-Schein, der durch die Markierung zweifelsfrei von der Polizei kommt.« Jan stand auf und starrte aus dem vergitterten Bürofenster, während Müller ihn erwartungsvoll ansah. Als er sich zu ihm umdrehte, sagte er:

»Gut gemacht, Müller. Jetzt brauchen wir nur noch einen Knacki, der mitspielt. Das ist jetzt echt schwierig. Du darfst das nur einem erzählen, denn sonst wird Seibert am Ende gewarnt. Also überlege dir gut, wen du ansprechen könntest.« Das war klar ein Auftrag. Müller nickte und wandte sich zur Tür. Die Türklinke bereits in der Hand, sagte er:

»Gut, Chef. Ich mache mir mal Gedanken.« Nachdem er die Tür von außen geschlossen hatte, sahen Jan und Alex sich an.

»Ein wenig anstrengend, der Gute.«

»Ja, er will immer glänzen, und mit Frauen im Vollzug hat er so seine Probleme. Du kannst dir vorstellen, dass er und Maria sich auf den Tod nicht ausstehen können.«

»Also, wie ich den hier so erlebt habe, kann ich Maria jetzt verstehen«, sagte Alex und lachte.

»Gut, jetzt zurück zu unserem Problem.«

»Was genau willst du machen?« Alex sah Jan fragend an.

»Sobald Esposito in der Freistunde ist, werde ich eine Spy- Überwachungssoftware auf seinem Handy installieren, und hoffen wir mal, dass dieser Drogenbaron kein Spezialist in Sachen Handy ist, dann findet er sie auch nicht. So erfahren wir alles, nur später bei Gericht können wir es nicht verwenden. Aber ich glaube, das ist auch nicht wichtig.«

»Gute Idee, aber er spricht bei seinen Telefonaten italienisch. Wen willst du das übersetzen lassen?« Alex hatte seine Stirn in Falten gelegt und sah Jan besorgt an.

»Das stimmt.« Beide schauten ratlos auf den Gefängnishof. Einige Tauben pickten gerade etwas vom Asphaltboden auf.

»Also, ich installiere diese Software auf jeden Fall und speichere die Gespräche. Wenn Maria zurück ist, kann sie uns alles übersetzen. Möglicherweise erhalten wir so brauchbare Informationen.«

»Ja, sie hat bisher auf ihrer Reise nichts herausfinden können, und ich hoffe, sie kommt früher zurück«, erwiderte Alex. »Die Nachricht, dass er in die JVA Weiterstadt gebracht wird, wenn er keine Aussage macht, könnte ihn dazu bewegen, endlich den Mund aufzumachen. In Weiterstadt sitzen derzeit einige Größen der Organisierten Kriminalität aus Italien. Zu welchem Clan sie gehören, weiß ich nicht.«

5

Die Dachterrasse ihres Hotels war gut besucht, und Maria suchte die Tische nach einem freien Platz ab. Ein älteres Ehepaar winkte ihr freundlich zu und zeigte auf einen Stuhl an ihrem Tisch.

»Guten Morgen, kommen Sie, setzen Sie sich zu uns«, sagte die alte Dame freundlich.

»Vielen Dank«, entgegnete Maria.

»Sehr gerne, kommen Sie.« Als sie Platz nahm, sagte der alte Herr:

»Sie sehen aus wie eine Italienerin, sprechen aber sehr gut Deutsch.« Er sah sie fragend an.

»Ja, ich bin in Neapel geboren, aber seit ich zwei Jahre alt war, lebe ich in Deutschland.«

»Und jetzt machen Sie hier Urlaub.« Die alte Dame lächelte sie gütig an. Maria nickte nur freundlich, sie hatte an diesem Morgen keine Lust auf eine Unterhaltung. Der Ausblick auf die Domkuppel und Teile der Altstadt war bezaubernd. Die beiden Senioren tranken noch ihren Kaffee aus und verabschiedeten sich. Nach einem kleinen Frühstück, das nur aus Espresso und einem leckeren Cornetto bestand, nahm Maria erneut ihr Smartphone zur Hand und sah nach, ob sie ihren Flug umbuchen konnte. Sie hatte ein Reisebüro angeschrieben, das sich bei ihr melden wollte, sollten sie einen günstigeren Flug für sie finden. Jedoch fand sie nur Angebote, die preislich viel zu hoch waren, und so beschloss sie, die letzten Tage in Neapel zu genießen. Auf ihrer To-do-Liste stand der Besuch einiger Sehenswürdigkeiten wie die Standseilbahn *Funicolare* oder auch abends auf den Vomero-Hügel fahren und auf dem Balkon des Klosters San Martino den Sonnenuntergang bei Capri bewundern. Sie hatte ein wenig in einem Reiseführer geblättert und festgestellt, dass sie ihre eigene Geburtsstadt kaum kannte. Die letzten Tage würde sie für Ausflüge nutzen und sich entspannen. Sich mit der Situation abzufinden, fiel ihr nicht leicht, aber ihr war klar geworden, dass sie gegen Mächte ankämpfte, die sie nicht besiegen konnte. Bevor sie jedoch die Einkaufsstraßen und Sehenswürdigkeiten in Angriff nahm, wollte sie zum Friedhof Poggioreale fahren. Tagelang hatte sie den Besuch von Annas Grab vor sich hergeschoben. Zu groß war die Angst gewesen, dort von ihrer Traurigkeit in ein tiefes Loch gerissen zu werden. Heute jedoch würde sie es schaffen, ein paar Blumen auf Annas Grab zu legen. Sie würde mit dieser traurigen Vergangenheit abschließen und die Tote ein für alle Mal ruhen lassen. Eine Viertelstunde später saß sie in dem kleinen Fiat und gab die Adresse des Friedhofs ins Navi ein. Die gesamte Strecke führte durch die Innenstadt von Neapel, unterwegs würde sie sicherlich etwas Passendes für das Grab von Anna finden. Der Verkehr war wie immer mörderisch, und entweder fuhren Autos und Motorroller 70 Stundenkilometer, oder aber es bewegte sich nichts. Als der Strom der Fahrzeuge nahezu zum Erliegen gekommen war, entdeckte sie in einem Geschäft im Schaufenster einen kleinen weißen Porzellanengel, der ihr gut gefiel. Sie fuhr rechts ran, betätigte den Warnblinker und sprang aus dem Auto. Der alte Verkäufer sah sie gütig an und drückte ihr den kleinen Engel mit den Worten »Möge er dich beschützen« in die Hände. Emotional aufgewühlt, weil sie nun das Grab von Anna nach mehr als 20 Jahren zum ersten Mal besuchen würde, schossen Maria die Tränen in die Augen und sie gab ihm ein großzügiges Trinkgeld. Minuten später fand sie sich wieder im Strom der Fahrzeuge und fuhr weiter in Richtung Poggioreale. Auf der vierspurigen Via Nuova näherte sie sich dem riesigen Friedhof, dessen Monumente man schon von weitem sehen konnte. Diese Gruften waren für wohlhabende Familien in Neapel seit Jahrhunderten die letzte Ruhestätte. Maria musste hinter einem Linienbus stoppen, denn der nachfolgende Verkehr gab ihr keine Gelegenheit, an dem stehenden Bus vorbeizufahren. Sie ärgerte sich und fluchte ein wenig vor sich hin, als sie plötzlich vor sich ihre Tante Rosanna aus dem Bus aussteigen sah. Marias Herz machte einen Sprung, sollte sie noch die Gelegenheit haben, mit ihr ein wenig zu sprechen? Sie hupte, öffnete das Fenster und rief nach ihr. Rosanna blieb stehen, erkannte Maria, strahlte über das ganze Gesicht und winkte ihr.

»Warte auf mich, ich suche nur einen Parkplatz!«, rief Maria und fuhr langsam suchend weiter. Die beiden jungen Männer, die bereits seit ihrer Abfahrt vom Hotel auf ihren Vespas hinter ihr herfuhren, bemerkte sie nicht.

6

Er besah sich seine Hand. Er musste nun keinen Verband mehr tragen, und sie war ein wenig abgeschwollen. Der Anstaltsarzt teilte ihm jedoch mit, dass es noch einige Wochen dauern würde, bis die Hand wieder schmerzfrei wäre. Im Flur vor seiner Zellentür vernahm er die Unruhe, die entstand, wenn das Mittagessen verteilt wurde. Kurz darauf sah er das Gesicht von Van Damme, der mit einem breiten Grinsen in der Hand seine rechte Hand ausstreckte.

»Gib mir mal deinen Teller. Es gibt heute Schnitzel mit Püree und Mischgemüse.«

»Oh, ist Weihnachten?« Karl-Heinz traute seinen Augen kaum. Beim Blick von weitem in die Essenskübel, die auf einem Wagen vor der Zelle standen, war er positiv überrascht.

»In der Küche ist ein neuer Mann. Ein Koch aus einer anderen JVA. Der kann scheinbar kochen«, bemerkte Van Damme, »und heute gehen wir beide in die Freistunde. Du musst mal ein wenig an die Sonne. Du bist ja weiß wie eine Kalkleiste.« Bei diesen Worten zwinkerte er ihm zu. Augenblicklich bekam Karl-Heinz Angst.

»Ich glaube nicht, dass ich in den Hof möchte«, sagte er schnell und schaute dabei in Richtung Zelle von Jovanovic. Van Damme lächelte ihm aufmunternd zu:

»Doch, doch. King Kong weiß genau, dass du unter meinem Schutz stehst. Glaube mir. Er wird dir nichts mehr tun.«

»Also gut, bis später.« Karl-Heinz war nicht wohl dabei.

Die Zelle wurde vom Bediensteten wieder verschlossen, und er setzte sich an den kleinen Tisch in der Ecke der Zelle und probierte vorsichtig das Mittagessen, das ihm wirklich gut schmeckte. Er blickte aus seinem Zellenfenster und sah in den blauen Himmel. Heute Nachmittag ein wenig in der Sonne sitzen würde ihm schon gefallen. Konnte er sich auf Van Damme verlassen?

7

Angelo fuhr über die kleine Bergkuppe, da sah er vor dem Bruchsteinhaus das Auto von Dottore Marino. Schon wieder war dieser Typ da. Chiaras Abneigung war das letzte Mal deutlich gewesen, und die geilen Blicke des Alten hatten für sich gesprochen. So konnte es nicht weitergehen. Heute würde er ihm klarmachen, dass es besser für ihn war, wenn er sich so schnell nicht mehr blicken ließe. Was so ein alter Sack sich doch einbildete. Es war an der Zeit, ihn in die Schranken zu weisen. Arzt hin oder her. Er selbst war schon lange in Chiara verliebt und konnte jeden Mann verstehen, dem es genauso ging. Dennoch konnte man eine Frau nicht so offensichtlich mit den Blicken ausziehen. Rasch parkte er sein Auto und stieg aus. Dann zögerte er doch, als er sah, dass die Haustür offen stand. Seit sie hier wohnte, hatte Chiara stets darauf geachtet, dass sie immer geschlossen war. Geradezu panisch hatte sie das letzte Mal die Mädchen angefahren, die Tür nicht offen zu lassen. Mit einem mulmigen Gefühl im Magen trat er in den dunklen Flur und rief nach ihr:

»Hallo, ich bin schon da.« Außer Geräuschen aus dem Wohnzimmer, die eindeutig vom Fernsehgerät kamen, hörte er nichts. Vorsichtig sah er sich in den Räumen, die rechts und links vom Flur abgingen, um. Durch die angelehnten Holzklappläden, die der Hitze ein wenig Einhalt gebieten sollten, war alles in diffuses Licht getaucht. Im Flur lag Kinderspielzeug am Boden, und Kinderschuhe waren wild verstreut. Erneut rief er: »Chiara?« Aber er erhielt keine Antwort. Mit Herzklopfen ging er weiter, was war hier passiert? Die Wohnzimmertür war angelehnt, und er vernahm Stimmen aus dem Fernsehgerät. Vorsichtig schob er die Zimmertür auf und fand die beiden Mädchen wie hypnotisiert im Wohnzimmer vor dem Bildschirm. Beide sahen sich einen Zeichentrickfilm an. Angelo atmete kurz durch, war aber noch immer in Alarmbereitschaft.

»Stella, wo ist denn die Mama?«, sprach er die Kleine an. Stella schaute weiter gebannt auf den Fernseher und antwortete, ohne ihn anzusehen:

»Mama ist im Bad. Sie geht heute Abend aus.«

»Ja, ich weiß«, erwiderte Angelo und setzte sich zu ihnen auf das Sofa. Als wenige Minuten später Chiara im Türrahmen erschien, traute er seinen Augen kaum. Die Frau, die tags zuvor noch traurig und niedergeschlagen aussah, hatte sich über Nacht verwandelt. Sie war kaum wiederzuerkennen, verführerisch geschminkt, in einem schwarzen Etuikleid, das ihre weibliche Figur betonte, schritt sie langsam auf ihn zu. Ihre langen Haare hatte sie zu einem lockeren

Knoten gebunden und hochgesteckt. Nur einzelne Strähnen fielen weich in ihren Nacken. Ihren vollen Mund betonte ein dunkelroter Lippenstift.

»Ciao, Angelo«, hauchte sie, und Angelo spürte sofort, wie ihr Anblick ihn erregte.

»Wie sehe ich aus?«, flüsterte sie und drehte sich dabei vor ihm einmal um die eigene Achse. Angelo stand fast der Mund offen. Sie war eine wunderschöne Frau, jedoch hatte sie in der Vergangenheit an der Seite von Luigi an Strahlkraft verloren. In diesem Augenblick war sie schöner als jemals zuvor.

»Schön. Gehst du mit Dottore Marino aus?«, fragte er vorsichtig. Chiara lachte und warf ihren Kopf in den Nacken.

»Wo denkst du hin. Um das Auto da draußen musst du dich heute noch kümmern«, sagte sie mit fester Stimme und legte gleich darauf ihren rechten Zeigefinger auf den Mund. Dann ging sie aus dem Wohnzimmer in Richtung Flur, gerade so weit weg, dass die Kinder das Gespräch nicht mit anhören konnten.

»Was ist passiert?« Angelo sah sie mit großen Augen an.

»Das Arschloch ist Geschichte. Den findet auch keiner. Hab keine Angst. Heute Nacht, wenn ich zurück bin, schnappst du dir die Karre und lässt sie irgendwo verschwinden. Alles klar?« Angelo schluckte, hatte sie ihn umgebracht? Er wollte keine Fragen stellen, Chiara hatte ihm eine Anweisung erteilt, und er wusste, es war besser für ihn, ihr zu folgen. Wenn sie ihren Willen nicht bekam, konnte sie sehr aufbrausend werden.

8

Maria hatte Mühe, die vierspurige Straße zu überqueren. Den Mut, den die Neapolitaner hatten, einfach loszulaufen, bewunderte sie. Und auf das Glück, dass die Autos anhielten, wenn sie einfach losging, wollte sie sich nicht verlassen. Nach einer gefühlten Ewigkeit kamen weniger Fahrzeuge, und Maria rannte mehr, als dass sie ging, über die breite Hauptstraße. Rosanna stand auf der gegenüberliegenden Straßenseite und hielt einen Strauß weiße Rosen in der Hand.

»Das ist aber ein schöner Zufall, dass wir uns hier treffen«, sagte sie freudestrahlend.

»Ja, ich wollte dich unbedingt noch einmal sehen, bevor ich wieder nach Deutschland fliege. Und wusste nicht, wie ich es anstellen sollte. Was für eine Fügung.« Maria griff schnell an ihr Kruzifix und bedankte sich im Stillen bei ihrer Großmutter.

»Ich habe auch etwas, was ich an Annas Grab legen wollte«, fügte sie hinzu, dabei nahm sie den kleinen Porzellanengel aus ihrer Tasche. »Gut, dass ich dich hier getroffen habe, denn ich weiß nach all den Jahren nicht mehr sicher, wo sich das Grab befindet.«

»Das kann ich mir vorstellen, und der Friedhof ist in 20 Jahren nicht übersichtlicher geworden.« Gemeinsam schritten sie langsam zum Eingang des Friedhofs, als Rosanna plötzlich stehen blieb und Maria fest umarmte.

»Es tut mir leid, dass Gennaro das letzte Mal so böse zu dir war. Er ist sehr krank, das hast du sicher gesehen.« Sie machte eine kurze Pause. »Seit Anna und kurz darauf

Domenico damals so grausam ums Leben gekommen sind, ist er ein anderer, ein verbitterter Mann geworden. Er wird nicht mehr lange leben. Die Ärzte geben ihm nur noch wenige Wochen.« Sie stockte einen kurzen Moment, dann fuhr sie fort: »Bitte, wenn es dir möglich ist, komm zu seiner Beerdigung, wir wollen all die schlimmen Jahre hinter uns lassen. Du bist jederzeit in unserer Familie herzlich willkommen.« Ihre Augen verrieten eine tiefe Traurigkeit, die nicht nur im Tod ihrer Tochter begründet war. Maria drückte ihre Tante fest an sich und schluckte die Tränen runter. Dann gingen die beiden eine kurze Zeit schweigend nebeneinander her. Sie hatte vergessen, dass dieser Friedhof eine außerordentliche Größe hatte. Die von der Straße aus sichtbaren Kapellen waren einst von den Wohlhabenden der Stadt für ihre Verstorbenen errichtet worden. Man konnte diesen Friedhof mit dem Auto befahren, und Maria empfand dies als sehr befremdlich. Beide schritten an kleinen Kapellen, aber auch an Monumenten vorbei, die die Höhe eines dreistöckigen Hauses hatten. Bei einigen dieser Gebäude führten Treppen in die Tiefe. Sozusagen in das Totenreich. Totengruften, in denen Familienmitglieder seit Generationen beigesetzt wurden. Maria hakte sich bei ihrer Tante unter.

»Du hast recht gehabt, als du mir geraten hast, die Toten ruhen zu lassen«, sagte sie leise, »und ich wollte dir sagen, dass ich nicht mehr weiter nach dem Mörder von Anna suchen werde. Ich habe versucht, etwas in Erfahrung zu bringen. Aber es ist aussichtslos. Dieser Luigi Esposito hat Angst um seine Frau, jedoch ist sie unauffindbar. Ich weiß nicht, was ich mir eingebildet habe. Niemand wird mir etwas über sie sagen. Ich habe versucht, zum Geschäftsführer seiner Firma Kontakt aufzunehmen. Als er mich zurückrief und ich ihm den Grund nannte, warum ich ihn sprechen wollte, legte er einfach auf. Es war eine dumme Idee, hierherzukommen.« Rosanna blieb stehen, nahm das Gesicht von Maria in beide Hände und küsste sie auf die Stirn.

»Gut, dass du es einsiehst. Ich kann verstehen, warum du auch Annas Mörder finden willst. Du bist in Deutschland aufgewachsen, und wegen dieser furchtbaren Tragödie bist du die letzten Jahre nicht hierher in deine Heimat zurückgekommen. Es war für dich als Kind noch viel schlimmer, als alle gedacht haben. Sie haben dich zudem für den Tod von Anna mitverantwortlich gemacht, dabei konntest du doch gar nichts dafür. Der Mörder meiner Tochter hat so viel Leid über unsere Familie gebracht. Dein Onkel Gennaro, du weißt, er ist ein harter Mann, hat seine ganze Wut gegen dich gerichtet. Das war falsch. Ich wollte, ich hätte einmal den Mut aufgebracht, mich gegen ihn zu stellen. Aber du weißt ja, wie das ist. Wir Frauen aus Neapel haben gelernt, still und stumm alles Leid zu ertragen.« Sie waren an Annas Grab angekommen, und Maria blickte auf den Grabstein. Ein kleines Foto ihrer Cousine war darauf befestigt, und Maria schossen bei diesem Anblick sofort die Tränen in die Augen. Ihre Tante legte ihren rechten Arm um sie und zog sie fest an sich, dann stellte sie den Strauß weiße Rosen bis auf eine einzelne in die kleine Vase, die am Kolumbarium befestigt war. Maria fühlte sich kurz in die Zeit ihrer Jugend zurückversetzt, traurig strich sie über das Foto von Anna. Sie zog den kleinen Porzellanengel aus ihrer Tasche und sah Rosanna fragend an.

»Kann ich ihn hier am Boden abstellen?«

»Aber sicher, Maria. Das ist ein schöner Engel.« Beide sprachen im Stillen ein Gebet, dann nahm Rosanna Maria am Ellenbogen und zog sie einige Meter weiter.

»Hier haben wir die sterblichen Überreste deines Onkels Domenico beigesetzt.« Auch auf dieser Grabplatte war ein Foto – das ihres Onkels – zu sehen. Rosanna stellte hier die einzelne Rose in die kleine Vase, bekreuzigte sich und sprach im Stillen ein Gebet. Maria fiel es schwer, es ihr gleichzutun. Er war derjenige gewesen, der ihr die Schuld an Annas Tod gegeben hatte. Nach einiger Zeit, die beide still nebeneinanderstanden, ergriff ihre Tante wieder das Wort:

»Maria, ich möchte, wenn es dir recht ist, dich hin und wieder anrufen. Gib mir bitte deine Telefonnummer.« Maria zog ihr Smartphone hervor.

»Gib mir deine, und ich klingele dich an«, erwiderte sie. Sie wollte ihr nicht erzählen, dass sie gerade ein gestohlenes Handy benutzte.

»Ja, sicher.« Rosanna diktierte Maria die Nummer und kurz darauf klingelte ihr Handy. Beide speicherten die Nummern ab, dann umarmten sie sich fest.

Etwa 20 Meter entfernt unterhielten sich leise zwei junge Männer. Während ihres Gesprächs fotografierten sie Maria und ihre Tante Rosanna unbemerkt mit ihren Smartphones.

9

Es war nach der Verhaftung von Luigi nicht einfach gewesen, den gesamten Immobilienbesitz zu erfassen. Durch das Firmenkonstrukt waren die Verflechtungen schwer zu durchdringen gewesen, und Chiara benötigte Tage und Nächte, bis sie alle Immobilien gefunden hatte. Luigi hatte auch Angelo nicht in alle Aktivitäten eingeweiht. Für jeden Firmenzweig gab es einen anderen Inhaber, Strohmänner, auf deren Namen er eine Firma angemeldet hatte. Diese Leute bekamen ein monatliches festes Gehalt und hatten ansonsten nichts zu tun, als ab und an eine Unterschrift zu leisten. Als Rückversicherung, dass die Herren nicht zu gierig wurden, hatte Luigi von jedem ein Dossier angefertigt. Diese Unterlagen fand sie, als sie die Wohnung in Neapel ausräumte. In einem alten Sekretär im Dachgeschoss entdeckte sie einen Ordner und war zunächst erstaunt, dass Luigi Details von Auftragsmorden, die teilweise zehn oder fünfzehn Jahre zurücklagen, detailliert geschildert und mit den Namen aller Beteiligten und Örtlichkeiten aufbewahrt hatte. Erst als sie die verschiedenen Firmen unter die Lupe nahm und die Namen der Inhaber las, ging ihr ein Licht auf. Er hatte über jeden seiner Getreuen Informationen aufbewahrt, die dem einen oder anderen lebenslänglich Knast eingebracht hätten. Oder aber auch in den Händen der Familien ihrer Opfer einen Racheakt heraufbeschwören konnten. Und so hielten alle dicht. Es war eine sogenannte Win-win-Situation. Jeder hatte etwas davon. Einfach war es für sie anfangs nicht gewesen. Keiner der Männer wollte mit ihr zusammenarbeiten. Nachdem sie ihnen jedoch klargemacht hatte, was für sie auf dem Spiel stand und dass sie im Besitz der prekären Unterlagen war, waren die Fronten geklärt, und Chiara wurde als neuer Capo akzeptiert. Luigi hatte über die Jahre die meisten Immobilien in Deutschland gekauft. Dort konnte er mit einem Koffer voll Geld hinfahren und teilweise Mehrfamilienhäuser in bar bezahlen, denn er musste keinen Nachweis erbringen, woher das Geld stammte, mit dem er die Immobilien kaufte. Bei einem Immobilienkauf jedoch war sie argwöhnisch geworden. Ein Jahr zuvor hatte er eine Villa im Herzen von Rom erworben. Und zwar im schicken Stadtteil Trastevere. Chiara wusste sofort, dass er diese Villa in Rom nur gekauft hatte, weil er dort eine Geliebte hatte. Wie sich herausstellte, erwartete die junge Frau ein Kind von ihm und lebte in diesem feudalen Haus im nobelsten Stadtteil von Rom. Angelo hatte ihr, nachdem sie ihn mit ihrem Wissen konfrontiert hatte, geschworen, dass er nichts von dieser Frau wusste. In einem kurzen Telefonat, in dem Chiara ihr erklärte, dass sie die Frau von Luigi wäre, versicherte diese Frau Chiara, dass sie nicht gewusst hatte, dass Luigi verheiratet war und zwei Kinder hatte. Sie weinte herzzerreißend und schwor, sie hätte sich niemals, wären ihr die Umstände bekannt gewesen, mit Luigi eingelassen. All das Weinen half ihr nichts, Chiara gab ihr eine Woche Zeit, die Villa mit all ihren Habseligkeiten zu verlassen, und wollte nie wieder etwas von ihr hören. Sollte sie sich weigern, würde sie die Geburt ihres Kindes nicht erleben. An diesem Abend nun wollte sie sich einmal persönlich das Liebesnest ihres Mannes ansehen. Ihre Jungs hatten ein paar Tage zuvor alle persönlichen Gegenstände der jungen Frau aus der Wohnung geräumt und eine Putzkolonne hatte alle Spuren von ihr beseitigt. Fortan wollte sie das Haus als *Bed and Breakfast* zur Miete anbieten, und so konnte sie selbst das Haus nutzen, wenn sie dem ruhigen Dorf den Rücken kehren wollte. Während der Autofahrt nach Rom erhielt sie den einen oder anderen Anruf, der sie in ihrer Vorgehensweise bestätigte. Alle Freunde von Luigi hatten begriffen, dass nun sie die Geschäfte führte, und niemand stellte mehr ihre Autorität infrage. An diesem Abend würde sie die Weichen in eine bessere Zukunft stellen. Luigi war als Capo bald Geschichte, denn die neuen Pläne, von denen niemand in ihrem Umfeld etwas wusste, würden Geld in unendlichem Ausmaß einbringen. Sie hatte ihn bereits vor Monaten kennengelernt, als sie eines Abends mit Laura in einem Ristorante zu Abend gegessen hatte. Ein Mann, der sie vom ersten Augenblick an fasziniert hatte. Ein Mann, um den sie kämpfen musste, denn es hatte ein wenig gedauert, bis sie ihn erobert hatte. Nach Wochen in der Einöde würde sie diese Nacht mit ihm in der Villa verbringen, in der Luigi seine Geliebte untergebracht hatte. Sie beide würden ihr neues Business feiern. Sie fuhr mit ihrem BMW in die Via di Santa Dorotea und fand auf Anhieb einen Parkplatz. Sie hatte sich dieses Lokal als Treffpunkt gewünscht, denn es war für sehr gute Pasta berühmt. Das Ristorante war gut besucht. Die Gäste, typisch römisch stilvoll gekleidet, saßen vor und in dem kleinen romantischen Lokal und genossen den Abend. Leise Loungemusik und gut gelaunte Unterhaltungen waren zu hören. An der Bar, die man durch den Eingang sehen konnte, saß er und unterhielt sich mit dem Barkeeper. Chiara warf einen letzten Blick in den Rückspiegel des Wagens, dann stieg sie langsam aus. Sie wusste, welche Wirkung sie in diesem Kleid erzeugte, und genoss die bewundernden Blicke. Als sie auf den Eingang zuging, trat er aus der Bar, kam auf sie zu und strahlte sie an. Dann nahm er sie in die Arme und hauchte ihr rechts und links einen Kuss auf die Wangen.

»Schön, dass du gekommen bist«, murmelte er ihr leise ins Ohr.

»Schön, dass wir einen Abend für uns haben, Paulo«, erwiderte sie, dabei sah sie ihm tief in die fast schwarzen Augen.

DONNERSTAG, DER 30. MAI

1

Es dämmerte bereits, als sie in den Morgenstunden zu Hause ankam. Angelo trat vor das Haus und sah sie fragend an.

»Du kommst spät. Wir müssen noch das Auto wegbringen«, sagte er leicht vorwurfsvoll. »Ich dachte, du kommst früher zurück, wenn es noch dunkel ist.« Chiara wusste, er hatte recht.

»Dann komm, lass uns schnell fahren, bevor es noch heller wird«, sagte sie schnell.

»Was ist mit den Kindern? Willst du sie alleine lassen?« Er sah sie fragend an.

Chiara überlegte einen Moment und sah auf die Uhr. Es war 4.35 Uhr, und wenn sie sich beeilten, waren sie rechtzeitig zurück, bevor die Kinder normalerweise aufwachten.

»Wie weit müssen wir fahren? Wo müssen wir es hinbringen?«

»Etwa eine halbe Stunde von hier. Es sind 20 Kilometer nach Ceccano. Das Auto wird auseinandergenommen und die Einzelteile verkauft. Besser, als das Ding irgendwo zu versenken, und es taucht dann wieder auf«, sagte er leise. Chiara überlegte einen kurzen Moment.

»Die Kinder schlafen noch eine Weile, wenn wir uns beeilen, sind wir rechtzeitig zurück.« Angelo nickte, fühlte sich mit dieser Entscheidung jedoch nicht ganz wohl.

»Was, wenn sie aufwachen, sie bekommen doch Angst, wenn niemand da ist.« Chiara wurde wütend:

»Wenn ihre Mutter verhaftet wird, weil man nachweisen kann, dass sie den Dottore in die Schlucht gestoßen hat, haben sie gar keine Mama mehr. Mach, starte das Auto.« Er schluckte, setzte sich auf den Fahrersitz und riss die Zündkabel unter dem Lenkrad heraus. Es dauerte einen kleinen Moment, dann hatte er den Peugeot kurzgeschlossen. Das Lenkradschloss war ein Klacks. Chiara saß bereits wieder in ihrem Auto und wartete. Als Angelo kurz darauf wieder ausstieg, dachte sie, sie müsste platzen.

»Was ist denn?«

»Das Auto hat kaum noch Benzin. Ich hoffe, wir schaffen es nach Ceccano.«

»Fahr los, erst mal weg hier, wenn die Karre irgendwo stehen bleibt, lassen wir sie einfach am Straßenrand stehen. Hauptsache weg von meinem Haus.«

Er fuhr los, und Chiara folgte ihm. Sie hoffte, dass sie bis zu dieser Werkstatt kämen. Es musste einfach klappen.

Nach gut 30 Minuten erreichten sie Ceccano, und gleich am Ortseingang setzte Angelo den Blinker und bog auf ein Grundstück ab. Er stellte das Auto hinter eine Garage und kam flink zurück. Als er auf dem Beifahrersitz Platz genommen und noch ehe er die Tür geschlossen hatte, gab Chiara Gas. Mittlerweile war es hell, nur die Sonne musste in Kürze hinter den Bergen aufsteigen. Hoffentlich schliefen die Kinder noch. Wie vom Teufel gejagt, fuhr sie die Landstraße entlang, und Angelo hielt sich am Türgriff fest.

»Chiara, wenn du jetzt einen Unfall baust …« Er sprach nicht weiter. Sofort wurde sie langsamer, Angelo hatte recht.

In angemessenem Tempo fuhren sie nach Vallecorsa. Dort angekommen, sprang sie aus dem Auto, lief schnell hinein und sah nach den beiden Kleinen. Wie zwei Engel lagen sie in ihren Betten und schliefen. Es war alles gutgegangen. Zufrieden ging sie in die Küche. Angelo stand derweil im Flur und wartete.

»Alles gut, sie schlafen. Ich muss mich auch noch ein wenig hinlegen. Komm heute Nachmittag wieder vorbei. Es gibt einiges Neues zu besprechen.« Angelo nickte, drehte sich um und verließ das Haus. Chiara atmete tief durch, ihr Plan war aufgegangen, und niemand konnte sie mehr stoppen. Der Abend in Rom hatte sie auf der Zielgerade ein ganzes Stück weitergebracht. Paulo und sie hatte beschlossen, die beiden Clans zusammenzuführen. Sie waren beide davon überzeugt, dass eine Zusammenarbeit für sie nur Vorteile hatte. Ab sofort würden Volpe- und Rosso-Clan gemeinsame Sache machen. Keine Kämpfe mehr um bestimmte Gebiete. Sie würden ihre Kräfte bündeln und waren so in einer besseren Verhandlungsposition, wenn es um den Einkauf von Heroin, Kokain und Marihuana ging. All die Jahre hatten die Händler aus Marokko, Afghanistan und Kolumbien sie gegeneinander ausgespielt. Damit war nun Schluss. Keiner der Händler konnten jetzt behaupten, dein Konkurrent zahlt mir für das Kilo mehr Geld. Dies war erst der Anfang. Die Camorra würde ähnlich wie die 'Ndrangheta ihr Operationsgebiet auf ganz Europa ausdehnen. Paulo wollte sich um die Verhandlungen kümmern, sie würde dafür im Gegenzug den Teil mit dem Mädchenhandel übernehmen. Ein paar junge, dumme Dinger in Scampia oder anderen Drecklöchern zu finden, war weiß Gott nicht schwer. Sie wusste, wie diese Mädchen tickten. Sie selbst war einmal eine kleine Hure gewesen, die für ein paar Euro alten Männern ihren jungen Körper überlassen hatte.

Sie wusste schon, wie sie es anstellen würde. Ein Versprechen, in Mailand oder Paris als Model zu arbeiten, würde sie direkt in ihre Arme treiben.

2

In dieser Nacht hatte sie so gut geschlafen wie schon Jahre nicht mehr. Das Gespräch mit ihrer Tante, in dem sie ihr versicherte, dass sie sie nicht für den Tod von Anna verantwortlich machte, hatte all die Last von ihr genommen. Sie würde ihre letzten Urlaubstage genießen. An diesem Tag wollte sie einmal in dieses kleine Bergdorf Vallecorsa fahren. Das Poster in der Trattoria hatte ihr so gefallen, dass sie es unbedingt einmal besuchen wollte. Auf der Landkarte in ihrem Handy hatte sie sich bereits die Route ausgesucht. Eine schöne Strecke, die von Neapel über Mondragone, Formia und Gaeta zunächst in das traumhafte Städtchen Sperlonga führte. Die gesamte Bundesstraße SS7 führte fast direkt an der Küste entlang, und sie freute sich darauf. Ihr Routenplaner berechnete für diese Strecke bis Gaeta etwas über zwei Stunden, und sie konnte es kaum noch erwarten, außerhalb Neapels die Hektik der Großstadt hinter sich zu lassen. In Sperlonga, einem traumhaften Badeort, wollte sie eine Kleinigkeit essen und danach die Küstenstraße verlassen und ins Hinterland nach Vallecorsa in die Berge fahren. Der kleine hübsche Ort war an ein Felsmassiv gebaut und berühmt für sein gutes Olivenöl. Es hatte schon mehrfach als Filmkulisse gedient. Keinesfalls wollte sie sich weiter Gedanken um Luigi Esposito und dessen Frau machen. Sie wollte ihre Heimat genießen, wie es alle Touristen taten, wenn sie dieses schöne Land besuchten.

Nach einem schnellen Espresso und einem Cornetto, dem sie an keinem Morgen widerstehen konnte, eilte sie die Treppen im Hotel hinunter und ging zu ihrem Auto. Geld und Kreditkarte in der Hosentasche, nur weil es nicht anders möglich war, das Smartphone und ein paar Taschentücher in der Handtasche, schlenderte sie gut gelaunt zu ihrem kleinen Fiat. Jedoch war sie seit dem Raub ihrer Handtasche immer wachsam und schaute sich die Passanten und nahenden Roller genaustens an. Das Auto stand in der prallen Sonne und war bereits kochend heiß. Sie öffnete die Fahrertür und wartete einen kleinen Moment in der Hoffnung, das Fahrzeug wäre dann im Inneren erträglicher. Gerade als sie sich umsah, entdeckte sie etwa 20 Meter weiter einen jungen Mann, der, untypisch für Neapel, auf seiner Vespa saß und einen Helm mit einem dunklen Visier trug. Er schien sie beobachtet zu haben und drehte den Kopf schnell weg, als Maria ihn ansah. Hatte er sie wirklich belauert, oder hatte sie sich getäuscht? Sie setzte sich in ihr Fahrzeug und startete den Motor. Hin und wieder sah sie in den Rückspiegel und versuchte zu erkennen, ob sie verfolgt würde. Nachdem sie eine Zeit lang nichts Verdächtiges bemerken konnte, vergaß sie den Mann wieder. Der Verkehr erforderte all ihre Aufmerksamkeit, und sie freute sich, die Stadt hinter sich zu lassen. Eine halbe Stunde später erreichte sie die Küstenstraße.

Das Meer lag türkisblau vor ihr, im Radio hörte sie die neuesten italienischen Hits, und tatsächlich stellte sich bei ihr ein Gefühl von Urlaub ein. Die Bilder, die sie von den Städten Mondragone oder auch Gaeta gesehen hatte, waren vielversprechend gewesen, und sie beschloss, sich dort auf dem Rückweg nach kleinen Mitbringseln für ihre Mama und Alex umzusehen. In diesem Moment spürte sie eine große Sehnsucht nach ihm. Welch ein Glück sie doch hatte. Am Abend zuvor hatte sie ihm von ihrer Begegnung mit ihrer Tante Rosanna erzählt und bemerkt, wie erleichtert er war, als sie ihm sagte, dass sie die Frau von Luigi Esposito nicht weitersuchen wollte. Die Zeit verflog wie nichts, und sie beschloss, direkt nach Sperlonga zu fahren und dort ein wenig an den Strand zu gehen. Kurze Zeit später erreichte sie gut gelaunt die kleine Stadt und konnte von der Straße aus das glasklare Meer bewundern, helles türkisfarbenes Wasser ging über in helles und später dunkles Blau. Strandabschnitte mit Sonnenschirmen in Reih und Glied wurden von wilden Strandabschnitten, in denen man nur vereinzelt Badetücher finden konnte, unterbrochen. Es war ein netter Anblick, und sie suchte sich einen Parkplatz, um ein wenig Zeit am Strand zu verbringen und eine Kleinigkeit zu essen. Nach einigen Minuten, in denen sie auf und ab gefahren war, wurde vor ihren Augen ein Parkplatz frei. Zufrieden stellte sie ihr Auto an den Straßenrand und stieg aus dem Wagen. Der Blick zum Wasser hin faszinierte sie so, dass sie zunächst vergaß, ihr Smartphone mitzunehmen, da es auf dem Armaturenbrett als Navigationsgerät angebracht war. Sie hatte sich schon einige Meter vom Fahrzeug entfernt, da fiel es ihr auf und sie drehte um. Erst dachte sie, sie täuschte sich, aber einige Meter hinter ihrem Fiat stand der Junge mit der Vespa und dem dunklen Visier am Helm, der sie vormittags am Parkplatz im Hotel beobachtet hatte. Sie war sich ganz sicher, dass er es war. Sie wurde also doch verfolgt.

3

Alex glaubte, sich verhört zu haben.

»Sag das noch mal, Jan.«

»Luigi Esposito hatte gestern noch länger mit seinem Anwalt telefoniert. Heute Morgen bat er mich, dir Bescheid zu sagen, dass er aussagen möchte. Er möchte diese Aussage im Beisein seines Anwaltes machen, deshalb soll ich dir seine Telefonnummer geben, damit du dich mit ihm kurzschließen kannst.«

»Das ist ja interessant. Ich habe ihm gestern gesagt, dass er in die JVA Weiterstadt verlegt wird, wenn er jetzt keine umfängliche Aussage macht. Er scheint davor ja wirklich Angst zu haben. Sage ihm, ich vereinbare einen Termin mit seinem Anwalt.«

»Noch etwas soll ich dir ausrichten. Sein Anwalt wird ein Schriftstück aufsetzen, welches eine Klausel enthält. Erst wenn Esposito im Zeugenschutz ist, wird er auch alle Namen nennen. Zunächst nur die Abläufe der Drogengeschäfte.«

»Gut, Jan. Danke schön. Ich rufe gleich diesen Anwalt an und vereinbare einen Termin. Vorab muss ich noch den leitenden Staatsanwalt informieren.« Alex legte auf und wählte die Nummer der Staatsanwaltschaft, wenige Augenblicke später hörte er eine Stimme:

»Buschmann.«

»Guten Tag, Herr Buschmann, hier spricht Alexander Neubert vom LKA. Ich habe stellvertretend für Herrn Schmidt die Ermittlungen im Fall Luigi Esposito übernommen.«

»Gut, Herr Neubert, gibt es etwas Neues in diesem Fall?«

»Ja, da habe ich nun gute Nachrichten für Sie. Ich wurde soeben von der JVA kontaktiert. Herr Esposito ist zu einer Aussage im Beisein seines Anwalts bereit.« Es entstand eine kurze Pause, und Alex fragte sich, ob der leitende Oberstaatsanwalt noch am Apparat war.

»Hallo, haben Sie mich verstanden?«

»Ja, sicher. Das ist ja gut. Aber ich glaube erst, dass er aussagt, wenn wir etwas Brauchbares in den Händen haben. Besteht er noch auf der Kronzeugenregelung?«

»Ja, er lässt ein Schriftstück aufsetzen, das ihn absichern soll. Er wird vorab zuerst die Abläufe preisgeben, und erst wenn er schriftlich hat, dass er ins Zeugenschutzprogramm aufgenommen wird, nennt er auch die Namen.«

»Sie wissen, dass die Anwendung der Kronzeugenregelung nach Paragraf 46b Strafgesetzbuch die Herbeiführung eines Aufklärungserfolges erfordert. Solang Herr Esposito nicht Ross und Reiter nennt …« Er sprach nicht weiter.

»Ja, das habe ich verstanden.« Alex beendete das Gespräch und vereinbarte mit Rechtsanwalt Feuser einen Termin in der JVA Dieburg um 15.30 Uhr.

Zur vereinbarten Zeit trafen die beiden nahezu zur gleichen Zeit vor Ort ein und suchten einen Parkplatz. In der kleinen Straße neben der JVA war es aussichtslos, hier standen schon Fahrzeuge im Halteverbot. Alex fuhr irgendwann entnervt auf den nahe gelegenen Penny-Parkplatz. Die Parkzeit war hier auf zwei Stunden begrenzt, und er war sich sicher, dass er die Zeit keinesfalls überschreiten würde. Dort angekommen, sah er den Rechtsanwalt gerade aus seinem Jaguar steigen. Man kannte sich aus früheren Verfahren, und Alex hatte ihn als fairen und angenehmen Menschen kennengelernt. Ein Rechtsanwalt, der aufgrund seiner Erfolge für seine Mandanten im Strafrecht einen ausgezeichneten Ruf hatte, nicht nur bei den Verbrechern.

»Guten Tag, Herr Feuser«, rief Alex von weitem.

»Herr Neubert, die Parkplatzsituation hier an der Anstalt ist wirklich eine Katastrophe.« Feuser war eine stattliche Erscheinung, immer sehr gut gekleidet. An diesem Tag hatte er aufgrund der Hitze seine Krawatte gelockert und trug kein Sakko. Seine *Rimova*-Aktenkoffer schien ein beträchtliches Gewicht zu haben.

»Ja, ich habe hier leider schon öfter geparkt, es geht wohl manchmal nicht anders.« Beide schritten über den Parkplatz in Richtung Eingang der JVA. Die große gelbliche Mauer, auf deren Krone NATO-Draht befestigt war, bestimmte hier das Bild der Innenstadt.

»Sagen Sie, Herr Feuser, woher kommt die Bereitschaft von Herrn Esposito, jetzt auszusagen? Er wollte doch erst die Sicherheit haben, dass mit seiner Frau und seinen Kindern alles in Ordnung ist. Hat er dahingehend etwas erfahren?« Rechtsanwalt Feuser blieb kurz stehen, seine Stirn lag in Falten.

»Sie wissen, dass ich darüber mit Ihnen nicht sprechen

darf, scheinbar weiß er seine Frau mit den Kindern in Sicherheit, oder?« Sie gingen weiter, und Alex ließ nicht locker.

»Glauben Sie, die Ankündigung der Staatsanwaltschaft, ihn nach Weiterstadt zu verlegen, war der ausschlaggebende Punkt?«

»Auf keinen Fall, da habe ich ihn sofort beruhigen können. Ein Staatsanwalt kann nicht, weil er einen Verdächtigen unter Druck setzen will, einen Mann in eine Anstalt verlegen, wo bekanntermaßen Mitglieder eines verfeindeten Clans einsitzen. Sollte ihm dort was passieren, würde man ihn dafür zur Rechenschaft ziehen. Herr Esposito ist um ein Haar in Darmstadt fast erschossen worden. Er ist Zeuge in einem Tötungsdelikt und hat angeboten, umfänglich über die Strukturen der *Camorra* hier im Rhein-Main-Gebiet auszusagen, wenn er in das Zeugenschutzprogramm aufgenommen wird. Sollte man meinem Mandanten nun nicht ein wenig entgegenkommen, werde ich mich an eine höhere Stelle wenden müssen.«

Alex konnte hier nichts erwidern, der Rechtsanwalt hatte eindeutig recht. Also musste die Tatsache, dass Alex ihm vom Verkauf seiner Villa berichtet hatte, ihn dazu gebracht haben, auszusagen. Oder aber er hatte bei einem Telefonat mit seinem Handy etwas über den Aufenthaltsort seiner Frau erfahren? Sie erreichten die Pforte, und nach dem üblichen Prozedere mit Abgabe der Mobiltelefone – Alex übergab dem Pfortenbeamten auch seine Dienstwaffe – wurden die beiden Herren von einem Beamten zum Verhörraum der JVA gebracht. Luigi Esposito saß bereits am Tisch, ihm gegenüber Jan. Als beide eingetreten waren, wandte sich Feuser an Jan und Alex.

»Entschuldigen Sie, könnte ich vorab noch kurz alleine mit meinem Mandanten sprechen?«, fragte er freundlich.

Jan und Alex gingen vor die Tür und warteten. Leise fragte Alex:

»Hat er mit dem Handy telefoniert?«

»Ja, aber was weiß ich, was er da gesprochen hat«, erwiderte Jan leise. Kurz darauf öffnete sich die Tür, und Rechtsanwalt Feuser stand im Türrahmen.

»Herr Esposito ist jetzt so weit.« Alex spürte die angespannte Stimmung im Raum. Würde er umfänglich aussagen?

4

Die Zeit am Strand in Sperlonga tat ihr gut, jedoch war die Sonne ohne Schirm kaum auszuhalten. Anfangs hatte sie es noch genossen, im warmen Sand zu sitzen und die Wärme auf ihrer Haut zu spüren. Nach und nach jedoch brannte sie unerbittlich, denn es wehte an diesem Tag kein Lüftchen. Leise Musik drang aus einer Kaffeebar an ihr Ohr, sie hörte Kinderlachen und das Plätschern der sanften Wellen am Strand. Es gab Schirme und Liegen, die man mieten konnte. Maria hatte weder Lust, sich umzuziehen, noch wollte sie den ganzen Tag hier in Sperlonga verbringen. Sie schlenderte, ihre Sandalen in der Hand, am Wasser entlang und beobachtete die Wellen bei ihrem Kommen und Gehen. Ohne dass es jemandem auffiel, nahm sie öfters ihr Smartphone zur Hand und hielt es in alle Richtungen, dabei machte sie Fotos, die sie sich sogleich ansah. Sie war etwa 100 Meter von ihrem Auto entfernt, da entdeckte sie auf den Aufnahmen einen jungen Mann, der immer wieder in ihre Richtung sah. Sie suchte die Umgebung nach ihm ab und erblickte ihn an einer Strandbar. Er unterhielt sich gerade mit einem älteren Mann, beide schauten nun in ihre Richtung. Hatte sie eine Paranoia? Oder wurde sie nun doch verfolgt? Unsicherheit kroch in ihr hoch. Sie spürte, wie ihr Herz zu rasen begann. Was sollte sie tun? Sie konnte schlecht hingehen und sie ansprechen. Oder sollte sie es einfach versuchen? Nein, den Mut hatte sie dann doch nicht. Es war ein Fehler gewesen, nach diesem Angelo zu fragen. Wie überhaupt diese ganze Reise eine Schnapsidee war. Sicherlich hatte sie damit schlafende Hunde geweckt. Irgendwie musste sie ihre Verfolger loswerden. Oder sollte sie einfach nichts tun? Sie beschloss, zu ihrem Auto zu gehen und weiter nach Vallecorsa zu fahren. Dort in den Bergen war es sicherlich kühler als hier am Strand. Sollten die Männer dort auch auftauchen, war es klar, das konnte dann kein Zufall sein. Sie würde nun öfter in den Rückspiegel schauen. Oder hatte sie sich die Verfolger nur eingebildet? Ihre Unsicherheit breitete sich in ihr aus wie ein Gift, das sich seinen Weg durch die Blutbahnen suchte. Etwas schneller als üblich schritt sie über den Strand und beobachtete aus den Augenwinkeln die beiden Männer, die sich zeitgleich mit ihr in Bewegung setzten. Maria hatte einen nicht unerheblichen Vorsprung, in etwa 30 Metern Entfernung stand ihr Auto. Der junge Mann war schätzungsweise über 100 Meter von seinem Roller entfernt. Maria straffte ihren Körper und begann, über den Strand zu rennen. Der Sand war bereits kochend heiß, und sie fluchte leise vor sich hin, als sie kurz darauf ihr Auto erreicht hatte. Schnell öffnete sie die Fahrertür und stieg ein. Sie schlüpfte hastig in ihre Sandalen und fuhr los. Ein Blick aus dem Fenster, und sie triumphierte. Ihr Verfolger hatte in dieser Zeit noch nicht einmal seinen Roller erreicht. Sie fuhr schneller als erlaubt und ließ die Promenade von Sperlonga hinter sich. Mit einer Hand tippte sie den Namen Vallecorsa in ihr Handy und stellte es daraufhin vor den Tacho. Ein Blick in den Rückspiegel ließ sie ruhiger werden. Es war weit und breit kein Rollerfahrer zu sehen. Vor ihr lag die Straße nach Fondi, und danach würden sie Serpentinen in das bergige Hinterland führen.

5

Das Smartphone vibrierte, als Chiara gerade mit ihren beiden Mädchen *Memory* spielte. Auf dem Display erschien der Name ›BÜRO SERGIO‹. Alarmiert nahm sie das Gespräch an, sie hatten vereinbart, dass er sich nur meldete, wenn es wirklich wichtig war.

»Sergio, was gibt es?«

»Diese Maria Saletti, die hier am Dienstag nach Angelo gefragt hatte, fährt gerade in Richtung Vallecorsa.« Sergio machte eine kurze Pause und wartete auf Chiaras Reaktion.

»Wie, sie fährt in Richtung Vallecorsa? Woher weiß sie, dass ich hier bin? Hast du irgendjemandem erzählt, wo ich mich aufhalte?« Chiaras Stimme war scharf wie eine Rasierklinge.

»Nein, natürlich nicht. Ich habe sie, nachdem sie hier aufgetaucht war, sofort observieren lassen. Nach dem Besuch hier in der Firma war sie essen und gestern in Poggioreale auf dem Friedhof.« Chiara fiel ihm ins Wort:

»Sie war auf dem Friedhof? Was hat sie dort gemacht?«

»Sie hat sich mit einer Frau getroffen und ein Grab besucht. Ich schicke dir die Fotos, die die Jungs gemacht haben. Die Frau, mit der sie sich getroffen hat, wurde auch von einem unserer Männer verfolgt. Sie ist 60 Jahre alt, und ihre Familie hat keine Verbindung zu irgendeinem Clan. Sie ist ihre Tante, das haben wir bis jetzt herausgefunden. Es gab bisher keinen Grund, dich anzurufen. Heute ist sie zunächst nach Sperlonga an den Strand gefahren. Leider hat sie dort bemerkt, dass sie verfolgt wird. Jedenfalls hat mich einer der Jungs gerade angerufen. Er sagt, sie fährt jetzt in die Berge. Und als ich fragte, wohin, sagte er, nach Lenola. Wenn sie die Straße weiterfährt, kommt sie nach Vallecorsa.« Chiara stockte der Atem. Wie konnte das sein? Wusste diese Maria Saletti, dass sie sich in Vallecorsa aufhielt?

»Wer hat ihr meinen Aufenthaltsort verraten? Es wissen genau zwei Männer, dass ich mich hier aufhalte. Du und Angelo. Also wer war es?« Sie war außer sich vor Zorn, und ihre Stimme wurde laut. Stella und Isabella sahen sie ängstlich an.

»Chiara, sei sicher, weder Angelo noch ich haben irgendjemandem was gesagt. Warum sollten wir das tun? Du zahlst uns besser, als es Luigi getan hat. Warum sollten wir alles aufs Spiel setzen und dich verraten?« Chiara überlegte kurz, stand auf und trat aus dem Haus in eine sichere Entfernung, von wo aus die Kinder sie nicht hören konnten.

»Diese Frau hat jetzt irgendwie einen Unfall, verstehst du, mir ist egal, wie. Sie darf auf keinen Fall mein Versteck finden. Hast du mich verstanden. Ruf mich erst wieder an, wenn dieses Problem gelöst ist.«

6

Alex hatte sein Aufnahmegerät auf dem Tisch platziert, das Mikrofon stand in der Mitte. Luigi Esposito war blass, sein Blick leer. Er sah die Anwesenden deprimiert an, dann begann er:

»Allora, ich bin seit vielen Jahren der Kopf des Volpe-Clans in Neapel. Durch den Handel mit Drogen und Waffen verdiente ich jedes Jahr mehrere Millionen Euro. Es gibt noch einen weiteren großen Clan in Neapel und Kampanien namens Rosso-Clan. Seit den 90er-Jahren herrscht Krieg zwischen uns, denn immer wieder will der Rosso-Clan, dessen Chef ein Mann namens Paulo Fontana ist, mir meine Territorien streitig machen. Die Schüsse auf die beiden Jungen galten mir. Meine beiden Mitarbeiter wurden erschossen, weil ich nicht bereit war, die Geschäfte im Rhein-Main-Gebiet an Paulo Fontana abzutreten. Die Drogen, die vor über einem Jahr in meiner Firma gefunden wurden, gehörten nicht uns. Niemals hätte ich in meinen Räumen das Kokain aufbewahrt. Jemand hat sie dort deponiert und den Zoll benachrichtigt. Ich bin mir sicher, es gab einen anonymen Hinweis. Dies sollte von mir als Warnung verstanden werden. Die ganze Zeit war ich mir nicht sicher, aber jetzt glaube ich, einer meiner eigenen Leute ist ein Verräter, und er gibt Informationen an den Rosso-Clan weiter.« Alex ergriff das Wort:

»Nennen Sie mir bitte die Namen Ihrer Mitarbeiter, die in den Drogenhandel verwickelt sind. Wo bekommen Sie die Drogen her? Wie werden sie nach Deutschland transportiert? Wie werden sie hier verteilt? Was machen Sie mit dem vielen Bargeld?«

»Zunächst einmal gibt es nur zwei Menschen in Neapel, die wissen, wo und wie ich meine Ware beziehe.« Rechtsanwalt Feuser ergriff das Wort:

»Details hierzu, wer die Lieferanten von Herrn Esposito sind und wie er die Drogen nach Deutschland transportiert, erhalten Sie, nachdem die Staatsanwaltschaft endlich grünes Licht für das Zeugenschutzprogramm gegeben hat.«

Alex gab so schnell nicht auf, sah Esposito in die Augen und fragte:

»Wie kommen die Drogen nach Deutschland?« Ohne auf seinen Anwalt zu hören, der ihm leise ins Ohr flüsterte, nun doch besser zu schweigen, sagte Esposito:

»Wir produzieren eigene Pelati, das sind geschälte Tomaten in Dosen, die jede Pizzeria in Mengen braucht. In einem Teil dieser Dosen ist außer Pelati auch ein Kilogramm Kokain. Dieses Kokain wird hier aus den Dosen genommen und an einen Großabnehmer gegeben. Ich will mich nicht mit diesen kleinen Dealern rumschlagen. Wenn ich was verkaufe, dann sind das immer mehrere Kilos.«

»Nun zu dem Geld. Wo ist das ganze Bargeld?«

»Ich habe eine Holding gegründet, und verschiedene Strohmänner von mir sind die Geschäftsführer mehrerer Spielotheken, Pizzerien und Ristorantes. Sie führen hier in Deutschland die Geschäfte und bringen so das Schwarzgeld wieder in den offiziellen Kreislauf. Die Gewinne aus allen Unternehmen sind hoch, und wir versteuern brav in Deutschland das Geld. Bisher hat uns kein Finanzamt gefragt, wie eine kleine Pizzeria im Monat 100.000 Euro Gewinn machen kann.« Alex war das System, wie aus Schwarzgeld legales Geld wurde, bereits bekannt und er hoffte, nun noch mehr zu erfahren.

»Dazu erhalten wir offiziell hohe Mieteinnahmen und natürlich auch Gewinne aus den Spielotheken, die wir dann in Deutschland regulär versteuern. Mit diesem Geld kaufe ich schon seit Jahren Immobilien in Deutschland. Viele Immobilien habe ich vor Jahren noch mit Schwarzgeld gekauft. Es war, anders als in Italien, einfach, da kein Notar einen Nachweis haben wollte, wie ich dieses Geld verdient hatte. Mein Wunsch war es, mit den Einnahmen aus diesen Immobilien demnächst aus dem Drogenhandel auszusteigen.«

Alle Augen waren auf Luigi Esposito gerichtet.

»Können Sie uns bitte die Namen Ihrer Strohmänner sagen?«, ergriff Alex das Wort. Sogleich hob Rechtsanwalt Feuser das DIN-A4-Blatt in die Höhe und sagte:

»Herr Neubert, erst wenn mein Mandant die schriftliche Zusage der Staatsanwaltschaft hat, dass er in das Zeugenschutzprogramm aufgenommen wird, kann er die Namen liefern.« Alex stoppte das Aufnahmegerät. Das alles waren keine neuen Informationen, sondern bekannte Tatsachen, die bereits Dottoressa Bianchi im *Skype*-Gespräch mitgeteilt hatte. Alex versuchte es ein letztes Mal:

»Herr Esposito, haben Sie direkten Kontakt zu Paulo Fontana? Oder wissen Sie, wo er sich aufhält?«

7

Maria schaute ständig in den Rückspiegel und vergewisserte sich, dass ihr kein Motorrad folgte. Sie hatte einen großen Fehler begangen, als sie in die Firma von Esposito gegangen war und nach dem Geschäftsführer Angelo gefragt hatte. Dies wurde ihr mehr und mehr klar. Schon der Hinweis, dass sie eine Nachricht von Luigi hatte, war ein Fehler gewesen. Hatte sie schlafende Hunde geweckt? Wieder blickte sie in den Rückspiegel, jedoch sah sie nur wenige Autos. Sie atmete tief durch und versuchte, sich ein wenig zu entspannen. Vielleicht hatte sie sich auch getäuscht? Nein, der Typ war ihr gefolgt und hatte sie beobachtet. Das hatte sie sich nicht eingebildet. Sie machte ihr Radio an und hörte ein wenig Musik. Die Sonne brannte unerbittlich, und die Klimaanlage schaffte es nur mit Mühe, den kleinen Wagen ein wenig runterzukühlen. Der erste Teil der Fahrt führte sie zunächst nach Fondi, danach wies ihr Navi ihr den Weg ins Hinterland über Lenola nach Vallecorsa. Die großen, mit Olivenbäumen bewachsenen terrassenförmigen Hänge und Berge türmten sich vor ihr auf, und die alte Landstraße wurde immer schmaler. Ihr Zustand schlechter. Hin und wieder überholte sie einen Radfahrer, scheinbar war dies eine beliebte Strecke für Radtouristen. Nach etwa 20 Minuten hatte sie die Stadt Fondi hinter sich gelassen, und ihr Navi zeigte ihr die nächste Ortschaft Lenola in 15 Minuten an. Die Steigungen, die sie mit dem Wagen nehmen musste, wurden steiler. Sie sah weiterhin öfters in den Rückspiegel, eine innere Stimme warnte sie davor, sich in Sicherheit zu fühlen, jedoch fuhren mittlerweile nur noch zwei Autos hinter ihr her. Der eine oder andere hatte sie bereits überholt. Für ortskundige Einheimische fuhr sie sicherlich viel zu langsam. Als Maria die Straße von Lenola nach Vallecorsa vor sich sah, blieb ihr kurz das Herz stehen. Die kleinen Serpentinen wurden so schmal, dass sie befürchtete, die Straße wäre zu eng, wenn ihr etwa ein Lkw entgegenkäme. Oh Gott. Immer wieder blickte sie links von ihr in die Abgründe hinunter. Als sie vorsichtig eine Kurve um ein Bergmassiv umfuhr, sah sie in einiger Entfernung ein Autowrack etwa 100 Meter in der Tiefe liegen. Sie bekam schweißnasse Hände und fuhr nur noch Schritttempo. Im Rückspiegel entdeckte sie einen schwarzen VW Golf, der im gleichen Tempo hinter ihr herfuhr. Die Sonne spiegelte sich derart in dessen Windschutzscheibe, dass sie nicht erkennen konnte, wer in diesem Fahrzeug saß.

8

Gennaro ging es zusehends schlechter. Er lag im Bett, hatte seine Augen geschlossen und atmete schwer. Der Arzt wollte an diesem Tag vorbeikommen und ihm eine Morphiumspritze geben; sollten seine Schmerzen noch stärker werden, musste er ins Krankenhaus. Rosanna saß niedergeschlagen an seinem Bett. Die gemeinsamen Jahre waren nicht leicht gewesen. Er war ein Mann, der in allem nur die Probleme sah. Sie dachte an ihre Jugend und wie unbeschwert sie einst gewesen war. Er empfand jede Schwierigkeit als persönliche Kränkung, als einen weiteren Beweis, dass Gott es nicht gut mit ihm meinte. Der gewaltsame Tod ihrer Tochter und seines Bruders war für ihn wieder ein Beweis, dass das Leben eine einzige mühselige Qual war. Seine schlechte Laune hatte mit der Zeit auch die letzten Freunde vertrieben. Verwandte kamen nur vorbei, wenn es sich nicht vermeiden ließ. Egal wie Rosanna auch versuchte, ihn ein wenig aufzumuntern, nie war es ihm recht. Was er sagte, musste gemacht werden, und sie durfte nicht aufbegehren. Immer wieder hatte er ihr zu verstehen gegeben, dass er sie für dumm hielt. Und nachdem sie ihm auch nur eine Tochter geboren hatte und ihm danach keine weiteren Kinder mehr schenken konnte, ließ er sie spüren, dass die Ehe mit ihr ein Fehler war. Der Tod ihrer Tochter Anna hatte beide noch mehr voneinander entfernt. Oftmals, wenn sie ihm wieder zu Willen sein musste, träumte sie sich in diesen Minuten auf eine einsame Insel, um diesen lieblosen Sex mit ihm hinter sich zu lassen. Ihr ganzes Leben war ein Albtraum, aus dem sie scheinbar nie erwachen durfte.

Die Wohnung war verdunkelt, damit die unerbittliche Sonne aus den Räumen keinen Backofen machte. Rosanna saß gedankenverloren in ihrem Sessel neben Gennaros Bett und hörte plötzlich Geräusche an ihrer Haustür. War die Klingel schon wieder kaputt? Sie war doch erst repariert worden. Wobei in Neapel niemand eine Klingel brauchte. Man rief einfach laut im Hausflur den Namen. Aus Rücksicht auf Gennaro war es die letzte Zeit in diesem Mehrfamilienhaus sehr still geworden. Rosanna erhob sich von dem Sessel und ging in den Flur. Schon einige Meter von der Haustür entfernt sah sie die kleine Karte, die auf dem Fußboden davor lag. Das konnte nichts Gutes bedeuten. Mit zitternden Händen hob sie die Karte auf und las: »Wer taub, blind und stumm ist, lebt 100 Jahre in Frieden.« Eine eindeutige Warnung der *Camorra*. Man erinnerte sie hiermit an Omertá, an das Gesetz des Schweigens.

Rosanna erschrak, was hatte das für sie zu bedeuten? Was hatte sie gemacht, dass die *Camorra* ihr diese Karte schickte? Auf keinen Fall durfte Gennaro sie sehen, und so steckte sie sie schnell in ihre Kittelschürze.

»Rosa, Rosa, wo bist du?«, rief er aus dem Schlafzimmer.

»Ich komme, Gennaro, was brauchst du?« Schnell lief sie zu ihm.

»Ich glaube, es geht zu Ende.«

9

Marias Hände begannen zu zittern. War das etwa ein Verfolger? Jedes andere Fahrzeug hatte sie, da sie so langsam fuhr, bereits überholt. Dieser schwarze Golf jedoch blieb hinter ihr stehen. Sie musste weiterfahren, denn so hätten sie leichtes Spiel. Mit weichen Knien trat Maria die Kupplung durch und legte den ersten Gang ein. Gerade als sie anfahren wollte, klopfte es an ihre Seitenscheibe. Ihr entfuhr ein Schrei, und vor Schreck ließ sie die Kupplung zu schnell kommen und würgte den Motor ab. Vorsichtig sah sie durch die Seitenscheibe. Ein Mann stand direkt neben dem Fahrzeug, von ihm sah sie jedoch nur die Hose. Was sollte sie tun? Starr vor Angst, drückte sie den Knopf des elektrischen Fensterhebers. Da trat dieser Mann zwei Schritte zurück, sodass sie sein Gesicht sehen konnte. Er trug eine Sonnenbrille, graue Stoffhosen und ein weißes Hemd. Als er in seine Hosentasche griff, erwartete sie eine Pistole, die er auf sie richten würde. Ihre Scheibe war bereits ganz nach unten gefahren, da hörte sie ihn sagen:

»Buon giorno, Signora. Haben Sie ein Problem?« Er hielt ihr seinen Ausweis hin. Maresciallo Gianluca Palombo, von den Guardia di Finanza, der italienischen Finanzpolizei. Maria lachte hysterisch auf, so überrascht war sie. Schnell sagte sie erleichtert:

»Nein, doch, ja«, sie hielt kurz inne und sammelte sich, »die Straße ist so eng, ich habe Angst, dass mir ein anderes Fahrzeug begegnet. Hier passen doch niemals zwei Autos aneinander vorbei.« Der schwarze Golf, der gerade noch hinter ihr stehen geblieben war, fuhr langsam an ihnen vorbei. Fahrer und Beifahrer blickten starr geradeaus.

»Oh, ich kann verstehen, dass Sie hier ein wenig Angst haben. Vor etwa 100 Metern haben Sie sicher das Schild übersehen. Die Fahrzeuge aus Vallecorsa haben Vorfahrt. Sie müssen also hier schauen und können fahren, wenn Ihnen niemand entgegenkommt. Wenn frei ist, dann können Sie ohne Sorge losfahren. Die Fahrzeuge, die von oben kommen, sehen Sie und warten, bis Sie die schmale Stelle passiert haben«, erwiderte er und fügte hinzu, »fahren Sie einfach hinter mir her. Ich verspreche Ihnen, Sie sicher nach Vallecorsa zu bringen.« Er lächelte ein wenig spöttisch, und Maria kam sich in diesem Moment äußerst dämlich vor. Hatte sie in ihrer Angst das Schild übersehen? Der Mann stieg in seinen Alfa Romeo mit der Aufschrift ›Guardia di Finanza‹ und fuhr langsam an ihr vorbei. Maria startete ihr Auto und folgte ihm.

Einen halben Kilometer weiter wurde die Straße wieder breiter. Der Finanzbeamte fuhr rechts ran, und Maria parkte ihr Auto hinter seinem. Beide stiegen aus.

»Ich hoffe, es geht Ihnen jetzt besser. Da eben auf der Straße waren Sie ja kreidebleich.« Maria atmete tief durch.

»Ja, vielen Dank, auch, dass Sie vor mir hergefahren sind. Ich hatte wirklich in diesem Moment Panik. Keine Ahnung, was mit mir los war.«

»Was machen Sie hier? Haben Sie hier Verwandte?«

»Nein, ich hatte in Neapel gehört, dass Sophia Loren hier einmal einen Film gedreht hat. Ich wollte einen ruhigen Tag abseits von Großstadt und Touristen verbringen. Deshalb bin ich hier.« Sie lachte bei diesen Worten. Die Fahrt eben passte so überhaupt nicht zu einem ruhigen Tag.

»Da sind Sie genau richtig. Sie kommen aus Neapel?« Maria holte noch einmal tief Luft.

»Ja, ich bin in Neapel geboren, jedoch in Deutschland aufgewachsen. Jetzt habe ich«, sie machte eine kurze Pause und überlegte, was sie erzählen konnte, »Verwandte besucht und wollte die letzten Tage außerhalb von Neapel genießen.«

10

Alex hatte die wenigen Ergebnisse per Mail den anderen Kollegen mitgeteilt. Seit Tagen waren sie keinen Schritt weitergekommen. Die Aussage, die Esposito gemacht hatte, war nur etwas wert, wenn man auch Namen dazu bekam. Nur so konnte man alles überprüfen. Die beiden Toten waren von der Staatsanwaltschaft zur Überführung nach Italien freigegeben worden. Das war alles. In wenigen Minuten würde er im Beisein von Heike Bender erneut mit Dottoressa Bianchi ein *Skype*-Telefonat führen. Sie hatte in einer Mail angedeutet, dass es neue Erkenntnisse über den Volpe-Clan gab. Heike betrat das Büro von Alex und sah niedergeschlagen aus.

»Warum, zur Hölle, kommen wir kein bisschen weiter?« Sie zog sich einen Stuhl neben Alex, der bereits das *Skype*-Programm geöffnet hatte.

»Ja, es ist sehr schwierig. Ich verstehe den Staatsanwalt auch nicht, jetzt hat er doch die Möglichkeit, Esposito ins Zeugenschutzprogramm aufzunehmen. Wenn wir Namen haben, können wir anfangen, den Sumpf trockenzulegen. Konntest du mit ihm sprechen?«

»Nein, er war telefonisch nicht zu erreichen, aber ich habe ihm alles per Mail mitgeteilt. Ich verstehe diesen Mann nicht. Irgendwas stimmt doch mit ihm nicht«, sagte Alex leise. Die nächsten Worte flüsterte er fast: »Vielleicht wird er ja erpresst.« Heike sah Alex mit großen Augen an.

»Sei vorsichtig, du weißt, wenn das der falsche Kollege hört, hast du ein großes Problem. Aber wenn ich so darüber nachdenke, das Verhalten von diesem Buschmann ist tatsächlich äußerst merkwürdig.« Sie hörten beide das Signal von *Skype*, und Dottoressa Bianchi erschien im Bildschirm.

»Buon giorno, Signora Bender, Signore Neubert«, begann sie und nickte ernst in die Kamera, »es gibt einige Neuigkeiten, was die Aktivitäten des Volpe-Clans angeht.« Alex und Heike sahen gespannt auf den Bildschirm.

»Wir haben mehr durch Zufall einige Telefonnummern erhalten, die uns in unserer Theorie bestärken, dass Volpe- und Rosso-Clan nun gemeinsame Sache machen. Scheinbar hat man die diversen Geschäftszweige untereinander aufgeteilt. In Ermittlungen in einer anderen Sache – da geht es um Giftmüll, der in der letzten Zeit um Neapel herum vergraben wird – konnten wir ein Telefonat aufzeichnen, das für Sie von Interesse sein könnte. Der Gesprächsteilnehmer war zum Zeitpunkt des Telefonats in Deutschland. Es handelt sich um eine Prepaid-Karte, die vor Jahren in Deutschland gekauft wurde. Eine schon sehr alte Nummer, aus Zeiten, als man in ganz Europa auf den Namen ›Mickey Mouse‹ Karten registrieren konnte. So weit sind wir schon. Dieser Anschluss wird nur selten benutzt, jedoch glauben wir, dass, wenn Sie diese Nummer überwachen, Sie Erkenntnisse über Aktivitäten der *Camorra* in Deutschland erlangen könnten. Ich übersende Ihnen im Anschluss an unser Telefonat die betreffende Telefonnummer. Das ist das eine. Das andere ist die Tatsache, dass wir nun wissen, dass Firmen aus dem Rhein-Main-Gebiet ihren Giftmüll illegal über die *Camorra* in Italien beseitigen lassen.« Alex und Heike hörten gespannt zu.

11

Die Freistunde tags zuvor war friedlich verlaufen. King Kong, wie Van Damme Mirko Jovanovic nannte, hatte offensichtlich das Interesse an ihm verloren. Nun saß er in seiner Zelle, goss sich einen Instantkaffee auf, den er von seinem neuen Freund geschenkt bekommen hatte, und blickte entspannt auf seinen Stapel Briefe. Susannes und Violas Briefe legte er beiseite. Beide würde er nun zunächst bei der Stange halten. Wenn er entschieden hatte, welche der Frauen ihm eine bessere Zukunft ermöglichen konnte, würde er deren Briefe dann intensiver bearbeiten. Er hatte es in der Vergangenheit immer wieder erlebt. Ein anfängliches Interesse, ja sogar Liebe vorheucheln und sich dann aus unerfindlichen Gründen einfach nicht mehr melden, würde die Damen schon aus ihrer Komfortzone locken. Je schwächer das Selbstbewusstsein, umso eher waren sie bereit, alles für eine Liebe zu tun, an die nur sie glaubten. Er nahm die anderen Briefe zur Hand, las kurz darüber, dann zerriss er sie und warf sie in den Mülleimer. Er würde heute einmal aufräumen und saubermachen. Es war wirklich dringend nötig. Da Van Damme nun sein Freund war, kam er auch ohne Probleme an Schrubber und Lappen. Utensilien, die normalerweise nur freitags ausgehändigt wurden. Schnell hatte er die wenigen Habseligkeiten auf den neun Quadratmetern aufgeräumt. Jetzt benötigte er Besen, Schrubber und Lappen. Er schnappte sich seinen Mülleimer und schritt über den langen Flur zur großen Mülltonne, als Van Damme ebenfalls aus seiner Zelle kam.

»Na, hast du heute Putztag?«, fragte er ihn freundlich.

»Ja, wurde mal Zeit. Aber mit der kaputten Hand ging es die letzte Zeit auch nicht. Sag, kannst du mir mal 'nen Besen und das andere Zeug geben? Dann mache ich gleich alles fertig.«

»Sorry, Alter, das ist jetzt weggeschlossen. Da komme ich nur vormittags dran. Musst du dann eben morgen machen. Da gibt es Schrubber für alle.« Er lachte laut. Sie gingen nebeneinander den Flur entlang zur Mülltonne.

»Mein Gott, hast du alle Briefe deiner Freundin zerrissen? Habt ihr Krach?«

»Nein, das sind nur die Briefe von Frauen, die auf eine Kontaktanzeige geantwortet haben«, entgegnete Karl-Heinz mit einem gewissen Stolz.

»Du hast eine Kontaktanzeige aufgegeben? Funktioniert das denn? Ich dachte, heute geht alles nur online?«

»Nein, die ewig Gestrigen schreiben auch auf eine Kontaktanzeige. Wortlaut in etwa so: Mann im mittleren Alter, derzeit in Haft, mit viel Zeit und Sehnsucht nach Zärtlichkeit sucht …« Karl-Heinz grinste ihn an. Van Dammes Gesichtsausdruck änderte sich schlagartig, und leise sagte er:

»So einer bist du also.«

12

Maria fuhr, nachdem Maresciallo Palombo sich verabschiedet hatte, langsam auf das Dorf zu. Die mittelalterlichen Häuser schmiegten sich an ein Bergmassiv, kleine Gassen, deren Treppenstufen verwinkelt durch den Ort führten, waren von weitem zu sehen. Sie beschloss, zunächst einmal in einer Bar etwas zu trinken und eine Kleinigkeit zu essen. Vielleicht gab es dort auch Panini, belegte Brötchen, die auf einem Grill erwärmt wurden und dadurch noch köstlicher schmeckten. Durch Glück fand sie direkt an der schmalen Straße eine Parkbucht. Passend in der Nähe einer kleinen Bar, vor der einige Männer standen und sich angeregt unterhielten. Maria stieg aus und spürte die Blicke aller Anwesenden auf sich. Offensichtlich kamen nicht sehr oft Fremde in diesen kleinen Ort. Die Luft hier oben war um einiges frischer und kühler als in Sperlonga am Strand, da ein Teil der Straße durch einen gegenüberliegenden Berg im Schatten lag. Die Stimmen der Männer wurden leiser, als Maria auf die Bar zuging, und verstummten, als sie den kleinen Raum betrat. Eine große Theke mit einer riesigen Kaffeemaschine war zu sehen. Auf dem langen Tresen befand sich eine Kuchenplatte, abgedeckt mit einer Plastikhaube. Darunter fand Maria verschiedene Panini.

»Buon giorno«, sagte eine Frau freundlich zu ihr.

»Buon giorno, ich hätte gerne einen Kaffee und ein Panino«, dabei zeigte sie auf die Kuchenplatte.

»Bitte bedienen Sie sich.« Dabei stellte sie Maria einen Kuchenteller mit einer Serviette auf die Theke. Die Frau drehte sich um und ließ die elektrische Kaffeemühle die Bohnen mahlen. Ein Höllenlärm erfüllte kurzzeitig den Raum, dann drückte die Frau das Kaffeepulver im Sieb fest und schob den Siebträger in die Verriegelung. Gleich darauf floss der Espresso in die kleine Tasse darunter. Maria lief das Wasser im Mund zusammen. Die Frau stellte den Kaffee mit einem Glas Leitungswasser auf ein kleines silberfarbenes Tablett und platzierte alles mit einem Lächeln vor Maria. Die Crema des Espressos war so gut, dass Maria beobachtete, wie langsam der Zucker im Kaffee verschwand. Zufrieden nahm sie den ersten Schluck.

»Signora, der ist wirklich gut«, sagte sie anerkennend. Die Frau freute sich sichtlich über das Kompliment und sah sie neugierig an.

»Ja, ich kaufe immer *Kimbo* Kaffee. Das merkt man dann am Geschmack.« Sie machte eine kurze Pause, dann fragte sie: »Welches Panino möchten Sie? Eines mit Mozzarella und Tomaten oder mit Provolone und Mortadella?« Maria suchte in der kleinen Bar vergebens nach einem Grill. Die Frau bemerkte es und sagte:

»Es tut mir leid, ich kann es leider nicht toasten.«

»Dann nehme ich eines mit Mozzarella und Tomaten.«

»Gut«, sagte die Signora und frage beiläufig: »Kommen Sie aus Rom?«

»Nein, ich bin derzeit in Neapel auf Urlaub und wollte mal raus aus der Stadt. Man hat mir erzählt, Sophia Loren hätte hier einmal einen Film gedreht. Wo war das hier im Ort?« Sie war sich sicher, dass damit die Frau genug zu erzählen hatte und sie nicht weiter ausfragen würde.

»Oh, Neapel. Da ist es gefährlich. Wissen Sie, ich war das letzte Mal vor 20 Jahren dort. Nein, Neapel ist nichts für mich. Wir hier vom Dorf fahren lieber nach Rom. Das ist näher und auch nicht so gefährlich.« Maria nickte verständnisvoll und schaute sie weiter fragend an. Kurz überlegte die Frau, dann sagte sie:

»Sophia Loren war damals noch nicht berühmt, aber durch den Film kannte man sie bald auf der ganzen Welt. Der Film wurde gedreht, da gab es mich noch nicht, aber heute sprechen noch viele Leute davon. Wenn Sie hier die Stufen nach oben gehen, kommen Sie irgendwann an eine kleine Kirche. Dort sind die berühmten Szenen gedreht worden.« Sie sah sie mit einem gewissen Stolz an.

»Gut, dann schaue ich mir alles an«, sagte Maria und legte einen Zehn-Euro-Schein auf die Theke. Nachdem sie ihr Wechselgeld erhalten hatte, setzte sie sich an einen kleinen Tisch und aß ihr Brötchen. Einige Minuten später verabschiedete sie sich und ging über die Dorfstraße. Die ersten Treppenstufen führten durch einen Torbogen unter einem Haus, der wiederum auf eine andere Straße führte. Maria war begeistert, alles war wunderbar sauber und gepflegt. Teilweise standen vor den alten Häusern mit ihren außergewöhnlichen Holztüren kleine Blumenkübel. Das ganze Dorf war eine einzige ruhige Oase. Maria fand kurz darauf eine Piazza. Eine Bank und einige Bäume luden zum Verweilen ein. Sie setzte sich, schloss die Augen und genoss die Stille. Nichts war zu hören. Kein Flugzeug, kein Autoverkehr, einfach nichts. Mit der Ruhe war es schlagartig vorbei, als aus einer Seitengasse urplötzlich eine alte Frau erschien. Ihre grauen Haare standen wirr vom Kopf, so als hätte sie morgens vergessen, sich zu frisieren. Sie trug Filzpantoffeln und einen Bademantel. Offensichtlich war sie geistig nicht ganz auf der Höhe. Mit schnellen Tippelschritten bewegte sie sich auf Maria zu, blieb vor ihr stehen und sah sie böse an.

»Ist mein Mann bei dir?«, fragte sie und kam bedrohlich näher.

»Ich kenne Ihren Mann nicht«, erwiderte Maria ruhig.

»Mein Mann ist seit Tagen nicht nach Hause gekommen. Er ist bei dir gewesen, sag es. Du bist fremd hier. Er hat mir erzählt, er muss bei einer Fremden nach einem Kind sehen.« Maria befürchtete schon, die alte Frau würde auf sie losgehen, da sie immer näher kam und ihre Stimme lauter wurde.

»Signora, ich bin nicht von hier. Ich kenne Ihren Mann nicht.« Die Frau überlegte einen Moment, kniff dabei die Augen zusammen, dann lief sie weiter. Aus einer schmalen Gasse erschien eine weitere, wesentlich jüngere Frau und rief:

»Assunta, bleib stehen. Ich suche dich schon überall.« Die alte Frau dachte nicht daran, stehen zu bleiben, und legte zunächst noch einen Zahn zu. Dann, wie vom Blitz getroffen, hielt sie an, drehte sich um und kam wieder auf Maria zu, die immer noch auf der Bank saß.

»Mein Mann war bei dir letzte Nacht, du Hexe. Gib es zu.« Maria befürchtete, die alte Frau würde auf sie losgehen, und sprang auf, um sich besser verteidigen zu können. Keinesfalls wollte sie sitzen bleiben, während die geistig umnachtete Seniorin auf sie losging.

»Nein, Assunta, die junge Frau ist eben erst angekommen. Dein Mann war ganz sicher nicht heute Nacht bei ihr. Komm, ich bringe dich zu deiner Schwester. Sie wartet schon auf dich.« Maria überlegte kurz, woher die Frau wusste, dass sie eben erst hier angekommen war. Aber sicherlich war sie schon Stadtgespräch, seit sie in der Bar ihren Kaffee getrunken hatte. Die Jüngere sah Maria mit großen Augen an und tippte hinter dem Rücken der Alten mit ihrem Zeigefinger an ihre Stirn. Dann hakte sie sich bei ihr unter und zog sie in die Richtung, aus der sie gekommen war. In diesem Moment erhielt Maria eine *WhatsApp*.

»FLUG NEAPEL – FFM heute Abend 22 Uhr ein Platz frei. Preis

Euro 224‹. Maria schaute zum Himmel, griff an ihr Kruzifix. Dies war ein Wink des Himmels, sie bestätigte sofort ihren Rückflug für diesen Abend. Besser, sie flog nach Hause. Nicht einmal hier in diesem Nest hatte sie ihre Ruhe.

13

Angelo hatte Chiaras Nummer gewählt und wartete darauf, dass sie das Gespräch annahm. Die Nachricht, die er gerade erhalten hatte, würde ihr sicherlich nicht gefallen.

»Die Männer haben diese Saletti im Auge, aber sie befindet sich gerade jetzt in Vallecorsa. Die Jungs konnten nichts machen.«

»Was soll das heißen, die Jungs konnten nichts machen?« Chiaras Stimme wurde gefährlich leise.

»Es kam einer von Guardia di Finanza mit dem Auto dazu. Sollten sie sie vor seinen Augen töten? Am besten ihn noch mit dazu? Chiara, du lebst in einem Dorf, nicht in einer Großstadt, in der jede Woche jemand auf offener Straße umgebracht wird. Hier kann man nicht einfach Menschen erschießen. Bei den Ermittlungen dazu würden die Carabinieri sicherlich deine Anwesenheit in den Bergen herausfinden. Auch wenn wir glauben, dass niemand weiß, dass du hier lebst. Es gibt bestimmt einige Leute, und damit meine ich nicht diesen Dottore Marino, die deinen Aufenthaltsort kennen. Solang du hier nicht auffällst, wird nicht groß darüber geredet, wenn jedoch eine Frau auf offener Straße …« Er sprach nicht weiter.

»Ja, du hast recht. Hier ist nicht Neapel. Dort wäre das Problem bereits erledigt. Aber wir müssen sie irgendwie stoppen. Sie fährt doch wieder zurück, oder hat sie sich in Vallecorsa eingemietet?«

»Keine Ahnung. Die Jungs bleiben dran. Ich melde mich wieder.« Angelo legte auf. Er erkannte Chiara nicht wieder. Was war mit ihr passiert? Warum war sie so entschlossen, eine Frau zu töten, damit Luigi nicht ihren Aufenthaltsort erfuhr? Gut, sie hatte die Geschäfte übernommen. Das hatten auch schon andere *Camorra*-Frauen vor ihr. Aber diese Frauen führten solang die Geschäfte, solang es nötig war, und waren ihren Ehemännern treu.

14

Der Aufenthalt in dem kleinen Dorf brachte ihr ein wenig Entspannung. Überhaupt war sie seit dem Gespräch mit Rosanna ruhiger. Ihre Seele war von einer großen Last befreit worden, ihre Tante machte sie nicht für Annas Tod verantwortlich, und die Verfolger hatte sie sich sicherlich nur eingebildet. Jetzt versuchte sie, die bösen Geister aus ihrem Kopf zu vertreiben. Die Menschen hier auf dem Land waren anders. Lockerer, offener und neugieriger. Sie hatte innerhalb kurzer Zeit das gesamte Dorf einmal durchquert und befand sich nun vor der kleinen Kirche, an der die berühmte Szene mit der Loren gedreht worden war, als ein alter Mann mit Schiebermütze sie freundlich grüßte:

»Buon giorno, Signora, möchten Sie in die Kirche?«

»Buon giorno, ja, eigentlich wollte ich, aber sie ist abgeschlossen.«

»Ja, das müssen wir machen, denn auch hier gibt es Diebe. Wissen Sie, es ist traurig. Manche machen auch vor den Kirchen keinen Halt.«

»Oh, das ist wirklich schade.«

»Wenn Sie wollen, hole ich Ihnen den Schlüssel beim Pfarrer. Er wohnt gleich da drüben. Es ist also keine Mühe.« Der alte Mann lächelte sie freundlich an.

»Nein, vielen Dank, ich muss zurück nach Neapel. Ich habe eigentlich keine Zeit mehr.« Bei diesen Worten sah Maria auf ihre Armbanduhr.

»Haben Sie hier jemanden besucht?« Er sah sie neugierig an.

»Nein, ich kenne hier niemanden. Ich fand nur das Dorf so schön. Ich habe es auf einem Plakat in einer Trattoria in Neapel gesehen, deshalb bin ich hier.«

»Ach so, ich dachte schon, Sie gehören zu der jungen Frau in den Bergen.« Maria war von einem auf den anderen Moment in Alarmbereitschaft, schlagartig sah sie den kleinen Jungen von Posillipo vor sich, der ihr erzählte, dass Espositos Mädchen da wohnten, wo auch schon die Loren gewohnt hatte. Das war kein Zufall. Ihre Aufregung mühsam unterdrückend, fragte sie:

»Hier lebt eine Frau in den Bergen?«

»Ja, seit ein paar Wochen. Mit zwei kleinen Mädchen. Wissen Sie, ich habe in den Bergen ein paar Ziegen und Hühner. Ein kleines Grundstück mit ein wenig Gemüse. Es ist beschwerlich, da ich immer steil hochlaufen muss. Aber das Laufen erhält mich gesund.« Maria rang innerlich mit sich. Sollte sie weiterfragen oder diese Information besser nicht beachten?

»Wo lebt die Frau? Ist das weit von hier?« Im Stillen berechnete Maria die Zeit, die ihr blieb, um nach Neapel zu fahren, ihren Koffer zu packen, im Hotel auszuchecken und zum Flughafen zu fahren.

»Es ist kompliziert. Wir müssten zusammen fahren, dann geht es. Ihnen so den Weg zu erklären«, er machte eine kurze Pause, hob mit der rechten Hand seine Schiebermütze an und kratzte sich nachdenklich am Kopf, »Sie würden sich nur verfahren.« Maria griff an ihr Kruzifix und schaute in den blauen Himmel. Nach wenigen Augenblicken, in denen sie innerlich ihre Großmutter um Rat gefragt hatte, sagte sie:

»Leider bleibt mir keine Zeit. Ich muss jetzt zurück nach Neapel, mein Flug geht heute Abend. Sagen Sie, wie komme ich am schnellsten auf die Autobahn?« Der Mann wollte gerade antworten, als aus einem Torbogen jemand rief:

»Zio Carlo, du flirtest hier mit der schönen jungen Frau, und wir suchen dich überall.« Maria und der alte Herr drehten sich um, und ein Mann Mitte 30 kam lachend auf die beiden zu:

»Buon giorno, mein Name ist Sandro. Ich suche meinen Onkel schon eine Weile. Wir dachten schon, er liegt bei seinen Hühnern.« Bei diesen Worten lachte er herzlich und nahm seinen Onkel, der zwei Köpfe kleiner war als er, in den Arm.

»Es freut mich, Sie kennenzulernen. Ihr Onkel hat gedacht, ich wäre mit der jungen Frau befreundet, die hier in den Bergen lebt. Mein Name ist Saletti, Maria Saletti.«

»Es freut mich auch, Sie kennenzulernen. Und – gehören Sie zu ihr?« Er beobachtete ihre Reaktion genau.

»Nein, ich bin heute hier, weil ich ein Bild von Vallecorsa in einer Trattoria in Neapel gesehen habe und der Inhaber mir von diesem Ort hier vorgeschwärmt hat. Ich muss sagen, er hatte recht. Die Ruhe hier ist herrlich, und die Luft erst. In Neapel ist es bei dieser Hitze ja furchtbar.« Sandros Augen wurden groß.

»Waren Sie in der Trattoria *Da Marilena*?«

»Ja, ich glaube, so heißt sie. Kennen Sie den Inhaber?«

»Aber sicher, er ist ein Cousin von Zio Carlo. Wir haben ihn schon länger nicht mehr gesehen. Er hat ja nie Zeit.« So beiläufig wie möglich fragte Maria:

»Was ist das für eine Frau, die hier in den Bergen lebt?« Sandro sprach ein wenig leiser:

»Wir haben keine Ahnung. Seit ein paar Wochen wohnt sie mit ihren beiden kleinen Mädchen da oben«, dabei zeigte er mit seiner linken Hand auf einen Berg. »Zio Carlo hat unterhalb des Hauses einen kleinen Garten. Nur deshalb wissen wir überhaupt von ihr. Das Haus wurde vor über einem halben Jahr von jemandem aus Neapel gekauft, aber gesehen haben wir nie jemanden, bis er vor ein paar Wochen nach Hause kam und uns erzählte, dass dort eine junge Frau mit zwei kleinen Mädchen wohnen würde.« Maria spürte ihren Puls ansteigen. Innerlich rang sie mit sich, sollte sie der Sache auf den Grund gehen? War es Chiara, die Frau von Luigi Esposito? Etwas in ihr mahnte sie, besser jetzt nach Neapel zu fahren und die Sache auf sich beruhen zu lassen. Zögerlich sagte sie:

»Ich muss jetzt leider zurück nach Neapel. Heute Abend geht mein Flug zurück nach Frankfurt.« Der junge Mann schaute ihr tief in die Augen. Sein Aussehen erinnerte sie an den Schauspieler Raoul Bova. Er war sehr attraktiv. »Sagen Sie, ich kam über Lenola und die schmale Bergstraße hierher. Ich weiß, ich kann über die Autobahn schneller zurückfahren. Wie fahre ich da am besten?« Maria hatte sich entschieden, sie würde jetzt zurückfahren, auch wenn sie vor Neugier platzte.

»Also, Kompliment, wenn Sie die Bergstraße genommen haben. Über die Autobahn brauchen Sie circa zwei Stunden bis in die Innenstadt von Neapel.« Sandro strahlte sie an, er war sich seiner Wirkung auf Frauen nur zu bewusst. Maria schaute abermals auf ihre Uhr. Für die Anreise hatte sie fast vier Stunden gebraucht. Würde ihre Zeit ausreichen, um mit Zio Carlo, wie ihn Sandro genannt hatte, in die Berge zu fahren?

15

Er besah sich die Verträge, die ihm von dem Übersetzungsbüro zugeschickt worden waren. Es handelte sich um Vertragsentwürfe einer Müllentsorgungsfirma aus Neapel. Er sollte alles auf Rechtssicherheit überprüfen. Er wusste, dass die Abfälle entweder irgendwo im Meer versenkt oder auf den Feldern in Süditalien vergraben werden würden. Normalerweise war es ihm egal, was sein Auftraggeber anrichtete. Seine Bezahlung war außerordentlich gut. Aber seit dieser Nacht hatte sich etwas in ihm verändert. Wie konnte es nur so weit kommen? Als er mehr durch Zufall vor Jahren seinen Auftraggeber kennengelernt hatte, empfand er dieses Treffen als einen Wink des Schicksals. Schon als kleiner Junge hatte er die erfolgreichen Männer bewundert, die durch ihr Geld eine Macht ausstrahlten, die er auch gerne besitzen wollte. Als er bei einem Immobilienverkauf für seinen Mandanten Jakob Rosenstein, der ihm aus Freundschaft zu seinen Eltern das Studium finanziert hatte, die Bekanntschaft mit Paulo Fontana machte, dachte er, er müsse sein Glück bei den Hörnern packen. Jakob Rosenstein musste sich damals von einigen Mehrfamilienhäusern trennen, denn es standen umfangreiche Sanierungen an, die er nicht bereit war zu bezahlen. Gleich zwei dieser maroden Immobilien kaufte vor mehr als vier Jahren eine Investmentfirma aus Frankfurt. Bei der Beurkundung des Kaufs erschien Paulo Fontana bei dem Notar als Bevollmächtigter dieser GmbH. Nachdem alles ohne Probleme abgewickelt worden war, teilte er Frank mit, dass die Firmengruppe, für die er unterwegs war, Interesse hatte, noch mehr Gebäude, auch in schlechtem Zustand, zu erwerben. Tags darauf wurde er von Fontana zum Abendessen eingeladen. Während dieses Treffens erzählte Frank voller Stolz, dass er gerade seine Prüfung zum Fachanwalt für internationales Recht bestanden hatte. Fontana zeigte Interesse an diesem Studium und unterhielt sich mit ihm länger darüber. Er freute sich über die Beachtung und gab bereitwillig Auskunft. Es wurde ein unterhaltsamer Abend, und Frank, der sich sogleich mehr von dieser Begegnung versprochen hatte, war enttäuscht, wochenlang nichts mehr von dem Mann zu hören. An einem Vormittag, er hatte Fontana bereits wieder vergessen, erhielt er einen Anruf. Paulo Fontana teilte ihm mit, er sei in Darmstadt und würde gerne mit ihm zu Mittag essen. Sie trafen sich in einem noblen italienischen Ristorante, und Fontana kam schnell zur Sache. Er eröffnete ihm, dass er eine Menge Bargeld hatte, welches er dringend investieren müsste. Und dass es sein Schaden nicht sein würde, ihm dabei behilflich zu sein. Er würde 15 Prozent der zu investierenden Summe erhalten, wenn er die Immobilien suchen, die Verträge prüfen und ihm helfen würde, Schwarzgeld in legales Geld zu verwandeln. Frank zeigte sich interessiert und erinnerte sich noch, wie er im Kopf seine Provision ausrechnete. Das eine Mehrfamilienhaus von Rosenstein hatte auch in desolatem Zustand in dieser Lage einen Wert von mehreren Millionen Euro, wovon er 15 Prozent Provision erhalten würde. Voller Eifer berichtete er Fontana, dass Jakob Rosenstein noch andere interessante Immobilien in Darmstadt besitze, eine davon derzeit alleine bewohne. Um sein Interesse zu wecken, lud er ihn ein, nach dem Essen die Immobilie zu besichtigen, da der Eigentümer sich tagsüber in einer Pflegeeinrichtung befände. Gemeinsam besahen sie sich im Anschluss das gesamte Gebäude und die Wohnung. Ein Handschlag besiegelte ihre Geschäftsbeziehung. Jetzt im Nachhinein war Frank überzeugt, dass er hier den Mördern der zwei jungen Männer Tür und Tor geöffnet hatte.

Im Laufe der folgenden Monate erhielt er Einblick in die Geschäfte seines Auftraggebers, der über unglaubliche Summen von Bargeld verfügte. Investitionen von mehreren Millionen Euro waren kein Problem. Die einzige Schwierigkeit bestand darin, dieses Bargeld so zu investieren, dass niemand Fragen stellen würde. Frank war damit beschäftigt, Hotels, gastronomische Einrichtungen und Spielhallen zu erwerben, was sich als nicht so einfach herausstellte, wie er es vermutet hatte. Er selbst stellte für die Anbahnung von Geschäften horrende Rechnungen aus. Fortan konnte er ein Leben führen, wie er es sich immer erträumt hatte. Immobilien zu finden wurde jedoch von Monat zu Monat schwieriger. Paulo konnte zwar einige Geschäftshäuser und Mehrfamilienhäuser kaufen, aber es waren nie genug. Käufer waren unterschiedliche Gesellschaften, die Frank im Vorfeld in anderen Ländern gegründet hatte und somit das Ganze nach außen hin legal war. Als Bevollmächtigter wurde er zum Notar geschickt, sodass Fontana nicht mehr in Erscheinung trat. Nach und nach wurde er immer tiefer in die Machenschaften des Neapolitaners hineingezogen, nein, schlimmer noch, viele Geschäfte trugen von Anfang an die Handschrift von Frank. Sollten jemals Ermittlungen wegen Geldwäsche getätigt werden, war klar, wer dafür verantwortlich zu machen wäre. Fontana war fein raus. Er war einer der Inhaber von Firmen, die in Firmen investierten, die Frank gegründet hatte. Fontana zog langsam aber sicher die Zügel an. Frank musste hin und wieder Arbeiten übernehmen, die ihm überhaupt nicht gefielen. Als er eines Tages gebeten wurde, einige Mädchen am Busbahnhof abzuholen, da ein Fahrer einen Unfall gehabt hatte, wurde ihm klar, dass Fontana nicht nur mit Drogen ein Vermögen machte, sondern dass auch Menschenhandel zu seinen Einnahmen gehörte. Am Anfang, als Consiliere, als Rechtsbeistand, noch hofiert, wurde er nach und nach zum Befehlsempfänger. Die Idee mit den Sexpartys hatte Paulo, der ihm versicherte, dass sie damit viel Geld machen könnten. Paulo selbst wollte nur eine gewisse Summe für jedes der Mädchen. Wie auf dem Viehmarkt kaufte Frank die Mädchen und verkaufte sie nach einer dieser lukrativen Partys weiter an Bordelle, die mit falschen Papieren die Mädchen anschaffen ließen. Ihm wurde klar, dass er sich auf Machenschaften eingelassen hatte, aus denen er nie wieder entfliehen konnte. Seit dieser verhängnisvollen Nacht meldete sich immer mehr sein Gewissen. Und es wurde ihm von Tag zu Tag schmerzlicher bewusst, dass er nur eine Marionette von Paulo Fontana war.

16

Es dauerte einen Moment, bis er das Gespräch annahm, dann endlich hörte sie seine Stimme:

»Maria, schön, dass du dich meldest.«

»Amore, ich komme schon heute Nacht nach Hause, kannst du mich am Flughafen abholen?«

»Und wie ich das kann«, hörte sie einen glücklichen Alex ins Telefon flüstern.

»Oh, habe ich dich gestört? Du sprichst so leise.«

»Nein, du hast nicht gestört, nicht mit dieser Nachricht. Es sind nur ein paar Kollegen bei mir im Büro. Wann kommst du an?«

»Ankunft Frankfurt um 22.45 Uhr mit *Alitalia*.«

»Wunderbar, ich freue mich, Schatz.«

»Ich freue mich auch, ciao.« Maria legte auf und schaute auf die Berge um sie herum. Zio Carlo sah sie freundlich an.

»Signora, ich muss jetzt zu meinen Ziegen und möchte mich von Ihnen verabschieden«, sagte er plötzlich. In Maria meldete sich eine kleine Stimme. Sie zwang sich, nicht hinzuhören, aber sie konnte dieser Stimme nicht entkommen.

»Sagen Sie doch nicht Signora, ich heiße Maria, und«, sie hielt einen kleinen Moment inne, »wenn Sie möchten, fahre ich Sie.« Sie hielt den Atem an und wartete auf die Antwort.

»Das wäre wunderbar, dann kann ich das Hühnerfutter mitnehmen. Wissen Sie, ich kann den Sack nicht bis nach oben schleppen.« Marias Puls beschleunigte sich, sie griff an ihr Kruzifix und bat im Stillen um Beistand. Zio Carlo setzte sich augenblicklich in Bewegung und ging erstaunlich schnell in eine Seitengasse. Maria folgte ihm.

»Ist Ihr Haus weit weg? Denn dann hole ich das Auto«, bemerkte sie.

»Nein, Signora Maria. Es ist gleich da vorne. Ich sage nur meiner Frau Bescheid, dann fahren wir zu einem Freund meines Sohnes, da hat der Händler das Futter hingeliefert. Hier in die kleinen Gassen kann man ja schlecht mit dem Lkw fahren.« Maria schüttelte über sich selbst den Kopf, wie konnte sie nur dieses Angebot machen. Würde sie überhaupt noch pünktlich nach Neapel kommen? Der Flug ging um 20.10 Uhr, sie musste spätestens um 18.30 Uhr am Flughafen sein. Nein, früher, denn sie musste ja auch noch das Auto abgeben. Es war bereits 14.15 Uhr. Würde ihr die Zeit reichen? Zio Carlo verschwand in einem kleinen Haus und kam zunächst nicht wieder. Maria dachte an die alte Frau, die sie zuvor beschuldigt hatte, ihren Mann verführt zu haben. Was hatte es damit auf sich? Der alte Mann trat mit einem breiten Grinsen im Gesicht vor sein Haus.

»Signora Maria, wo ist Ihr Auto?« Maria überlegte einen kleinen Moment.

»Irgendwo auf der Hauptstraße, gegenüber ist eine Bar.« Behände, wie sie es nicht für möglich gehalten hätte, schwang er seinen Stock in die Richtung, in die sie gehen mussten. Dann lief er mit einem unglaublichen Tempo vor ihr her.

»Kommen Sie, wir müssen da runter.« Nach einigen Minuten, in denen Maria schweigend neben ihm herlief und zu allen Heiligen betete, dass sie sie auf dieser Fahrt unterstützen mögen, fragte sie ihn schließlich:

»Was war mit der alten dementen Frau? Was ist mit ihrem Mann?«

»Ach, ihr Mann ist hier im Ort der Tierarzt. Er war ihr früher schon nicht treu. Wahrscheinlich ist er es heute auch nicht.« Er blieb stehen, sah sie verschwörerisch an und fügte leise hinzu: »Wenn er noch kann.« Dann lachte er aus vollem Hals. Maria musste auch lachen.

»Ist er wirklich verschwunden?«

»Ich weiß nicht, vielleicht sagt sie das nur. Dottore Marino ist ein komischer Typ. Wir haben hier im Ort nur noch ihn als Arzt. Der einzige Hausarzt, den wir hier hatten, ist schon ein paar Jahre in Rente. Junge Ärzte ziehen freiwillig nicht in die Berge. So holen wir Dottore Marino, wenn jemand krank ist. Er schreibt auch für uns die Medikamente auf, sonst müssten wir immer nach Frosinone fahren.« Sie waren an Marias Auto angekommen, er blieb stehen und flüsterte: »Die eine oder andere Frau im Ort geht nicht mehr zu ihm.« Sein Blick sagte alles.

Maria hatte verstanden.

»Wo müssen wir hinfahren?«

»Wir fahren zu Mario, er hat die Straße runter ein Baugeschäft. Wir müssen diese Straße ein Stück zurückfahren, Richtung Lenola.« Maria stockte der Atem. Zurück auf dieser furchtbaren Straße. Sie zog ihre Mundwinkel nach oben, und Zio Carlo, der Marias Unbehagen zu bemerken schien, fügte hinzu:

»Es ist nicht weit, gleich da vorne die große Firma mit den Lkws.«

Gleich darauf fuhren sie auf den Hof eines Baustoffhändlers. Niemand war weit und breit zu sehen, und Zio Carlo wies auf eine Halle, zu der sie fahren sollte. Neben einer Garage ließ er sie stoppen, sprang erstaunlich flink aus dem Fahrzeug und ging einige Meter zu der Halle, deren großes Rolltor offen stand. Gleich darauf kam er mit einem großen Futtersack heraus. Maria sprang aus dem Auto und legte mit Zio Carlo das Hühnerfutter in den Kofferraum.

»Va bene, Signora Maria. Dann fahren wir mal zu meinen Ziegen.«

17

Seine Nerven lagen blank. Seit dieser Nacht, die alles verändert hatte, bekam er, wenn er schlafen wollte, kein Auge mehr zu. Wer oder was hatte damals von ihm Besitz ergriffen? Er war nicht er selbst gewesen. War es das Koks in Verbindung mit dem Alkohol, das ihn hatte so ausrasten lassen? Er wusste es nicht. Die Tatsache, dass er einem jungen Mädchen das Leben genommen hatte, war für ihn noch nicht einmal das Schlimmste. Wer war sie schon gewesen? Eine kleine billige Nutte. Nein, dass er nun zum einem 100.000 Euro bezahlen sollte, tat ihm weh. Außerdem war er sich sicher, dass diese Summe erst der Anfang war. Damit nicht genug, musste er sich sonst was einfallen lassen, damit dieser Esposito nach Weiterstadt in die JVA verlegt wurde. Er durfte keinesfalls als Kronzeuge aussagen. Sicherlich wartete dort schon sein Mörder auf ihn. Seine Anweisung, Esposito entgegen allen Ratschlägen der Ermittler in die JVA Weiterstadt zu verlegen, hatte Fragen aufgeworfen. Aber sie hatten ihn in der Hand. Und er hatte keine Möglichkeit, ihnen zu entkommen. Was die illegale Müllentsorgung anging, war ihm die letzten Jahre nie etwas zu Ohren gekommen. Was, wenn ermittelt werden würde und diese Ermittlungen liefen im Stillen ab und er bekäme davon nichts mit?

Schweiß bildete sich auf seinem Körper. Das alles wurde ihm zu viel. Dieser Stress machte ihn fertig.

Er nahm sein zweites Handy zur Hand, schaltete es ein und wählte die Telefonnummer von Frank. Frank, dieses miese Arschloch, war seit der *WhatsApp* mit der Geldforderung nicht mehr zu erreichen gewesen. Er hörte seit Tagen nur: »Dieser Teilnehmer ist zurzeit nicht erreichbar.« Was, zur Hölle, sollte er nun tun? Schweiß lief an seinem Körper in Strömen runter. Er schaute auf seinen Schreibtisch. Auf seinem Telefondisplay sah er 14 Anrufe, bei einigen handelte es sich um Anrufe von Rechtsanwalt Feuser. Seine Telefonnummer war markant. Er wusste, was dieser von ihm wollte. Was sollte er ihm aber sagen? Feuser war clever und wusste, dass die Verlegung nach Weiterstadt einer richterlichen Überprüfung nicht standhalten würde. Man könnte ihm vorwerfen, dass er die Drohung, Esposito zu verlegen, angewendet hatte, um auf ihn Druck auszuüben. In seinem Kopf rauschte es. Er spürte seinen Herzschlag deutlich in seiner Brust. Wie konnte er jetzt alles so geradebiegen, dass er nicht in Verdacht geriet? Ein wenig kaltes Wasser im Gesicht würde ihm helfen, einen klaren Gedanken zu fassen. Was sollte er nur tun? Wenn er seine Augen schloss, sah er das Mädchen vor sich, wie es ihn angsterfüllt ansah. Sein Magen rebellierte. Er verließ sein Büro und ging mit wackeligen Knien zur Toilette. Gott sei Dank war es schon fast 18 Uhr und so gut wie niemand mehr im Büro. Dumme Fragen bezüglich seines Aussehens konnte er gerade nicht gebrauchen. Als er den Waschraum erreicht hatte und in den großen Spiegel in diesem weiß gekachelten Raum sah, erschrak er über sein Spiegelbild. Er war in den letzten Tagen um Jahre gealtert. Tiefe Falten durchzogen sein kalkweißes Gesicht. Der Schweißfilm auf seiner Haut ließ sein Antlitz noch furchtbarer erscheinen. Mit zwei Händen warf er sich kaltes Wasser ins Gesicht und ließ sich das Wasser auch über die Unterarme laufen. Er öffnete das Fenster in der Toilette, denn er hatte das Gefühl, keine Luft zu bekommen. In seiner Brust hämmerte sein Herz immer schneller, er musste sich übergeben, und ein stechender Schmerz umklammerte seinen Oberkörper. Er schaffte es noch, sich umzudrehen, dann wurde es schwarz um ihn herum.

18

Der Moment fühlte sich für sie unwirklich an. Alles war friedlich und still. Sogar auf der Straße war es in diesem Moment außerordentlich ruhig. Sie ließ seine Hand los, stand auf und öffnete das Fenster. Seine Seele sollte die Möglichkeit haben, in den Himmel zu finden. Der Todeskampf hatte einige Stunden angedauert, in denen er immer wieder nach ihrer Hand griff und sie um Verzeihung bat. Jetzt, in den letzten Stunden seines Lebens, war er in der Lage gewesen, Liebe zu zeigen. In 39 Jahren Ehe hatte er es nicht vermocht. Warum war er zu diesen Worten zu seinen Lebzeiten nicht fähig gewesen? Rosanna atmete tief durch, sie war verwirrt. Was sollte sie nun zuerst erledigen? Sollte sie seinen Bruder anrufen? Nein, sie würde zuerst ihre Schwester Giulia anrufen und ihr mitteilen, dass Gennaro verstorben war. Sie sah auf die Uhr. Mit etwas Glück war sie zu Hause und konnte in Ruhe mit ihr telefonieren. Ihre Anspannung ließ langsam nach, und sie lehnte sich in ihrem Ohrensessel zurück. Wie würde sie ihr Leben nun weiter verbringen? Tränen stiegen auf, nicht weil er nun tot war. Der Tod war in diesem Fall eine Erlösung, nein, weil sie all die Lebensjahre mit ihm so wenig Freude empfunden hatte. Sie weinte plötzlich um ihr vergeudetes Leben. Automatisch griff sie in ihre Schürze nach einem Taschentuch und fühlte den Zettel. Das Drohschreiben der *Camorra*. Es konnte nur mit Maria zusammenhängen. Hatte sie ihr nicht erzählt, dass sie die Frau eines Camorrista suchte? Sie musste sie auf der Stelle warnen. Sie ging in den Flur, nahm ihr Smartphone zur Hand und wählte Marias Nummer. Fast im gleichen Augenblick hörte sie die sonore Ansage:

»Der Teilnehmer ist zurzeit nicht erreichbar.« Sie legte auf und tippte mit zittrigen Fingern eine SMS: »Bitte rufe mich an. Es ist dringend. Rosanna«.

19

Die Fahrt gestaltete sich abenteuerlich, und wenn Maria auf der schmalen Bergstraße bereits Angst verspürt hatte, steigerte sich das Ganze nun zu Panik. Sie hielt gefühlt minutenlang den Atem an, während sie eng an einem Abgrund entlangfuhr. Die Geschwindigkeit konnte man als Schneckentempo bezeichnen. Dass sie solch eine Höhenangst hatte, war ihr nie bewusst gewesen. Wenn sie sich in Gebäuden befand, fühlte sie sich sicher, auch wenn sie in die Tiefe schaute. Hier in der Natur wurde die Höhenangst übermächtig. Die Tatsache, dass hier weit und breit keine Leitplanke war, verstärkte das Ganze nur. Carlo hielt sich mit der rechten Hand in einer Schlaufe oberhalb des Seitenfensters fest und strahlte über das ganze Gesicht.

»Wir sind gleich da, Signora. Keine Angst.« Maria war zu keiner Antwort fähig, sie war zu sehr damit beschäftigt, den Feldweg nach großen Steinen abzusuchen, damit sie mit dem Auto nicht darüberfuhr. Endlich sah sie das kleine Gebäude, vor dem einige Ziegen und Hühner, umgeben von einer kleinen Bruchsteinmauer, umherliefen.

»Zio Carlo, wo kann ich hier das Auto wenden?«, fragte sie ihn.

»Ich öffne das kleine Tor, sehen Sie, da fahren Sie vorwärts hinein und können dann im Hof wenden.« Nachdem er Marias erstauntes Gesicht sah, fügte er hinzu: »Die Hühner und Ziegen kennen das schon, sie machen Ihnen Platz.« Als sie, nachdem sie einige Male vor und zurück gefahren war, gewendet hatte, stieg sie aus und atmete durch. Zio Carlo öffnete bereits den Kofferraum, und sie half ihm, den großen Papiersack mit dem Hühnerfutter aus dem Wagen zu heben. Hühner und Ziegen liefen um die beiden herum, scheinbar neugierig, welchen Gast Carlo wohl an diesem Nachmittag mitgebracht hatte. Maria erschrak, als eine Ziege an ihr hochsprang und ein kleiner Bock sie am Bein stupste.

»Sie sagen dir Buon giorno«, kommentierte er das Verhalten der Tiere freudestrahlend.

»Ja, sie sind niedlich«, antwortete Maria. Nachdem der Futtersack verstaut war, sah sie sich um. Die Landschaft von hier aus zu betrachten, hatte etwas Malerisches. Berge, überzogen von Steinterrassen, auf denen Olivenbäume wuchsen, Stille und Ruhe. Weiter oben am Berg konnte sie einen Wald erkennen, der aus großen alten Bäumen bestand.

»Sag, wo ist das Haus dieser Frau, von der du mir erzählt hast?«, fragte Maria vorsichtig. »Ich kann es nirgendwo sehen.«

»Ja, von hier aus sieht man es nicht. Hier an meinem Stall hört auch der Feldweg auf. Das Haus erreicht man über eine andere kleine Straße. Du kannst hier nach oben klettern, dann sieht man zwischen den beiden Olivenbäumen hier immer nach oben zu einer Mauer wie meine hier, und da wohnt die Signora mit ihren beiden Mädchen. Aber glaube mir, sie wird mit dir nicht sprechen. Als sie mich einmal gesehen hat, ist sie schnell im Haus verschwunden.« Maria zögerte, machte es Sinn, hier einen steilen Weg nach oben zu kraxeln, wollte sie überhaupt noch wissen, ob es sich um die Frau von Luigi Esposito handelte?

»Bist du da hochgeklettert?« Zio Carlo lächelte sie verschmitzt an.

»Ja, und ich bin schon 81 Jahre alt.« Ohne weiter über die Konsequenzen nachzudenken, setzte Maria einen Fuß vor den anderen. Sie hielt sich an Zweigen und Stämmen von Olivenbäumen fest, und ehe sie sich's versah, kam die Mauer zum Vorschein, von der er gesprochen hatte. Vorsichtig näherte sie sich der fremden Mauer, die in etwa eine Höhe von einem Meter hatte. Die letzten Meter waren sehr steil, und sie hoffte, nicht abzurutschen. Sie konnte Kinderlachen vernehmen und die Stimme eine Frau, die offensichtlich ein Telefonat führte. Als sie das Grundstück erreicht hatte, blieb sie zunächst in Deckung und wagte kaum, über den Mauerrand zu spähen. Das Kinderlachen war verstummt, und sie hörte, wie sich die Kinderstimmen entfernten. Die Stimme der Frau kam näher. Plötzlich nahm sie in unmittelbarer Nähe ein tiefes Knurren wahr. Dieses Geräusch paarte sich mit einem Bellen, welches ganz sicher zu sehr großen Hunden gehörte. Maria hielt kurz die Luft an, die Hunde stellten sich mit den Vorderpfoten auf die Mauer. Direkt über ihr befanden sich nun zwei riesige Maremmano Hunde und bellten um die Wette. Die Frau befahl den Tieren, still zu sein. Die Stimme kam näher und näher, da die beiden Wächter nicht aufhörten. Sie beendete das Telefongespräch mit den Worten:

»Ich rufe dich gleich wieder an.« Maria stockte das Blut in den Adern, als ihr Gesicht über der Mauer erschien. »Was machen Sie hier?«, fragte sie zornig.

20

Jan hatte an diesem Tag eine außerordentliche Durchsuchung mehrerer Hafträume angeordnet, und die Kolleginnen und Kollegen waren fündig geworden. Drogen, ein Handy und eine selbst gebaute Tätowiermaschine waren die Ausbeute der zweistündigen Arbeit. Er saß vor seinem Computer und fasste die verschiedenen Meldungen der Kollegen in einem Bericht zusammen, als sein Telefon klingelte.

»Gerber«, sagte er abwesend, als er den Hörer an sein Ohr hielt.

»Hallo, Jan. Maria kommt bereits heute zurück. Ich hole sie heute Nacht am Flughafen ab.« Alex Neuberts Freude konnte Jan durch das Telefon spüren.

»Das ist eine gute Nachricht. Am besten, wir treffen uns gleich morgen. Maria muss mir unbedingt einige Sachen übersetzen.« Alex verstand sofort, was damit gemeint war.

»Ich sage es ihr. Sie meldet sich gleich morgen bei dir.«

»Sehr gut. Ich bringe den *Primitivo* mit«, erwiderte Jan.

»Also bis morgen.« Jan sah aus dem Fenster. Die vergangenen Tage hatte Esposito mehrfach mit seinem Handy telefoniert, jedoch, wie zu erwarten war, bei allen Telefonaten italienisch gesprochen. Jan platzte vor Neugier. Beim Blick durch sein vergittertes Bürofenster schaute er auf den Anstaltshof, in dem gerade die Freistunde abgehalten wurde. Enrico Müller befand sich auf einer Verladerampe, und ein Gefangener, den Jan nicht kannte, stand vor ihm und redete auf ihn ein. Der Häftling war offensichtlich erregt, denn er zappelte hin und her, redete und redete. Jan wollte seinen Blick schon von ihnen abwenden, da sprang dieser Häftling mit einem Hechtsprung auf die Rampe und stürzte sich auf Enrico Müller. Müller war im Kampfsport erfahren und konnte den Angriff gut abwehren. Blitzschnell erwischte er einen Arm des Angreifers und drehte ihm ihn auf den Rücken, sodass dieser sofort zu Boden ging. Im gleichen Moment wurde in der gesamten Anstalt der Alarmzustand ausgelöst. Ein Zwischenfall während der Freistunde war eine gefährliche Situation, da sich etwa, je nachdem, wie gut besucht, etwa 150 Gefangene frei im Hof bewegen konnten. Überwacht von nur fünf Beamten. Jan zog seine

Bürotür hinter sich zu und nahm die Beine in die Hand. Er flitzte drei Stockwerke nach unten und öffnete die Tür zum Sportraum, durch den angrenzenden Flur gelangte er in den Freistundenhof. Keine 30 Sekunden später befand auch er sich dort, wo das diensthabende Aufsichtspersonal die neugierigen Häftlinge bereits in eine Ecke verwiesen hatte. Enrico Müller legte gerade seinem Angreifer Handschellen an, als dieser rief:

»Du bist ein Arschloch, Müller, warte nur, irgendwann komme ich hier raus, dann wirst du mich kennenlernen.« Jan sprang auf die Rampe und zog mit Müller und einem weiteren Kollegen den Angreifer nach oben. Die Hände auf dem Rücken gefesselt, fluchte er vor sich hin. Gemeinsam drückten sie seine Arme auf dem Rücken nach oben und gingen in Richtung des besonders gesicherten Haftraums. Nach kurzer Zeit gab er seine Gegenwehr auf und ging ruhig neben ihnen her. Der Haftraum, auch Bunker genannt, wurde geöffnet, und der Insasse musste sich nackt ausziehen. Auf dem Boden befanden sich eine Matratze und eine Hocktoilette. Keinerlei Gegenstände, die ein Häftling in seiner Wut aus der Wand hätte reißen können, befanden sich in diesem Raum. Per Funk teilte Jan der Zentrale mit, dass sich der Mann nun in Bunker Nummer 1 befand. Der Zentralbeamte schaltete daraufhin die Kamera ein. Kaum wollten die Männer die Tür schließen, fing der Mann wieder an zu schreien.

»Komm mal wieder runter. Sonst musst du noch länger hier drinbleiben.« Jan verriegelte die Tür und sah Müller fragend an:

»Was ist vorgefallen?« Müller druckste ein wenig herum, dann rückte er mit der Sprache heraus.

»Irgendjemand hat dem Seibert gesteckt, dass ich weiß, dass er *Diazepam* vertickt. Er ist seit gestern krankgemeldet, und seine Kunden«, bei diesem Wort machte er mit den Fingern Gänsefüßchen in der Luft, »bekommen nun keine Pillen mehr.« Müller senkte schuldbewusst seinen Blick.

»Alle Knackis wissen, dass du den Seibert im Verdacht hast?«, Jan sah Müller wütend an. »Das hast du ja sauber hingekriegt.«

21

»Ich wusste nicht, dass hier jemand wohnt«, sagte Maria schnell, »ich wollte Sie nicht stören.« Sie drehte sich um, bekam den Stamm eines Olivenbaums zu fassen und trat den Rückzug an.

»Verschwinde hier!«, rief ihr die junge Frau erbost hinterher. War das Chiara, die Frau von Luigi Esposito? Im gleichen Moment hörte sie ganz in der Nähe ein Auto hupen. Vor lauter Schreck glitt sie aus und rutschte einige Meter auf ihrem Po einen Abhang hinunter. Auch das noch. So konnte sie schlecht später in den Flieger steigen. Die Hose war versaut. Ärgerlich über sich selbst ging sie die wenigen Schritte bis zum Tor des Hühnerstalls und erblickte im Auto Sandro. Seine Miene sprach Bände. Das smarte Lächeln war gänzlich aus seinem hübschen Gesicht verschwunden.

»Maria, ich glaube, du hast ein Problem«, sagte er leise, in der Hoffnung, sein Onkel würde die Worte nicht verstehen.

»Warum?« Ihr lief es kalt den Rücken runter.

»Komm, ich zeige dir was«, entgegnete er, zog ein Fernglas hervor und übergab es Maria. »Sieh, gegenüber an der Straße, die du von hier sehen kannst, steht ein schwarzer Golf. Die beiden Männer dort schauen die ganze Zeit mit einem Fernglas in Richtung Zio Carlos Stall. Sie werden kaum meinen Onkel beobachten.« Marias Herz schlug ihr bis zum Hals. Waren das die Typen, die bereits auf der Bergstraße hinter ihr gestanden hatten? Sie hatte sich also doch nicht getäuscht, als sie auf ihrer Hinfahrt geglaubt hatte, der schwarze Golf würde sie verfolgen.

»Diese Männer sind auf der Fahrt hierher über die Bergstraße hinter mir hergefahren. Mist, was mache ich jetzt?« Maria sah ihn hilfesuchend an.

»Warum sind sie hinter dir her?«

»Eine lange Geschichte. Die Kurzversion ist: Ich arbeite in einem Gefängnis in Deutschland, dort sitzt ein Mann aus Neapel ein, der seine Ehefrau sucht. Er hat versprochen, mir den Mörder meiner Cousine zu nennen, wenn ich seine Frau finde.«

»Oh dio, du arbeitest im Knast, und deine Cousine wurde ermordet?«

»Ja, bereits vor 20 Jahren, aber ich komme nicht zur Ruhe.« Sie seufzte.

»Das kann ich verstehen. Und glaubst du, das ist die Frau?«

»Ich habe noch kein Bild von ihr gesehen, aber alles deutet darauf hin.«

»Wenn du wieder in Deutschland bist, rufst du mich an und sagst mir, ob es die Frau war. Du hast mich neugierig gemacht.«

Zio Carlo, der sich neben sie gestellt hatte und die Unterhaltung mitangehört hatte, kratzte sich unter seiner Schiebermütze.

»Ich habe eine Idee: Sandro, bitte fahre mit deinem Auto so nahe an den Hühnerstall, dass Maria, ohne gesehen zu werden, auf der Beifahrerseite einsteigen kann. Los, mach schon. Maria, du gehst jetzt zu den Hühnern. Hast du noch etwas in deinem Auto, was du brauchst?«

»Ja, meine Handtasche. Was habt ihr vor?«

»Sandro wird dich mit seinem Auto nach Neapel fahren. Er kann mit einem Freund morgen dein Auto bei der Leihfirma am Flughafen abgeben.« Maria zögerte einen Moment. War die Situation wirklich so bedrohlich? Als hätte er ihre Gedanken erraten, sagte er:

»Die Typen da gefallen mir überhaupt nicht. Maria, bitte lass dir helfen. Die schrecken vor nichts zurück.«

»Also gut. Danke, dass ihr mir helfen wollt.« Sandro überlegte einen kleinen Moment und sagte dann:

»Wir machen es anders. Du fährst dein Auto ein Stück von hier weg, bis da unten, wo es einen kleinen Weg hineingeht. So kannst du auch deine Tasche mitnehmen. Du stellst dort den Wagen ab und wartest, bis ich direkt neben dir bin. Ich hoffe, dass die Kerle diese Stelle mit ihrem Fernglas nicht einsehen können. Wenn ich neben dir bin, spring schnell in mein Auto und ducke dich, damit niemand sieht, dass du im Auto sitzt. Ich fahre dann erst einmal entspannt die Straße wieder runter und dann zur Autobahn. Mit etwas Glück sind wir in zwei Stunden in Neapel.« Maria war versucht, den alten Mann zu umarmen. Das jedoch hätten die Männer als Verabschiedung wahrnehmen können. Ergriffen sagte sie zu ihm:

»Tausend Dank, Zio Carlo. Ich weiß nicht, was ich sagen soll. Wie kann ich dich erreichen?« Der alte Mann lächelte milde.

»Sandro gibt dir meine Telefonnummer, so können wir in Kontakt bleiben. Viel Glück, und pass auf dich auf.« Seine Augen wurden feucht, und er drehte sich schnell um.

»Ich nehme jetzt auch gleich die Beine in die Hand und gehe wieder zurück ins Dorf. Sie werden bald hier auftauchen, da will ich nicht unbedingt hier sein«, fügte er hinzu und begann, seine Hühner einzusperren.

Sie taten alles wie besprochen, und einige Minuten später saß Maria mit dem Kopf zwischen den Knien in Sandros BMW und hielt ihr Kruzifix in den Händen. Urplötzlich machte er eine Vollbremsung. Maria erstarrte.

»Was ist? Sag mir, warum hast du so abgebremst?«, presste sie hervor. Ihre Angst war deutlich zu hören.

»Eine schwarze Katze lief mir direkt vor das Auto. Sonst nichts.« Maria wagte es kaum zu fragen:

»Von links nach rechts?«

»Nein, wir haben Glück: von rechts nach links.« Maria atmete hörbar tief durch. Mehr zu sich selbst als zu Sandro sagte sie:

»Wir werden es schaffen, alles wird gut.«

22

Die Zornesröte war ihr ins Gesicht gestiegen. Sie lief schnell ins Haus und suchte ihr Handy. An dem angestammten Platz konnte sie es nicht finden. Wo war es nur? Sicherlich hatte es wieder eines der Mädchen verbotenerweise zum Spielen benutzt. Wie von Sinnen schrie sie:

»Stella, Stella, wo ist mein Handy?« Sie erhielt keine Antwort. Erneut rief sie den Namen ihrer ältesten Tochter:

»Stella, verflucht noch mal, gib Antwort.« Die Kleine kam ängstlich aus dem Kinderzimmer und sah ihre Mutter mit großen Augen an:

»Ich habe dein Handy nicht, Mama.« Mit schnellen Schritten lief sie durch das ganze Haus, das Handy war wie vom Erdboden verschluckt. Beim Blick in das Kinderzimmer sah sie Isabella, wie sie schnell etwas in einem Puppenwagen versteckte.

»Was hast du da?«, fragte sie barsch.

Isabella schaute sie schuldbewusst an, antwortete aber nicht.

»Du sollst mir antworten. Was hast du da eben gemacht?« Mit großen Schritten ging sie zu ihrer jüngsten Tochter, der bereits die Tränen in die Augen stiegen. Chiara griff in den Puppenwagen und entdeckte ihr Handy. Die Angst, die der Kleinen anzusehen war, erschreckte Chiara. In einem ruhigen Ton fragte sie:

»Warum hast du mein Telefon vor mir versteckt?« Isabella fing an zu weinen, und Stella antwortete dafür:

»Weil du den ganzen Tag telefonierst. Du spielst nie mit uns, hier sind keine Kinder, uns ist langweilig.« Chiara wusste, dass Stella recht hatte mit dem, was sie sagte. Es war für die Mädchen hier in der Einöde ohne andere Kinder wirklich langweilig.

»Ich verspreche euch, dass wir nicht mehr lange hierbleiben. Ich denke, wir ziehen wieder um. Dieses Mal dorthin, wo auch andere Kinder wohnen. Ich verspreche es euch. Jetzt muss ich aber telefonieren.« Sie wählte Angelos Nummer, erreichte jedoch nur seine Mailbox. Nachdem sie zwei- oder dreimal nicht durchkam, setzte sie sich auf das Sofa und seufzte. So sehr hatte sie gehofft, dass niemand sie hier finden würde, aber sicherlich war die junge Frau diese Maria Saletti aus Deutschland. Wenn eine Fremde herausfinden konnte, wo sie untergekrochen war, konnten es andere auch. Sie musste unbedingt hier verschwinden, und diese Saletti musste gestoppt werden.

23

Sandro sprach kein Wort. Die Serpentine mit Schlaglöchern und riesigen Felsbrocken hatte er ohne Zwischenfall hinter sich gebracht. Nun setzte er den Blinker und fuhr auf die Landstraße. Nur noch wenige Meter, und er würde an den Verfolgern vorbeifahren. Sein Herzschlag verdoppelte sich, und auch wenn er es vor Maria nie zugegeben hätte, er hatte Angst. Da nicht einmal das Radio spielte, war die angespannte Stimmung fast körperlich spürbar. Leise, fast flüsternd, obwohl sie ja eigentlich niemand außer Sandro hören konnte, fragte sie:

»Sind wir schon an ihnen vorbeigefahren?« Er gab ihr keine Antwort und beschleunigte sein Auto. Nach einer gefühlten Ewigkeit antwortete er:

»Sie stehen noch an der gleichen Stelle und schauen mit dem Fernglas in Richtung Hühnerstall. Scheinbar haben sie nicht mitbekommen, dass du weg bist. Bleib aber noch ein wenig da unten. Ich will erst sicher sein, dass uns niemand verfolgt.« Maria versuchte, ruhig zu atmen, und sie entspannte ihren Körper ein wenig. Der Knopf ihrer Jeans drückte sich unerbittlich in ihren Magen, da vernahm sie einen Signalton ihres Handys. Kurz darauf, er hatte an einem Parkplatz angehalten und war, nachdem er überprüft hatte, ob noch jemand auf den Parkplatz gefahren war, wieder losgefahren, sagte er:

»Ich glaube, alles ist in Ordnung. Spätestens jetzt hätte mir jemand auffallen müssen. Du kannst hochkommen.«

Sie richtete sich auf und atmete tief durch, dann ergriff sie ihre Halskette und sah aus dem Fenster.

»Wo sind wir?«

»In etwa 20 Minuten fahren wir bei Ceprano auf die Autobahn A1. In etwa einer Stunde sind wir in Neapel.« Er konzentrierte sich und schaute ständig in den Rückspiegel. Waren sie wirklich in Sicherheit?

»Wie willst du das mit meinem Leihwagen machen?«, fragte sie ihn.

»Ich werde morgen einen Freund um Hilfe bitten. Er nimmt hier meinen Wagen, und ich fahre den Fiat von der Leihfirma. Wenn ich das Auto abgegeben habe, schicke ich dir per *WhatsApp* ein Foto von der Quittung. In Ordnung?«

»Vielen Dank, ich weiß gar nicht, wie ich dir danken soll. Wir kennen uns überhaupt nicht, und du bist so hilfsbereit.«

»Ach, vor vielen Jahren hätte ich einmal einer jungen Frau helfen können und habe es nicht getan.« Er machte eine bedeutungsvolle Pause und sein Gesicht wurde traurig. »Heute kann ich ihr nicht mehr helfen, aber deshalb mache ich mir immer noch Vorwürfe. Außerdem habe ich etwas gegen die *Camorra,* und dass diese Kerle damit zu tun haben, dafür muss man kein Hellseher sein. Ich frage mich nur, ob die Frau, die sich in dem Haus mit ihren Kindern versteckt, nun Probleme bekommt.«

»Ja, das frage ich mich allerdings auch gerade.«

»Ich wohne im Hotel *Miracolo* in der Via Tribunali, dort müssen wir noch meinen Koffer holen«, erklärte sie.

»Maria, ich glaube, es ist keine gute Idee, in dein Hotel zu fahren. Am Ende verfolgen dich die Männer schon länger und wissen, dass du dort wohnst.« Er sah sie kurz an, wendete dann aber sofort wieder seinen Blick auf die Straße.

»Du hast recht. Bereits in Neapel hatte ich einmal das Gefühl, dass ich verfolgt werde.«

»Ich fahre dich direkt zum Flughafen. Wenn du zu Hause bist, rufst du im Hotel an und sagst, dein Cousin würde deine Sachen abholen. Morgen, wenn ich das Auto zum Flughafen fahre, hole ich deine Sachen im Hotel ab.«

»Danke, mehr kann ich nicht sagen. Danke vielmals, Sandro. Wie kann ich das jemals wieder gutmachen?«

»Ich besuche dich einmal in Deutschland«, sagte er lachend. Der Verkehr auf der A1, der Autostrada del Sole, war mörderisch und an der ersten Mautstation die Hölle los. Maria sah nervös auf ihre Armbanduhr, sollten sie in einen Stau kommen, würde sie ihren Flieger nicht erreichen. Jetzt fiel ihr ihr Handy wieder ein. Sie holte es aus ihrer Handtasche und sah darauf. Tante Rosanna hatte ihr eine SMS geschickt.

»Bitte rufe mich an. Es ist dringend.« Maria wählte die Nummer, und nach dem ersten Klingelton meldete sich ihre Tante:

»Maria, Gott sei Dank, dass du anrufst. Ich habe dir diese Nachricht bereits vor Stunden geschickt. Dein Onkel ist gestorben. Gott hat ihn von seinem Leiden erlöst.«

»Oh, Tante, das tut mir leid. Ich kann leider nicht mehr vorbeikommen. Mein Flieger geht in ein paar Stunden.«

»Das verstehe ich, Maria. Ich wollte dich warnen, denn ich habe eine Nachricht erhalten. Da wir nichts mit der *Camorra* zu tun haben, du mir aber erzählt hast, dass du die Frau dieses Camorrista suchst, habe ich sofort an dich gedacht.«

»Was haben sie gemacht?«

»Sie haben eine kleine Karte unter unserer Wohnungstür durchgeschoben. Darauf steht:

›Wer taub, blind und stumm ist, lebt 100 Jahre in Frieden.‹ Verstehst du, Maria, das ist eine Warnung.«

»Ja, Tante, keine Angst, in zwei Stunden sitze ich im Flugzeug. Bitte sage Mama nichts, sie würde sich nur ängstigen. Ich melde mich bei dir, wenn ich zu Hause bin.«

»Gut, ich rufe nachher deine Mama an und sage ihr, dass Gennaro heute verstorben ist. Fahr nach Hause und pass auf dich auf. Ich habe dich lieb.«

»Ich habe dich auch lieb. Bis bald.«

24

Die Ermittlungen waren festgefahren. Die *SOKO Mauerstraße* steckte in einer Sackgasse. Die Schüsse, denen die jungen Männer zum Opfer gefallen waren, sollten Luigi Esposito treffen. Die beiden Männer waren nur zur falschen Zeit am falschen Ort gewesen. Nach allem, was das LKA nun wusste, konnte es sich nur um Revierkämpfe innerhalb der *Camorra* handeln, jedoch war der verfeindete Rosso-Clan bisher im Rhein-Main-Gebiet nicht groß in Erscheinung getreten. Weder im Drogen- noch im Menschenhandel war der Name ein Begriff. Ein Mann aus Neapel, den man dem Rosso-Clan zurechnete, saß derzeit in der JVA Weiterstadt wegen räuberischer Erpressung ein. Jedoch war er anhand der bisher vorliegenden Fakten ein Einzeltäter. Von einer Bande wollte die Polizei in seinem Fall nicht sprechen. Die kriminaltechnische Untersuchung hatte anhand der Schussverletzungen der beiden Männer den möglichen Tatablauf herausgearbeitet. Nach Aussage von Esposito waren Alberto und Tomaso Vasile an diesem Morgen nur bei ihm, weil einer der beiden Zahnschmerzen hatte und er versprochen hatte, sie zum Zahnarzt zu fahren. Er wollte vorab eine Immobilie besichtigen, die ihm per E-Mail angeboten worden war. Der Immobilienmakler wollte genau um 10 Uhr vor dem angebotenen Objekt sein. Es war ausgerechnet das Haus, aus dem die tödlichen Schüsse abgegeben worden waren. Nach ausgiebigen Recherchen war klar, weder gab es diesen Makler noch stand das Haus zum Verkauf. Der E-Mail-Account wurde über mehrere Server geleitet, deshalb war davon auszugehen, dass dies eine Falle für Esposito war und die beiden jungen Männer nur die zufälligen Opfer.

An der angegebenen Adresse angekommen, stiegen alle drei aus dem Fahrzeug. Alberto und Tomaso zündeten sich beide eine Zigarette an. Alberto hatte das Feuerzeug und gab Tomaso Feuer. Die beiden Männer standen sich gegenüber. Da fiel der erste Schuss. Mit hoher Wahrscheinlichkeit galt dieser Schuss bereits Esposito und verfehlte ihn nur knapp, da er nach der Rekonstruktion nur etwas versetzt vor Alberto Vasile stand. Dieser erste Schuss traf Alberto, durchschlug seinen Körper und war für ihn tödlich, da er die Aorta in der Lunge verletzte. Nur einige Sekunden später fiel der zweite Schuss, der, nachdem Esposito sich sofort fallenließ, den jungen Tomaso Vasile direkt ins Herz traf. Esposito kroch dann am Boden, verdeckt von seinem Fahrzeug, nach seinen eigenen Aussagen von der Beifahrerseite aus in seinen Mercedes, startete den Wagen und flüchtete.

Dottoressa Bianchi hatte dem LKA einige Firmennamen übermittelt, die nach Ansicht der Carabinieri in illegale Geschäfte verstrickt sein müssten. Die Kollegen, die zu den Untersuchungen eingeteilt waren, konnten jedoch bisher keine Auffälligkeiten finden.

Die Ermittlungen bezüglich italienischer Großhändler im Rhein-Main-Gebiet verliefen ergebnislos. Gegen keine dieser Firmen war bisher einmal ermittelt worden. Sicherlich, der eine oder andere Mitarbeiter hatte eine Vorstrafe wegen Verstößen gegen das Betäubungsmittelgesetz, aber es waren kleine Fische, die die Drogen, die sie verkauften, selbst konsumierten. Einen Mord zu planen, war für diese Jungs drei Nummern zu groß. Lediglich der Drogenfund ein Jahr zuvor in den Geschäftsräumen von Esposito war bekannt. Und nachdem Alex alles zusammengetragen hatte, glaubte er Esposito, der ihm beteuert hatte, dass seine Feinde die Drogen dort extra deponiert hatten, um ihm zu schaden. Luigi Espositos Erzfeind war dieser Rosso-Clan, genauer gesagt Paulo Fontana. Das Phantom. Jedoch hatte man über ihn so gut wie nichts in Erfahrung bringen können. Er tauchte lediglich als Geschäftsführer einiger Unternehmen in den Bilanzen auf. Bilanzen, die immer glänzende Zahlen aufwiesen. Alleine dieser Umstand wies darauf hin, dass hier Geld gewaschen wurde. Beweise dafür zu finden, war im Moment geradezu aussichtslos. Alex sah zum wiederholten Male auf seine Armbanduhr. Nur noch wenige Stunden, und er würde Maria am Flughafen abholen. In Gedanken ganz bei ihr, klingelte sein Telefon. Eine Rufnummer aus Italien.

»Neubert«, meldete er sich.

»Buon giorno, Signore Neubert, hier spricht Theresa Bianchi.«

»Dottoressa Bianchi, gibt es etwas Neues?«

»Bitte nennen Sie mich nicht Dottoressa, Signora Bianchi reicht vollkommen. Ja, deshalb rufe ich an. Derzeit haben wir Hinweise, dass zwischen dem Rosso- und dem Volpe-Clan etwas passiert. Ich schicke Ihnen im Anschluss an unser Gespräch ein Video, das auch auf *Tik-Tok* läuft. Dort sieht man, dass der Rosso-Clan einen ganzen Stadtteil, der zum Territorium des Volpe-Clans gehörte, übernommen hat.«

»Was hat das nun zu bedeuten?«

»Es hat möglicherweise etwas mit dem Tod der beiden jungen Männer zu tun. Ausgerechnet ein Bruder der beiden wird in einem Video von einem Mitglied des Rosso-Clans auf den Mund geküsst. Das bedeutet: Du hältst den Mund. Wir haben hier alles übernommen.« Bianchi atmete hörbar aus.

»Diese Mafia-Rituale sind uns fremd«, gab Alex zu.

»Deshalb rufe ich an. Möglicherweise haben wir hier bald in Neapel wieder einen Krieg zwischen den *Camorra*-Familien, bisher jedoch ist es merkwürdig ruhig. Das Video ist bereits seit dem 20. Mai im Netz. Es erschien also kurz nach dem Attentat auf Esposito.«

»Danke, dass Sie uns informiert haben. Ich gebe die Info weiter.«

»Gerne, ich melde mich die Tage wieder. Arrivederci, Signore Neubert.«

»Auf Wiederhören.« Bianchi hatte bereits aufgelegt.

25

Sandro hielt direkt vor dem Flughafengebäude und umarmte sie. Sie tauschten ihre Telefonnummern aus, und er schaute sie ernst an.

»Bitte pass auf dich auf, Bella«, sagte er leise.

»Mache ich. Ich melde mich sofort, wenn ich zu Hause bin. Danke, dass du meine Klamotten abholst und mein Auto zurückbringst.«

»Ich hoffe, dass du keine Probleme bekommst, wenn du in Deutschland bist.« Er schluckte und es entstand eine unangenehme Stille, in der beide sich tief in die Augen sahen. »Irgendwann komme ich dich besuchen, dann musst du mir Frankfurt zeigen«, fügte er lachend an.

»Darauf freue ich mich schon«, sagte Maria, ihre Augen wurden feucht.

»Bitte pass auch hier am Flughafen auf. Vielleicht wissen die Kerle, dass du nach Hause fliegst. Die *Camorra* hat Verbindungen, die hältst du nicht für möglich.«

»Ich bin vorsichtig.« Beide sahen sich noch einmal genau um, dann stieg Maria aus dem Auto, warf die Autotür zu, hob die Hand zum Gruß und betrat die Abflughalle.

Sie hatte plötzlich unglaublichen Durst und kaufte sich eine große Flasche Wasser. Es war noch genug Zeit, ihr Flieger würde erst in über zwei Stunden abfliegen, und so setzte sie sich strategisch günstig mit dem Rücken zu einer Wand und beobachtete die Abflughalle. Diesen Tag hatte sie sich entspannter vorgestellt, und sie war froh, Neapel den Rücken zu kehren. Gleich am nächsten Tag würde sie Esposito aufsuchen. Sie musste sich nun ein Foto seiner Frau ansehen, sicherlich hatte er eines auf seinem Smartphone. Wie würde er reagieren?

26

Sein Handy klingelte zum wiederholten Male. In letzter Zeit war sie unerträglich geworden. Täglich neue Forderungen, und die Art und Weise, wie sie mit ihm sprach, gefiel ihm ganz und gar nicht. Sie hatte vollkommen den Respekt verloren, und er hatte keine Lust mehr, nach ihrer Pfeife zu tanzen. Entnervt nahm er schließlich das Gespräch an:

»Pronto?« Seine Stimme sprach Bände, denn er wusste, Ärger war vorprogrammiert.

»Warum gehst du nicht an dein Scheißtelefon?« Sie war hysterisch, das hatte er erwartet. Die Jungs hatten ihm berichtet, dass Maria Saletti mit einem alten Mann in Richtung ihres Hauses unterwegs war.

»Weil ich zu tun hatte«, entgegnete er seelenruhig.

»Diese Saletti war hier und hat mich gefunden. Was sagst du nun, du Versager?«, keifte sie. Er antwortete nicht.

»Antworte mir. Was willst du nun machen? Sie ist noch hier in der Nähe, denn ich kann auf dem Feldweg ein Auto sehen, das muss ihr gehören.« Ihre Stimme überschlug sich.

»Da ich ein Versager bin, kann ich dir nicht helfen.« Er machte eine kurze Pause, dann sagte er: »Wende dich doch an deinen neuen Liebhaber.« Nun war es raus, schon länger wusste er, dass sie Paulo Fontana in ihr Bett ließ. Warum auch sonst war es plötzlich zu einer Übereinkunft von ihrem und dem Rosso-Clan gekommen.

»Das geht dich gar nichts an«, zischte sie leise ins Telefon. »Dass wir jetzt gemeinsame Sache machen, hat für alle nur Vorteile.«

»Wenn du dich da mal nicht täuschst. Er wird dir garantiert nicht helfen. Paulo Fontana ist hinterlistig wie eine Klapperschlange. Du denkst, du hast ihn auf deiner Seite, und plötzlich lässt er dich über die Klinge springen. Ich kenne zwei Männer aus dem Rosso-Clan. Sie haben mir erzählt, dass er keine Unterschiede macht. Wenn er an sein Ziel kommen möchte, ist es ihm egal, wen er opfern muss. Da kennt er weder Feind noch Freund. Du hast dich mit dem Falschen verbündet.« Es entstand eine kurze Pause. Seine Ansage hatte ihre Wirkung nicht verfehlt. Als sie erneut loslegte, war ihre Stimme nicht mehr ganz so fest:

»Luigi ist auch nicht besser. Er hat auch den einen oder anderen Mann beseitigen lassen, ohne lange darüber nachzudenken.«

»Luigi war immer zu allen fair. Er hat Morde in Auftrag gegeben, das ist richtig. Jedoch ließ er Männer umbringen, die ihm nach dem Leben trachteten, die ihm sein Territorium abjagen wollten. Fontana dagegen …« Sie fiel ihm ins Wort:

»Schluss jetzt. Ich hatte dich gebeten, diese Saletti verschwinden zu lassen. Das hast du verweigert. Ich glaube, wenn du so weitermachst …« Sie sprach nicht weiter.

»Wenn ich so weitermache, was ist dann?«, fragte er ruhig. »Willst du mich dann umbringen lassen? Von einem Handlanger von Paulo Fontana? Ich sage dir jetzt was, Chiara. Du glaubst, du kannst die Macht, die Luigi hatte, an dich reißen. Mit meiner und Sergios Hilfe bist du in der Lage, den Laden am Laufen zu halten, bis Luigi wieder aus dem Knast kommt. Ohne uns …« Er sprach nicht weiter.

»Du glaubst, alleine habe ich keine Chance? Ich bin aber nicht alleine. Ich rufe jetzt Paulo an. Er wird wissen, was zu tun ist. Und du bring dich schon mal in Sicherheit. Du wirst staunen, was ich alleine hinbekomme.« Sie legte auf. Angelo hatte mit dieser Reaktion gerechnet.

27

Während der gesamten Wartezeit am Flughafen suchte Maria die Umgebung nach möglichen Verfolgern ab. War der Mann, der sie die ganze Zeit beobachtete, einer der Camorrista, die sie verfolgt hatten? Sicher nicht, denn wie hätte jemand einen Flug buchen können, wo sie doch den letzten freien Platz erst vormittags erhalten hatte. Niemand konnte wissen, dass sie diese Maschine nach Frankfurt nehmen würde. Sie versuchte, sich ein wenig zu entspannen, denn hämmernde Kopfschmerzen setzten ein. Der Typ, etwa Mitte 40, schaute immer wieder in ihre Richtung. Warum, zum Teufel, war sie auch mit Zio Carlo noch in die Berge gefahren. Sie hätte sich selbst ohrfeigen können. Andererseits waren ihre Verfolger bereits in Neapel hinter ihr her gewesen, und nur der Umstand, dass Sandro sie gewarnt hatte, hatte sie vor Schlimmerem bewahrt. Das Gate wurde geöffnet. Die Maschine war zum Einsteigen bereit. Maria blieb zunächst einmal sitzen. Sie wollte als Letzte einsteigen. Der Mann, der immer wieder zu ihr herübersah, machte auch keinerlei Anstalten, sich in der Schlange anzustellen. Sie schickte Alex eine *WhatsApp*. »Steige jetzt in die Maschine. Bis gleich, mein Schatz.« Kurz darauf erhielt sie ein Daumen-hoch-Zeichen. Es waren nur noch wenige Passagiere in der Schlange, und Maria wartete darauf, dass ihr Beobachter sich anstellen würde. Aber auch er blieb sitzen. Sie musste nun aufstehen, denn ansonsten würde man sie nicht mehr einsteigen lassen. Während sie sich erhob, schaute sie aus den Augenwinkeln zu dem Fremden hinüber. Plötzlich erhob auch er sich und kam mit großen Schritten in ihre Nähe. Marias Puls raste, und sie wusste nicht, wie sie reagieren sollte, als er sie mit tiefer Stimme ansprach:

»Ich stelle mich auch nie in die Schlange. Ich warte immer, bis alle anderen eingecheckt haben.« Er lächelte sie völlig harmlos an. Maria lachte kurz etwas hysterisch auf.

»Ja, warum stellen sich immer alle Leute in die Schlange?«, fragte sie rhetorisch. Sie atmete mehrfach tief durch und versuchte, sich zu beruhigen.

Als sie zweieinhalb Stunden später Alex umarmte, verlor sie ein wenig von ihrer Angst. Er drückte sie fest an sich und flüsterte ihr ins Ohr:

»Gott sei Dank bist du wieder zu Hause. Ich hatte wirklich Angst um dich. Nach allem, was ich in der letzten Zeit über die *Camorra* erfahren habe.« Maria schaute ihm fest in die Augen und sagte:

»Ich kann dir viel erzählen.«

»Das denke ich mir, aber wo ist eigentlich dein Koffer?«

»Das ist eine längere Geschichte, aber ich erzähle alles von Anfang an. Wo ist dein Auto?« Er legte seinen Arm um sie, und sie setzten sich in Bewegung.

Bereits auf dem Weg zum Auto sprudelte es aus Maria heraus, und als sie eine halbe Stunde später in Dieburg ankamen, kannte Alex die ganze Geschichte.

»Ich werde deine Erkenntnisse Theresa Bianchi mitteilen, mal sehen, was sie daraus macht. Ich nehme an, morgen sprichst du direkt mit Esposito?«

»Ja, das habe ich vor. Er muss mir ein Foto seiner Frau zeigen, vielleicht war diese Frau nicht Chiara.«

»Ich bin gespannt, was er dazu sagt. Ich musste Jan übrigens erzählen, warum du nach Neapel gefahren bist. Esposito hatte nach kurzer Zeit ein Handy auf seiner Zelle.

Zunächst wollte Jan eine offizielle Telefonüberwachung beantragen, aber nachdem er wusste, dass du im Auftrag Espositos unterwegs warst …« Er machte eine Pause. »Er hat dann eine App auf Espositos Handy installiert und die getätigten Telefonate aufgezeichnet.« Er sprach nicht weiter. Maria blickte ihn schuldbewusst an.

»Ich weiß nicht, was ich sagen soll. Es tut mir leid.«

»Bitte versprich mir, dass du dich nie mehr in eine solche Gefahr begibst. Wir können nur hoffen, dass deine Verfolger dich nicht hier in Deutschland suchen.« Er sah Maria skeptisch an.

»Ja, das hoffe ich auch. Ich weiß auch nicht, warum sie hinter mir her waren. Nur weil ich nach diesem Angelo gefragt habe? Er hat zurückgerufen und dann aufgelegt.«

»Es ist doch komisch, dass niemand verraten will, wo sich Chiara Esposito aufhält.« Beide dachten einen kurzen Moment nach.

»Morgen spreche ich mit ihm. Er muss mir ein Foto von ihr zeigen, sicherlich hat er eines auf seinem Smartphone. Wenn sie es war, rückt er hoffentlich mit der Sprache raus und nennt mir Annas Mörder.«

28

Sie sollte ihn nur in einem absoluten Notfall kontaktieren. Dieser war nun ganz sicher eingetreten.

»Paulo, ich brauche dringend deine Hilfe.«

»Was ist passiert?«, brummte er genervt ins Telefon.

Chiara schluckte, warum war er so mürrisch?

»Diese Frau aus Deutschland stand vorhin hier vor mir. Was soll ich jetzt machen? Mein Versteck ist verbrannt.«

»Was hat sie gewollt?«

»Das weiß ich nicht, ich habe sie fortgejagt. Sollte ich mich noch nett mir ihr unterhalten?«

»Ja, das hättest du tun müssen. Wer weiß, was sie wollte. Mit diesem Verhalten hast du dich nur verdächtig gemacht.« Sie wusste nicht, was sie darauf antworten sollte. War es wirklich falsch gewesen, wie sie reagiert hatte?

»Jedenfalls muss ich hier weg. Was mich stutzig macht, seit Stunden steht das Auto dieser Frau unten an dem Hühnerstall. Dort ist niemand mehr zu sehen, aber der Wagen steht noch da. Ich verstehe das nicht.«

»Gut«, brummte er entnervt ins Telefon. »Ich schicke ein paar Jungs da hin, sie sollen das Auto im Auge behalten. Aber die Frau beseitigen, das wirbelt nur unnötig Staub auf. Sie hat dich gefunden, na und? Du ziehst mit deinen Kindern woanders hin, und schon ist wieder Ruhe.«

»Was seid ihr nur für Männer. Angelo wollte die Alte auch nicht beseitigen. Wenn ihr in Neapel etwas durchsetzen wollt, wird schneller geschossen, als man bis drei zählen kann.«

»Du beruhigst dich jetzt, denn langsam reicht es mir mit dir, Chiara. Ich weiß, dass du einen meiner Männer hinter meinem Rücken nach Deutschland geschickt hast, um Luigi zu töten.« Er machte eine bedeutungsvolle Pause, und Chiara stockte der Atem. »Das Ergebnis kennst du ja. Dein Rachefeldzug gegen deinen Mann bringt dich nur in Schwierigkeiten. Du wirst jetzt nicht weiter unsere Projekte gefährden. Ich schicke die Jungs, und du packst deine Sachen.« Er legte einfach auf.

FREITAG, DER 31. MAI

1

Die Liebesnacht hätte nicht schöner sein können, und Alex wachte glücklich neben Maria auf. Endlich war sie wieder da. Schnell schlüpfte er aus dem Bett und machte für beide Espresso. Sicherlich würde Maria so schnell wie möglich in die JVA fahren. Mit dem duftenden Kaffee in seinen Händen setzte er sich auf das Bett und beobachtete, wie sie in diesem Moment die Augen aufschlug.

»Du hast schon Kaffee gemacht, das ist ja toll«, sagte sie leise und lächelte ihn verschlafen an.

»Ich muss jetzt nach Wiesbaden, und du wolltest ja direkt in die JVA.«

»Ja, es gilt keine Zeit zu verlieren«, erwiderte sie. Er drückte ihre Hand und fragte vorsichtig:

»Wir bleiben dabei, dass ich Frau Bianchi die Wahrheit sagen darf?«

»Ja, Schluss mit dem Wahnsinn. Sag ruhig, dass ich den Tod meiner Cousine aufklären wollte und deshalb die Frau von Esposito gesucht habe.«

»Ich hoffe, dass sie keine Meldung an die Justizbehörden veranlassen wird. Vielleicht lässt sie die Sache auf sich beruhen. Wenn es sich bei der Frau um Chiara Esposito handelt, hat sie wieder eine Information mehr. Bitte schreibe mir alle Telefonnummern von Esposito auf. Ich gebe sie weiter.« Maria schlüpfte aus dem Bett und nahm ihr Smartphone zur Hand. Als sie gerade dabei war, die Rufnummern aufzuschreiben, klingelte sein Telefon. Auf seinem Display erschien der Name eines Kollegen, Thomas Willmann:

»Guten Morgen, was gibt es denn um diese Zeit?«

»Auch einen guten Morgen, Alex. Gerade haben wir von dem Polizeipräsidium in Darmstadt die Meldung erhalten, dass Oberstaatsanwalt Buschmann tot aufgefunden wurde. Einer der Kommissare wusste, dass er für Esposito zuständig war, und war so schlau, direkt das LKA zu informieren.«

»Okay. Wer hat ihn wo gefunden?«

»Eine Putzfrau heute Morgen. In den Toilettenräumen der Staatsanwaltschaft. Der herbeigerufene Notarzt tippt auf Herzinfarkt, aber er wird sicherheitshalber obduziert, schließlich war er der leitende Staatsanwalt für die Organisierte Kriminalität. Da gäbe es mehrere Leute, die ein Motiv hätten, ihn umzubringen.«

»Gut, dass du angerufen hast. Ich fahre direkt zur Staatsanwaltschaft, und wir sehen uns nachher im LKA.«

»Gut, so machen wir das. Bis dann, Alex.« Thomas legte auf. Alex schaute Maria nachdenklich an:

»Passend zu den Ermittlungen segnet jetzt der ermittelnde Staatsanwalt das Zeitliche. Am Ende hat ihn jemand umgebracht. Ich fahre jetzt direkt dorthin, wir telefonieren später, mein Schatz.«

2

Im Flur befanden sich Schrubber, Putzeimer und Reinigungsmittel, damit jeder Insasse die wenigen Quadratmeter, die er bewohnte, säubern konnte. Freitags war Putztag, und der eine oder andere machte gründlich sauber. Nachdem der diensthabende Beamte alle Zellen geöffnet hatte, war Karl-Heinz einer der Ersten im Flur. Van Damme stand vor seinem Haftraum und beobachtete das Treiben. Karl-Heinz freute sich, ihn zu sehen, und lief breit grinsend auf ihn zu.

»Dann werde ich mal loslegen«, sagte er fröhlich. Van Damme antwortete nicht und sah ihn etwas skeptisch an.

»Sag mal, Alter, ist was? Du bist seit gestern so anders zu mir.«

»Wenn du deine Höhle saubergemacht hast, kannst du mal in meine Zelle kommen. Ich glaube, wir müssen uns unterhalten«, antwortete dieser. Karl-Heinz schluckte nervös.

»Alles klar, wenn ich fertig bin, komme ich vorbei.« Seine Putzaktion fiel kürzer aus als geplant. Was wollte Van Damme von ihm? Warum war er heute so anders? Nach wenigen Minuten war er bereits fertig und stellte die Utensilien wieder an ihren Platz. Mit einem mulmigen Gefühl in der Magengegend suchte er dessen Zelle auf.

»Da bin ich«, sagte er vorsichtig, als er den Kopf in die Zelle steckte.

»Das ist gut«, erwiderte Van Damme. »Komm rein und setz dich, du musst keine Angst vor mir haben, Karl-Heinz. Ich möchte mich nur mit dir unterhalten.« Karl-Heinz setzte sich vorsichtig auf die Bettkante und schaute ihn fragend an.

»Ist was passiert? Habe ich etwas falsch gemacht?« Es dauerte einen kleinen Moment, ehe sein Gegenüber mit der Sprache rausrückte:

»Du hast mir gestern erzählt, dass du mehreren Frauen schreibst. Ich wollte dich fragen, warum? Aus Langeweile?«

»Nein, ich weiß, dass es viele einsame Frauen gibt, und ich kann so sicherlich eine kennenlernen, die nicht so arm ist, wenn du verstehst, was ich meine.«

»Nein, verstehe ich nicht«, sagte Van Damme langsam. »Was nützt dir das Geld einer Frau hier drin?«

»Na, wenn ich rauskomme, kann ich vielleicht bei einer wohnen. Du weißt schon, so eine Alte, die einsam ist, ist bereit, viel für einen Mann zu tun, der ein wenig nett zu ihr ist.« Es entstand eine unangenehme Stille in der Zelle. Van Damme sah ihn streng an. Dann endlich sagte er:

»Du heuchelst ihr Gefühle vor, um an ihr Erspartes zu kommen, stimmt's?« Er lächelte ihn dabei an.

»Wenn du es so ausdrücken möchtest«, sagte Karl-Heinz mit einer gewissen Coolness. Van Dammes Gesichtsausdruck veränderte sich vom einen auf den anderen Moment. Sein Gesicht wurde hart, er presste die Zähne zusammen, seine Wangenknochen traten stark hervor.

»Ich sage dir jetzt was, mein Lieber. Meine Tante hat vor einigen Jahren all ihr Erspartes durch so einen Typen wie dich verloren. Er hat ihr auch die große Liebe vorgeheuchelt und sie ausgenommen wie eine Weihnachtsgans. Zu guter Letzt hat die arme Frau sich mit Anfang 40 das Leben genommen. Und das alles, weil so ein Schwein«, er machte eine bedeutungsvolle Pause und sah ihm tief in die Augen, »sie verarscht hat. Was glaubst du wohl, wie ich so was finde?« Karl-Heinz wurde es heiß und kalt. Er konnte nicht antworten. Sein Mund war staubtrocken, und er sah sein Gegenüber mit großen Augen an.

»Ich gebe dir jetzt einen guten Rat, geh mir hier drin aus den Augen, sonst wünschst du dir, mir nie begegnet zu sein.«

3

Mit großer Nervosität betrat Maria die Anstalt. Der diensthabende Pfortenbeamte sah sie verwundert an, öffnete die Tür und fragte:

»Du hast heute keinen Dienst, Maria, was machst du hier?«

»Ach, ich muss mit Jan was besprechen, das geht schlecht am Telefon«, erwiderte sie und nestelte dabei ihren großen Schlüsselbund aus ihrem Schlüsselfach. Wenige Augenblicke später stand sie bereits in Jans Büro.

»Guten Morgen, Maria«, sagte er freundlich. Maria zog sorgfältig die Tür hinter sich zu und wusste nicht, wie sie beginnen sollte.

»Guten Morgen, Jan. Ich muss mich zunächst einmal bei dir entschuldigen. Ich hätte dir sagen sollen, dass ich im Auftrag von Esposito nach Neapel fliege. Er hat mich genau da erwischt, wo meine Schwachstelle ist. Ich will immer noch wissen, wer meine Cousine auf dem Gewissen hat.«

»Du hast dich in große Gefahr gebracht. Ich meine nicht nur dienstrechtlich. Ich bin der Letzte, der dein Verhalten melden wird, obwohl ich dazu verpflichtet bin. Aber du kannst, wenn alles vorbei ist, ja eine Selbstanzeige machen, dann kommst du glimpflicher davon.«

»Das habe ich mir auch schon überlegt. Danke für dein Verständnis. Alex hat mir erzählt, dass du Telefonate von Esposito mitgeschnitten hast. Wollen wir uns zunächst die Telefonate anhören?«

»Ja, nach dem, was wir da erfahren, können wir die Aussagen von Esposito besser einordnen. Sagt er uns die Wahrheit oder lügt er uns an? Warte, ich habe alles hier abgespeichert.« Er holte sein eigenes Smartphone aus der Tasche und spielte nacheinander die Mitschnitte der Telefonate ab.

Nachdem sich Maria alle Telefongespräche angehört hatte, sagte sie:

»Er sucht auch hier immer nach seiner Frau. Er glaubt, dass seine eigenen Leute ihn belügen, und im letzten Gespräch macht er einem Sergio klar, dass er nicht vergessen sollte, dass er Dinge über ihn weiß, die ihn viele Jahre hinter Gitter bringen würden. Außerdem erklärt er, er wisse, dass der Anschlag auf ihn von Paulo Fontana geplant wurde und seine Leute den Mörder der beiden Jungs suchen sollen. Sergio antwortet darauf nicht.«

»Das bedeutet, dass er wirklich seine Frau sucht. Er hat dich also nicht verarscht.«

»Nein, hat er offensichtlich nicht. Damit ich zweifelsfrei sagen kann, dass ich seine Frau in den Bergen nahe Vallecorsa gefunden habe, benötige ich ein Foto von ihr zum Vergleich.« Jan nickte, stand auf und sagte:

»Er hat sicherlich eines auf seinem Smartphone. Komm, wir holen es von der Kammer. Dann gehen wir zu Esposito.«

4

Da es sich offensichtlich nicht um einen Tatort handelte, hatte der leitende Kriminalkommissar beschlossen, die Waschräume der Staatsanwaltschaft für die Öffentlichkeit freizugeben. Lediglich das Büro des Verstorbenen war mit einem Siegel versehen.

»Sicher ist sicher«, hatte ihm eine Kriminalhauptkommissarin Becker vom Polizeipräsidium Darmstadt am Telefon mitgeteilt, und Alex pflichtete ihr bei.

»Ja, das war gut, wer weiß, vielleicht finde ich ja doch was.« Eine Viertelstunde später ging er in das Gebäude der Staatsanwaltschaft am Mathildenplatz und suchte das Büro von Oberstaatsanwalt Buschmann auf. Der Raum war, bis auf das Siegel, nicht verschlossen, und Alex betrat den großen Raum und ließ alles auf sich wirken. Buschmann war offensichtlich ein sehr ordentlicher und organisierter Mensch gewesen. Die üblichen Aktenberge, die er von anderen Büros der Staatsanwälte kannte, suchte er hier vergebens. Der Schreibtisch war picobello aufgeräumt. Alles lag an seinem Platz. Ein großer Silberrahmen mit dem Foto von seiner Frau und zwei kleinen Mädchen stand links auf dem Tisch, dann nur noch die Tastatur des Computers, der Bildschirm und ein Smartphone. Alle anderen Büroutensilien mussten sich in dem Bürocontainer, der unter dem Schreibtisch stand, befinden. Alex streifte sich ein Paar Gummihandschuhe über und versuchte, den Container zu öffnen. Er war abgeschlossen. Langsam sah er sich in dem Raum um, irgendwo hier hatte Buschmann den Schlüssel versteckt, wenn er ihn nicht einstecken hatte. Alex setzte sich auf Buschmanns Bürostuhl und sah sich erneut langsam in dem Raum um, da fiel sein Blick auf eine Zimmerpflanze, die in Schönheit strahlte und sich bei näherem Hinsehen als Plastikpflanze entpuppte. Er stand auf, hob den kleinen künstlichen Ficus aus dem Übertopf und fand den gesuchten Schlüssel. Das hatte er vor Jahren von erfahrenen Beamten gelernt, die Verstecke für Schlüssel waren fast immer die gleichen. Er steckte den Schlüssel in das Schloss, drehte ihn um und öffnete nun nacheinander alle Schubladen. Hier herrschte ein ganz anderes Chaos, und Alex fand die Akte Esposito neben zwei weiteren Akten in der untersten Schublade. Es gab eine Tafel Schokolade, Papiertaschentücher und einige Bonbons. Als er die mittlere Schublade ganz nach vorne zog, fand er ein zweites Smartphone. Interessant. Alex zog eine kleine Plastiktüte aus seinen Jeans und gab beide Smartphones hinein. Er schloss den Container wieder ab, dann zog er die Bürotür hinter sich zu und machte sich auf den Weg zum LKA.

5

Er wagte es nicht, das Gespräch anzunehmen. Seit zwei Tagen war er für ihn nicht zu erreichen und er wusste, irgendwann würde er Farbe bekennen müssen. Er musste es vor sich selbst zugeben, große Angst saß ihm im Nacken. Nicht, dass man das tote Mädchen im Rhein gefunden hatte. Bisher hatte er nichts in den Medien gehört, nein, diese Tat konnte er erfolgreich täglich verdrängen, schließlich hatte er sie nicht umgebracht. Die Furcht vor Paulo ergriff immer mehr von ihm Besitz. Außerdem hatte dieser Buschmann bisher noch nicht gezahlt. Sicherlich, ein Staatsanwalt war kein Krösus, aber Buschmann hatte das Auftreten eines Mannes mit Geld. Er würde zahlen. Ganz sicher. Oder war er doch nur ein Blender? Waren der Porsche, die *Breitling*-Uhr und die Markenklamotten Maskerade? Wie auch immer, einen Skandal würde er als Oberstaatsanwalt nicht überstehen und alleine deshalb würde er zahlen. Er wusste, er war überfällig. Paulo wartete auf die Verträge. Schon vor Tagen hatte er ihm mitgeteilt, dass er sie dringend zurück brauchte. Was würde er sagen, da er die Verträge noch nicht geprüft und unterzeichnet hatte? Er wollte auf keinen Fall weiter in diese Geschäfte hineingezogen werden. Geldwäsche war für ihn ein Kavaliersdelikt. Mit dem Mädchenhandel hatte er sich anfangs auch schwergetan, nachdem er jedoch einmal in Moldawien war und ihm dort ein Vater seine 14-jährige Tochter gegen die Zahlung von 5.000 Euro mitgab, sah er das Ganze in einem anderen Licht. Es konnte nicht so schlimm sein, wenn die eigenen Eltern ihre Töchter verkauften. Außerdem tauchte bei diesen Geschäften nirgends sein Name auf, lediglich bei den Partys wussten die Gäste, wer sie eingeladen hatte. Und die würden ganz sicher nichts und niemanden verraten. Nun jedoch sollte er als Inhaber einer Müllentsorgung, *Società a responsabilità limitata*, unterzeichnen, wohl wissend, dass dieser Giftmüll, der im Rhein-Main-Gebiet abgeholt werden würde, irgendwo in Kampanien in der Erde vergraben oder im Meer verklappt werden sollte. Hier wollte er keinesfalls mitmachen. Wie jedoch kam er da raus? Sein Smartphone klingelte erneut. Er starrte auf das Display. Endlich nahm er all seinen Mut zusammen und nahm das Gespräch an.

»Hallo, Paulo, es tut mir leid, ich konnte deinen Anruf vorher leider nicht annehmen«, log er. Am anderen Ende der Leitung hörte er ein Atmen.

»Paulo?« Nach einer weiteren Pause, die für ihn mehr als unangenehm wurde, vernahm er seine tiefe Stimme:

»Ich dachte schon, du hast Probleme? Du meldest dich seit Tagen nicht bei mir. Du weißt doch, dass ich dringend diese Verträge von dir brauche.« Was sollte er nun antworten? Ihn weiter hinzuhalten, würde nichts bringen. Er nahm all seinen Mut zusammen und sagte:

»Ich möchte diese Verträge nicht unterzeichnen. Ich halte es für zu gefährlich, Giftmüll aus Deutschland nach Italien zu bringen. Wir haben hier strenge Richtlinien. Und alles wird überprüft. Wir bekommen nach kürzester Zeit Ärger.« Frank hörte ihn husten.

»Das ist jetzt nicht dein Ernst«, Paulos Stimme war schneidend. Frank hielt die Luft an, schließlich sagte er:

»Ich möchte nicht verantwortlich sein, wenn Giftmüll im Meer verklappt wird oder bei Neapel irgendwo vergraben wird. Viele Menschen werden krank werden. Und die Behörden in Italien werden herausfinden, wer dahintersteckt. Da mache ich nicht mit.« Jetzt war es raus. Endlich. Er konnte sich nicht länger von ihm wie ein Handlanger behandeln lassen. Er war der Consiliere, der Rechtsbeistand, nicht irgendein Hanswurst, den er hin und her schicken konnte, wie es ihm beliebte. Paulos Stimme wurde zuckersüß:

»Bene, bene, Frank. Ich melde mich wieder bei dir.« Es knackte in der Leitung, Paulo Fontana hatte aufgelegt.

6

Der Kammerbeamte sah Jan und Maria fragend an:

»Was brauchst du?«

»Für das LKA benötige ich das Handy von Luigi Esposito«, erwiderte Jan leicht genervt. Sprach er jetzt auf einmal eine andere Sprache, dass er hier nachfragen musste?

»Warte mal, ich gucke mal«, sagte der Kollege, tippte den Namen des Häftlings in seinen Computer, griff nach seinem großen Schlüsselbund und verschwand in einem Raum hinter der Kammer, den man als Effektenkammer bezeichnete. Hier wurden die persönlichen Gegenstände der Insassen, die sie nicht mit auf die Zelle nehmen durften, aufbewahrt. Es dauerte eine ganze Weile, dann kam er mit einem Smartphone in der Hand wieder heraus. Er schrieb etwas auf eine Karteikarte und legte diese Jan vor.

»Unterschreib hier, dass ich dir das Ding mitgegeben habe.«

»Selbstverständlich«, sagte Jan und unterschrieb. Maria stand in der Tür, und gemeinsam begaben sie sich zum Haftraum von Luigi Esposito. Als sie am Krankenrevier vorbeikamen, fragte Maria spontan:

»Hast du eigentlich hier irgendwas gehört?« Sie sprach nicht weiter und sah Jan fragend an. Er verstand sofort, worauf sie hinauswollte, schüttelte den Kopf und sagte:

»Da habe ich wohl einen großen Fehler gemacht. Der Vogel ist ausgeflogen. Erzähle ich dir später.« Maria hatte schon verstanden.

Wenige Minuten später saß Luigi Esposito in Jans Büro.

»Signora?«, er machte eine Pause und sah sie fragend an.

»Wir können offen sprechen, Herr Esposito, Herr Gerber weiß Bescheid.«

»Va bene, warum sind Sie schon zurück?«

»Ich hatte keine Lust mehr, in Neapel zu bleiben, und ich habe«, sie machte keine kurze Pause und überlegte, wie sie es am geschicktesten sagen konnte, »eine Frau mit zwei kleinen Mädchen gefunden. Ich bin mir aber nicht sicher, ob es sich dabei um Ihre Frau und Ihre Kinder handelt.« Esposito sah sie mit großen Augen an. Jan ergriff das Wort:

»Wir haben Ihr Smartphone von der Kammer geholt. Sicherlich haben Sie Aufnahmen Ihrer Familie darauf. Bitte zeigen Sie uns ein Foto Ihrer Frau.«

»Certo, ich habe viele Fotos darauf. Geben Sie mir mein Handy, ich zeige sie Ihnen.« Wenige Augenblicke später erschien das Foto einer Frau auf dem Display. Maria schaute darauf und war sich sicher: Das war die Frau, die sie in den Bergen bei Vallecorsa gesehen hatte.

»Also ich kann Ihnen jetzt sagen, dass Ihre Frau sich in der Nähe von Vallecorsa versteckt.« Jan beobachtete Espositos Reaktion genau.

»In der Nähe von Vallecorsa?«, wiederholte er Marias Worte ungläubig.

»Ja, sie lebt dort seit einigen Wochen mit ihren Kindern in einem kleinen alten Haus in den Bergen.« Diese Information war offensichtlich neu für ihn.

»Danke, Signora Saletti, ich danke Ihnen. Was hat sie gesagt?«

»Nichts, sie hat mich zum Teufel gejagt. Offensichtlich hatte sie Angst. Auch die Versuche, über Ihren Mitarbeiter Angelo Kontakt zu ihr zu bekommen, hat nicht funktioniert. Dieser Angelo hat mich zwar zurückgerufen, als ich in Ihrer Firma meine Rufnummer hinterlassen habe und um Rückruf gebeten habe. Aber als ich gefragt habe, ob er wisse, wo Ihre Frau ist, hat er aufgelegt.« Esposito sah sie nachdenklich an. Maria fuhr fort: »Das wirklich Interessante ist, ich war auch in Ihrem Haus auf dem Posillipo. Es ist leergeräumt, und das finde ich allerdings sehr merkwürdig, es steht seit dem 14. Mai zum Verkauf.« Es entstand eine Stille, in der man eine Stecknadel hätte fallen hören.

»Sind Sie sicher? Woher wissen Sie das?«

»Die junge Frau, die mir das Haus gezeigt hat – es war ein Zufall, dass ich zum richtigen Zeitpunkt vor Ort war –, hat es mir gesagt. Sie hatte die Annonce am 14. Mai aufgegeben.« Esposito war kreidebleich und schaute gedankenverloren aus dem Fenster. Nach ein paar Sekunden hatte er sich wieder gefangen, schaute sie kalt an und sagte:

»Gut, Signora, ich halte meine Versprechen. Sie haben meine Frau ausfindig gemacht. Ich gebe Ihnen nun die Informationen zu dem Mord an Ihrer Cousine.«

7

Er hatte die Smartphones von Oberstaatsanwalt Buschmann in der Kriminaltechnik abgegeben. Der Kollege vor Ort hatte ihm versichert, dass es maximal ein paar Stunden dauern würde, um die Bildschirmsperren mithilfe einer speziellen Software zu knacken. Auf dem Weg zu seinem Büro klingelte sein Handy, auf dem Display erschien der Name Heike Bender:

»Hallo, Alex, bist du in der Dienststelle?«

»Ja, soll ich zu dir kommen?«

»Wenn du jetzt Zeit hast, ja.«

»Alles klar.« Alex legte auf und nahm Kurs auf das Büro seiner Vorgesetzten.

»Alex, gut, dass wir gleich sprechen können. Ist dir irgendetwas im Büro des Staatsanwalts aufgefallen? Ist schon merkwürdig, dass ein Mann, der federführend in den Ermittlungen der Organisierten Kriminalität war, tot in der Toilette der Staatsanwaltschaft aufgefunden wurde, oder?«

»Das ist allerdings richtig. Die Gegebenheiten vor Ort weisen zunächst nicht auf ein Verbrechen hin. Es hat kein Kampf stattgefunden. Der Notarzt, der nur noch den Tod feststellen konnte, sagte aus, dass Buschmann bereits seit mehreren Stunden tot war. Er vermutet einen Herzinfarkt. Denn es gibt auf den ersten Blick keine Anzeichen körperlicher Gewalt. Ob er möglicherweise durch eine Injektion oder Gift umgebracht wurde, wird der Gerichtsmediziner feststellen. Die Polizei hat sicherheitshalber sein Büro mit einem Siegel verschlossen, und ich habe mich darin gründlich umgesehen. Fingerabdrücke und DNA-Spuren in diesem Raum zu nehmen, macht für mich keinen Sinn. Zunächst einmal weist nichts darauf hin, dass Buschmann umgebracht wurde. Zudem werden dieses Zimmer täglich viele verschiedene Menschen aufgesucht haben, welche DNA-Spuren soll man da herausarbeiten. Sein merkwürdiges Verhalten in Bezug auf Luigi Esposito hat mich in der Vergangenheit auf die Idee gebracht, er würde erpresst. Das war aber mehr so ein Bauchgefühl aus der Tatsache heraus, dass er auf einmal Esposito in die JVA Weiterstadt verlegen lassen wollte. Wohl wissend, dass dort Männer eines verfeindeten Clans einsitzen. Er hatte das damit begründet, dass Esposito nur vage Informationen liefert und dadurch keines besonderen Schutzes bedürfe beziehungsweise einen solchen verlangen dürfte.« Alex nahm sich ein Glas Wasser und leerte es in einem Zug.

»Man soll über Tote nichts Schlechtes sagen, aber er war irgendwie merkwürdig. Ich hatte oft mit ihm zu tun, bin nie mit ihm warmgeworden. Er war mir zu glattgebügelt. Wenn du verstehst, was ich meine.«

»Ja, wie dreimal chemisch gereinigt. Irgendwie alles zu perfekt. Der Perfektionismus soll andere über Defizite hinwegtäuschen. Das habe ich mal irgendwo gelesen.« Alex war in Gedanken bei Buschmann.

»Ich habe bei dem sauberen Herrn Buschmann zwei Smartphones gefunden. Möglicherweise hatte er doch was zu verbergen. Könnte aber auch ein Handy für eine Geliebte sein, damit seine Frau nichts mitbekommt.«

»Interessant, bin gespannt, was du darauf findest.«

»Ja, bin ich auch. Gibt es was Neues aus Italien?«

»Nicht wirklich. Rosso- und Volpe-Clan scheinen im Moment miteinander im Frieden zu sein, oder sagen wir, zumindest Waffenstillstand. Frau Bianchi ist selbst erstaunt, dass es so ruhig ist. Normalerweise, wenn der Rosso-Clan hinter dem Anschlag auf Esposito und die beiden jungen Männer stecken würde, müsste der Volpe-Clan fürchterliche Rache nehmen. Im Gegenteil, beide Clans scheinen sich verbündet zu haben.«

Alex schluckte, er wollte Heike nichts über die Reise von Maria nach Neapel erzählen. Irgendwann zu einem passenden Zeitpunkt würde er ihr alles sagen.

8

Maria schaute ihm tief in die Augen. Sollte sie jetzt endlich erfahren, wer ihre Cousine Anna auf dem Gewissen hatte? Der Raum war erfüllt mit einer Spannung, als erwarte man einen Stromschlag, wenn man die Kabel einer Lampe falsch anschließt. Luigi Esposito überlegte noch einen Moment, dann begann er:

»Im Jahr 1999 verschwanden in Neapel des Öfteren junge Mädchen, jedoch kamen diese alle nach ein paar Tagen wieder nach Hause. Sie konnten sich weder daran erinnern, wo sie die letzten Tage waren, noch was mit ihnen geschehen war. Einige Eltern gingen mit ihren Töchtern zum Arzt, der feststellen musste, dass die armen Mädchen vergewaltigt worden waren. Ein junges Mädchen brachte sogar neun Monate später ein Baby zur Welt, das bei solch einer Vergewaltigung gezeugt worden war. Schnell war klar, dass nur der Rosso-Clan dahinterstecken konnte. Zum einen, da die jungen Frauen alle, bevor sie verschwanden, mit einem jungen Mann des Rosso-Clans gesehen worden waren, zum anderen war dieser Clan für Entführungen bekannt. Einige Geschäftsleute waren über Wochen in deren Gewalt, bis das Lösegeld gezahlt wurde. Ihre Cousine Anna war das einzige Mädchen, das damals getötet wurde. Mir wurde von einem Mitglied des Rosso-Clans im Vertrauen erzählt, dass sie, als sie nach ein paar Stunden zu sich kam wie alle anderen Mädchen auch, erneut K.-o.-Tropfen eingeflößt bekam. Jedoch mit Tropfen, die zuvor jemand gestreckt hatte. Sie wissen schon, jemand hatte das Mittel zur Hälfte entnommen und die Flasche mit Wasser aufgefüllt. Somit war die Wirkung zu schwach, und ihre Cousine war bei Bewusstsein, als mehrere Männer …« Er sprach nicht weiter. Maria versuchte, ihre Emotionen im Griff zu behalten. Ihre Augen jedoch füllten sich mit Tränen. »Sie wehrte sich und schrie, dass sie alle anzeigen würde. Sie wissen, wie die Sache ausging. Man brachte sie zum Schweigen.« Er machte erneut eine Pause und beobachtete die Reaktion von Maria genau. »Seltsamerweise ist nach dem Tod dieses Mädchens einige Tage später ein Mitglied des Rosso-Clans tot aufgefunden worden. Wir glaubten zuerst, die Familie hätte das Mädchen gerächt. Aber da alle anderen Mittäter ungeschoren davonkamen, war klar, man hatte ihn aus einem anderen Grund erschossen.«

»Sie wissen, wer diese Männer waren?«, fragte Maria vorsichtig.

»Ja, die Männer, die die jungen Mädchen missbraucht hatten, waren Persönlichkeiten aus den sogenannten besseren

Kreisen. Sie zahlten pro Mädchen viel Geld, und ich bin mir sicher, der eine oder andere zahlt noch heute Schweigegeld.«

»Es wird mir also nicht gelingen, ihre Taten zu beweisen?«

»Ich glaube, es wird sehr schwer, Signora. Es gibt zwei Männer, die damals bereits dem Rosso-Clan angehörten und jetzt hier im Rhein-Main-Gebiet leben. Einer von ihnen sitzt derzeit in der JVA-Weiterstadt. Ich könnte wetten, dass er mir vergangenes Jahr die Drogen untergeschoben hat, die man in meiner Firma gefunden hatte. So wie ich ihn einschätze, wird er auf keinen Fall jemanden belasten.« Er dachte einen Moment nach, gerade so, als ob er mit sich rang.

»Es gibt noch einen zweiten Mann. Ich muss ihn erst fragen, ob er Ihnen etwas erzählen mag. Er war derjenige, der die jungen Frauen ansprach. Irgendwie musste man die Mädchen ja anlocken. Also erzählte er ihnen, dass sie so schön wären, dass sie bestimmt als Models arbeiten könnten.« Er machte eine lange Pause.

Im Raum war es schlagartig so still, dass man eine Stecknadel hätte fallen hören.

»Er ist mittlerweile ein Freund von mir. Er hat vor Jahren schon der *Camorra* den Rücken gekehrt und arbeitet hier als Maurer bei einer Firma in Darmstadt. Er hatte kurz nach dem Tod Ihrer Cousine beschlossen auszusteigen. Ich kann ihn anrufen und sagen, dass Sie mit ihm sprechen möchten. Ob er Ihnen etwas erzählt, kann ich nicht versprechen.«

9

Eine Reaktion von Paulo ließ nicht lange auf sich warten. Etwa eine halbe Stunde nach dem Telefonat erhielt er Fotodateien per *WhatsApp*. Die erste Aufnahme zeigte ihn mit dem Vater des Mädchens, dem er, als man sie in Moldawien kaufte, 5.000 Euro übergeben hatte. Das zweite Foto, wie er mit dem Mädchen im Auto saß. Also gut, er wollte ihn also als Mädchenhändler erpressen. Damit hatte er eigentlich schon gerechnet. Er hatte gewusst, dass Paulo ihn in der Hand hatte. Wollte er so weitermachen? Konnte er so weitermachen? Er war mit seinen Nerven am Ende, und auch wenn er es vor sich selbst nicht zugeben wollte, der Tod dieses Mädchens, den er zwar nicht selbst zu verantworten hatte, aber nachts in den Rhein geworfen hatte, nahm ihn sehr mit. In seinen Träumen sah er sie jede Nacht mit offenem Mund auf dem Rücksitz sitzen. In diesen Träumen riss sie auf einmal die Augen auf und schrie: »Warum hast du das gemacht?« Er wachte jedes Mal schweißgebadet auf. Seit Tagen schon hatte er immer öfter Magenkrämpfe und Durchfall, und kein Medikament schien ihm zu helfen. So konnte es auf keinen Fall weitergehen. Am besten wäre für ihn, er würde in einem anderen Land untertauchen. Geld hatte er mehr als genug. Er würde es so aussehen lassen, als wäre er im Urlaub im Ausland verunglückt. Ein Segelunfall, bei dem er ums Leben kam und die Leiche unauffindbar war, wäre eine elegante Lösung. Sein Geld würde er vorher nach und nach über verschiedene Banken und Konten transferieren, sodass er jede Spur, die zu ihm führen konnte, verwischen würde. Durch Verbindungen in das Frankfurter Rotlichtmilieu konnte er auch schnell einen falschen Ausweis bekommen. Es war nur wichtig, dass Fontana davon nichts mitbekam. Er hatte viel gelernt von Paulo. So würde er es machen. Er atmete zum ersten Mal seit ein paar Tagen etwas durch. Das war die Lösung. Er hatte hier außer seinen Eltern und Jakob Rosenstein keine Verpflichtungen. Rosenstein würde einen anderen gerichtlich bestellten Betreuer erhalten, und seine Eltern würden um ihren Sohn trauern. Nur seine Mutter würde weinen, denn der Mann, den er Vater nannte, war in Wirklichkeit nicht sein leiblicher Vater. Er hatte sich jahrelang gewundert, warum er ihm kein bisschen ähnlich war, und hatte eine DNA-Test machen lassen. Das Ergebnis war eindeutig. Sein Vater war ein anderer Mann. Seine Mutter hatte sich immer auf die Seite dieses Fremden gestellt. Er hatte ihn streng erzogen. Keine Fehler hatte er durchgehen lassen. Liebe hatte er von ihm nie erfahren. Und auch wenn er ungerecht behandelt worden war, hatte die Mutter nie für ihn Partei ergriffen. Sie würde über den Verlust ihres Sohnes wohl hinwegkommen. Er saß auf seiner Terrasse und schaute in seinen Garten. All das würde er nie mehr wiedersehen. Es schmerzte ihn, hatte er doch seine ganze Jugend von solch einem Anwesen geträumt. Eine Villa in Darmstadt-Eberstadt. Ein Ausdruck von Eleganz und Klasse. Da hörte er erneut den Signalton einer eingehenden *WhatsApp*-Nachricht. Wieder war es ein Foto, und erneut kam es von Paulo. Er öffnete die Datei. Zu sehen waren seine Eltern auf ihrer Terrasse, Max, der kleine Dackel, lag zu ihren Füßen. Die Aufnahme war neu, denn man sah einen gelben Sonnenschirm. Den hatte seine Mutter erst vor ein paar Tagen gekauft. Eine Belanglosigkeit, die sie ihm gestern am Telefon erzählt hatte, da sie wie immer nicht wusste, worüber sie sich mit ihrem Sohn unterhalten sollte. Wollte Paulo seinen Eltern etwas antun, wenn er nicht die Verträge unterschrieb? In seinem Mund wurde es gallebitter.

10

»Du kannst die Handys jetzt abholen.« Der Beamte der Kriminaltechnik war kein Mann der großen Worte. Ein Superkollege, den Alex sehr schätzte, der aber nur das Nötigste sprach.

»Alles klar, ich komme.« Alex eilte sofort zu den Räumen der KTU und hatte kurz darauf Buschmanns Telefone in seinen Händen.

»Es befanden sich nur von einer Person DNA-Spuren an beiden Handys. Wenn wir DNA von Buschmann haben, können wir sie vergleichen.«

»Gut, danke dir.« Alex drehte um, etwas sagte ihm, dass er hier sicherlich etwas finden würde, was zur Lösung des Falles beitrug. Mit großen Schritten lief er die Stufen nach oben zu seinem Büro. Dort angekommen, öffnete er sofort das SMS-Postfach. Es befanden sich dort lediglich mehrere Hinweise über verpasste Anrufe. Auch der *WhatsApp*-Account war belanglos. Er las akribisch Nachricht für Nachricht durch und brauchte dazu fast eine halbe Stunde. Auf keinen Fall wollte er einen Hinweis übersehen. Aber es handelte sich hierbei um das Smartphone, welches er sicherlich offen zu Hause rumliegen ließ. Bevor er sich das zweite Handy vornahm, ging er in die Kaffeeküche und holte sich einen Kaffee. Gewiss würde er hier etwas finden, dass das merkwürdige Verhalten des Staatsanwalts erklären könnte. Wie er es erwartet hatte, fand er nur wenige *WhatsApp*-Nachrichten. Unter einem Teilnehmer, der nur als F. im Telefonbuch abgespeichert war, fand er folgenden Chatverlauf:

»NÄCHSTE PARTY AM 24. MAI.BIST DU WIEDER DABEI?«

»IMMER GERNE. WO?«

»EIN HOTEL IM ODENWALD. MELDE MICH NOCHMAL. PREIS 5.000 AUF MEIN KONTO VORAB.«

Alex' Herz schlug schneller, hier war er, der Anfang der Lösung. Irgendwas hatte Buschmann angestellt. Treffpunkt in einem Hotel und 5.000 Euro im Voraus. Da handelte es sich mit Sicherheit um eine Sexparty, eine von der Sorte, die man als illegal bezeichnen könnte. Denn alles andere bekam man ja mittlerweile für das kleine Geld in jedem Swinger-Klub. Alex öffnete die nächste *WhatsApp*-Nachricht von F. Hier fand er ein Foto mit dem nackten Buschmann, ihm gegenüber stand ein junges Mädchen in Lack und Leder. Darunter nur ›100.000 Euro‹. Bingo. Leider fand er keinen Hinweis darauf, wo diese Party stattgefunden hatte. Sicherlich hatte ihm dieser F. den Ort telefonisch mitgeteilt. Alex wurde euphorisch, endlich hatte er etwas in seinen Händen. Buschmann war erpresst worden. Schnell griff er zum Telefonhörer und rief einen Kollegen an:

»Du, ich schicke dir per E-Mail zwei Handynummern. Bitte finde alles über diese Anschlüsse heraus. Vielleicht beides Prepaid Handys. Falls du nicht findest, wem die Handys gehören, was ich fast befürchte, ist es wichtig, dass ich ein Bewegungsprofil dieser Telefone bekomme. Am besten für die letzten zwei Monate.« Er tippte während des Telefonats die Nummer von Buschmann und die Telefonnummer von diesem F. in eine E-Mail an seinen Kollegen.

»Das wird aber etwas dauern, du weißt, diese Provider lassen sich hin und wieder sehr bitten.«

»Mach Druck. Ich glaube, hier liegt der Anfang für die Lösung unseres Falles.«

Nachdem er aufgelegt hatte, verbarg er seine eigene Rufnummer und wählte den Anschluss, den Buschmann unter F. abgespeichert hatte. Es klingelte mehrmals, jedoch nahm niemand ab. Das wäre auch zu schön gewesen.

11

Er suchte die Umgebung mit dem Fernglas ab. Nichts. Die Männer mit dem schwarzen Golf waren verschwunden. Oder hatten sie sich nur irgendwo versteckt? Er war auf der Hut. Zu Fuß würde er zu dem Grundstück seines Onkels gehen und das Auto zum Flughafen Capodichino bringen. Zunächst wollte er das Fahrzeug mit einem Freund zusammen nach Neapel bringen, kam dann aber zu der Einsicht, dass es besser war, er würde niemanden gefährden. Er konnte gut mit dem Bus vom Flughafen zum Bahnhof fahren und dort einen Zug nach Frosinone nehmen. Dort angekommen, konnte er immer noch einen Freund bitten, ihn abzuholen. Das Gepäck von Maria hatte noch etwas Zeit, das Zimmer war bis zum 2. Juni gebucht. Mit schnellen Schritten lief er den ansteigenden Weg zu Zio Carlos Hühnerstall. Hier, zwischen den Olivenbäumen, würde man ihn nicht so schnell sehen, und er konnte, geschützt von den Bäumen, mit seinem Fernglas ab und zu die Umgebung absuchen. Die Sonne brannte unerbittlich, und nach kurzer Zeit war er durchgeschwitzt. Jetzt wusste er, warum der alte Mann immer noch so fit war. Diese Klettertour jeden Tag war für einen Mann über 80 Jahre sicherlich eine Herausforderung. Nach etwa 20 Minuten hatte er den Stall erreicht. Vorsichtig spähte er über die Bruchsteinmauer. Die Hühner liefen umher und pickten auf dem Boden herum. Und auch das Meckern der Ziegen war wie immer. Hier war allem Anschein nach niemand gewesen. Aber sicher war er sich nicht. Er öffnete das kleine Tor, ging hindurch und verschloss es wieder sorgfältig. Ein vorsichtiger Blick in den Stall, aber auch hier war alles wie sonst auch. Er konnte von hier aus das Auto von Maria sehen. Langsam suchte er mit dem Fernglas die gesamte Umgebung ab, nirgends konnte er ein Fahrzeug oder verdächtige Personen entdecken. Er atmete tief durch, ein wenig Angst hatte er schon. Was würde er machen, wenn ihn die Männer anhalten würden? Er zog den Autoschlüssel aus seiner Hosentasche, schritt über den kleinen Hof, verschloss das Gartentor, nachdem er durchgegangen war, wieder sorgfältig und ging mit schnellen Schritten zu Marias Leihauto. Gerade als er sich neben dem Auto befand, sah er sie. Ein dunkelgrüner

Alfa Romeo parkte etwa 30 Meter entfernt vom Weg, mitten im Wald in einer Kuhle. Mist, dort, wo er stand, war er von Zio Carlos Stall aus nicht zu sehen gewesen. Was sollte er jetzt tun? So, als würde ihn das alles nichts angehen, schloss er mit zitternden Knien das Auto auf, stieg ein, startete den Motor und fuhr langsam den Feldweg hinunter. Kurz darauf, er war etwa 50 Meter gefahren, sah er sie im Rückspiegel. Wie konnte er die Kerle nur loswerden? Er fuhr auf die Landstraße und hatte eine Idee. Sein Vater hatte einen Lkw, den er immer vor der Bar, in der er gerne seinen Espresso trank, parkte. Die Straße war dort sehr schmal, und schon mehr als einmal kamen andere große Fahrzeuge nicht an ihm vorbei. Schnell nahm er sein Handy und rief ihn an. Nach nur zweimaligem Klingeln nahm sein Vater ab. Hastig sagte er:

»Pa, ich habe dir doch von den Typen erzählt mit dem schwarzen Golf.«

»Si, si, ich weiß. Was ist mit denen?«

»Sie fahren jetzt einen dunkelgrünen Alfa und verfolgen mich. Bist du in der Bar?«

»Ja, bin ich. Was soll ich machen?«

»Ich bin in etwa fünf Minuten bei dir. Wenn du einen kleinen roten Fiat 500 siehst, das bin ich. Ich gebe dir auch Lichtzeichen. Wenn ich vorbeigefahren bin, fahre bitte mit dem Lkw nur ein wenig zurück und blockiere die Straße, dann kann ich sie abhängen.«

»Va bene, so machen wir es.«

12

Diese Warnung würde sicherlich ausreichen, um den kleinen Anwalt wieder in die Spur zu bringen. Eine Meuterei würde es nicht geben. In all den Jahren, in denen er mit den verschiedensten Menschen zu tun gehabt hatte, hatte er eines begriffen: Ein Mann wie Frank würde vielleicht einmal aufbegehren, sollte er dann aber die richtige Antwort erhalten, würde er sicherlich wieder funktionieren. Als er vor Jahren nach Deutschland kam, weil es für ihn besser war, eine Zeit lang nicht in Italien auffindbar zu sein, hatte er die Mentalität der Deutschen kennengelernt. Wenn sie einmal eine Autorität anerkannt hatten, war es für sie schwer, sich gegen sie zu stellen. Dinge, die in Italien keinen Menschen interessierten, waren für die Menschen hier Gesetz. Man zahlte seine Steuern, fuhr nicht Auto, wenn man getrunken hatte, und was ein Chef sagte, musste auf jeden Fall gemacht werden. Warum sollte dieser Frank nun anders sein als die Deutschen, die er kennengelernt hatte. Er lehnte sich zurück und schaute aus dem Fenster. Die Skyline von Frankfurt hatte ihn schon immer fasziniert.

Kurz schoss ihm Chiara in den Sinn, dieses Problem würde sich auch bald erledigen. Diese Frau nervte einfach nur noch. War sie am Anfang reizvoll für ihn gewesen, da sie die Frau von Luigi war und eine gewisse Kraft und Unabhängigkeit ausstrahlte, ging sie ihm in der letzten Zeit mit ständig neuen Forderungen nur noch auf die Nerven. Das einzig Gute war, er kontrollierte nun auch, ohne dass sie es bisher gemerkt hatte, den Volpe-Clan. Frauen waren so leicht zu durchschauen. In ihrer blinden Wut auf ihren

Ehemann hatte sie alle Forderungen akzeptiert. Wichtig war für sie nur, damit ihrem Ehemann zu schaden. Dabei hatte sie nicht bemerkt, dass sie sich selbst immer weiter ins Aus manövrierte. Er war nun für das Drogenkartell der Ansprechpartner für Neapel, nein, für ganz Kampanien. Und er machte nun Preise, wie er wollte.

13

Angelos Männer waren verschwunden, und Paulo hatte seine Jungs zur Sicherheit im Wald postiert. Sie sah aus dem Küchenfenster. Ein junger Mann stieg in den kleinen roten Fiat und fuhr davon. Kurz darauf verfolgten Paulos Männer das Fahrzeug. Chiara rief ihre beiden Mädchen, die seit Stunden Zeichentrickfilme ansahen.

»Stella, Isabella, kommt, wir müssen los.«

»Nehmen wir Pedro und Pippo mit?«, fragte Stella.

»Nein, die Köter bleiben hier«, erwiderte sie barsch. Augenblicklich fing Stella an zu heulen.

»Wer wird sie füttern? Wer wird sie streicheln?«

»Ruhe jetzt. Ich sorge dafür, dass es ihnen gutgeht, und jetzt los, wir müssen weg.« Stella wehrte sich und wollte zunächst nicht mitkommen. Sie setzte sich auf den Boden und weigerte sich aufzustehen. Chiara wurde fuchsteufelswild und schleifte ihre Tochter hinter sich her. Nach einigen Metern gab Stella auf und trottete hinter ihrer Mutter her. Der BMW stand im Schuppen neben dem Haus. Chiara hatte die Koffer schon hineingelegt. Die Mädchen kletterten auf die Rückbank und Chiara fuhr das Auto vom Grundstück und verschloss das Gartentor wieder. Ein letztes Mal sah sie sich um und startete erneut den Motor. Stella fing fürchterlich an zu weinen und rief immer wieder die Namen der Hunde. Unbeeindruckt raste sie den Feldweg hinunter. Stella würde sich schon beruhigen. Als sie über eine kleine Bergkuppe fuhr, sah sie einige Fahrzeuge auf sich zukommen. Schwarze Alfa Romeo mit roten Streifen. Carabinieri. Ihr wurde heiß und kalt. Flüchten konnte sie nicht, schon gar nicht hier. Es gab nur diesen schmalen Feldweg und nirgends eine Möglichkeit abzubiegen. Sie verlangsamte ihr Tempo und blieb schließlich stehen. Die Wagen bewegten sich in einer großen Staubwolke auf sie zu. Stoppten vor ihrem Fahrzeug, und mehrere Beamte stiegen aus. Einer der Männer ging langsam auf ihr Auto zu, während zwei weitere ihre Maschinenpistolen auf ihr Fahrzeug richteten.

»Buon giorno, Signora«, sagte er, »dürfte ich bitte Ihren Ausweis sehen?« Chiara überlegte, konnte sie jetzt lügen? Aber es war zwecklos. Die Carabinieri würden die Mädchen nach ihren Namen fragen, und sie wäre im gleichen Moment der Lüge überführt. Ihre ganze Kraft schien ihren Körper zu verlassen. Resigniert zog sie ihre Carta d'identità aus ihrer Geldbörse und überreichte sie dem Beamten. Die Mädchen waren mucksmäuschenstill.

»Bitte steigen Sie aus«, sagte der Mann ruhig. Chiara öffnete die Autotür und verließ ihr Fahrzeug. Sie sagte kein einziges Wort.

»Kommen Sie, wir müssen Sie zur Befragung mitnehmen.«

»Warum wollen Sie mich befragen?«, sagte sie zögerlich.

»Hier im Ort ist ein Tierarzt verschwunden, Dottore Marino. Wir haben Hinweise, dass er auf dem Weg zu Ihnen war, als er das letzte Mal gesehen wurde.«

14

Den Platz auf dem Friedhof hatten sie bereits vor Monaten ausgesucht, als klar war, dass Gennaros Krebs gesiegt hatte. Ganz in der Nähe seiner Tochter würde er seine letzte Ruhe finden. Wie im Süden Italiens üblich, wurde der Leichnam nach einer Nacht von zu Hause abgeholt und sofort zur Bestattung auf den Friedhof gefahren. Rosanna stand mit ihrer Schwester Giulia wie angewurzelt im Wohnzimmer, als die Männer den Sarg durch den langen Flur der Wohnung trugen. Der Leichnam wurde direkt zur Beisetzung zum Friedhof gebracht. Giulia und Rosanna fuhren in dem kleinen Fiat von Gennaro hinter dem Leichenwagen her. Die Trauergäste waren fast alle schon vor Ort. In der Friedhofskapelle spielte ein Freund der Familie die Orgel, als der Sarg hineingetragen wurde. Rosanna war gefasst, zu lange hatte sie dem langsamen Sterben ihres Mannes zugesehen, sodass sie jetzt froh war, dass sein Leiden ein Ende hatte. Trotzdem hatte sie sich bei Giulia untergehakt. Die Nähe ihrer Schwester tat ihr gut. Die Orgel spielte, der Pfarrer sprach salbungsvolle Worte des Trostes, die keine waren, und die Anwesenden drückten ihr am Ende der Zeremonie ihr Beileid aus. Der eine, weil er es wirklich so empfand, der andere eher aus Pflichtgefühl. Das Treffen in einem angemieteten Raum der Gemeinde war nach etwa zwei Stunden beendet, und beide Frauen fuhren nach Hause. Nach all der Anspannung setzten sie sich an den Küchentisch, Rosanna öffnete eine Flasche Wein, schenkte sich und ihrer Schwester ein und sagte:

»So, wir trinken auf ein besseres Leben. Du weißt, dass die letzten Jahre sehr schwer waren für Gennaro.«

»Sie waren schwer für deinen Mann und auch für dich«, pflichtete ihr Giulia bei und fügte hinzu: »Ich freue mich, dass Maria sich mit dir versöhnt hat. Dass ihr miteinander gesprochen habt. Sie hat all die Jahre sehr unter der Trennung von der Familie gelitten.«

»Ich weiß, ich hätte auch gerne all die Jahre mit ihr den Kontakt gehalten, aber du weißt ja, wie er war.«

»Ja, er wollte alles bestimmen. Auf deine Wünsche hat er keine Rücksicht genommen.«

»Ja, er war ein harter Mann. Besonders schlimm ist es nach Annas Tod geworden.«

»Ja, das ist sicher richtig. Wie geht es jetzt für dich weiter? Bekommst du Rente? Hat er für dich gespart?«

»Ja, ich erhalte eine kleine Rente. Die Wohnung ist bezahlt, und es wird für mich reichen. Vielleicht kann ich dich jetzt einmal in Deutschland besuchen. Ich würde auch gerne den Freund von Maria kennenlernen. Sie sagte mir, er sei sehr gut zu ihr.«

»Ja, die beiden verstehen sich gut. Er ist ein guter Mann, glaube ich.« Beide tranken einen Schluck Rotwein und legten ihre Füße auf einen freien Stuhl.

»Ich bin froh, dass du da bist. Du bist die einzige Verwandte, die ich noch habe. Da ich keine Kinder habe …« Sie sprach nicht weiter. Zu schmerzlich wurde ihr gerade jetzt der Verlust ihrer Tochter bewusst.

»Vielleicht solltest du eine Zeit lang nach Deutschland kommen. Ich bin ja auch alleine. Wir könnten ein wenig Zeit miteinander verbringen. Was meinst du?«

»Das ist eigentlich eine gute Idee. Aber wo habe ich meine Carta d'identita? Noch nie war ich von zu Hause weg. Alles hat immer Gennaro für mich geregelt. Er hat alle wichtigen Sachen in dem kleinen Safe in unserem Wohnzimmerschrank aufbewahrt.« Mit diesen Worten ging sie in den Flur und kam kurz darauf mit einem Schlüssel in der Hand wieder zurück.

»Komm, lass uns nachsehen, ob darin mein Ausweis ist.« Die Schwestern gingen in das Wohnzimmer, Rosanna öffnete eine Tür des Wohnzimmerschranks, und dahinter stand ein Safe von etwa ein Meter Höhe.

»Der ist aber gar nicht so klein«, bemerkte Rosanna.

»Ja, irgendwie schon groß. Ich weiß überhaupt nicht, was alles darin ist.« Sie steckte den Schlüssel in das Schloss, drehte ihn um und zog an dem Griff der Tür.

»Was ist denn das?«, fragte Giulia.

»Ich habe keine Ahnung«, entgegnete Rosanna, griff in den Safe und holte ein großes Bündel Geldscheine hervor.

»Man könnte sagen, du musst dir erst einmal keine Sorgen machen.« Die beiden Frauen waren sprachlos, und Rosanna holte nach und nach noch mehr Geld aus dem Safe. Giulia, die immer die Praktischere von beiden war, begann sofort damit, das Geld zu zählen. Nach mehreren

Minuten, in denen sie nur Zahlen vor sich hinmurmelte, schaute sie ihre Schwester Rosanna an und sagte:

»Das sind 124.200 Euro.«

15

Fontana hatte ihn in der Hand und er musste zum Schein die Verträge unterzeichnen. Schon immer hatte er gewusst, mit wem er es zu tun hatte. Dass dieser Mann, der sehr höflich und zuvorkommend mit ihm umgegangen war, in der Lage war, seinen Eltern etwas anzutun, hätte er nicht für möglich gehalten. Ohne auf irgendwelche Geschwindigkeitsbeschränkungen zu achten, raste Frank in Richtung Bad König. Immer wieder wählte er die Rufnummer seiner Eltern, und, für Freitagabend untypisch, ging niemand ans Telefon. Was hatte Fontana mit seinen Eltern gemacht? Jede rote Ampel machte ihn auf der Fahrt fast wahnsinnig. Wie von Sinnen schoss er die Landstraße B45 entlang. Der Verkehr war, wie meist um diese Zeit, zähfließend, aber Frank setzte auch an den verbotenen Straßenabschnitten immer wieder zum Überholen an. Währenddessen drückte er zum gefühlt 100. Mal die Wahlwiederholung. Nichts. Er wunderte sich über sich selbst. Normalerweise empfand er keine große Liebe, wenn er an seine Mutter dachte. An den üblichen Feiertagen war es ihm oft ein Graus, zu ihr zu fahren. Warum war er jetzt so ängstlich? Weil ihm jetzt erst richtig klar wurde, mit wem er sich da eingelassen hatte? Oder weil er in seinem tiefsten Innern doch seine Mutter liebte? Nach etwa 45 Minuten erreichte er Bad König und das Haus seiner Eltern. Der VW Golf, das Heiligtum des Mannes, den er ein Leben lang Vater genannt hatte, stand blitzblank unter dem Carport. Der Rasen picobello, wie mit der Nagelschere bearbeitet. Er klingelte. Nichts. Das kleine Gartentor war verschlossen. Was war hier los? Frank sprang über das Tor und rannte zur Haustür. Seine Mutter hatte in einem Stein, den jeder als sogenannten Safe erkennen konnte, einen Haustürschlüssel deponiert. Für den Fall, dass man sich einmal selbst ausschloss. Frank nahm den Schlüssel heraus und öffnete die Haustür. Als er den Flur betrat, sah er die Unordnung. Für andere Menschen wäre es ein normaler Zustand gewesen. Nicht so für seine Eltern. Schuhe standen im Flur, eine Schublade stand offen. Als er weiter hineinging, fand er zwei Blutstropfen auf dem Küchenfußboden. Ihm wurde schwindelig. War Fontana so weit gegangen, nur weil er die Unterschrift zu dieser Umweltsauerei verweigert hatte? Schnell setzte er sich auf einen Stuhl in der Küche und wählte Paulos Nummer. Als dieser nicht abnahm, tippte er eine *WhatsApp*: »BRINGE MORGEN DIE UNTERSCHRIEBENEN VERTRÄGE«. Sollte Fontana seine Eltern entführt haben, würde er sie nun hoffentlich frei lassen. Er ging an die Spüle und nahm sich ein Glas Wasser. Dann setzte er sich wieder auf den Stuhl, sein Magen war ein einziger schmerzender Klumpen. Was wäre, wenn er sie umgebracht hatte? Tränen liefen ihm die Wangen herunter. Auch wenn er kein besonderes Verhältnis zu seinen Eltern gehabt hatte, so ein Ende hatten sie nicht verdient.

16

Sie standen vor einem Mehrfamilienhaus in Darmstadt-Kranichstein. Das Namensschild war ein wenig verblichen. Graziano De Rosa schien schon etwas länger hier zu wohnen. Maria drückte auf den Klingelknopf, und als hätte jemand nur auf das Klingelzeichen gewartet, hörte sie sofort darauf den Türsummer. Sie betraten das gepflegte Haus, und da im Erdgeschoss niemand die Tür öffnete, gingen sie langsam die Treppe nach oben. Im ersten Stock stand ein Mann in der Tür, der sie ein wenig skeptisch anschaute. Mit heiserer Stimme sagte er:

»Buona sera, sind Sie Signora Saletti?« Maria nickte und stellte Alex kurz vor.

»Das ist mein Freund, Alexander Neubert.«

»Va bene, kommen Sie rein.« Beide betraten die kleine Wohnung, die einfach, aber sauber war. Es roch nach Tomatensoße, und Graziano De Rosa bot ihnen in der Küche einen Platz an.

»Setzen Sie sich. Möchten Sie etwas trinken?«

»Nein, vielen Dank, wir möchten Sie nicht lange stören. Wir wollten nur …« Maria stockte. Was wollte sie eigentlich genau von diesem Mann wissen?

»Luigi sagte mir, ich soll Ihnen erzählen, wie das damals war, als ich noch dem Rosso-Clan angehörte.«

»Ja, bitte, ich will wissen, wer meine Cousine getötet hat.«

»Allora.« Graziano zündete sich eine Zigarette an, nahm einen tiefen Zug und begann: »Ich war noch ein junger Kerl und wollte natürlich damals auch viel Geld verdienen. Wer will das nicht«, erklärte er und sah nachdenklich aus dem Fenster.

»Ich bin in Scampia aufgewachsen, da war es noch nicht so schlecht wie heute, aber glauben Sie mir, schön war es damals auch nicht. Schon von Anfang an haben die Clans dort Drogen verkauft, so auch der Rosso-Clan. Ich war einer der Jungs, der die größeren Mengen an die kleinen Dealer verteilte. Irgendwann kam der Anführer des Rosso-Clans – er lebt heute nicht mehr – zu mir und sagte: ›Graziano, du sprichst jetzt ein paar Mädchen an, sag ihnen, sie können Models werden. Mach ein paar Fotos von ihnen, erzähl, was du willst. Dann, zu einem verabredeten Zeitpunkt, holst du sie ab und bringst sie in diese Lagerhalle.‹ Beim ersten Mal wusste ich noch nicht, was dann passieren würde. Also, ich habe einige Mädchen angesprochen, habe sie zu einer Zeit, die mir vorgegeben wurde, abgeholt und dann zu dieser Halle gebracht. Alle bekamen Cola oder etwas anderes zu trinken. Es waren Kameras aufgebaut. Es sah schon ziemlich echt aus. Auf jeden Fall, dort bekamen die Mädchen K.-o.-Tropfen in die Cola und wurden, nachdem sie nichts mehr mitbekamen, in die Villen der Stadträte, Politiker oder zu sonst einem reichen Kerl gefahren. Sie können sich vorstellen, was die Männer dort mit ihnen machten. Es ging einige Male gut, die Mädchen wurden nach einem oder zwei Tagen wieder abgeholt. Natürlich hatten sie immer wieder K.-o.-Tropfen verabreicht bekommen und konnten sich an nichts erinnern. Nur einmal hat eines der Mädchen anscheinend zu wenig von dem Zeug bekommen, sodass sie praktisch alles noch mitbekam. Ich selbst habe sie damals nicht gefahren, habe aber gehört, dass sie geschrien hatte, sie würde alle anzeigen.« Er machte eine bedeutungsvolle Pause. »Das war ihr Todesurteil.«

»Das war meine Cousine Anna. Können Sie mir sagen, wer sie damals umgebracht hat?« Graziano De Rosa sah sie mit großen Augen an. Offensichtlich hatte er Angst, ihr den Namen des Täters zu nennen.

»Wissen Sie, ich habe das alles hinter mir gelassen. Ich will auf keinen Fall, dass ich irgendwo eine Aussage machen muss. Ich arbeite seit vielen Jahren hier, ohne weiter von der *Camorra* behelligt zu werden. Nur durch Zufall habe ich Luigi einmal getroffen. Er hat mir geschworen, meinen Aufenthaltsort niemandem in Neapel zu verraten.«

»Ich verspreche Ihnen, Sie nirgendwo zu erwähnen, wenn Sie mir jetzt den Namen des Täters verraten.« Graziano zog lange an seiner Zigarette und ließ den Rauch langsam aus Nase und Mund entweichen. Es fiel ihm sichtlich schwer, die Antwort zu geben. Schließlich sagte er leise:

»Es war ein Mann namens Paulo Fontana, er hat Ihre Cousine ermordet. Er war damals die rechte Hand unseres Capos, Alberto Gentile. Fontana ist ein Mensch ohne Herz, ohne Skrupel. Er hat mir danach gesagt, es war für ihn ein Mord wie jeder andere auch. Sie musste weg, denn ihre Aussage hätte alles gefährdet. Ich war damals wirklich schockiert. Wissen Sie, ich musste auch Menschen beseitigen. Aber es waren immer Männer, die mich oder die Organisation bedroht hatten. Oder Abtrünnige, die in die eigene Tasche gewirtschaftet hatten. Aber ein Mädchen in diesem Alter …« Er sprach nicht weiter und sah traurig aus dem Küchenfenster. Er rauchte seine Zigarette zu Ende und drückte sie in einem Aschenbecher aus. Dann sprach er weiter: »Einige Jahre später wurde das Auto von Gentile in die Luft gesprengt. Nach dessen Tod hat Paulo Fontana alles übernommen. Man muss kein Hellseher sein, um zu wissen, wer der Attentäter war.«

17

Er war nur noch ein Häufchen Elend und saß zitternd und kreidebleich am Küchentisch, als er hörte, wie sich jemand an der Haustür zu schaffen machte. Sein Herzschlag setzte einen Moment aus – hatten die Attentäter sein Auto vor der Tür entdeckt und wollten sie nun auch ihn beseitigen? Frank war starr vor Angst, was sollte er tun? Er war nicht in der Lage aufzustehen, geschweige denn zur Küchenschublade zu gehen und ein Messer zu seiner Verteidigung herauszuholen. Er saß wie angewurzelt auf diesem Stuhl und konnte sich nicht bewegen. Er hörte Schritte, und langsam wurde die Küchentür geöffnet. Im Türrahmen erschien seine Mutter mit verweinten Augen, hinter ihr stand sein Vater.

»Frank, was machst du hier?«, sagte sie leise. Ihre Stimme war schwach, sie setzte sich zu ihm an den Tisch.

»Wo wart ihr denn? Ich habe mir Sorgen gemacht.« Das Gesicht der Mutter hellte sich ein wenig auf, und sie sah ihren Sohn traurig an.

»Wir waren beim Tierarzt.« Ihre Stimme versagte, sie konnte kaum weitersprechen.

»Was ist mit Max?«, fragte er vorsichtig.

»Jemand hat ihm mit einem Messer mehrere Stichverletzungen zugefügt. Er ist jetzt noch in der Tierklinik. Die Ärzte wissen nicht, ob er es schafft.« All seine Pläne fielen in diesem Moment wie ein Kartenhaus in sich zusammen. Er würde sich nie aus den Fängen der *Camorra* befreien können. Sollte er es versuchen, würden das seine Eltern nicht überleben. Das war ihm jetzt klar. Es gab nur einen Ausweg.

SAMSTAG, DER 1. JUNI

1

Die Fahrt nach Frosinone ging im Konvoi der Carabinieri-Fahrzeuge relativ schnell. Die blauen Lichter der Alfa Romeos waren schon von weitem zu sehen, und obwohl die Autostrada del Sole stark befahren war, gab es kaum ein Auto, das ihnen nicht sofort Platz machte. Theresa Bianchi saß auf dem Rücksitz und studierte die ihr übermittelten Informationen. Durch Hinweise aus der Bevölkerung – der Anrufer wollte natürlich seinen Namen nicht nennen – hatte man das Verschwinden eines Tierarztes mit Namen Dottore Salvatore Marino mit einer Frau in Verbindung gebracht, die seit einigen Wochen offenbar versteckt in den Bergen von Vallecorsa lebte. Marino hatte eine demente Ehefrau, die ihren Mann vermisste, und zunächst nahm niemand ihren Hinweis auf die Frau in den Bergen ernst. Oftmals hatte sie früher irgendwelche Nachbarinnen verleumdet und ihnen ein Verhältnis mit ihrem Ehemann angedichtet. Nachdem dieser Tierarzt jedoch wirklich als verschwunden galt, hörten ihr die Carabinieri aus Frosinone etwas genauer zu und rekonstruierten die letzten Stunden von Dottore Marino mithilfe von Nachbarn und Freunden. Der Umstand, dass vor Jahren ein Mann in einer der umliegenden Schluchten ums Leben kam, ließ einen Unfalltod oder Mord immer wahrscheinlicher werden. Zumal auch sein Fahrzeug verschwunden war. Um der Sache auf den Grund zu gehen, waren mehrere Fahrzeuge in die Berge gefahren, gerade noch rechtzeitig, wie sich herausstellte, da besagte Frau bereits ihre Koffer gepackt hatte und im Begriff war, sich abzusetzen. Bei Überprüfung ihrer Personalien staunten die Carabinieri nicht schlecht, denn es handelte sich um die Frau eines bekannten *Camorra*-Chefs aus Neapel. Diese Tatsache veranlasste die Behörden vor Ort, das Verschwinden des Dottore Marino der Staatsanwaltschaft in Rom, der Anti-Mafia-Behörde, mitzuteilen. Nach einer Fahrt von etwa einer Stunde betrat Theresa Bianchi die Räume der Carabinieri in Frosinone. Der verantwortliche Beamte kam auf sie zu, begrüßte sie mit großem Respekt und gab eine kurze Zusammenfassung der Ereignisse. Sie hörte in Kurzform noch einmal, was sie gerade gelesen hatte, wollte aber aus Höflichkeit seinen Bericht nicht unterbrechen. Nachdem er geendet hatte, sagte sie:

»Bene, ich werde die Frau jetzt verhören. Ist sie irgendwo untergebracht?«

»Nein, sie ist bereits hier und wartet da hinten in einem Raum.« Eine ganze Mannschaft geleitete sie zu dem Zimmer, und Theresa hob kurz die Hand und sagte:

»Signori, ich werde jetzt alleine mit der Frau sprechen. Gerne können Sie vor der Tür warten.« Die Männer sahen sie skeptisch an.

»Ist es nicht besser, einer unserer Männer geht mit hinein? Wenn sie gewalttätig ist, kann Sie niemand schützen.«

»Keine Angst, ich kann mich wehren«, erwiderte sie ruhig. »Außerdem ist der Raum sicherlich kameraüberwacht, oder?« Die Beamten nickten.

Beim Betreten des Verhörraums sah Theresa Bianchi eine stolze Frau am Tisch sitzen. Eine Frau, deren Stärke den ganzen Raum erfüllte. Eine Frau, die gewohnt war, ihren Willen zu bekommen. Sie schaute nur kurz zur Tür, als Theresa eintrat.

»Buon giorno, Signora, mein Name ist Theresa Bianchi. Ich bin die ermittelnde Staatsanwältin«, sagte sie, ohne zu erwähnen, welchen Fall sie bearbeitete. Chiara Russo, verheiratete Esposito, nickte nur kurz.

»Signora, wir haben Hinweise bekommen, dass Sie in Zusammenhang stehen mit dem Verschwinden eines Dottore Marino.« Chiara verzog keine Miene.

»Außerdem haben wir in Ihrem Gepäck eine Pistole sichergestellt, etwa 140.000 Euro in bar und einen gefälschten Ausweis auf den Namen Chiara Colombo.« Chiara hörte teilnahmslos zu und verzog keine Miene.

»Ich will nur wissen, wo meine Kinder sind.«

»Derzeit in einem Kinderheim in der Nähe von Rom. Können wir sie zu Verwandten bringen?« Chiara rang offensichtlich mit sich, dann sagte sie:

»Ja, zur Schwester meines Mannes. Sie wird sie sicher nehmen. Aber lange werde ich ja wohl nicht mehr hierbleiben. Oder?« Ein siegessicheres Lächeln umspielte ihren Mund.

»Oh, ich glaube schon. Wir haben Grund zu der Annahme, dass Sie für das Verschwinden von Dottore Salvatore Marino verantwortlich sind.«

»Ach ja, und ich soll am Ende so lange hierbleiben, bis Sie ihn gefunden haben?«, entgegnete sie spöttisch.

»Mal sehen«, sagte Theresa Bianchi ruhig. »Vielleicht löst sich das Rätsel jetzt ganz schnell.« Etwas in Chiaras Ausdruck veränderte sich ein wenig. Aber sie sagte kein Wort.

»Wissen Sie, Signora, heutzutage, mit den neuesten technischen Möglichkeiten, kann man auch kaum zugängliche Schluchten mithilfe einer Drohne absuchen.« Chiaras linkes Auge zuckte ein klein wenig. Für Theresa war das der Beweis. Sie verließ den Verhörraum, nahm ihr Smartphone zur Hand und rief in Rom an:

»Die Spezialisten mit den Drohnen sollen nach Vallecorsa fahren und die Schluchten der Umgebung absuchen, und ich lasse euch ein Handy zukommen. Bitte alle Verbindungsnachweise unter die Lupe nehmen. Sucht nach Querverbindungen und vor allen Dingen erstellt ein Bewegungsprofil.«

2

Sie saßen gemeinsam an ihrem Esstisch. Maria hatte Espresso gekocht, und Alex hatte einen großen Schreibblock vor sich.

»Also, ich habe hier sieben Telefonnummern, die wir dem LKA übergeben können.« Jan öffnete sein Smartphone, auf dem alle abgehörten Telefonate gespeichert waren.

»Ich denke mal, dass diese Nummern niemand hat, denn er hätte ja sonst den einen oder anderen über das JVA-Telefon anrufen können.« Sie schenkte allen Kaffee ein.

»Sehr wahrscheinlich, ihm war klar, dass wir die Telefonnummern, mit denen er offiziell telefoniert, an das LKA weitergeben.«

»Was sagst du, woher du diese Rufnummern hast?« Maria schaute Alex fragend an.

»Du sagst einfach, bei einer Zellendurchsuchung wurde das Handy von Esposito gefunden. So sind wir an die Telefonnummern gekommen.«

»Gute Idee, dann mache ich am besten morgen im Dienst eine außerordentliche Zellendurchsuchung und finde das Ding«, sagte Maria schmunzelnd. »Sag, wie konnte Jan denn die Überwachungssoftware installieren? Woher hatte er die PIN des Handys?«

»Die PIN war auf der Rückseite aufgeschrieben.« Alex grinste. »Da er aussagen möchte, werde ich in die JVA kommen und seine Aussage aufnehmen. Dabei konfrontieren wir ihn mit dem gefundenen Handy. So wird es glaubwürdiger, wenn ich das Ganze auch an Theresa Bianchi übermittle.« Alex nahm einen Schluck Kaffee.

»Apropos Bianchi, sie hat wirklich keinen Hinweis, wer dieser Paulo Fontana ist?«

»Soweit ich weiß, nicht. Es gibt wohl keine Geburtsurkunde, keinen Lebenslauf oder Freunde, wo man ansetzen könnte. Es ist zweifelsfrei eine falsche Identität. Vielleicht helfen die Telefonnummern jetzt weiter. Esposito hat mit einem Angelo telefoniert. So hat man jetzt seine Nummer. Wenn er mit Fontana telefoniert hat …« Alex sprach den Satz nicht zu Ende. »Die italienischen Anti-Mafia-Behörden sind auf Zack. Sie haben seit Jahren damit zu tun. Ich bin mir sicher, die Nummern helfen denen weiter.«

»Wie ich sehe, hat Esposito heute noch zweimal in der Mittagspause telefoniert. Kommt, wir hören uns gleich die Telefonate an.« Alle drei saßen um den Wohnzimmertisch und starrten auf Jans Handy, als sie die Stimme eines Mannes hörten. Maria übersetzte simultan.

»Pronto.«

»Ich bin es, Luigi.«

»Wie geht es dir?«

»Wie es einem im Knast so geht.«

»Hast du mit Chiara gemeinsame Sache gemacht?«

»Ja, zuerst habe ich gedacht, dass sie die Geschäfte für dich weiterführt. So wie es viele *Camorra*-Frauen machen. Erst nach ein paar Wochen habe ich gemerkt, dass sie sich mit Fontana zusammengetan hat.«

»Okay. Aber warum hast du mir nicht gesagt, wo sie sich aufhält?«

»Sie hat gesagt, wenn du abgehört wirst, weiß jeder, wo sie ist. Das war für mich glaubhaft.«

»Ich weiß, dass sie in den Bergen von Vallecorsa ist.«

»Ah, diese Saletti hatte sie gefunden. Das Versteck war also doch nicht so gut.«

»Anscheinend. Was macht sie mit Fontana?«

»Ich bin mir nicht sicher, denn mir erzählt sie nichts mehr. Ich glaube, sie importieren nun zusammen die Drogen aus Marokko und Bogota. Sie war in der letzten Zeit ungenießbar. Du weißt, dass ich Chiara immer sehr schätzte, aber sie hat mich in der vergangenen Zeit behandelt wie einen Leibeigenen.«

»Das passt zu ihr. Ist Fontana ihr Liebhaber?«

»Ich denke, schon.«

»Sie hat sicherlich auch den Attentäter geschickt. Ich bin nur durch viel Glück entkommen. Bereits am nächsten Tag stand unser Haus zum Verkauf. Hat Chiara die Überführung und die Beerdigung der Jungs bezahlt?«

»Ja, hat sie. Luigi, ich werde nicht weiter für sie arbeiten. Ich habe es schon Sergio gesagt.«

»Sei vorsichtig, man wird versuchen, dich zu beseitigen. Du weißt zu viel.«

»Das ist mir klar. Ich werde bei Verwandten in Mailand untertauchen. Das wird schon klappen.«

»Gut, ich habe der deutschen Polizei angeboten, umfassend auszusagen, wenn sie mir Straffreiheit zusichern und mich und meine Kinder in das Zeugenschutzprogramm aufnehmen. Wenn es gelingt, erhalten wir eine neue Identität und man bringt uns in ein anderes Bundesland. Ein neuer Anfang für uns.«

»Was wird aus Chiara?«

»Wenn sie aufgrund meiner Aussage verhaftet wird, wird sie lange ins Gefängnis wandern. Damit die deutschen Behörden Fontana verhaften können, brauche ich seine Handynummer. Hast du sie?«

»Ja, warte, ich gebe sie dir. Hast du was zu schreiben?«

»Sag an, ich schreibe mit.«

»00395637194.«

»Sehr gut, ich werde dieses Arschloch jetzt anrufen. Er wird erstaunt sein, meine Stimme zu hören.«

»Pass auf dich auf.«

»Du auch.« Das Telefonat war beendet.

Alle drei saßen wie elektrisiert vor dem Handy, als Jan die nächste Aufnahme ablaufen ließ.

»Pronto«, und nach einer kurzen Weile, »Porca miseria, wer ist da?« Marias Augen wurden plötzlich groß. Sie wagte kaum zu atmen.

»Luigi, na, was sagst du jetzt.« Der andere Teilnehmer legte einfach auf. Alex sah Maria an, er hatte die Veränderung an ihr sofort bemerkt.

»Maria, was ist?«, fragte er.

»Kann ich das noch mal hören?«, sagte sie leise. Jan drückte wieder auf Play, und erneut hörte man die Stimme von Paulo Fontana. Maria saß wie vom Blitz getroffen und flüsterte leise:

»Diese Stimme kenne ich, ich weiß nur nicht, woher.«

3

Alex rief Theresa Bianchi an, in der Hoffnung, dass man sie auch an einem Samstag stören konnte. Irgendwie hatten Staatsanwälte in Deutschland auch am Wochenende Dienst, und er war sich sicher, dass es in Italien genauso war. Es klingelte einige Male, dann hörte er ihre Stimme.

»Pronto.«

»Hallo, ich bin es, Alexander Neubert, LKA Wiesbaden.«

»Ah, Signore Neubert. Gibt es was Neues?«

»Ja, allerdings. Durch eine Aktion, die sich am Rande der Legalität befindet«, sagte er vorsichtig und machte eine kleine Pause, »konnten wir einige Telefonnummern aus Italien in Erfahrung bringen. Es handelt sich ziemlich sicher um Rufnummern, die Sie in Italien bei Ihren Ermittlungen weiterbringen. Luigi Esposito hatte ein Handy auf seiner Zelle und hat damit mehrere Leute angerufen, unter anderem auch«, er wartete, um diesen Worten die nötige Wucht zu verleihen, »die Telefonnummer von Paulo Fontana.«

»Das ist ja der Wahnsinn!«, rief Bianchi ins Telefon. »Bitte schicken Sie mir alle Nummern per E-Mail. Ich lasse sofort orten, wo sich Fontana befindet. Danke, Signor Neubert.«

»Gerne. Ich schicke die Nummern an die E-Mail-Adresse, die ich hier von Ihnen abgespeichert habe.«

»Nein, warten Sie. Ich kann diese E-Mails nur in meinem Computer im Büro öffnen. Ich bin aber zu Hause, und es dauert zu lange, bis ich jetzt ins Büro gefahren bin. Ich will die Nummern sofort orten lassen. Schicken Sie mir alles per WhatsApp.«

»Gut, ich habe alle auf einen Zettel geschrieben. Den fotografiere ich.«

»Vielen Dank, Herr Neubert. Hoffentlich können wir ihn noch ausfindig machen. Wann hat er das letzte Mal mit dieser Nummer telefoniert?«

»Ungefähr vor zwei Stunden.«

»Gut, wünschen Sie uns Glück.« Sie hatte aufgelegt, und Alex nahm seinen Notizblock zur Hand, machte einen Kreis um die letzte Nummer und schrieb Paulo Fontana dazu. Jan schaute zu Maria und fragte:

»Diese Stimme kommt dir bekannt vor?«

»Ach, im ersten Moment schon, aber langsam sehe ich schon Gespenster.«

4

Sie sollte an diesem Samstag nicht mehr lange zu Hause bleiben. Nachdem sie die Telefonnummern durchgegeben hatte, klingelte ihr Handy abermals.

»Dottoressa Bianchi?«

»Si, was gibt es denn?«

»Wir sind hier vor Ort in Vallecorsa und suchen seit einer Stunde mit zwei Drohnen die Schluchten ab.«

»Und? Konnten Sie etwas finden?«

»Ja, wie Sie vermutet hatten. Hier, in einer Schlucht, nicht weit von dem Haus, das diese Frau in den letzten Wochen bewohnt hat, liegt ein toter Mann. Zunächst sehen wir nur, dass er wohl älter ist, denn man kann graue Haare erkennen.«

»Gut, wird es schwer, ihn zu bergen?«

»Ja, da müssen Bergretter ran. Anders bekommen wir die Leiche nicht nach oben.«

»Gut, melden Sie sich bei mir, wenn ihn jemand identifiziert hat. Wie lange wird es in etwa dauern?«

»Schwer zu sagen. Die Bergretter müssen erst einmal hier eintreffen. Ich nehme an, heute am späten Nachmittag wissen wir mehr.«

»Bene, Sie rufen mich an.« Theresa legte auf, dann schnappte sie sich ihre Aktentasche und verließ ihre Wohnung. Sie würde nun dieser Chiara Russo noch einmal auf den Zahn fühlen.

5

Er war auf ihren Besuch gut vorbereitet. Mit schmerzverzerrtem Gesicht, das er vor dem Spiegel lange geübt hatte, würde er sie heute begrüßen. Es musste klappen. Sie musste zahlen, denn ansonsten würde ihm Mirko Jovanovic das Leben zur Hölle machen. Van Dammes Schutz war Geschichte und ohne ihn sah es schlecht für ihn aus. Er wartete in seiner Zelle auf die Durchsage des Stationsbeamten, dass er Besuch hätte. Jedoch war Susanne bereits 10 Minuten überfällig. Mirko Jovanovic schlenderte entspannt über den Flur und schaute in seine Zelle.

»Du weißt, was passiert, wenn du nicht bald zahlst«, flüsterte er mit rauer Stimme. Er schaute über seine Schulter hinter sich in den Flur und bemerkte: »Dein Bodyguard hat seine Dienste offensichtlich eingestellt.« Mit diesen Worten lachte er aus vollem Hals und ging breitbeinig auf Karl-Heinz zu.

»Du weißt, was du tun musst«, dabei fixierte ihn sein Blick, sodass Karl-Heinz augenblicklich der Schweiß ausbrach.

»Ja, sicher. Ich werde heute meine Freundin bitten, Geld auf dein Konto zu zahlen.« Endlich hörte er die ersehnte Durchsage:

»Herr Burger, bitte kommen Sie nach vorne. Sie haben Besuch.«

Jovanovic verließ seine Zelle und klopfte ihm jovial auf die Schulter. Als er die Zellentür verschloss und zur Stationsgittertür lief, bemerkte er Van Damme, der ebenfalls zum Besuchsraum unterwegs war. Dieser würdigte ihn keines Blickes und blickte stoisch geradeaus, als die Gittertür geöffnet wurde. Der Beamte nahm sein Funkgerät zur Hand und gab eine kurze Meldung an den Besuchsraum, dass die beiden Herren auf dem Weg waren. Dann trabten sie zusammen schweigend die fünf Stockwerke nach unten. Nachdem sie wie üblich durchsucht worden waren, durften sie nacheinander den Besuchsraum betreten und Karl-Heinz erblickte Susanne, die zusammengesunken auf ihrem Stuhl saß. Irgendetwas stimmte heute nicht mit ihr. Karl-Heinz vergaß fast, seine Leidensmiene aufzusetzen.

6

Er war noch einmal nach Wiesbaden zu seiner Dienststelle gefahren. Möglicherweise gab es bereits die Obduktionsergebnisse im Todesfall Eduard Buschmann, und mit ein wenig Glück hatte einer der Provider ein Bewegungsprofil einer der Handynummern übermittelt. Er betrat sein Büro und startete seinen Rechner. Mehrere E-Mails waren eingegangen, und er begann, eine nach der anderen zu lesen. Eine Mail der Rechtsmedizin öffnete er als Erstes. Sie bestätigte die erste Annahme durch den herbeigerufenen Notarzt. Staatsanwalt Buschmann war eines natürlichen Todes gestorben. Ein Hinterwandinfarkt hatte seinem Leben ein frühes Ende bereitet. Es lag keinerlei Fremdverschulden vor. Alex sah aus dem Fenster. Buschmann war erst 49 Jahre alt gewesen. Er überflog die anderen Mails und fand die eines Kollegen, der die Rufnummern an die Provider übermittelt hatte. Wie vermutet, handelte es sich bei dem zweiten Handy, das er bei Buschmann gefunden hatte, um eine Prepaid Nummer, angemeldet auf den Namen Rosi Müller in der Blumenstraße 4, 64900 Ingolstadt. Es war klar, dass dies eine erfundene Adresse war. Vor Jahren hatte es den Telefongesellschaften genügt, wenn ein Formular irgendwie ausgefüllt zugesandt wurde, sogleich wurde die Rufnummer freigeschaltet. Alex hatte dies bereits vermutet. Der Provider zeigte im Anhang ein Bewegungsprofil des Handys. Es war nicht sehr oft angeschaltet, und wenn, dann meist in der Innenstadt in Darmstadt. Einmal war es am 24. Mai in einer Funkzelle in Höchst im Odenwald eingewählt, wurde aber sofort wieder abgeschaltet. War dort das Treffen mit diesem Mädchen gewesen? Er überlegte, Buschmann hatte dieses Telefon wohl hauptsächlich für die Treffen mit diesen jungen Mädchen benutzt. Die andere Rufnummer, mit der er über dieses Handy Kontakt hatte, war noch nicht ausgewertet worden. F. Irgendwas sagte Alex, dass die Lösung nahe war. Aber er brauchte zunächst die Auswertung dieser Rufnummer. Ein weiteres Problem war für ihn, die Geschichte der unerlaubt abgehörten Telefonate in der JVA in einen Bericht zu schreiben. Dies würde mit Sicherheit Ärger für Jan bedeuten. Jan hatte diesen illegalen Weg nur beschritten, um Maria zu schützen. Wie konnte er jetzt alles so drehen, dass er Jan nicht schadete? In Gedanken versunken, ging er aus seinem Büro und holte sich bei seinem Kollegen einen Kaffee. Andreas Tauber telefonierte gerade, als Alex eintrat. Er nickte ihm während des Telefonats freundlich zu.

»Wo wurde die Leiche nun genau gefunden?« Es entstand eine kurze Pause, dann sagte Tauber:

»Wenn sie bei Mainz in die Schiffsschraube kam, dann ist Rheinland-Pfalz zuständig, nicht wir in Hessen. Solltet ihr Hinweise haben, dass sie hier bei uns umgebracht wurde, meldet euch. Alles klar.« Er legte auf.

»Na, eine Wasserleiche in Mainz?«, fragte Alex.

»Ja, ein junges Mädchen, nackt. Bestimmt nachts im Rhein schwimmen gegangen. Die Leute glauben nicht, dass der Rhein lebensgefährlich ist mit der starken Strömung.« Alex nickte, nahm seinen Kaffee und begab sich wieder in sein Büro. Da bekam er das Signal einer neuen E-Mail. Der Provider des Telefons, das Buschmann unter F. abgespeichert hatte. Auch hier wieder, wie vermutet, ein Prepaid-Handy mit einer erfundenen Adresse. Jedoch hatte F. sehr häufig aus einer bestimmten Funkzelle heraus telefoniert. Diese Funkzelle befand sich in Darmstadt-Eberstadt. Augenblicklich war Alex klar, wer F. sein konnte. Frank Wilk. Er überprüfte dessen Adresse, die genau mit der angegebenen Funkzelle übereinstimmte. F. war Frank Wilk, von Anfang an wusste er, dass dieser Wilk nicht koscher war. Er schnappte sich seinen Autoschlüssel und verließ sein Büro.

7

»Woher kommt das viele Geld?« Giulia sah ihre Schwester mit großen Augen an. Die beiden Frauen waren wie paralysiert, erst die Beerdigung, die ihre Nerven strapaziert hatte, und nun auch noch Geld, das sicherlich nicht aus legalen Geschäften stammte.

»Ich habe keine Ahnung. Was soll ich damit machen?«

»Das behältst du natürlich«, sagte Giulia schnell.

»Er hat dich ein Leben lang kurzgehalten. Du darfst jetzt ruhig einmal etwas für dich ausgeben.«

»Was, wenn es der *Camorra* gehört?«, fragte Rosanna.

»Dann wären die längst hier gewesen. Jetzt, wo Gennaro tot ist.« Rosanna wusste nicht, wie sie es ihrer Schwester beibringen sollte. Dann sagte sie zögerlich:

»Sie waren vor ein paar Tagen da.«

»Und das sagst du mir erst jetzt?«

»Ich wollte dich nicht beunruhigen. Sie hatten mir einen Zettel unter der Tür durchgeschoben, der mich an die Omertà erinnern sollte.«

»Meinst du, das hat mit diesem Geld hier zu tun?«

»Ich dachte erst, es hat mit deiner Tochter zu tun, weil sie doch die Frau dieses Camorrista gesucht hat. Aber jetzt glaube ich, es hat was mit diesem Geld zu tun.« Giulia goss beiden noch ein Glas Rotwein ein und sagte:

»Oh, Gennaro, was hast du nur gemacht?«

8

Am Abend zuvor war ein Foto von Sandro per *WhatsApp* eingegangen. Es war ein Selfie von ihm vor dem Schalter von *Europcar*. Darunter die Worte: »Alles erledigt. Ich melde mich morgen.« Nachdem es bereits Nachmittag war und sie immer noch nichts von ihm gehört hatte, wählte sie seine Nummer. Nach dreimaligem Klingeln meldete sich seine Mailbox. Maria hinterließ eine kurze Nachricht, dass sie sich über einen kurzen Rückruf freuen würde, und legte auf. In Gedanken war sie seit Stunden bei der Stimme, die sie in dem kurzen Telefonat gehört hatte. Paulo Fontana, das Phantom, wie Alex ihn nannte, hatte eine Stimme, die ihr sehr bekannt vorkam. Jedoch konnte sie noch nicht sagen, woher sie diese Stimme kannte. War es jemand, den sie erst vor kurzem gehört hatte, oder irgendjemand, dessen Stimme sie von früher kannte? Je mehr sie darüber nachdachte, um so unsicherer wurde sie. Bestimmt hatte ihr ihr Gedächtnis einen Streich gespielt. Sie versuchte, den Gedanken zu verdrängen, aber genauso, wenn einem ein bestimmter Name nicht einfiel, hatte sie das Gefühl, dass ihr der Name auf der Zunge lag. Sie versuchte, sich abzulenken, und zog ihre Joggingklamotten an. Beim Laufen würde der Kopf frei werden und ihre Nerven sich beruhigen. Sie sah sich in der kleinen Wohnung um, Ende dieses Monats würden sie umziehen. Sie konnte es noch gar nicht glauben. Sie verschloss ihre Wohnungstür und trabte die Treppenstufen nach unten. Ihr Handy und ein paar Euro hatte sie in einer Bauchtasche untergebracht. Auf dem Heimweg würde sie noch schnell einige Dinge einkaufen. Die wenigen Meter von der Thomas-Edison-Straße zum Forst lief sie durch eine kleine Stichstraße, kurz darauf spürte sie den knirschenden Kies unter ihren Füßen und genoss das Vogelgezwitscher. Es dauerte eine ganze Weile, bis sie ihren Rhythmus fand, dann aber bewegten die Beine sich fast wie von alleine. Es war sehr warm, aber sie wollte sich richtig auspowern, und da war die Wärme gerade richtig. Nach und nach kamen ihr die verschiedenen Situationen in Italien wieder in den Sinn. Ihre Tante hatte sie in ihre Arme geschlossen. Sie hatten sich versöhnt. Alleine dafür war die Reise gut gewesen. Dass sie jedoch dann die *Camorra* aufgeschreckt hatte und man sie verfolgt hatte, hatte ihr gezeigt, dass mit diesen Leuten nicht zu spaßen war. Nur durch die Hilfe von Sandro hatte sie ihren Verfolgern entkommen können. Sandro, war es seine Stimme gewesen, die sie am Handy gehört hatte? Nein, Blödsinn, er klang anders. Aber warum meldete er sich nicht? Sie verlor ihren Rhythmus und bekam Seitenstechen. Auch hier kriegte sie den Kopf nicht frei. Genauso wie vor Jahren, als sie, nachdem sie Anna im Hafen liegen sah, mehrere Tage kaum sprechen konnte. Damals dachte sie, sie würde den Verstand verlieren, weil ihr Kopf nicht mehr zur Ruhe kam. Immer wieder machten ihr die Verwandten Vorwürfe, allen voran Onkel Gennaro und sein Bruder Domenico. Sie blieb stehen und hatte das Gefühl, ihr Herz setzte mehrere Schläge aus. Das war die Stimme, jetzt wusste sie es. Sie musste sie nur noch einmal hören, dann konnte sie es mit Sicherheit sagen.

9

Die Fahrt nach Darmstadt dauerte an diesem Tag nicht sehr lange. Etwas jedoch machte Alex nervös, auf keinen Fall wollte er Wilk vor seinem Besuch anrufen, um ihn dadurch zu warnen. Hatte er Glück, war er derzeit zu Hause? Sicherheitshalber hatte er der Technik die offizielle Mobilnummer von Wilk gegeben, damit sie sein Handy orten konnten. Sollte er nicht zu Hause sein, würde man ihn mithilfe dieser Technik finden können, sofern das Handy angeschaltet war. Er fuhr von der A67 in Höhe Pfungstadt ab und erreichte wenige Minuten später die beeindruckende Villa von Frank Wilk. Er hatte Glück, denn sein BMW stand in der Auffahrt. Gerade als er aus dem Auto steigen wollte, klingelte sein Smartphone. Maria. Er nahm das Gespräch an und kam nicht zu Wort. Sofort sprudelte es aus ihr heraus:

»Du hältst mich jetzt wahrscheinlich für verrückt, aber ich weiß, wer Paulo Fontana ist.«

»Hallo, Maria, beruhige dich etwas. Bist du sicher? Kennst du den Mann?«

»Ja, es ist mein totgeglaubter Onkel Domenico Savone.«

»Glaubst du, du kannst nach über 20 Jahren eine Stimme aufgrund von ein paar Worten wiedererkennen?«

»Ja, ich glaube schon.«

»Gut, beruhige dich etwas. Wir können uns die Aufnahme nachher nochmals anhören. Ich bin auch auf etwas Interessantes gestoßen und muss nun gleich jemanden befragen. Je nachdem, wie es läuft, bin ich in ein paar Stunden wieder zu Hause. Schatz, bitte mach nichts Unüberlegtes.«

»Mache ich nicht. Ich warte auf dich.« Maria hatte aufgelegt. Alex stieg aus dem Wagen und ging auf das Haus zu. Abermals klingelte sein Handy, dieses Mal war es Theresa Bianchi.

»Hallo, Frau Bianchi«, meldete er sich.

»Hallo, Signore Neubert. Die Rufnummer von Paulo Fontana war die letzte Zeit immer in Darmstadt eingewählt, dies habe ich über Europol herausfinden können. Da geht die Abfrage von Bewegungsprofilen sehr schnell. Er hat aber seit dem Telefonat vor ein paar Stunden das Handy ausgeschaltet. Ich gebe Ihnen einmal die Adresse durch, von wo aus er oft telefoniert hat. Hoffentlich ist er noch dort. Wenn er weiß, dass wir ihm nahe sind, wird er sich wie so oft schon in Luft auflösen.«

10

Seitdem er nachts von seinen Eltern zurückgekommen war, lag er auf seiner Couch. Die Flasche Whiskey hatte ihm in der Nacht auch nicht die nötige Ruhe verschaffen können. Er war diesem Menschen auf Gedeih und Verderb ausgeliefert. Paulo Fontana würde ihn zu allem zwingen können, und nichts und niemand würde ihn dabei aufhalten. Die Idee unterzutauchen hatte er, nachdem der Hund seiner Eltern misshandelt worden war, auch verworfen. Sein Magen schmerzte, und er musste dringend auf die Toilette, als er im Radio eine Meldung hörte:

»Gestern wurde im Rhein in der Nähe von Mainz eine tote junge Frau geborgen. Die Identität der Toten ist noch nicht bekannt. Die Polizei ist auf der Suche nach Hinweisen. Wer vermisst …« Dies war eindeutig zu viel für ihn, er schaffte es noch zur Toilette und übergab sich mehrere Male. Sein Kreislauf war schwach, und er schwitzte stark, wackelig wankte er zum Waschbecken, warf sich kaltes Wasser ins Gesicht und putzte seine Zähne. Ein Blick in den Spiegel ließ ihn erschrecken. Er blickte in eine Fratze. Seine Gesichtsfarbe konnte man getrost mit Weiß bezeichnen. Dunkle Ringe waren unter seinen Augen, und er musste sich dringend rasieren. Er stieg unter die Dusche, und nachdem er sich zum Abschluss unter das eiskalte Wasser gestellt hatte, fühlte er sich ein klein wenig besser. In seinem Kopf arbeitete es. Wie konnte er die Zusammenarbeit mit Fontana beenden? Es gab keinen Ausweg, es sei denn, er würde ihn den Behörden melden. Dabei würden natürlich auch seine Geschäfte mit den Mädchen und den Drogen herauskommen. Als Kronzeuge hätte er eine Chance. Was, wenn die Nachfolger Fontanas Rache üben würden. In diesem Moment klingelte es an seiner Tür. Wer konnte das sein? Er zog seinen Bademantel über und schaute durch die Videoüberwachung an seinem Hoftor. Dieser LKA-Beamte stand vor der Tür. Was sollte er jetzt tun? So tun, als ob er nicht da wäre? Das würde nichts bringen, er würde wiederkommen. Er atmete einmal tief durch, dann drückte er auf den Knopf, der das Hoftor öffnete. Vielleicht war dies ein Wink des Schicksals.

Als kurz darauf Alexander Neubert an seinem Esstisch saß, spürte Frank, dass er jetzt gleich von einer großen Last befreit sein würde.

»Herr Wilk, ich bin hier, da wir während den Ermittlungen zum Tod von Staatsanwalt Buschmann auf Telefonverbindungen mit Ihrem Handy gestoßen sind.« In seinem Kopf arbeitete es, Buschmann war tot, hatte er sich am Ende geweigert, für Fontana die nötigen Informationen zu liefern? Hatte er ihn umbringen lassen?

»Staatsanwalt Buschmann ist tot? Wie ist er gestorben?«

»Das kann ich Ihnen aus ermittlungstechnischen Gründen derzeit nicht mitteilen«, sagte dieser Neubert ruhig und schaute ihm fest in die Augen. Wusste er etwas und wollte ihn nur der Lüge überführen?

»Herr Wilk, Sie haben Herrn Buschmann ein Foto per *WhatsApp* geschickt, auf dem er nackt mit einem sehr jungen Mädchen zu sehen ist. Darunter steht: ›100.000 Euro‹.« Frank war vollkommen verwirrt, hatte er Buschmann mit seinem offiziellen Handy das Foto geschickt? Er wusste es nicht mehr. Sicherlich würde man bei den Ermittlungen jetzt herausfinden, wer das tote Mädchen im Rhein war. Es hatte alles keinen Sinn mehr, er atmete tief durch und begann:

»Ja, das ist richtig.« Er setzte sich an den Esstisch, fuhr sich mit beiden Händen über sein Gesicht und fuhr fort: »Ich habe Staatsanwalt Buschmann erpresst. Ich kann Ihnen sehr viele Informationen geben, aber ich brauche Schutz. Nachweise über kriminelle Geschäfte habe ich in einem Umschlag bei einem Notar deponiert. Ob Sie diese Informationen jetzt oder nach meinem Tod erhalten ...« Er machte eine kurze Pause und holte tief Luft. »Ich arbeite seit Jahren für die *Camorra*, genauer gesagt für Paulo Fontana.«

11

Nachdem die beiden Frauen sich ein wenig gefasst hatten, holten sie jeden Umschlag und Zettel aus dem Tresor heraus.

»Er muss irgendwas Illegales gemacht haben«, sprach schließlich Rosanna aus, was Giulia die ganze Zeit bereits dachte.

»Ja, mit normaler Arbeit wird er nicht so viel Geld verdient haben. Hast du jemals mitbekommen, dass er etwas mit der *Camorra* zu tun hatte?«

»Nein, niemals. Aber du weißt ja, er hat mich immer für dumm gehalten. Er hat mir nie etwas erzählt, und seit Anna und kurz darauf auch noch sein Bruder Domenico ums Leben kamen, war es noch schwieriger mit ihm.« Rosanna nahm Zettel für Zettel, Briefumschlag für Briefumschlag in die Hände und las alles durch. Schließlich nahm sie ein Kuvert heraus, auf dem ihr Name stand. Es war verklebt. Sie sah ängstlich ihre Schwester an und öffnete es mit zitternden Händen. Aufgeregt las sie die Zeilen ihrer Schwester vor:

»Liebe Rosa, wenn du diesen Brief hier liest, bin ich tot. Du wunderst dich sicher über das viele Geld, das du im Tresor gefunden hast. Ich kann dir nur so viel sagen, dass ich nichts Unrechtes getan habe. Ich habe nur einmal geschwiegen, als es besser gewesen wäre, die Wahrheit zu sagen. Für dieses Schweigen habe ich einige Tage später das Geld, damals noch in Lire, in meinem Auto gefunden. Ich konnte es dir nie erzählen, es war zu gefährlich. Ich konnte mein Wissen mit niemandem teilen, ohne denjenigen in Gefahr zu bringen. Du musst wissen, Domenico ist nicht tot. Du glaubst, man hat ihn erschossen in seinem

Auto aus dem Meer geborgen. Aber damals in der Leichenhalle, als ich ihn identifizieren sollte, habe ich sofort gesehen, dass es sich bei dem Toten nicht um meinen Bruder handelte. Irgendjemand wurde umgebracht, und zwar so, dass man die Leiche, sollte man sie finden, kaum identifizieren konnte. Schon einige Zeit vorher hatte ich begriffen, dass sich Domenico mit den falschen Leuten umgab. Er war fasziniert von Glitzer und Geld, und so wurde er in den Bann der *Camorra* gezogen. Vor mir hat er es nie zugegeben, aber ich war mir sicher, er war in schlechte Geschäfte verwickelt. Als Anna tot aufgefunden wurde, war er plötzlich launisch und nervös. Sicherlich wusste er, wer unsere Tochter umgebracht hatte, konnte es aber nicht erzählen. Wie du weißt, hat er den Mörder gesucht, und zunächst glaubte ich auch, dass die *Camorra* ihn hingerichtet hatte, weil er ihnen auf der Spur war. Als ich jedoch feststellte, dass er seinen Tod nur vorgetäuscht hatte, war ich am Boden zerstört. Wie dem auch sei, vielleicht kannte er den Mörder und musste untertauchen, damit sie ihn nicht auch umbringen. Jedenfalls hat er uns all die Jahre immer etwas Geld zukommen lassen. Bitte verwende dieses Geld für die schönen Dinge des Lebens. Auch wenn ich es nicht zeigen konnte, habe ich dich geliebt. Dein Gennaro«

12

Die Verbindungsnachweise, die Theresa in den Händen hielt, ließen ihr Herz ein wenig höherschlagen. In Windeseile hatte man alle Handys, die angeschaltet waren, geortet, und Carabinieri im ganzen Land warteten nur auf den Befehl von ihr, die jeweiligen *Camorra*-Mitglieder festzunehmen. Wie zu erwarten war, fand sie auch Verbindungsnachweise von Chiara Russo zu Paulo Fontana. Sein Bewegungsprofil interessierte sie besonders. Oftmals hielt er sich in Rom auf, wenn er in Deutschland war, dann meist in Darmstadt und Frankfurt. Jedoch war das Handy schon seit Stunden ausgeschaltet und sendete keinerlei Signale mehr. Ihn zu fassen, war das Wichtigste; solange man ihn nicht dingfest machen konnte, durfte man die anderen Mitglieder nicht festnehmen, denn sonst war er gewarnt und würde wieder untertauchen. Auch eine interessante Verbindung war die von Chiara Russos Telefon zu einem Handy, welches sich normalerweise in Neapel im Stadtteil Scampia befand. Dieses Handy loggte sich exakt an dem Tag und zur Uhrzeit des Attentats in Darmstadt in der Mauerstraße ein. Auch in Neapel waren die Carabinieri alarmiert. In Scampia jemanden festzunehmen glich dem Vorhaben, mit 50 Männern in einen Krieg zu ziehen, den sie schwer gewinnen konnten. Hier würde man den mutmaßlichen Täter länger verfolgen müssen, bis man seiner habhaft werden konnte. Theresa war auf das Gespräch mit Chiara gut vorbereitet und hoffte, sie konnte sie aus der Reserve locken. Beim Betreten des Verhörraums fand sie eine Frau vor, die eindeutig etwas von ihrer Stärke eingebüßt hatte. Sie saß mit hängenden Schultern hinter dem Holztisch und starrte die Wände an.

»Buona sera, Signora«, sagte Theresa freundlich und setzte sich Chiara gegenüber. Diese nickte nur.

»Signora Russo, wir haben die Verbindungsdaten Ihres Handys ausgewertet. Sie haben interessante Freunde, unter anderem auch einen Mann namens Paulo Fontana.« Chiara verzog keine Miene.

»Nun gut, wenn Sie mir nicht behilflich sein wollen, Herrn Fontana zu finden, wenden wir uns zunächst der Tat zu, die Sie zu verantworten haben.« Chiaras Augen wurden schmal.

»Wir haben mithilfe von Drohnen den vermissten Dottore Marino in einer Schlucht unweit Ihres kleinen Hauses gefunden. Seine Leiche wird gerade von Bergrettern geborgen. Wenn Sie etwas mit dem Tod von Marino zu tun haben, sagen Sie es jetzt besser, denn wenn wir DNA-Spuren von Ihnen an ihm finden, sieht es schlecht für Sie aus.«

13

Sie hatte nur noch morgen Urlaub und eigentlich plante sie, ihre Schränke auszumisten. Auf keinen Fall wollte sie alle Dinge in die neue Wohnung mitnehmen. Alte Unterlagen, merkwürdige Tassen, die seit Jahren unbenutzt im Schrank standen, und noch vieles mehr. Dadurch, dass ihr so viel im Kopf herumschwirrte, konnte sie sich jedoch nicht dazu aufraffen. Wie paralysiert saß sie vor einem Glas Wasser an ihrem Esstisch und überlegte, wo sie anfangen sollte. Sollte sie Jan anrufen und ihm von dem Verdacht erzählen? Sie war sich unsicher und hatte das schlechte Gefühl, damit Alex zu übergehen. Sicherlich war es besser, dieses Mal auf seinen Rat zu hören und zu warten, bis er nach Hause kam. Plötzlich hatte sie eine Idee. Wenn sie all ihre alten Fotoalben und Fotos, die lose in Schuhkartons herumflogen, durchsehen würde, wäre sie beschäftigt und könnte möglicherweise ein Foto ihres Onkels Domenico finden. Sie ging an ihren Einbauschrank im Flur und holte aus einer Ecke mehrere Fotoalben und Schuhkartons heraus. Sie würde die Zeit, bis Alex nach Hause kam, sinnvoll nutzen. Immer mehr war sie davon überzeugt, dass es sich bei dem ominösen Paulo Fontana um ihren Onkel Domenico Savone handelte. Sie holte sich eine große Flasche Wasser und ein Glas, nahm ihr Kruzifix und den Corno in die Hand, betete ein kleines Gebet zum Herrgott und zu ihrer Großmutter, dann öffnete sie das erste Fotoalbum. All die Jahre hatte sie es vermieden, die Bilder anzusehen. Zu schmerzlich waren für sie die Erinnerungen, aber sie war eine erwachsene

Frau und musste nun da durch. Da klingelte ihr Smartphone. Schnell nahm sie ab:

»Sandro, gut, dass du anrufst. Ist alles gutgegangen?«

»Ja, alles ist in Ordnung. Dein Mietwagen ist wieder am Flughafen, nur, dein Gepäck aus dem Hotel zu holen, ist, glaube ich, keine gute Idee. Ein Freund von mir, der in der Nähe des Hotels arbeitet, hat mir gesagt, dass seit Tagen dort Männer stehen, die man der *Camorra* zurechnet.«

»Um Gottes willen, bringe dich nicht in Gefahr. Was sind schon ein paar Kleidungsstücke. Sollen sie doch warten, bis sie schwarz werden.«

»Die Carabinieri waren hier und haben diese Frau festgenommen. So wie es aussieht, hat sie unseren Dorftierarzt umgebracht.«

»Diesen Dottore Marino, den seine Frau gesucht hat, als ich da war?«

»Ja, man hat ihn tot in einer Schlucht gefunden. Gut, dass du nach Hause geflogen bist. Am Ende …« Er sprach nicht weiter.

»Am Ende hätten sie mich auch noch erledigt. Da hast du recht. Ich kann dir nicht oft genug danken. Wann kommst du uns besuchen?«

»Ich habe im Herbst ein paar Tage Urlaub. Wenn du erlaubst, komme ich gerne einmal nach Frankfurt.«

»Sehr gerne, Sandro. Bitte halte mich auf dem Laufenden, falls es noch etwas Neues gibt.«

»Mache ich, alles Gute, Maria.«

»Ciao, pass auf dich auf.«

Maria schaute einen Moment gedankenverloren aus dem Fenster, dann wendete sie sich wieder ihren Fotos zu. Die ersten Alben zeigten sie mit ihrer Mutter und ihrem Vater, mit dem sie seit über 15 Jahren keinen Kontakt mehr hatte. Er hatte damals die Familie verlassen und einfach eine neue gegründet. Ihre Mutter konnte mit ihr und den beiden Brüdern sehen, wo sie blieb. Schnell überblätterte sie die Seiten und kam dann zu einer Zeit, in der sie die Sommerferien regelmäßig in Neapel verbrachten. Damals bei Tante Rosanna und Onkel Gennaro. Alle Kinder schliefen in einem Kinderzimmer. Sie lächelte, als sie an die Streiche dachte, die sie gemeinsam ausheckten, an die schönen Abende, die sie, da es unerträglich heiß war, meist bis weit nach Mitternacht mit der gesamten Familie vor dem Haus verbrachten. Neapel damals war für sie das Ferienparadies. Immer war was los, und auch die Eltern waren entspannt, da sie ihre Verwandten um sich hatten. Maria entdeckte Fotos von ihr und Anna. Mit allen Verwandten, aber nur ein- oder zweimal war da ein Foto mit ihrem Onkel Domenico. Nachdem sie alle Alben durchgesehen hatte, nahm sie den ersten Schuhkarton zur Hand und sah auf die Uhr. Es war bereits nach 20 Uhr, und Alex hatte sich noch nicht gemeldet. Wo blieb er nur so lang? Ihn anzurufen machte keinen Sinn, wenn er Zeit hätte, mit ihr zu telefonieren, hätte er sich schon gemeldet. Gleich im ersten Schuhkarton wurde sie fündig. Ein Foto von Domenico, wie er an einem Grill stand und in die Kamera lächelte. Würde dieses Foto die Behörden weiterbringen? Sie sah die Kartons noch ein wenig durch, stellte aber fest, dass diese Aufnahme die beste war, und räumte alle anderen Sachen wieder in den Schrank. Da erhielt sie eine *WhatsApp* von Alex:

»Schatz, ich bin jetzt in Wiesbaden und habe noch ein längeres Verhör. Bitte warte nicht auf mich. Wir sehen uns morgen.« Maria stampfte vor Wut mit dem Fuß auf. So ein Mist.

14

In Wiesbaden und in Rom arbeiteten alle Beamten auf Hochtouren. Durch die Aussage von Frank Wilk, die Verbindungsdaten von Chiara Russo und dadurch auch von Angelo Romano und anderen Angehörigen der *Camorra* waren 20 Beamte in Rom damit beschäftigt, Querverbindungen zu Personen und Bewegungsprofile von bestimmten Straftaten herzustellen. Es ergab sich ein riesiges Bild, das zwei Beamte mittels einer großen Zeichnung nach Anweisung der anderen erstellten. Es wurden Zeiten mit Telefonaten abgeglichen, und man stellte erstaunt fest, dass das Telefon von Paulo Fontana, das immer noch ausgeschaltet war, in den letzten Wochen mehrere Telefonate mit Angehörigen des Volpe-Clans führte. Scheinbar hatte er den gesamten Volpe-Clan übernommen. Die Tatsache, dass Chiara Russo einen jungen Mann zwei Tage vor dem Attentat auf ihren Ehemann Luigi Esposito angerufen hatte und dieser dann mit an Sicherheit grenzender Wahrscheinlichkeit die tödlichen Schüsse auf die beiden jungen Männer abgegeben hatte, machte sie zur Auftraggeberin der Morde. Der Nachweis, dass dessen Handy genau zum Zeitpunkt des Attentats in der Mauerstraße eingeloggt war, konnte auch der herbeigerufene Rechtsanwalt nicht vom Tisch wischen. Als Chiara Russo in das Gefängnis verbracht werden sollte, legte sie, nachdem sie sich mit ihrem Anwalt beraten hatte, ein umfangreiches Geständnis ab.

Theresa Bianchi schaltete das Mikrofon an und Chiara begann:

»Ich muss zugeben, dass ich das Attentat auf meinen Ehemann, Luigi Esposito, in Auftrag gegeben habe. Ich habe von meinem Liebhaber Paulo Fontana gewusst, dass diese Wohnung in der Mauerstraße tagsüber leer ist. Mithilfe einer Freundin – sie hat einige Jahre in Deutschland studiert – habe ich dann meinem Mann die E-Mail geschickt und ihm das Haus zum Kauf angeboten. Mein Ehemann ist ständig auf der Suche nach Immobilien und ich war mir sicher, dass er sich das Geschäft nicht durch die Lappen gehen lassen würde. Er würde an diesem Morgen vor Ort sein. Ich habe Benedetto – seinen Nachnamen weiß ich nicht – dort hingeschickt, um ihn zu töten.« Theresa Bianchi war noch nicht zufrieden und fragte:

»Wo ist Paulo Fontana, und haben Sie ein Foto von ihm?«

»Er wird irgendwo in Deutschland sein, er hat mir auch nie mitgeteilt, wo er sich aufhält. Wir haben uns immer getroffen, wenn mein Mann in Deutschland war. Fontana hat um alles ein Geheimnis gemacht. Ein Foto habe ich nicht. Ich dachte, ich hätte mit ihm eine bessere Zukunft als mit meinem Mann, Luigi. Luigi wurde schwach und sprach immer öfter davon, nur noch legale Sachen machen zu wollen. Er sagte, mit weniger Geld kann man auch glücklich sein. Ich wollte nie wieder arm sein. Arm wurde ich geboren und arm bin ich aufgewachsen. Ich wollte alles in Hülle und Fülle.« Da war sie wieder, die starke Chiara Russo, sicherlich würde sie auch bald im Frauengefängnis die Anführerin werden. Theresa Bianchi beendete die Aufnahme und verließ den Raum.

15

Auch im LKA saß die gesamte *SOKO Mauerstraße* im großen Besprechungsraum. Heike skizzierte kurz die Geschehnisse derzeit in Rom und brachte die Mannschaft auf den neuesten Stand. Theresa Bianchi hatte sie kurz zuvor angerufen und sie eindringlich gewarnt, die Festnahme von Paulo Fontana nicht auf die leichte Schulter zu nehmen. Heike stand auf und ergriff das Wort:

»Wenn wir Glück haben, können wir heute einen der meistgesuchten Verbrecher Italiens festnehmen. Das Schwierige hierbei ist, niemand weiß, wie er aussieht. Kollege Neubert hat mithilfe eines Mittäters ein Phantombild anfertigen lassen, aber mit so einem Bild ein Mehrfamilienhaus zu stürmen, wo wir uns nicht sicher sind, ob er noch vor Ort ist, und auch nicht genau wissen, wie er derzeit aussieht, ist viel zu riskant. Es handelt sich um ein Mehrfamilienhaus, und keiner der Mieter hat den Namen Fontana. Niemand, der dort wohnt, hat einen italienischen Namen, und es sind mehr als 20 Wohnungen. Wir können das Objekt derzeit nur observieren. Ich teile jetzt die Observierungsteams ein. Wichtig, bitte keine Alleingänge. Der Mann ist sicherlich bewaffnet und wird sofort auf euch schießen. Das SEK ist in Alarmbereitschaft. Solltet ihr ihn sehen, ruft die Kollegen. Sie sollen ihn dann festnehmen.«

16

Der Besuchsraum war voll, die Geräuschkulisse mit spielenden und weinenden Kindern alles andere als angenehm. Man bekam in diesem umgebauten Sportraum kaum Luft. Wie sollte er sich jetzt verhalten. Irgendetwas stimmte heute nicht mit ihr. Sie saß am hintersten Tisch und sah ihn misstrauisch an. Was war geschehen? Er merkte sofort, dass ihre Zuneigung ihm gegenüber auf ein Minimum abgekühlt war.

»Hallo, Susanne, schön, dass du da bist«, heuchelte er und ergriff ihre rechte Hand, die sie schnell wieder zurückzog.

»Ich wollte eigentlich heute gar nicht mehr kommen«, sagte sie bissig.

»Warum denn das?« Er ahnte bereits, was sie ihm jetzt sagen würde.

»Du weißt warum, oder?«

»Nein, ich habe wirklich keine Ahnung.«

»Ich habe eine Viola Schneider, Sabine Tegtmeier und noch einige andere Damen angeschrieben.« Sie fixierte ihn mit ihrem Blick. Karl-Heinz schluckte, wie kam er jetzt da wieder heraus?

»Viola Schneider hat mich angerufen und mir mitgeteilt, dass sie dich eigentlich morgen besuchen wollte. Jedoch, nachdem ich ihr vorgelesen habe, was du mir geschrieben hast«, sie machte eine bedeutungsvolle Pause, »wurde uns beiden klar, dass du allen Frauen den gleichen Scheiß schreibst.« Sie sah ihn hasserfüllt an. Es war sinnlos zu leugnen und er sah nach unten.

»Woher weißt du von den anderen?«

»Ein Mitgefangener namens Andy Bergholz hatte mir einen Brief geschrieben. Ich bin ihm wirklich sehr dankbar.« Karl-Heinz schluckte, sie hatte ihn durchschaut.

»Ich hätte einfach heute nicht zu Besuch kommen müssen. Aber ich wollte dir ins Gesicht sagen, was für ein Schwein du bist.« Was sollte er darauf antworten? Er sah sich im Besuchsraum um, Van Damme saß neben einer jungen Frau, sie hatte ihren Kopf an seine Schulter gelehnt. Als seine und Van Dammes Blicke sich trafen, lächelte dieser und machte ein Daumen-hoch-Zeichen. Susanne stand auf und ging zum nächsten Beamten.

»Entschuldigen Sie, ich möchte den Besuch beenden.«

SONNTAG, DER 2. JUNI

1

Maria wälzte sich die halbe Nacht hin und her. Immer wieder hörte sie die Stimme ihres Onkels. Hatte sie es sich nur eingebildet? Warum war Alex in dieser Nacht nicht mehr nach Dieburg gekommen? Wusste er nicht, dass sie sehnlichst auf ihn wartete? Sie schaute auf ihren Wecker, es war gerade mal 7 Uhr, als sie ein Geräusch an der Wohnungstür hörte. Wie von der Tarantel gestochen, sprang Maria aus dem Bett und lief zur Tür:

»Wer ist da?«

»Ich bin es, Schatz, ich dachte, ich könnte dich mit frischen Croissants überraschen und milde stimmen. Du bist sicher böse auf mich.« Maria schloss schnell die Tür auf, denn sie hatte von innen den Schlüssel stecken lassen, und ließ Alex herein. Sie versuchte, ihn böse anzusehen, musste dann aber lachen und umarmte ihn stürmisch.

»Schön, dass du da bist«, flüsterte sie. Alex hielt sie fest und sagte:

»Ich glaube, ich muss dich öfter versetzen. Wenn ich dann so stürmisch am nächsten Tag empfangen werde.« Sie knuffte ihn in die Seite und erwiderte:

»Versetzen wird demnächst schwierig für dich, denn

ab nächsten Monat wohnen wir zusammen, mein Schatz, solltest du es vergessen haben.« Beide mussten lachen. Sie deckten gemeinsam den Frühstückstisch, und nachdem sie den ersten Kaffee getrunken und jeder ein Croissant gegessen hatte, sagte Maria:

»Ich habe gestern ein Foto meines Onkels herausgesucht. Auch wenn du mich für verrückt hältst, auch wenn ich diese Stimme über 20 Jahre nicht mehr gehört habe«, sie zögerte weiterzusprechen, »bin ich mir sicher, dass die Stimme, die ich bei dem abgehörten Telefonat gehört habe, die Stimme meines Onkels Domenico Savone war.« Sie stand auf und holte von der Kommode ein Foto. Alex hatte sofort das Phantombild vor Augen, das man am Tag zuvor nach den Angaben von Frank Wilk angefertigt hatte. Maria setzte sich an den Tisch und überreichte Alex das Foto. Er konnte nicht glauben, was er da sah. Blitzschnell öffnete er die Datei mit der Phantomzeichnung auf seinem Handy. Bei Paulo Fontana handelte es sich ohne Zweifel um den Onkel von Maria, Domenico Savone.

Beide schauten auf sein Smartphone, und Maria sagte, was Alex sich nicht traute auszusprechen:

»Das nenne ich mal eine verblüffende Ähnlichkeit.« Marias Gesicht wurde rot vor Zorn. All das Leid diese vielen Jahre, ein vorgetäuschter Tod, und warum? Hatte ihr Onkel Domenico ihre Cousine umgebracht, so wie Graziano De Rosa es ihnen erzählt hatte? Alex spürte die Wut.

»Bleib ruhig, Maria, dieses Foto hilft uns sehr. Ich weiß, was in dir vorgeht. Aber bitte tue nichts Unüberlegtes.« Er nahm das Foto zur Hand, fotografierte es mit seinem Smartphone und schickte die *WhatsApp* an Heike.

»Nein, dieses Mal höre ich auf dich. Habt ihr eine Ahnung, wo er sein könnte?« Alex wollte Maria auf keinen Fall die Adresse sagen, in der das Handy von Fontana das letzte Mal eingeloggt war.

»Wahrscheinlich hat er all die Jahre in Darmstadt gewohnt. Das Handy hatte er nicht lange, aber Wilk ist sich fast sicher, dass er anonym in einem Mehrfamilienhaus gewohnt hat.«

»Und was macht ihr jetzt?«

»Es sind mehrere Observierungsteams eingeteilt, die das Gebäude rund um die Uhr überwachen. Seit gestern hat sich nichts getan. Übrigens, ich bin nachher auch mit einem Kollegen zur Überwachung eingeteilt. Um 14 Uhr muss ich nach Darmstadt.« Da klingelte sein Handy, Maria verstand, dass es sich bei dem Anrufer um Heike Bender handelte und Alex ihr in Kurzform erklärte, wie er jetzt zu diesem Foto gekommen war. Maria atmete tief durch und schaute aus dem Fenster. Ihr eigener Onkel ein Mitglied der *Camorra.* In die abscheulichsten Straftaten verstrickt. In ihr stieg unbändiger Zorn auf. Zu gerne würde sie ihm gegenübertreten. Alex hatte aufgelegt und blickte auf die Uhr. »Ich nehme mir nachher was zu essen mit«, sagte er. »Da einige Leute fehlen, werde ich die ganze Nacht da sitzen müssen.«

»Klar, nimm dir auch Wasser mit«, sagte sie freundlich. Gut, dass sie es erwähnt hatte, das hätte er nämlich vergessen.

2

Als es 13.30 Uhr war, klemmte sich Alex eine Flasche Wasser unter den Arm und nahm zwei belegte Brötchen mit. Er gab Maria einen leidenschaftlichen Kuss und sagte:

»Morgen hast du was für einen Dienst?«

»Morgen habe ich Spätdienst. Du kannst also nach deiner Nachtwache gerne hierher zum Frühstück kommen.«

»Gut, so machen wir es. Also bis dann, mein Schatz«, sagte er liebevoll und zog die Tür ins Schloss. Im gleichen Moment jagte Maria in ihr Schlafzimmer, holte aus dem Schrank ein Basecap und eine Sonnenbrille, mit der sie aussah wie Puck, die Stubenfliege. Mit dieser Verkleidung würde selbst Alex sie nicht erkennen. Sie griff sich zwei Bananen und eine Flasche Wasser, dann Auto- und Wohnungsschlüssel und verließ ihre Wohnung. Als sie noch im Treppenhaus war, hörte sie das Auto von Alex davonfahren. In dieser Sackgasse kannte man nach ein paar Wochen wirklich jedes Fahrzeug am Klang. Sie lief schnell hinunter und betete, dass ihr Auto anspringen würde. Schließlich hatte sie die Karre einige Zeit nicht bewegt. Vorsichtig öffnete sie die Haustür und schaute die Straße hinunter. Alex bog mit seinem Auto gerade nach rechts um die Ecke. Sie flitzte los, sprang in ihren VW Golf und ließ den Motor an. Zweimal drehte sie den Zündschlüssel um, ehe er ansprang. Sie sandte im Geiste ein Dankeschön an ihre Großmutter, wendete das Auto und raste die Straße hinunter. Hoffentlich war Alex durch ein Telefonat ein wenig abgelenkt, denn dann fuhr er nicht so schnell, ansonsten hätte sie keine Chance. Am Kreisel an der Polizeistation in Dieburg musste sie stehen bleiben, zu viele Fahrzeuge fuhren in den Kreisverkehr ein. Sie fluchte und gab halsbrecherisch Gas, als eine kleine Lücke entstanden war. Danach fuhr sie mit total überhöhter Geschwindigkeit auf die B26 und konnte in weiter Ferne das Fahrzeug von Alex erkennen. Sie beschleunigte, was der kleine Golf hergab, und kam nach einigen Minuten dem Auto von Alex so nahe, dass sie aufpassen musste, dass er sie nicht erkannte. Sie ließ sich zwei Fahrzeuge nach hinten fallen und rollte in gebührendem Abstand hinter Alex auf Darmstadt zu. Als sie die Stadt erreicht hatten, wurde es für Maria immer schwieriger, Alex unentdeckt zu folgen. Wollte sie auch über eine grüne Ampel fahren, musste sie sich an ihn dranhängen. Er fuhr am Woog vorbei und am Elisabethenstift, dann setzte er seinen Blinker nach rechts. Fußgänger überquerten die Kreuzung, und er blieb stehen. Würde die Grünphase der Ampel auch für sie ausreichen? Sie zählte die Sekunden, endlich setzte er sich in Bewegung, und auch die anderen Fahrzeuge fuhren zügig los. Sie schaffte es gerade noch, bei Gelb über die Kreuzung zu fahren. Dann suchte sie die Straße nach ihm ab und sah ihn am Ende der Pützerstraße nach rechts in die Dieburger Straße einbiegen. Wo wollte er hin? Als sie endlich an der Kreuzung ankam, stand die Ampel auf Rot. Mist. Es dauerte eine halbe Ewigkeit, bis sie wieder anfahren konnte. Alex war sicherlich längst über alle Berge. Sie fuhr langsam, der Verkehr war nicht allzu stark, und sie scannte alle Parkplätze auf der Straße ab in der Hoffnung, sie würde das Auto von Alex finden. Die Sonne stand hoch am Himmel, und sie riss sich, da ihr der Schweiß trotz Klimaanlage den Nacken herunterlief, das Basecap vom Kopf. Die Sonnenbrille musste ausreichen. Langsam fuhr sie am Alice Hospital vorbei und weiter in Richtung Dieburg, da sah sie einen Mann, der für diese Temperaturen außerordentlich warm angezogen war. Offensichtlich trug er eine Perücke, denn die blonden Haare passten so gar nicht zu dem dunklen Teint, den man unter der Sonnenbrille erkennen konnte. Er trug einen Jogginganzug und wechselte vor ihr die Straßenseite. Er war keine fünf Meter von ihr entfernt, und sie betrachtete sein Profil genau. Das war Domenico. Er lief gerade in die Richtung, aus der sie kam, und verschwand in der Tiefgarage unter einem Einkaufsmarkt. Schnell drückte sie auf ihr Smartphone. Sie musste Alex alarmieren. Weit konnte er nicht sein. Sogleich hörte sie die sonore Stimme der Mailbox:

»Der Teilnehmer ist derzeit nicht erreichbar, bitte sprechen Sie nach dem Signalton.« Maria wurde hektisch, auf keinen Fall wollte sie den Gesuchten nun verlieren. Schnell rief sie in ihr Handy:

»Ich habe ihn – Domenico. Er läuft gerade in das Parkhaus unter dem Einkaufsmarkt in der Dieburger Straße. Ich bin dir gefolgt, bitte komm her, wenn du das abhörst. Ich versuche, ihn aufzuhalten oder zu verfolgen.«

3

Alex machte noch kurz per Telefon ein paar Angaben zu der Fotografie, dann lehnte er sich in seinem Auto auf dem Parkplatz vor einer Apotheke zurück. Der Platz war nicht optimal, aber man konnte einigermaßen gut den Eingang der Wohnanlage einsehen. Nach wie vor hatte sich das Handy von Paulo Fontana nicht eingewählt. Er nahm einen Schluck Wasser, als seine Mailbox sich meldete. Er ließ die Aufnahme abspielen, da hörte er die aufgeregte Stimme von Maria. Nur eine Millisekunde überlegte er, ob sie sich vielleicht täuschte, was, wenn er jetzt den Posten verlassen würde und es stellte sich heraus, dass es nicht Paulo Fontana alias Domenico Savone war? Nein, er wusste, sie würde ihn nicht anrufen, wenn sie sich nicht sicher war. Dass sie ihm hinterherfahren würde, damit hatte er fast gerechnet. Er startete sein Auto und rief sofort den Kollegen an, den er gerade abgelöst hatte.

»Komm schnell zurück, ich verfolge einen Mann, auf den die Beschreibung passt. Stell du dich wieder vor das Haus, vielleicht ist es nicht der richtige.«

»Oh Mann, ich dachte, ich hätte Feierabend. Alex, bitte rufe das SEK an, wenn du dir sicher bist.«

»Mache ich.« Alex wählte die Nummer von Maria, und als sie endlich abnahm, schrie sie in den Hörer:

»Alex, er fährt in Richtung Autobahn mit einem Ford Kombi. Kennzeichen HH-DE-774. Ich bin mir sicher, er ist es. Er ist im Parkhaus direkt an mir vorbeigefahren. Er trägt eine blonde Perücke, vielleicht hat er sie auch abgenommen. Das sehe ich nicht.«

»Maria, sei bitte vorsichtig. Er ist sicherlich bewaffnet. Ich alarmiere die Kollegen.« Alex rief sofort den Notruf und gab alle wichtigen Details durch. Durch das LKA war das Polizeipräsidium vorab bereits über die Observierung benachrichtigt worden. Wenige Minuten später jagten mehrere Einsatzwagen mit Blaulicht durch die Innenstadt von Darmstadt. Das SEK machte sich auf den Weg.

4

Er fühlte sich wie amputiert. Aus Sicherheit hatte er die letzten Tage nicht mehr telefoniert. Er konnte nicht in Darmstadt bleiben, wenn Esposito schon seine Telefonnummer hatte, würde es nicht mehr lange dauern, bis seine Männer vor der Tür standen. Ohne Gepäck, nur mit etwas Bargeld – er hatte sich die Scheine mit Frischhaltefolie um den Bauch gewickelt – war er aufgebrochen. Zunächst würde er mit diesem Auto auf eine Raststätte an der A5 fahren. Dort würde ihn garantiert niemand vermuten. In einem ausländischen Lkw würde er versuchen, von dort wegzukommen. Ab 22 Uhr würden die Trucker wieder losfahren. Zurück blieb nur ein Fahrzeug, das auf eine Firma in Hamburg zugelassen war. Die Zugangsdaten für seine Schweizer Nummernkonten hatte er unter die Innensohle seiner Turnschuhe geklebt und zur Sicherheit als Brief an seine Adresse in Rom geschickt. Nicht auszudenken, wenn er nicht mehr an sein Vermögen käme. Die Straße in Richtung Autobahn war einigermaßen frei, und er fuhr genau nach den Geschwindigkeitsbeschränkungen. Er hatte es all die Jahre geschafft, seine Verfolger abzuschütteln. Auch heute würde er wieder davonkommen. Da war er sich sicher. Im Rückspiegel sah er ein Blaulicht, das sich ihm in schnellem Tempo näherte. Er fuhr rechts ran, damit die Einsatzfahrzeuge an ihm vorbeifahren konnten, und ihm stockte der Atem, als das erste Polizeiauto mit quietschenden Reifen vor ihm zum Stehen kam. Weitere folgten, und aus den Wagen stiegen mehrere Polizeibeamte mit gezückten Waffen. Nur einen kurzen Moment überlegte er, ob er die Waffe, die er unter dem Fahrersitz deponiert hatte, ziehen sollte. Verwarf diesen Gedanken jedoch im gleichen Moment.

»Sie nehmen jetzt die Hände hoch und steigen aus dem Wagen«, sagte einer der Polizisten, dabei öffnete er die Wagentür, und seine Kollegen zielten weiter auf ihn.

5

Marias Herz raste, ihre Gedanken sprangen hin und her. Was, wenn sie sich getäuscht hatte und nun ein völlig harmloser Mann aus seinem Wagen gezerrt wurde. Starr vor Schreck, nicht in der Lage, sich zu bewegen, blieb sie hinter ihrem Lenkrad sitzen. Weiterfahren war sowieso nicht möglich, die Polizei hatte die gesamte Rheinstraße in beide Richtungen gesperrt. Als man dem Mann die Hände auf dem Rücken mit Handschellen fixiert hatte, klopfte es an ihre Scheibe. Alex schaute sie streng an, öffnete die Wagentür und sagte:

»Und – ist er es?«

»Ja, auch wenn es über 20 Jahre her ist. Es ist mein Onkel, Domenico Savone.« Langsam stieg sie aus und ging in Richtung des Polizeibusses, in den der Mann verbracht worden war. Alex hatte seinen Ausweis gezückt und Maria als eine Zeugin vorgestellt. Mit weichen Knien bewegte sie sich langsam auf das Fahrzeug zu. Der Mann, dessen blonde Perücke schief auf seinem Kopf hing, sah ihr direkt in die Augen, als Maria ihn ansprach:

»Onkel Domenico, das ist ja wirklich eine Überraschung, dich hier zu sehen. Wo du doch seit über 20 Jahren tot bist.«

6

Wie zu erwarten war, machte Domenico Savone keinerlei Angaben zur Person. Er tat so, als ob er sie nicht verstand, auch ein herbeigerufener Dolmetscher brachte ihn nicht dazu, auszusagen, obwohl durch die Aussage von Frank Wilk klar war, dass er gut die deutsche Sprache beherrschte. Heike Bender kam noch an diesem Abend mit Theresa Bianchi überein, dass man Domenico Savone der italienischen Anti-Mafia-Behörde in Rom überstellen würde. In Italien hatte man eine lange Liste von Straftaten, für die man ihn verurteilen konnte. Alex berichtete dies Maria, als er spät in der Nacht nach Hause kam. Er umarmte sie fest und sagte leise:

»Mir war doch fast klar, dass du hinter mir herfährst. Du bist wirklich ein Sturkopf.«

»Ja, aber ich gelobe Besserung. Hat er eine Aussage gemacht?«

»Nein, aber dieser Frank Wilk hat uns viel zu erzählen. Unter anderem auch, dass er dieses junge Mädchen, das man im Rhein gefunden hat, vor Wochen in den Strom geworfen hatte. Er hat uns erzählt, dass Staatsanwalt Buschmann dieses Mädchen wohl beim Sex umgebracht hatte, er sich aber gezwungen sah, das Mädchen zu beseitigen, da er des Öfteren Sexpartys mit minderjährigen Mädchen veranstaltet hatte. Er hat uns so viel Beweismaterial übergeben, da haben wir die nächsten Wochen viel zu tun, alles auszuwerten. Betrügereien, Geldwäsche, Menschenhandel und so weiter.« Maria drückte sich fest an Alex.

»Ich werde lange brauchen, um zu realisieren, dass mein eigener Onkel meine Cousine Anna ermordet hat.« Ihre Augen füllten sich mit Tränen.

SAMSTAG, DER 8. JUNI

1

Rosanna schlenderte gemeinsam mit ihrer Schwester Giulia durch die Innenstadt von Darmstadt. Den ganzen Vormittag hatten sie Maria bei den Umzugsvorbereitungen geholfen. Jetzt wollten sie ein wenig bummeln und den Tag genießen. Rosanna war dankbar, dass sie bei ihrer Schwester einige Zeit bleiben konnte. Ja, beide überlegten sogar, ob sie nicht für immer nach Deutschland kommen sollte. Giulia nahm Kurs auf ein Eiscafé und beide setzten sich an einen kleinen Tisch. Sie bestellten sich zwei Espressi. Dass Maria nun mit Konsequenzen zu rechnen hatte, ließ Rosanna keine Ruhe.

»Du sagst, dass das, was Maria getan hat, verboten war?«

»Ja, sie hätte nicht für einen Gefangenen tätig werden dürfen. Das ist verboten.«

»Aber sie haben durch Marias Suche nun einen Verbrecher gefasst. Zählt das nicht?«

»Nein, leider zählt das nicht. Wahrscheinlich bekommt Maria jetzt großen Ärger. Sie hat gestern mithilfe von Alex eine Selbstanzeige geschrieben und bei der Anstaltsleitung abgegeben.«

»Was kann ihr passieren?«

»Sie weiß es nicht. Vielleicht wird sie vom Dienst suspendiert, bis alles geklärt ist. Vielleicht erhält sie auch eine Geldstrafe, wenn der Richter ihre Beweggründe anerkennt. Wenn es ganz schlecht kommt, verliert sie ihre Arbeit.« Giulia sah sie sorgenvoll an. Rosanna streichelte ihrer Schwester über den Arm.

»Hoffen wir mal, sie erhält eine Geldstrafe. Diese werde ich dann bezahlen. Das arme Kind hat genug durchgemacht. Und dann ist dieses Geld, das wir gefunden haben, wenigstens für einen guten Zweck.«

DANKE

Ich danke allen meinen Leserinnen und Lesern des ersten Maria-Saletti-Krimis »Hinter hessischen Gittern«, die mir mit ihrem Lob Ansporn waren, Maria auf weitere Abenteuer zu schicken. Ihre Anerkennung macht mich glücklich und spornt mich an.

Sehr viele Menschen, mit denen ich täglich zu tun habe, haben mich auf die eine oder andere Art und Weise bei der Entstehung dieses Buches inspiriert und unterstützt. Besonders zu erwähnen sind:

Mario Drogheo, der sich manche Szenen tausendmal anhörte.

Tina Staudinger, meine Testleserin und gute Freundin.

Marion Pooth, die akribisch meine Fehler entlarvt. Jürgen Gesell, der als Sicherheitsdienstleiter im Justizvollzug den Text bezüglich Sicherheitsfragen überprüft. Allen anderen Freunden, die immer ein offenes Ohr für mich haben.

Ganz besonderen Dank an meine Lektorin Claudia Senghaas, die an mich glaubt. Und selbstverständlich an alle Mitwirkenden des Gmeiner-Verlages, ohne deren professionelle Arbeit es dieses Buch heute nicht gäbe.

Justizvollzugsbeamtin Maria Saletti ermittelt:

1. Fall: Hinter hessischen Gittern
ISBN 978-3-8392-0033-9

2. Fall: Der Pate von Darmstadt
ISBN 978-3-8392-0337-8